U0676174

明代福州

林浦官宦世家与文学研究

魏宁楠◎著

中国广播影视出版社

图书在版编目（CIP）数据

明代福州林浦官宦世家与文学研究 / 魏宁楠著 . --
北京 : 中国广播影视出版社 , 2022.3
ISBN 978-7-5043-8800-1

Ⅰ.①明… Ⅱ.①魏… Ⅲ.①中国文学—古典文学研
究—明代 Ⅳ.① I206.48

中国版本图书馆 CIP 数据核字 (2022) 第 029244 号

明代福州林浦官宦世家与文学研究
魏宁楠　著

责任编辑　王波
装帧设计　中北传媒

出版发行　中国广播影视出版社
电　　话　010-86093580　010-86093583
社　　址　北京市西城区真武庙二条 9 号
邮政编码　100045
网　　址　www.crtp.com.cn
电子邮箱　crtp8@sina.com

经　　销　全国各地新华书店
印　　刷　廊坊市海涛印刷有限公司

开　　本　710 毫米 × 1000 毫米　　　1/16
字　　数　306（千）字
印　　张　20.25
版　　次　2022 年 3 月第 1 版　　　2022 年 3 月第 1 次印刷

书　　号　ISBN 978-7-5043-8800-1
定　　价　98.00 元

目　录

绪　论

一、福州林浦林氏家族研究综述

　　明代福州林浦林氏家族自林元美开始，至子、孙、曾四代，出现"七科八进士，三代五尚书"，人称"科第弁冕八闽"。林瀚，成化二年（1466）进士，授官翰林院编修，累官至吏部尚书；其长子林庭㭿，弘治十二年（1499）进士，累官至工部尚书；其次子林庭机，嘉靖十四年（1535）进士，累官至工部尚书；林庭机长子林燫，嘉靖二十六年（1547）进士，官至礼部尚书；林庭机次子林烃，嘉靖四十一年（1562）进士，累官至工部尚书。林浦林氏家族是福州当地的望族，目前关于这个家族的研究正在日益深入。

　　其一，与林浦林氏家族相关的历史与宗教研究。福州林浦村是林氏世代生息繁衍之地。对于林氏来说，林浦村的重要性不言而喻。因此，关注林浦村的历史与宗教等问题也是必要的。段晓川《福州林浦历史文化初探》（福建师范大学硕士论文，2011年）研究了林浦村的自然地理环境、风土民俗、经济方式，对林浦林氏家族进行了大体的概述。沈月春《"宗族乡村"的民间信仰——对福州林浦村的个案研究》（福建师范大学硕士论文，2011年）探讨的是林浦村的宗教信仰，该论文对林浦村的庙宇和祭祀对象进行了查访，将东岳信仰与林浦村南宋末年的历史相结合，但没有深入挖掘林浦村南宋末年的历史与相关史料。徐斌、张金红

《林氏故土濂浦（林浦）与中琉历史关系》（《海交史研究》，2012 年第 2 期）提及了福州册封舟造船场是林浦林氏旧业，该论文侧重点在于介绍元末明初林浦乡村的一些概况。在研究福州与琉球的关系时，历史学者大多是利用《球阳》《那霸市史》《历代宝案》《使琉球录》等文献，相对来说对于诗文集中的材料运用得较少。拙作《明清福州林浦林氏家族诗文所见琉球文献史料述议》（《福州大学学报》，2018 年第 6 期）探讨了林浦村的地理位置与历史的联系，以及明代福州林浦林氏与琉球的友好往来。林枝春与《琉球国志略》的成书，对于林浦村与琉球的交往有一定的研究。

其二，关于林浦林氏家族科举与姻亲的期刊论文。陈晓君《科考奇迹与林浦林氏家族教育考略》（《教育史研究》，2010 年第 4 期）着重点是描述林浦林氏家族的科考成就。其论文从教育层面切入，并没有深入讨论林氏取得科考成就的内在原因。拙作《林浦林氏世家治〈春秋〉与纂方志》（《闽学研究》，2015 年第 3 期）、《简论明代福州林浦林氏的家学与家风》（《闽江学院学报》，2015 年第 6 期）、《明清林浦林氏家族科举考论》（《长江师范学院学报》，2017 年第 5 期）、《明代福州林浦林氏姻亲考论》（《厦门广播电视大学学报》，2018 年第 4 期）考察了林氏的科举成就与家学传统、姻亲关系，前期研究多为描述性文字，后期研究更为深入细致。

其三，关于林浦林氏家族文学研究的学位论文。张龙《明代茶陵派闽人作家研究》（闽南师范大学硕士论文，2014 年）将闽县林瀚家族与建安杨荣家族放在一起研究。林、杨两大家族在科举、文学层面上势均力敌，又存在联姻关系，两者的比较研究具有重要意义。拙作《福州林浦林炫诗文研究》（福建师范大学硕士论文，2016 年）是关于林氏家族成员林炫的个案研究，探讨林炫的文学理论、诗文的思想内涵与艺术特色，但对于林氏家族的整体研究还不够深入与完善。林杰《明代福州濂江林氏家庭文学研究》（南京师范大学硕士论文，2017 年）是关于福州林浦林氏家族文学研究的专题论文。该论文用力甚勤，无论是对林氏家风的研究，还是对于林世璧诗歌特点的研究，都有值得借鉴和肯定的地方，但也存在一些问题。首先，从论述范围来看，该论文并没有将林炫与林烃纳入研究范围，特别是林烃，他的诗作在晚明得到了曹学佺、叶向高、胡应麟等人的赞许，曹学佺更是将他视为明代林氏家族最为优秀的诗人。其次，论文中的《明代濂江林氏文人著述简表》没有全面、完整地描述明代林氏的创作情况，中间有不少讹误。仅就明代林氏家族成员的著作来说，日本内阁文库所藏林瀚《重刊林文安公诗集八卷附录一卷文集九卷》、中国国家图书馆藏《林亨大稿》一卷、杭州市图书馆藏《世翰堂诗集》、上海图书馆藏《林烃文稿》和嘉靖二十七年（1548）闽县林氏家刻本《林榕江先生集》、日本内阁文库藏万历十七年（1589）明刊本《林学士诗集六卷文集十六卷》、日本国立公文书馆藏《覆瓿草》、浙江省图书馆藏《林氏杂记不分卷》、美国国会图书馆藏《四六雕龙》，以上文献资料在该论文中皆没有运用。其中林炫的《林榕江先生集》与林燫的《林学士诗集六卷文集十六卷》有抄本和刻本存世，刻本是刻印精良的善本，该论文选择了比较容易见到的抄本，而抄本的缺陷在于文字漫漶不清，时有脱字，以小字补在正文之旁，由于字体甚小，难以清楚辨认。关于林氏家谱，该论文运用了林斌兴编著的《濂江林氏族谱》，这是时隔两百余年林氏族人重新续编整理的家谱。由于卷帙浩繁，在世系与文献资料上难免存在一些讹误。林氏家谱现存林枝春修的《濂江林氏家谱》乾隆十一年（1746）刻本、民国三年（1914）重印本。针对明代林浦林氏家族与文学的研究，无论是采用清刻本还是民国重印本的家谱，可能讹误会更少一些。另外，在考证和论述方面，该论文有所不足。论文第五章是林瀚的诗文创作，文章比较了林瀚与李东阳的诗歌，分析两人在诗歌创作上的异同，但没有论及茶陵派以及李东阳对林瀚的文学影响。只是简单地将林瀚的诗歌按照题材分类，分为台阁诗、交游倡和诗、登临怀古诗、题画诗四类。关于李东阳与林瀚的交游，该论文认为林瀚与李东阳交游倡和的诗歌今仅存一首，即《感怀一首用前韵寄西涯》❶，但这并非文献的真实面貌，与两人实际的交游倡和情况相去甚远。林瀚诗文别集《重刊林文安公诗集八卷附录一卷文集九卷》是嘉靖年间重刊本，重刊本系删减后节录，仅诗集卷七就有三首与李东阳有关。更重要的是，李

---

❶ 林杰：《明代福州濂江林氏家庭文学研究》，南京：南京师范大学，2017年，第82页。

东阳与林瀚的联句诗一直被研究者忽视。林瀚与茶陵派的关系、林瀚的制义文成就、许谷与林庭机的交游、林烃的交游等，这些问题对于研究林氏家族文学都有一定的意义。因此，在已有成果的基础上，围绕林氏家族文学文献的全面搜辑和整理、研究亟待进行。

其四，一些专著中涉及林浦林氏家族的相关研究。曾意丹、徐鹤苹合著的《福州世家》❶，是较早研究林氏家族的著作，书中简要介绍了林浦林氏家族的来历与代表人物的事迹。郑礼炬《明代福建文学结聚与文化研究》从科举、文学、理学等角度研究明代的福建文学，系统地梳理了明代福建文学结聚中家族传承与文学结社两大现象。该书上编列闽县林瀚家族❷。首先是林氏著作考，其次是从一些地方史志中梳理林氏的相关资料。书中提及正德年间王鼎、林瀚、林廷玉等人在福州组织耆英会，社中成员基本上是朝廷致仕的重臣，文学创作上仍为传统的馆阁体。郑礼炬在论述林燫时征引了叶向高的《林文恪集序》，认为林燫坚持馆阁创作的传统，文类似欧阳修、曾巩，诗学王、孟。该书对于研究林氏家族的文学颇有借鉴意义。李运启主编的《福州古村镇历史与文化》第二章列南宋遗风，林浦古今❸。书中介绍了林浦村的自然地理、历史沿革、商业贸易、人文概况、民间信仰。其中第四节重点论述了林浦村内宗族的源流与发展，与林氏家族有较大的关系。由于该书论述面较广，研究也未能深入。吴可文《闽都望族与名联》第三章列濂江林氏家族❹。文中从林浦（濂江）林氏家族祠堂的一副对联切入论述，角度比较新颖，并运用比较视野，将林氏家族与灵宝许氏、余姚孙氏放在一起，将其归入明代海内三大望族之一。对于研究林浦林氏家族在福建甚至全国的地位，有一定的参考作用。

---

❶ 曾意丹，徐鹤苹：《福州世家》，福州：福建人民出版社，2001 年，第 89-96 页。

❷ 郑礼炬：《明代福建文学结聚与文化研究》，北京：人民文学出版社，2015 年，第 109-123 页。

❸ 李运启：《福州古村镇历史与文化》，福州：海峡文艺出版社，2014 年，第 39-71 页。

❹ 吴可文：《闽都望族与名联》，福州：海峡文艺出版社，2018 年，第 18-28 页。

二、本书的研究意义与方法

本书有利于进一步研究林浦村与南宋海上行朝的相关历史。林浦村位于福州南台岛东北一隅，旧属闽县开化里，今属福州市仓山区城门镇。林浦村并不大，却有其独特魅力。林浦村历史悠久，人文积淀深厚。南宋末年和明代中叶是林浦村的文化发展史上最引人瞩目的时期。纵览历史，福州曾五次为都，南宋末年就是其中的一次。景炎元年（1276），蒙元攻陷临安，益王赵昰浮海南下在福州登极，驻跸林浦泰山宫。林浦村是南宋时期海上行朝停留福州的一个重要地标。林浦村南宋末年的历史对林氏家族成员的创作产生了直接的影响。明代林氏一门以清忠品节见推于世，一方面，林氏世受皇恩，一心忠于朝廷；另一方面，这种“忠节”思想在林浦村早有渊源。地方文化对于当地民众的影响细微而深远，林氏子孙重视名节，在朝讲求励忠全节，在野也务求名节无亏。

明代林浦林氏家族是福州数一数二的高门望族，具有研究价值。钱穆《中国文化史导论》曾论：“‘家族’是中国文化一个最主要的柱石……中国文化全部都从家族观念上筑起，先有家族观念乃有人道观念，先有人道观念乃有其他的一切。”❶ 在明代民间，社会流行“南林北许”的说法。“南林”指的是林浦林氏，“北许”指的是灵宝许氏——明代河南灵宝县许进家族以“父子四尚书”显扬于世。沈德符《万历野获编》有“闽县林氏之盛”条，将林浦林氏与余姚的孙燧家族相媲美。“近日余姚孙燧，以副都御史死事，赠尚书；燧子陞，礼部尚书；陞子鑨吏部尚书，铤礼部侍郎，鋐太常卿，鑛南兵部尚书，亦堪并美林氏。”❷ 在明代福建科举史上，林浦林氏因四世科甲蝉联，为后世所称道。梁章钜在《归田琐记》“世进士”云：“四世相联进士者，吾郡亦一家。林元美中永乐辛丑科，元美

❶ 钱穆:《中国文化史导论》，北京：商务印书馆，1994 年，第 51 页。

❷ 沈德符:《万历野获编（上册）》，北京：文化艺术出版社，1998 年，第 250 页。

子瀚中成化丙戌科，瀚子庭棉中弘治己未科，庭机中嘉靖乙未科，庭棉子炫中正德甲戌科，庭机子燫中嘉靖丁未科，烃中嘉靖壬戌科。"❶ 为了彻底地分析林氏的经学承传，本书第二章以林氏举业为主要研究对象，并将研究范围扩展到清代。林氏家族以科举显名于世，不仅与《春秋》家学有关，也与姻亲圈有很大的关系。在明代中叶的福建，林氏的姻亲圈基本囊括了福州及其邻近府县的名门望族，如义溪陈氏家族、白湖郑氏家族、东岚谢氏家族、莆田东里黄氏家族、建安杨荣家族等。罗时进的《关于文学家族学建构的思考》认为："再次，要寻绎文学家族的交际群体。文化家族间的通婚是一种社会结盟的手段，其姻娅网络在一定意义上既是社会关系网络，也是文学交游的平台和文学群体形成的基础，而不同家族成员复杂的师友、社友、文友关系，恰恰可能是文学流派产生的前提，大量的群体性创作（如同题材文学作品集体唱和）也正借此而产生。"❷ 因此，与林氏家族相关的科举与姻亲也有其研究价值。

家族文学研究是学界关注的热点。明代福州世家大族皆以子孙世代读书仕进、簪缨累世相标榜，因此出现了很多科甲鼎族。与苏杭一带的家族文学研究相比，明清福州区域的家族研究较为薄弱，近年来也出现了一些专著与论文。如阮娟《三山叶氏家族及其文学研究——以叶观国、叶申芗为核心》（上海古籍出版社，2011）、郑珊珊《明清福建家族文学研究——以侯官许氏为中心》（社会科学出版社，2016）等专著，吾师陈庆元先生《晚明诗人徐𤊻论——兼论荆山徐氏儒业与文学之兴衰》（《中国文化研究》，2006）、林晓玲《福州通贤龚氏家族文学》（《福州大学学报》，2012年第2期）、吴可文《明清福州文学地图——以三坊七巷为中心》（福建师范大学博士学位论文，2013年）等论文。林浦林氏家族文学具有一定的研究价值。《明史》列传第五十一对林浦林氏的评价很高，"明代三世为尚书，并得谥文。林氏一家而已。"❸ 明代中期谥号"文"的官员大多出身翰林。

---

❶ 梁章钜：《归田琐记》，北京：中华书局，1981年，第76页。

❷ 罗时进：《地域·家族·文学——清代江南诗文研究》，上海：上海古籍出版社，2010年，第152页。

❸ 张廷玉：《明史》，北京：中华书局，2003年，第4430页。

林燫及其父祖皆出身翰林，这是林氏三代得以谥"文"的重要原因之一。田冰在《明代官员谥号研究》中认为："明代文官专用的谥字，每一类蕴涵着这类谥主的共性，如'文'字谥的谥主，文学因素必不可少，'文'字前后所配的另一字，涵盖着谥主本人独特的个人品行业绩及皇帝和负责谥法的官员对谥主的看法。"❶林氏三代谥"文"从侧面印证了围绕林氏家族文学展开研究具有意义。胡应麟为林氏作序，序云："而闽之尤称极盛者，亡若晋安之林，荣名奕叶，焜耀于一门。三世之中，父子弟兄更倡迭和，而山林枯槁之言，望之自失。"❷成化、弘治年间，林瀚与李东阳、程敏政、王鏊等人过从甚密。隆万之际，林庭机、林燫可谓福州地区文学发展的代表性人物。万历年间，林烃与叶向高、胡应麟交情甚密。除此之外，林氏家族能诗者甚众，比如林庭桂、林庭榍、林垠、林世璧、林世吉虽然诗文集不存，也有少量诗作传世，尤其是林世璧与林世吉诗名甚盛。对林浦林氏家族成员的生平、家世、交游、创作等进行更加深入的研究，有利于引导人们正视林浦林氏在福建地方文学发展史上的重要地位。研究林氏对于福州地方文献的整理、文学研究的发展都有着重要意义。从文献整理的角度看，本书有利于进一步收集整理林氏家族成员的诗文作品。以林瀚诗文集为例，今存日本内阁文库所藏林瀚《重刊林文安公诗集八卷附录一卷文集九卷》系林瀚之孙嘉靖年间重刊本。重刊本奏疏部分与广东中山图书馆藏《林文安公文集》四卷相比，明显属于删减后的节录本。再将重刊本与福建师范大学藏《林文安公文集》15-19 卷残本对照，重刊本也未能完全补足福建师范大学所藏残本。同治《福建通志》载林瀚《泉山集》二十五卷。可想而知，在流传过程中，林瀚的诗文集散失了很大一部分。本书推进了林瀚诗文的辑佚工作，解决了研究林瀚诗文作品的瓶颈问题。

本书的研究方法首先是考察明清两代林氏家族成员的所有著作。林氏著述颇丰，且清代林氏著作和明代林氏家族与文学研究有重要联系，因此本书第一章与

---

❶ 田冰：《明代官员谥号研究》，北京：中国社会科学出版社，2012 年，第 148 页。

❷ （明）林烃著；胡应麟校：《覆瓿草》卷首，《域外汉籍珍本文库》第五辑，集部 22 册，重庆：西南师范大学出版社，2015 年，第 469 页。

第二章的研究范围扩展到清代，以期全面完整地了解林氏的著作情况。其次，大量收集与林氏相关的原始文献。经过多年的查访，作者在林氏后人林资治先生的帮助下，获得了民国重印本《濂江林氏家谱》，家谱详细记载了林氏家族的发展脉络，对研究林浦林氏的家世谱系有十分重要的意义。家谱中记载了传记、世系，为了解林氏家族的情况提供了直接且可靠的信息。更为重要的是，收集了明清两代林氏家族成员的诗文集。为了获取文献资料，作者前往台湾师范大学访学，从而获取了台湾地区图书馆所藏的一些资料，如林瀚《重刊林文安公诗集八卷附录一卷文集九卷》、林庭机《世翰堂稿》十卷、林爅《林学士诗集六卷文集十六卷》、林烃《覆瓿草》等。其他图书馆也收藏了明代林氏家族成员的笔记与诗文集，如杭州市图书馆藏《世翰堂诗集》四卷、浙江省图书馆藏《林氏杂记》、上海图书馆藏《卮言余录》《林烃文稿》。锐意穷搜清代林氏相关的文献材料是必要的，如林云铭《损斋焚余》，以及林枝春《青圃文钞四卷青圃诗钞四卷青圃赋钞一卷》。再次，结合林氏亲友的诗文作品集，参阅相关的史书、方志资料，编写《林瀚年谱》《林庭机、林爅、林烃父子年表》，在此基础上进一步研究林氏家族成员的文学创作情况。

除此之外，注重实地调查，关心出土文物的发掘。林浦村现存尚书里石牌坊、进士柴坊、世宫保尚书林公家庙、濂江书院、林瀚故居、林瀚墓、林瀚示裔孙摩崖题刻等，这些鲜活的实物是打开林氏家族尘封历史的钥匙。世宫保尚书林公家庙是大家庙，见泉林公家庙是小家庙，家庙里悬挂着仿制的进士牌匾，上有主考官的姓名、立匾人姓名、立匾人的殿试和朝考名次，对于研究林氏家族的科举有所帮助。在林资治先生和王美仙女士的帮助下，本人找到了林瀚的坟墓以及林瀚示子孙碑。林氏家族成员性耽山水，不废吟咏，在福州于山、鼓山等地留下了多方摩崖石刻，这些石刻是了解林浦林氏家族成员游踪的实物资料。另外，有几方墓志铭与林氏家族与文学研究有直接关系。其中一方是林烃撰文、蒋孟育书丹的《皇明敕赠修职佐郎南京国子监博士晴沙林公墓志铭》，这方墓志铭是在林浦村大顶峰发现的，距今四百余年。墓主林炯（1533—1605），字贞镕，号晴沙，林烃堂兄，以子林世都贵，赠南京国子监博士。这篇墓志并没有收入《林烃文稿》，具有文物与文献价值。2008年3月25日，在福州市晋安区鼓山镇发现了明代苏州知府李廷美的墓葬，李廷美的墓志铭《明故进阶亚中大夫直隶苏州府知府侗庵李公墓志铭》是由林瀚撰文的，这篇墓志也没有被林瀚文集收录。林庭棉及其长子林炫的墓葬位于福州市仓山区城门镇樟岚村，但两处墓葬均已毁，墓葬残存埋于地下。2018年2月4日，在樟岚村挖掘出林炫墓葬石构件，也出土了一些石羊、石马、神道碑。

第一章 林氏源流世系及代表人物著述考

第一节 入闽始祖考

林浦村位于福建省福州市南台岛东北隅，北临闽江，南靠九曲山，隔江与鼓山相望。关于林浦村的村名，有三种说法：连浦村、濂浦村、林浦村。首先，是"连浦"的说法。《竹间十日话》云："苍按：明时福州有四林，同时在朝而又联宗者，东林即文安，连浦林也。林元美宅在连浦，以连姓著名。后连姓衰，林姓始大。今呼濂浦，或呼林浦。"❶郭柏苍是清人，他的理由是宋代连氏科举兴旺，其发源地连坂村与林浦村相邻。❷然而，早在宋代就有林浦这个地名，梁克家《三山志》记载开化里之下就有"洋下、连坂、林浦、浚边、邵崎，上、下董"。❸宋代连氏在科举上比林氏强盛，地名尚且是"林浦"，明代林氏家族壮大之后改"连浦"为"林浦"的可能性比较小。"濂浦"的说法源于濂江穿过林浦村，以江名村，故名"濂浦"。明代甚至清代时期，林氏家族成员的诗文集大多称"林浦"

---

❶ 郭柏苍辑：《竹间十日话》，福州：海风出版社，2001年，第90页。

❷ 按《林氏族谱》著录宋代的进士只有林霆和林震两人，且生平不可考。《福建连氏志》认为连氏最初繁衍生息的地方是福州仓山区城门镇连坂村、连浦村（即今林浦村）。宋代连氏有15名进士和7名文举特奏名，确实在科举方面比林氏的成就显赫。详见福建省姓氏源流研究会连氏委员会：《福建连氏志》，福州：海风出版社，2010年，第4-5页。

❸ 梁克家：《三山志》，福州：海风出版社，2000年，第11页。

而非"濂浦","濂浦"之名大抵出现在晚明和清代的文献。清代时"林浦"与"濂浦"是互用的。然而,"林浦"这个地名至今仍在使用。林浦村的命名也与本文所研究的林氏家族有密切联系。明代提及林浦林氏,指的就是林元美家族,不会产生歧义。清代林氏族人林枝春修家谱,题名《濂江林氏家谱》,"濂江林氏"应该是从家族的角度命名的。与林氏相关的明代文献鲜少提及"濂江林氏"。因此,从地理意义上而言,本书仍称其为"林浦林氏"。

林氏家谱现存最早的一篇序文是天顺六年(1462)林元美所作。《天顺壬午修谱序》序云:"稽我远祖,五代间自固始入闽,卜居斯乡。因用吾姓名乡之浦曰林浦,岐曰林岐,桥曰林桥。"❶林元美的这句话一锤定音,明确了林氏先祖是从何地何时入闽。此后很长一段时间,林氏族人相关的墓志铭、传记几乎众口一词,纷纷承认自己的先祖是河南光州固始人,是在五代时跟随王潮兄弟入闽。万历年间,林浦林氏家族进入鼎盛时期,成为闽地甲族。林氏不再执著于先祖是否从光州固始迁徙入闽,只是依旧坚持先祖是从中原入闽。乾隆年间,族人林枝春主持修家谱,修谱期间他提出了一个石破天惊的质疑,他认为林浦林氏入闽始祖既非光州固始人,也并非五代时入闽。那么,林浦林氏先祖到底是何时从何地入闽?在不同的历史时期,林氏族人对于入闽始祖问题的不同解释,其背后的心理动机又是什么?

南宋末年,蒙元攻陷临安。益王赵昰随大臣浮海南下在福州登极,驻跸福州林浦村。或许是因为受到宋末战火的波及,林氏谱牒也随之毁于兵祸。林瀚《正德戊寅重修序》云:"吾林之谱至是三修矣,始于永乐乙未,先祖赠尚书公掇集于兵燹之余,断自十一世而下谱,其所可知者至十三世衍为六支。"❷林云铭《金陵族谱序》云:"余世居晋安林浦,考其所出。旧谱云:始祖于五代时自河南固始入闽,至浦边公为十一世,始有讳字可考,前此十世不可得而详也。余尝憾焉。"❸

---

❶ (清)林枝春等修;林柏棠,林钦台校:《濂江林氏家谱》第一册,民国三年(1914)重印本,第1页。

❷ 《濂江林氏家谱》第一册,第17页。

❸ (清)林云铭:《损斋焚余》卷五,康熙十年(1671)刻本,中国国家图书馆藏缩微胶卷。

由于谱牒残缺，林浦林氏先祖发源何地也就难以说清。这不仅是林云铭一个人的遗憾，也是笼罩在所有林氏族人心上的一大谜团。

林姓有几大支派，有出自子姓的比干后人，有出自姬姓的周平王次子林开的后代，有鲁国林放的后代❶，还有少数民族改为汉姓的情况。按照唐代林宝《元和姓纂》的说法。商末时期，比干直言进谏，被纣王挖心而死，比干之子坚跟随其母陈氏避难于长林山。周武王灭商，嘉赏忠臣之后，坚受封于周王，遂得姓林。在福建地区，九牧林、济南林、晋安林无不认为自己的先祖是比干后人。那么，林浦林氏是否与福建其他林氏家族一样，认为林浦林氏得姓之祖是比干后人呢？

林燫《郑氏族谱序》云：

> 志略有之，吾林与郑俱出自周。郑，恒公之后，以国姓；林，平王庶子林开之后，以字姓。郑，晋时入闽。吾林则未详何代，闽人之言曰："闽著姓皆五代时从王入闽"，谬也。王绪起群盗有光州，为秦宗权所攻，逃死四方，其乡人王潮兄弟实从转掠至漳浦。当是时也，岂有故家钜族肯依之迁乎？❷

关于林姓，林燫在《郑氏族谱序》提出了两个观点：第一个是林姓最早出自姬姓，是周平王庶子林开之后，而非子姓比干的后代；第二个观点是闽人著姓皆称源自光州固始，与史实不甚相符。关于林姓是出自姬姓还是子姓，林燫认同南宋史学家郑樵的看法，也就是早在唐五代之前福建地区就出现了林姓。林燫在翰林院当过编修，参与过史书的编纂，他结合史实分析了王潮兄弟等人在福建时的斗争局势，认为王潮等人不过是被动挨打的流窜部队，河南的故家大族未必肯依附他们。郑樵《通志》卷二十七"以字为氏"云：

---

❶ 后世林放也被归为比干的后代。黄璞《闽川名士传》认为，林放是少师比干之后，是比干十二代孙。宋代时，加封林放为长山侯。

❷ （明）林燫：《林学士文集》卷三，傅斯年图书馆藏影印本。

林氏。姬姓，周平王庶子林开之后，因以为氏。开生林英，英生林茂、林庆，世系甚明。而谱家谓王子比干为纣所戮，其子坚逃长林之山，遂为氏。按：古人受氏之义，无此义也。……臣谨按：林氏在唐末为昌宗而特详著，岂林宝作《元和姓纂》故尔。然林氏出比干之子坚之说由宝传之也。著书之家不得有偏徇而私生好恶，所当平心直道，于我何厚，于人何薄哉！❶

郑樵批评林宝由于自己姓林，在著书时带有个人的喜好爱恶，为了抬高林姓的地位竟然蓄意造假，编造出林氏源自商代子姓的远古来源，这种说法根本不足为据，只是《元和姓纂》的作者林宝的一家之言。林㷿在林姓始祖问题上同意郑樵的观点，认同林姓源自姬姓说，是周平王庶子林开之后。《濂江林氏家谱》当中有一篇署名福唐林垒的《孝子林玮传》。林垒，字子野，号耻斋，福清人，崇祯十六年（1643）进士，授浙江海宁知县。《孝子林玮传》云："自晋马南浮，黄门散骑侍郎林禄，由中州徙晋安遂为晋安林氏，派衍支分，多名公钜人。"❷林禄，字世荫，河南下邳人，比干八十二世孙。林禄是辅佐琅琊王司马睿建立东晋的功臣之一，曾任给事中黄门侍郎，后因平叛有功，升至招远将军、散骑常侍。太宁三年（325），林禄出任晋安郡太守，举家迁往福建侯官都西里，成为林姓开闽始祖。林垒并不了解林浦林氏的族源，也就大而化之，认为林浦林氏是晋安林氏的分支，源自子姓比干的后代。确切地说，这与林㷿的族群认知是有所出入的。

郑樵指出，闽人著姓皆称源自光州固始，有冒滥假托的嫌疑：

今闽人称祖者，皆光州固始。实由王绪举光、寿二州，以附秦宗权。王潮兄弟以固始之众从之。后绪与宗权有隙，遂拔二州之众入闽。

---

❶ （宋）郑樵：《通志》，《景印文渊阁四库全书》第 373 册，台北：台湾商务印书馆，1986 年，第 305 页。

❷ 《濂江林氏家谱》第一册，第 39 页。

王审知因其众以定闽中，以桑梓故，独优固始。故闽人至今言氏谱者，皆云固始，其实谬滥云。❶

　　闽人在家世谱牒中自称来自河南固始并不是个别现象，例子不胜枚举。早期，福建人口大多是从中原迁徙而来，是一个移民社会，带有鲜明的移民文化特征。南下入闽的中原移民有着强烈的中原情结与祖根意识，相当重视自己的郡望、衍派。按照林元美旧谱序记载，林浦林氏先祖是唐末跟随王潮等人入闽。林氏早期谱牒不存，传至林元美时，林氏家族已传至二十一世，时间也经历了将近五六百年，具体的族源和宗祠早已无从考证。在相当长的一段时期，林浦林氏坚持自己的先祖是光州固始人。以表1-1简列几条林浦林氏族人的传记资料进行佐证。

表 1-1　林浦林氏入闽始祖族源地简表

序号	大致作年	作者和篇目	提要	文献出处
1	成化	柯潜《亚中大夫抚州府知府林公墓志铭》	林固为河南固始名族，五代间避乱入闽，去福唐城南一舍家焉。因名其地曰"林浦"。	《竹岩集》卷十六
2	正德	章懋《资政大夫南京兵部尚书赠太子太保谥文安林公瀚传》	其先光州固始人，五代时始来家于闽。	《枫山章先生集》卷六
3	嘉靖	林炫《先康懿公编年行实》	始祖光州固始人，避乱入闽。	《林榕江先生集》卷十二
4	嘉靖	林炫《中宪大夫广西庆远知府玉泉林公偕配陈宜人行状》	其先五代时，自光州固始入闽。	《林榕江先生集》卷二十六
5	嘉靖	林庭机《敕封中书舍人如泉林公墓志铭》	其先光州固始人，系出吾林，五代末从王审知入闽。	《世翰堂稿》卷八

❶（宋）郑樵：《荥阳郑氏家谱序》，莆田《南湖郑氏家乘》。转引陈支平：《从历史向文化的演进——闽台家族溯源与中原意识》，尹全海等编：《中原与闽台渊源关系研究三十年》，北京：九州出版社，2012年，第329页。

序号	大致作年	作者和篇目	提要	文献出处
6	嘉靖	林庭机《先兄广东都司经历墓志铭》	其先五代时，自光州固始入闽，世为闽人。	《世翰堂稿》卷八
7	万历	王世贞《林宗伯传》	其先自光州之固始避五季乱入闽，遂为闽人。	《林学士文集》附录
8	万历	叶向高《资善大夫南京工部尚书仲山林公偕配陈淑人合葬墓志铭》	先世自光州固始徙入闽，至善卿公卜居林浦族始大。	《苍霞续草》卷十三

单从上面几条文献来看，或许会得出一个结论——林浦林氏是五代时自光州固始入闽。事实上，由于文献散失，林氏对于始祖何时从何地入闽，空间和时间的概念上是模糊的。甚至，林氏同一族人在同一时期的记载也是互相矛盾，且有争议的。

第一个质疑，林氏始祖并非光州固始人。万历二十一年（1593），林烃重修《濂江林氏家谱》，作《重修族谱序》云："吾林故中州徙也，远者不可详已。肇基于赠公，骏发于吾祖，忠厚相承，盖两百年余矣。"❶ 万历三十三年（1605），林烃为堂兄林炯作墓志铭，《皇明勅赠修职佐郎南京国子监博士晴沙林公墓志铭》云："林氏之先自中州徙也。唐宋以前世远已，其世系可考者，则自思德公始数传而至，善卿公有隐德好施，卜居林浦而族始大。"❷ 从这两条材料来看，林烃本人也并不确定林氏始祖是从光州固始迁闽，但由于世远难考，也就采取一种更为保险且宽泛的说法——林氏先祖是从中原迁移入闽，既不与曾祖林元美的说法相冲突，又最大程度上表达了自己对林氏入闽始祖的保留意见。相比林烃的委婉，入清之后，林氏族人林枝春的质疑直接大胆。第一个质疑，唐末跟随王潮入闽的十八姓当中是否有林氏？林枝春《林姓入闽辩疑》云："吾不知十八姓者果有林否耶？询闽诸著姓无不曰从王来者，又讵但十八姓已耶？此未可以为据也。又云五代末，自固始入闽，意者依审知以避乱者欤。考晋开运三年，李景从

---

❶ （明）林烃：《林烃文稿》卷一，手抄本，上海图书馆藏。

❷ 墓志铭现存福州林浦村林氏家庙内。

破建州，迁延政之族于金陵，则王氏国早乱至此灭矣。何故自固始来闽也。"❶光启元年（885），王潮以其众从王绪入闽。王潮传王审知。王延政是王审知第十一子。天德三年（945），延政率军攻打闽王王延曦。南唐中主李璟趁闽中内乱，发兵攻打建州。南唐破建州后，王延政出降，闽国亡。后晋开运三年（946），对应的是南唐保大四年（946）。保大四年（946），南唐将延政家族迁往金陵。比较林燫《郑氏族谱序》与林枝春《林姓入闽辩疑》可以发现，两人都是以历史的眼光看问题，用史实去辨析。林燫说王潮等人是被秦宗权的部队攻打，无奈逃窜福建。闽国内部政权更迭频繁，是一个不稳固的短命王朝，十八姓依附王潮避乱入闽之说不成立。回顾历史，五代十国是一个大分裂时期，政局动荡。中原又是战火干戈之地，福建为武夷山所阻隔相对封闭，十八姓入闽避乱之说在逻辑推理上是可以成立的。林燫、林枝春之所以不愿意承认林氏始祖是从光州固始入闽，或许是因为王审知的闽国政权是一个僭伪政权。林燫《郑氏族谱序》云："王氏乘唐室微，扰闽中称王称帝，乃其后来借窃伪号，始贼耳，安得王。此俗传之谬，固不足道。若吾林自唐宪宗时藻以文章著蕴以节义显，先五代百余年，闽之有林旧矣。"❷林燫觉得王审知是割据一方的乱臣贼子，他更愿意认同并非在五代入闽，却以文章节义显明于世的林藻。

第二个质疑，林浦林氏并非五代时入闽。时间上，林氏有三种看法。第一种，林氏是晋时入闽；第二种，林氏是唐中叶入闽；第三种，林氏是唐五代入闽❸。林炫为叔父林庭楷作墓志铭，《明福州左卫指挥佥事心泉林公配孺人谢氏合葬墓志铭》云："炫乃雪涕而书之曰：'林氏光州固始人也。晋以来迁居于闽。'"❹林炫为叔父林庭㭑作墓志铭，《中宪大夫广西庆远知府玉泉林公偕配陈宜人行状》

❶（清）林枝春：《青圃文钞》卷三，清刻本，中国国家图书馆藏。

❷（明）林燫：《林学士文集》卷三，傅斯年图书馆藏影印本。

❸ 林浦林氏自唐五代入闽，上文《林浦林氏入闽始祖族源地简表》多有引证材料，此处不再赘引。

❹ 不论是甲库本还是北京图书馆藏手抄本《林榕江先生集》，此文皆曰林氏先祖晋时入闽。后晋始于公元936年，与十八姓依附王潮入闽时间不符。可知，此处指的是东西晋而非五代时的后晋。（明）林炫：《林榕江先生集》，《原国立北平图书馆甲库善本丛书》本，第258页。

云："其先五代时，自光州固始入闽。"❶ 林庭楷和林庭𣏌是亲兄弟，两人都卒于嘉靖二十二年（1543），怎么一个始祖是晋朝入闽，一个是五代时入闽？两篇墓志铭出自林炫，却给出了两个截然不同的答案。是不是可以认为，林炫在林氏入闽的始祖问题上，也没有确定的时间认知？因为林氏没有确定的时间概念，应邀为林氏撰写墓志铭的作者有时也是采取含糊其辞的说法。晚明时期，谢肇淛为林世吉之子林元祯撰墓志铭，谢肇淛《光禄大官丞玉衡林君墓志铭》云："林氏之先从河南固始徙闽，世居林浦里，至赠尚书公。"❷ 谢肇淛只说林氏是从河南固始迁徙入闽，并没有说明其具体时间。谢肇淛此文约作于万历三十七年（1609）。林枝春是真正采用逻辑推理去大致考证林氏入闽始祖问题的人，其《林姓入闽辩疑》云：

> 吾宗之有谱也。纪行第住址，自十一世十七公始，记生年卒月，自十九世俊公始。俊公生于元至正壬午以三十年一世推之，十七公兄弟当生于宋徽宗崇宁间，由崇宁壬午以三十年一世推之，初祖当生于唐德宗贞元间。虽传世久近，各有参差，然盈缩初不甚远，约其大势可考而知也。且谱所载一世祖者未知以分支言之耶，以始迁言之耶。由始迁为一世则吾宗居闽在唐中叶矣。若断其可考自十一世居浦边始，计其时则北宋末造之秋也。安在其为五代耶。❸

在古代社会，由于生产力和医疗卫生条件的限制，人的寿命可能极其短暂，一世或许仅为三十年。已知十九世公林俊生于元至正二年（1342）壬午，以三十年为一世进行推断，林浦林氏始迁祖应是唐贞元十八年（802）左右入闽，以十一世浦边公（家谱始可考）作为居闽依据，大抵是北宋崇宁元年（1102）左右。按照林枝春的推断，林氏不是五代间从光州固始入闽，在时间上有两种可

---

❶ （明）林炫：《林榕江先生集》，《原国立北平图书馆甲库善本丛书》本，第276页。

❷ （明）谢肇淛著；江中柱点校：《小草斋集》，福州：福建人民出版社，2009年，第381页。

❸ （清）林枝春：《青圃文钞》卷三，清刻本，中国国家图书馆藏。

能，一种可能是唐中叶入闽；另一种可能，若是从十一世算起，也应该是北宋崇宁年间。

宣统元年（1909），陈宝琛为林栢棠之父林智衔撰写墓志铭。《林君容庵墓志铭》开篇云："君讳智衔，字容庵，濂浦林氏，闽望族。" ❶ 陈宝琛在行文时，不再刻意强调林氏是何时自光州固始入闽。自明代算起，林瀚祖孙三代累叶贵盛，为林浦林氏积攒了崇高的社会声望。入清之后，林氏家族还不断地涌现进士、举人，发展到清末时，林氏在福州当地已是人尽皆知的望族。濂浦（林浦的别称）林氏，已经成为林氏族人的身份象征。此时再追究林氏何时入闽，好像没那么重要了，故而陈宝琛撰文时开门见山，删除许多废话，直接点明林智衔出身于福州望族林浦林氏。

综上所述，可得知林浦林氏自认为源自姬姓，林氏入闽始祖可能并非五代时从光州固始入闽。那么，早期林氏族人强调始祖是五代时从光州固始入闽的内在因素和心理是什么呢？由于谱牒缺失，他们无法通过纸本文献得知始祖是何时何地入闽，也许是根据先辈的口耳相传，知道林氏始祖是五代时从光州固始入闽，之后一路因循。作为从北方来到福建安家落户的外来群体，想要在闽地站稳脚跟，进一步取得发展，则需要提高宗族的凝聚力，也就比较重视郡望和祖源地。然而，福建早期移民在回答"我从哪里来"这一问题时，河南光州固始更像是一个象征中原和故土的符号。这一符号反射出福建人在追本溯源时，内心深处牢不可破的祖根意识。河南光州固始是对中原故土的怀念，也是出于内心当中的中原情结以及正统意识，更是一种乡心的恋古。假若林浦林氏并非是五代时从光州固始入闽，为何林元美所作家谱序要写入闽始祖是五代时从光州固始入闽？天顺年间，林浦林氏在福州当地尚且不算一个望族。即使从十一世浦边公算起，距离林元美还相差十世，往前推算三百年，当时的林氏族群肯定比天顺年间更为弱小。早期林氏自称来自河南光州固始，标榜自己来自中原，也是对外族和福建土著的

---

❶ （清）陈宝琛著；刘永翔，许全胜点校：《沧趣楼诗文集》（下），上海：上海古籍出版社，2006 年，第 435 页。

一种威慑，可以减少和避免受到欺负。发展到万历年间，一则林氏入闽已久，二则林氏已经在福州站稳脚跟，成为闽中望族，积累了一定的文化与政治资本，林氏也就不必继续强调入闽始祖是五代时从河南固始迁居而来，只是坚持从中原迁居入闽的说法。入清后，林氏对于八闽大地已经有了深刻的认同感和归属感，林枝春才会有勇气写《林姓入闽辩疑》，认为林浦林氏的入闽始祖不仅不是五代间入闽，也不是从光州固始入闽。

天顺年间，林元美已经给出"林氏入闽始祖是五代时从光州固始入闽"这一确定答案。那么，引发林氏不断考究入闽始祖问题的根源是什么呢？正德十一年（1516），林元美之子林瀚应邀为徽州府婺源潘氏家族撰写谱序。《婺源桃溪潘氏续修宗谱序》云：

> 窃惟谱牒之学，才非良史未易言也。是故世系不明，或诬其祖，诬非仁也。是非不公，或枉其实，枉非义也。宗支不辨，或紊其序，紊非礼也。采摭不及或遗其善，遗非智也。信传信，疑传疑，一或不然，非信也。斯谱远法于欧苏，近取于克勤。仁弗诬，义弗枉，礼弗紊，智弗遗，而贯之以信，世家谱牒之作，孰能出其右哉。❶

林瀚认为，修家谱不能污蔑祖先，也不能颠倒是非，因为污蔑先祖是不仁德的行为，弄虚造假是不道义的行为。林浦林氏由于谱牒残毁世系不明。《濂江林氏家谱》卷首有九篇家谱序文，最早一篇是林元美于天顺六年（1462）作，最晚一篇是林柏棠于民国三年（1914）作。九篇之中，只有第一篇提及林氏始祖是何时何地入闽，其余八篇皆未提及此事。

林氏修家谱始终坚持"信"的原则。历代参与《濂江林氏家谱》的纂修者，普遍具有深厚的文史素养。林瀚、林庭机、林燫祖孙三代参与纂修国史，皆任职翰林院。入清后，林枝春也担任过翰林院编修。《濂江林氏家谱》集合了一群优秀的纂修成员，造就了林氏家谱尊重史实、不弄虚造假、不牵强附会的特点。

---

❶ （明）林瀚：《重刊林文安公文集》卷六，傅斯年图书馆藏影印本。

《濂江林氏家谱》的可贵之处在于林氏族人不厚诬其祖，不攀附同姓的权贵名臣。林氏谱牒残缺，但林氏族人没有伪造入闽始祖，而是仔细地考证，审慎地分析，没有人云亦云，也没有照搬抄袭同姓的家谱。福州林浦林氏宁愿世世代代保存残缺的真实谱牒，也不愿意伪造一本看似完整无缺的假家谱。从明代到清代，时间已经过去了两三百年，林氏在入闽始祖的问题上，一直不断地追寻，这种精神是难能可贵的。

第二节　世系及人物考

林浦林氏入闽肇基始祖至第十世的情况皆佚。永乐十三年（1415），林元美重修家谱。新修家谱自十一世开始记载，传至十三世，族人衍为六支，分为礼、乐、射、御、书、数六房。各房之间差异悬殊，发展极不平衡——礼、乐、数三房人丁单薄；射、御、书三房人丁兴旺。林氏博取功名者以及仕宦者也集中在射、御、书三房，尤其是射房与书房。以下根据《濂江林氏家谱》着重介绍射、御、书三房。

射房始祖林养正（十三世）。林养正，字顺之，济叔子，葬浦边。其后裔聚居林浦村土街馆前，称"麻车土街馆前派"。传至十七世，林直方、林直节为"麻车派"始祖。"麻车派"又衍生出"连江县支派"与长乐"锦墩支派"。十九世林清出居土街，是为"射字房土街馆前派"始祖。林清，字自源，号晦轩。林清的后代在科举和仕宦上颇有作为，比如二十三世林庭㭿，是明代林氏家族七科八进士之一。入清之后，射房在科举上日益强盛，人才辈出，其中二十六世林云铭以及二十九世林枝春颇为优秀。

林庭㭿（1508—1550），字利节，号虚江，以《书经》中嘉靖十年（1531）举人，嘉靖十四年中（1535）进士。授中书舍人，选工科给事中，历户部都给事。林庭㭿直言敢谏，上疏弹劾严嵩贪污受贿，祸乱朝纲。疏入，庭㭿被廷杖六十，贬为湖广幕僚。之后，林庭㭿稍迁雷州太守，未赴任，卒于嘉靖二十九年

（1550），年仅四十二岁。《濂江林氏家谱》有《户科都给事中虚江林公传》。林庭
堅擢升雷州太守，李默作《赠虚江林子擢守雷州序》，载《群玉楼稿》卷二。

御房始祖林思怀（十三世），传至二十一世时分为五派，分别是"格池
派""前宅南台派""中亭坛尾派""下董派""格池分贡川派"。明代时期，以始
祖为二十一世林澄的"前宅南台派"最为强盛。

林澄，字元清，号节庵。以《易经》中宣德四年（1429）举人，授山东霑化
教谕，官至琼州府知府。《濂江林氏家谱》有《琼州府知府节庵林公传》。

林一锄，字贞相，号闽江，林澄曾孙，以《春秋》中嘉靖三十一年（1552）
举人，官至感恩知县。《濂江林氏家谱》有《闽江林公传》。

书房始祖林思德（十三世）。思德之子林霆、林震（十四世）均为进士。《濂
江林氏家谱》云："林霆，思德长子，宋进士，授知柳州军事兼内勤农事，爵武经
郎。无子，以乐房定甫次子安曳为嗣。"又"林震，思德次子，宋进士，授潮州
教授，坟瑞迹岭"。❶传至十七世，分为"树兜派"与"胡舍派"。其中"胡舍派"
自第二十一世至二十五世，举业兴盛，世代簪缨，人文鼎盛。林氏大宗庙有一副
对联——上联：进士难，进士不难，难是七科八进士；下联：尚书贵，尚书不贵，
贵在三代五尚书，大抵说的就是这一支派。这一支派的家族成员也是本章文学研
究的重要对象，故而下文将着重介绍这一支派。

"胡舍派"传至二十一世林元美，林氏开始逐渐兴盛。林元美是明代林氏家
族的第一位进士。林元美有五子，濬、瀚、瀔、淮、渭，其中次子林瀚的名位最
显著。林濬，字亨哲，林元美长子。林瀔，字亨渡，号济斋，林元美三子。林
淮，字亨远，林元美四子。林渭，字亨遇，号躇溪，林元美五子，太学生。由于
林淮无传，因此也分为"谦、泰、丰、益"四房，其中林瀚是泰房始祖。以下简
列"胡舍派"第二十一世至二十五世与本章内容重点相关的林氏家族成员。

二十一世：林镠（1401—1469），字元美，号守庵，以字行，永乐十九年
（1421）进士。林元美为官历经永乐、洪熙、宣德、正统、景泰五朝，历官上犹

---

❶ 《濂江林氏家谱》，第 1 页。

知县、宁海知州，官至抚州知府。何乔远《闽书》云："既自免归，友人戴弘龄、方严慎、许可对，坐客握缪手，曰：'公有四知，诸君知乎？'客皆以杨震为拟，弘龄徐曰：'林公历官知县、知州、知府，人皆能之。至其知足，人鲜少能也。'坐客以为名言。"❶ 归之日，彭华有诗送之，以表惜别之情和来日祝愿。《送林太守元美致仕》诗云："太守平明独上书，东风解组赋归兴。海边旧种三株树，门外新悬五马车。竹簟藤床支床后，芒鞋布袜杖藜初。北辰回首高无极，闲看白云自卷舒。"❷

二十二世：林瀚（1434—1519），字亨大，号泉山，成化二年（1466）进士，官至南京兵部尚书，谥文安，著有《林文安公文集》等。林瀚博学多识，仪表风流。陈文烛《四尚书传》云："文安公讳瀚，字亨大，号泉山。成化丙戌进士，长七尺，声若洪钟，美髯，再望之如仙。"❸ 林瀚是个生命力极其旺盛的人。顾清《膳部主事林贞孚告归为令祖泉山翁寿》略云："我初从仕来京国，泉翁六旬头尚黑。明年翁寿八十五，闻道康强只如昔。"❹ 方豪《泉山图序》云："公今七十有八，康强如少年，逍遥如神仙。"❺ 寿序当然有夸大的成分，然而，纵观林瀚一生，基本没有被疾病所困扰，由于身强体健，性格乐观爽朗，诗文也少有苦吟哀戚之作。成化三年（1467），林瀚连丁内外艰。成化八年（1472），起复到部。成化十三年（1477），擢翰林修撰。成化二十二年（1486），任左春坊左谕德，奏请回乡扫墓祭祖。弘治元年（1488），参修《宪宗实录》，并充经筵讲官。弘治三年（1490），任国子监祭酒，有识才之誉。当时，何景明只是国子监生，但林瀚赏识何景明，特意为其作赠行诗。时人以为祭酒赠诗诸生，是前所未有之事。《何先生传》云："既入京师游太学，祭酒林公又甚爱重贤之。归则诗赠焉。于是名盛

---

❶ （明）何乔远：《闽书》第 4 册，福州：福建人民出版社，1994 年，第 2172 页。

❷ （明）彭华：《彭元思集》，《四库全书存目丛书》本，第 681 页。

❸ （明）陈文烛：《二酉园文集》，《四库全书存目丛书》本，第 556 页。

❹ （明）顾清：《东江家藏集》，《景印文渊阁四库全书》本，第 469 页。

❺ （明）叶溥等：（正德）《福州府志》，福州：海风出版社，2001 年，第 488 页。

传，海内犹凤鸣麟出，世人惊睹也。"❶弘治七年（1494），国子监膳银每岁节余数百金，林瀚捐资修建祭酒公馆，从此国子监师生免去僦居之苦。是年十二月，林瀚上奏"开科贡以进人材事"，提议府学、州学、县学、卫学增加贡生录取人数，保障南北国子监的生源。弘治九年（1496），升为礼部右侍郎，仍管祭酒事。弘治十二年（1499），为吏部侍郎。弘治十三年（1500），改任南京吏部尚书。弘治十四年（1501），因灾异率群僚上陈十二事，事关盐钞、军政、庄田、奸贪等。弘治十六年（1503），监察御史王献臣无故自辽东下诏狱，儒士孙伯坚等攀附钻营入选中书舍人，林瀚愤恨难平，上疏"慎刑赏以昭至公事"，疏入，忤旨。正德元年（1506），改南京兵部尚书，参赞机务。上疏引疾乞休，并陈"养正心，崇正道，务正学，亲正人"四事。七月，因灾异复上疏陈十二事。九月，上疏"省驿传以宽民力事"。正德二年（1507）二月，刘瑾假借戴铣等狱词，污蔑林瀚属于奸党，林瀚被贬浙江参政，致仕。三月，刘瑾召群臣跪金水桥南，矫诏称林瀚与大学士刘健、谢迁等53人为朋党，颁示天下。正德五年（1510）八月，刘瑾诛，林瀚复官南京兵部尚书，仍准致仕。正德十四年（1519），九月卒于家，享年八十六岁。

林瀚共九子，其中庭㭗、庭机最显。九子中，两人以乡进士终，其余七人均授官。

二十三世：林庭桂（1459—1483），林瀚长子，字利芳，号继省，成化十六年（1480）举人。庭桂早夭，以嗣子炀贵，赠都督府都事。《继省林公传》云："资性绝人，词藻秀发，年二十二登成化庚子乡荐，会试后期，因卒业太学。大司成邱文庄公极器重之，年二十五病卒。"❷在太学与淮阳顾德光友善，顾能诗，酬唱无虚日。及卒德光伤悼不已，类其诗一帙，题曰"邻笛遗悲"。莆田见素林公为之序。庭桂诗作多是感怀之作，借登临古迹，抒发兴衰感慨。如《游鸡鸣寺感述》诗云："丹飞翠耸势盘旋，别是人间一洞天。春屐印干苔砌雨，晓钟撞

---

❶ （明）何景明：《大复集》，《景印文渊阁四库全书》本，第352页。

❷ 《濂江林氏家谱》第一册，第7页。

破树林烟。支龙突地成雄镇,梁燕争泥挠定禅。莫上层台最高处,六朝遗事草芊芊。"❶

林庭㭿(1472—1541),林瀚次子,字利瞻,号小泉,弘治十二年(1499)进士,官至工部尚书,著有《小泉奏稿》等。林庭㭿主修的《江西通志》是明代江西第一部省志。嘉靖二年(1523),林庭㭿赴任江西参政。巡抚盛应期嘱其修《江西通志》。林炫《先康懿公编年行实》云:"会吏部拟公补江西参政。今上皇帝嘉靖癸未之江西,巡抚盛公应期体尚尊大,独待公以殊礼,檄修《江西通志》。公秉笔严正详核,有良史之风焉。"❷盛应期,字思征,号值庵,弘治六年(1493)进士,苏州府吴江人,官至右都御史。《闽书》云:"庭㭿颖悟绝人,眉目疏秀如画,风华谈谑雅冠风流。"❸林庭㭿为官有政声。《四友斋丛说》云:"皇甫司勋子循尝语余曰:'小时见林小泉庭㭿为太守日。小泉有大才,敏于剖决。公余多暇日,好客,喜燕乐。每日有戏子一班,在门上伺候呈应,虽无客亦然。长吴二县轮日给工食银五钱。戏子既乐于祗候,百姓亦不告病。今处处禁戏乐,百姓贫困日甚,此不知何故也。'"❹

林庭楷(1476—1543),林瀚三子,字利贤,号心泉。庭楷安田园,独守乡庐,后输粟授官出为福州左卫指挥佥事。庭楷为人慷慨,喜饮酒,好宾客。❺

林庭㭎(1488—1543),林瀚四子,字利高,号玉泉。庭㭎十岁承父荫,游太学,授南京右府都事迁经历,擢庆远郡守。庭㭎为人不喜逢迎,为官廉洁自守。初到庆远之时,各州土官按往年旧例馈金为贺,庭㭎坚决不受。

林庭樟(1492—1566),林瀚五子,字利升,号思泉。庭樟弱冠补郡庠生,屡试弗售,历官泰州同知,广东都司经历。"居尝手不释卷,喜吟咏,尤熟于典

❶ (明)曹学佺编:《石仓历代诗选》,《景印文渊阁四库全书》本,第450页。

❷ (明)林炫:《林榕江先生集》,《原国立北平图书馆甲库善本丛书》本,第131页。

❸ (明)何乔远:《闽书》第3册,福州:福建人民出版社,1994年,第2174页。

❹ (明)何良俊:《四友斋丛说》,北京:中华书局,1959年,第109页。

❺ (明)林炫:《明福州左卫指挥佥事心泉林公配孺人谢氏合葬墓志铭》,《林榕江先生集》,《原国立北平图书馆甲库善本丛书》本,第257页。

故。与坐客谈终日忘倦，居官苟且绝迹，以是受知当路。"❶庭樟性格耿介，以与世俗沉浮为耻。在诗文中，林庭机多次提到兄长庭樟。《寄寿思泉兄六十》云："守官廉如水，行己直如弦"；《题思泉兄三宜轩》云："吾兄性耿介，耻与时沉浮"；《哭经阃思泉兄》云："佐郡称良吏，承家有古风。"❷

林庭榆（1495—1545），林瀚六子，字利功，号见泉，历任琼州推官、潮州府同知。庭榆有孝悌之行。林瀚离世后，庭榆承担起抚育幼弟的责任，兄弟不曾分居异爨。❸林庭机《哭潮郡推见泉兄》诗云："每诵宜兄什，还推佐郡贤。生平三尺法，能使万人传。雁断嗟何及，琴亡恨转牵。空将两行泪，□向越南天。"❹

林庭枌（1499—1582），林瀚七子，字利茂，号小山。庭枌以乡贡肄业太学，年五十谒选，授上虞丞。后以病乞归，构园林，日与同志赋诗酬饮。林炫《咏小山叔林园八景》其一云："三径开城郭，双河抱屋庐。岂谓园林小，中藏万卷书。"❺

林庭枝（1499—1536），林瀚八子，字利达，号寒泉，正德十四年（1519）举人，著有《林孝廉诗》。林庭机《读贡士寒泉兄遗稿》诗云："射策金门事已休，文章空自冠儒流。灯前泪堕邮亭榻，溪上愁分建水舟。桂树忽催秋夜雨，雁行俄断越江楼。今生拟结来生果，重续埙篪到白头。"❻

林庭机（1506—1581），林瀚九子，字利仁，号肖泉，谥文僖，著有《世翰堂稿》。嘉靖十四年（1535），庭机中进士，选庶吉士。次年散馆，授翰林院检讨。嘉靖三十年（1551），任国子监司业。嘉靖三十四年（1555），建安李默推荐庭机为南京国子监祭酒，但庭机为严嵩所忌，数月后转为太常寺卿。吴文华《明资德大夫正治上卿南京礼部尚书肖泉林公墓志铭》云："会建安李太宰以舆论推

❶ （明）林庭机：《先兄广东都司经历墓志铭》，《世翰堂稿》，《原国立北平图书馆甲库善本丛书》本，第650页。

❷ （明）林庭机：《世翰堂稿》，《原国立北平图书馆甲库善本丛书》本，第520、530、565页。

❸ 详见（明）林庭机：《祭潮郡推见泉兄文》，《世翰堂稿》，《原国立北平图书馆甲库善本丛书》本，第664页。

❹ （明）林庭机：《世翰堂稿》，《原国立北平图书馆甲库善本丛书》本，第511页。

❺ （明）林炫：《林榕江先生集》，《原国立北平图书馆甲库善本丛书》本，第116页。

❻ （明）林庭机：《世翰堂稿》，《原国立北平图书馆甲库善本丛书》本，第552页。

择，疏陟南祭酒，而分宜意雅不在公，又欲予所昵者坐，是数月即转太常，太常秩稍尊而清华视祭酒不逮。"❶陈文烛《四尚书传》云："公编摩史局，垂十七年迁司业。已转南京国子祭酒，乃李公默所荐，分宜忌之，改公南太常。转南工侍，滞南都十年余。或有讽之者，公曰：'有命焉'。吾不能干时好耳。"❷吴文华《明资德大夫正治上卿南京礼部尚书肖泉林公墓志铭》云："至分宜父子专政，独徊翔南服且十年，其深坚不可夺，即勇有贲育，安所论膂力哉。"❸严嵩被罢相，庭机方升南京工部尚书。陈文烛《四尚书传》云："改南礼，会北礼侍郎缺，廷推公。分宜又忌之，竟用陪者。分宜罢，始进南工部尚书。"❹庭机为人淡泊，有雅量，对于仕途升迁不甚在意。"余姚孙文恪公常曰：'不忮不求，仅见林公耳。'莆田康司空同在史局，扁其斋'学林'，或问之言：'林公雅量，不可及也。'"❺

林瀚有孙十九人，其中林炫、林炀、林㸡、林烃、林光较为优秀。

二十四世：林炫（1495—1545），字贞孚，号榕江，林瀚之孙，林庭棉之子，著有《林榕江先生集》《卮言余录》《困知记笺》《刍尧余论》等，预修《（正德）福州府志》。正德九年（1514），林炫中进士。次年，任礼部精膳清吏司主事。正德十五年（1520），改任礼部主客司主事。嘉靖二年（1523），林炫改官南京，历任南京礼部仪制清吏司署郎中事主事、南京兵部武选清吏司署员外郎、南京仪制郎中。期间，林炫上奏疏《南京兵曹处置事宜状》，建议革帮钱、厘凤弊、恤皂役、清马政，剖析利害，切中时弊。嘉靖四年（1525），林炫乞告还乡。归闽后，林炫于琼河之上，营建水云居，与王慎中、龚用卿、林春泽等人结鹤圃清音社。嘉靖十九年（1540），起复礼部精膳司郎中。次年二月，林炫抵京。八月，林庭棉卒于家，林炫回闽丁忧。嘉靖二十四年（1545），起复南京通政司参议，未任卒，享年五十一岁。

---

❶（明）吴文华：《济美堂集》，第561页。

❷（明）陈文烛：《二西园续集》，第559页。

❸（明）吴文华：《济美堂集》，第562页。

❹（明）陈文烛：《二西园续集》，第559页。

❺（明）陈文烛：《二西园文集》，《四库全书存目丛书》本，第559页。

林炀（1503—1589），字贞和，号云江，林庭楒之子，林炫之弟，以郡庠生承荫入太学，官至曲靖知府。

林燫（1524—1580），字贞恒，号对山，谥文恪，林瀚之孙，林庭机长子，著有《林学士诗集六卷文集十二卷》等。嘉靖二十六年（1547）进士，改庶吉士。嘉靖二十八年（1549）授翰林院检讨。嘉靖三十七年（1558），授翰林院修撰。嘉靖四十年（1561），景恭王就邸，林燫充景恭王讲读官。次年，与修《永乐大典》，升司经局洗马兼翰林院侍讲。嘉靖四十五年（1566），升为国子监祭酒。隆庆元年（1567）五月，升为礼部右侍郎兼翰林院学士，仍充经筵讲官。隆庆二年（1568），改调南京吏部侍郎。万历元年（1573），晋升为南京工部尚书，后改为南京礼部尚书。母丧丁忧，服阕后因父老，乞求归养。家居七年，万历八年（1580）卒于家，赠太子少保，谥文恪。

林烃（1540—1616），字贞耀，号仲山，林庭机之子，林燫之弟，官至南京工部尚书，著有《覆瓿草》《林烃文稿》《林氏杂记》。嘉靖四十一年（1562），林烃中进士，除户部山西司主事，擢升户部江西清史司署员外郎事主事。嘉靖四十五年（1566）十月，林烃称病归乡。隆庆三年（1569）冬，奏请改官南京。次年春，赴任南京兵部驾司员外郎。转库部郎，议废"烙马法"。隆庆六年（1572），任建昌知府。余孟麟作《送林库部守建昌便道归觐》（《余学士集》卷六）。在建昌，林烃断案果决，百姓无羁候之苦，民间称其为"林一升"。万历二年（1574），母李氏卒，归家丁忧。万历五年（1577），服阕，任太平府知府。万历八年（1580），擢升广西按察司副使。是年十一月，长兄林燫卒于家中，便弃官归田，家居十六载。万历二十三年（1595），起复浙江金衢副使。万历二十五年（1597），擢升广东左参政。是年十一月，抵岭南。次年四月，进京入贺，在任仅五个月。万历二十七年（1599），林烃六十岁，上疏辞官。是年五月抵家，居家三年。返家后，上《陈矿税奏稿》。万历三十二年（1604），由太仆寺添注少卿升南京太仆寺卿。是年七月，因京师水灾，上《条陈灾异疏》。在滁州，林烃留心文教，刊刻《南滁会景编》十二卷，增以十景图，作《滁阳十景图引》。万历三十四年（1606），升南京大理寺卿，不愿赴任。董应举作《仲山先生领南大理家居未赴群情企想作此劝驾》。(《崇相集》诗稿卷一)是年秋，林烃以大理寺卿入贺。曹学佺作《奉送大廷尉林公入贺》。事毕，林烃上疏辞官，回籍养病，家居六年。万历三十九年(1611)，擢升南京工部尚书。万历四十四年(1616)，林烃卒于家中，享年七十七岁。

林光(1548—1626)，字贞实，号季山，林庭机三子，郡庠生，以荫入太学，授南京左军都督府都事，历官户部员外郎、户部郎中。

林瀚有曾孙四十人，其中林世璧、林世吉、林世勤、林世都、林世教较为优秀。

二十五世：林世璧，字天瑞，号彤云子，林炫之子，诗集《彤云集》不传。俞宪《盛明百家诗》收录《林公子诗集》一卷。林世璧颇有诗名，卒后，入祀高贤祠。其一生狂傲，厌弃举子业，喜饮酒赋诗，有山水烟霞之癖。钱谦益《列朝诗集小传》中林世璧条："世璧，字天瑞，闽人，尚书康懿公之冢孙也。生而善病，高才傲世，醉后挥洒，千言立就。尝游鼓山，赋诗云：'眼前沧海小，衣上白云多。'鼓掌狂笑，失足坠崖而死。年三十六。有《彤云集》六卷。"❶

林世吉(1547—1616)，字天迪，号泰华山人，林庭机之孙，林燫长子，郡庠生，以荫入太学，授南京右军都督府都事，官至户部员外郎。

林世勤(1555—1631)，字天懋，号念劬，林燫次子，郡庠生，入太学。万历十一年(1583)，世勤有孝名，朝廷钦赐牌坊。

林世都(1559—1624)，字天赞，号金台，林庭榆之孙。万历十六年(1588)中举人，选祁门教谕，擢北京国子监博士，官至南京户部主事。

林世越(1567—1626)，字天卓，号立斋，林烃次子，郡庠生，以荫入太学，授南京右军都督府都事，官至户部员外郎。

除了泰房之外，胡舍派丰房子孙在科第和文学上也比较突出。

林庭模(1471—1534)，字利正，号秋江，林瀄之子，林瀚侄子。弘治十一年(1498)中举人，授潮州府同知。(二十三世)

---

❶ (清)钱谦益：《列朝诗集小传》(下)，上海：上海古籍出版社，1983年，第529页。

林烨（1491—1564）❶，字贞华，号小江，林庭模长子，林瀚侄孙。嘉靖元年（1522）中举人，授保昌知县，升南昌府同知，擢荣府左长史。以子林垠贵，封奉直大夫，赠户部员外郎。（二十四世）

林烁（1519—1600），字贞义，号湖山，林庭模八子。嘉靖二十二年（1543）中举人，由县学教谕擢升大庚知县，历任泸州知州、雷州府同知，官终靖江王府长史。（二十四世）

林垠（1509—1576），字天宇，号野桥，林烨之子。嘉靖十年（1531）中举人，授桂阳知州，升抚州同知，官至户部员外郎，有《世牧堂稿》。（二十五世）

林元美家族世系简图 ❷ 如图 1-1 所示。

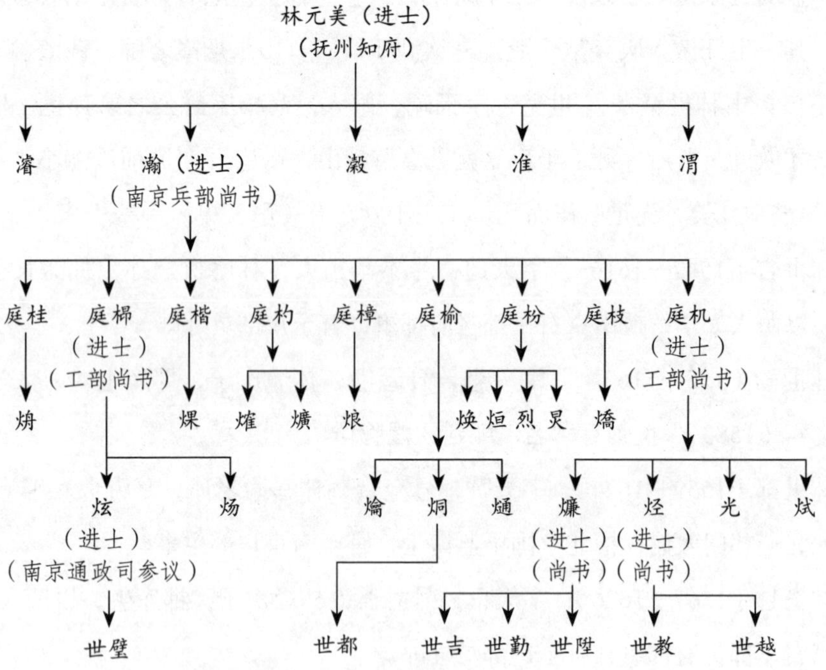

图 1-1　林元美家族世系简图

---

❶ 《濂江林氏家谱》书上第 18 页记载林烨享年七十四，卒年嘉靖十三年（甲午）不确，应该是嘉靖四十年（甲子）。

❷ 林元美一系人丁兴旺，与本书有关的大致是林瀚一系，此处其他诸房从简。

第三节　家族著述考

本节拟对明清时期福州林浦林氏家族撰著、编述、预修的所有著作，做以下几方面的考察：一、记录存佚；二、辨别真伪；三、考查诗文集版本馆藏、同书异名的情况。明代，福州林瀚家族涌现"七科八进士，三代五尚书"，是闽中科甲望族。郭子章《太守林仲山先生寿序》云："林氏自文安、康懿以名世硕卿显德、靖间，司空、宗伯以讲幄旧德伏三山负苍生望。祖孙父子迭据鼎铉，明兴二百年来亡两氏者。"❶古人关于林氏的记载，或有夸大之嫌，然考索文献，林浦林氏不仅科举事功彰显国史，在艺文著述上也颇有作为。明清两代，林氏世代书香，累世词臣，其家族著述涉及经史子集四部。虽历经数百年人世变换，但其著述仍颇为可观，此亦可证，林浦林氏享誉盛名，诚非有名无实。

一、明代林氏著述考

（一）《文安公集》

（万历）《福州府志》卷七十一：十卷。

金檀编《文瑞楼藏书目录》卷八：二十二卷。

（二）《泉山集》

黄虞稷《千顷堂书目》卷二十"别集类"：二十五卷。

（民国）《福建通志·福建艺文志存目》卷四十一"别集类三"：二十五卷。

（三）《林文安公文集》

（民国）《福建通志·福建艺文志》卷六十一"别集类七"：未注明卷数。

---

❶ （明）郭子章：《留草》卷一，蓝格旧钞本。

《林文安公文集》（今存四卷，卷一至卷四）

广东省立中山图书馆藏。嘉靖三年（1524）林庭棉刻本。半页九行，每行二十字，白口，双鱼尾。卷首有林俊《林文安公传家集序》。此书系莫伯骥五十万卷楼旧藏，见罗焕好《我国近代著名藏书家莫伯骥及其五十万楼藏书》。❶

林俊《林文安公传家集序》云："俊族姻后行，先生尝曰：'迁老之文，吾见素叙之。'抑缩以久，仲子藩伯君利瞻将锓梓以传，以书来速。"❷

《林文安公文集》（存卷十五至卷十九，残本）

福建省图书馆藏。嘉靖刻本一册。此书系沈祖牟夫人张瑞美捐赠。福建师范大学图书馆藏手抄本。

（四）《重刊林文安公诗集八卷附录一卷文集九卷》

《重刊林文安公诗集》八卷、《重刊林文安公文集》九卷，嘉靖十六年序（1537）刊本，7册，藏于日本内阁文库、傅斯年图书馆（影印）。卷目后两行上署"南京礼部郎中不肖孙炫敬编，知福州府事后学山阳胡有恒校刊"。

卷首有陈节之序，陈节《重刊林文安公诗文集序》云："公官翰林，历胄监台省，平生所为诗若文凡若干篇，旧有刻本，间多伪讹。吾福郡守慎斋先生乃躬加校阅，用梓以传。"❸

（五）《林亨大稿》一卷

清代俞长城选评《可仪堂一百二十名家制义本》有《林亨大稿一卷》，中国国家图书馆藏；清抄本《名家制义六十一家本》有《林亨大稿一卷》，中国国家图书馆藏。

《可仪堂一百二十名家制义本》，约清康熙间刻、乾隆三年文盛堂与怀德堂合印本，竹纸。半页9行，每行26字；白口，四周单边，无鱼尾；版框高19.8厘米，宽11.5厘米。书口上端镌"名家制义"，下端镌"可仪堂"，中部镌"成化丙

---

❶ 广东省立中山图书馆编：《广东省立中山图书馆同人文选2002-2012》，广东经济出版社，2012年，第580页。

❷ （明）林瀚：《林文安公文集》卷首，嘉靖三年（1524）刻本，广东省立中山图书馆藏。

❸ （明）林瀚：《重刊林文安公诗集》卷首，傅斯年图书馆藏影印本。

戍"等。

（六）《宋元通鉴纲目》（《续通鉴纲目》）

雷礼等《皇明大政纪》卷十五云："（成化九年）十一月，谕大学士彭时编纂《宋元纲目》。时因奏翰林春坊等官刘翔、王献、彭华、杨守陈、尹直、黎淳、谢一夔、郑环、刘健、汪谐、罗璟、程敏政、陆简、林瀚分为七馆编纂。明年，丘浚丁忧起复，令同编纂，再加一馆，为八馆云。"❶

（七）《明宪宗实录》

据陈文烛《四尚书传》（《二酉园续集》卷十五）

林庭桂

（一）《林利芳集》

（同治）《福建通志》卷六十七：无注明卷数。

（二）《邻笛悲唱卷》

卷首有林俊序，卷后有弘治十四年（1501）林瀚题跋。

《题邻笛遗悲后》云："呜呼，此一卷诗歌皆吾子庭桂登俊时手笔也。殁后其友凤阳顾伯谦表而藏之，复请今都宪姻契待用为序。其意交谊无间于存亡，视子期之思叔夜情尤笃焉。后数年，伯谦取京闱亚魁，卒业于太学。予时为祭酒，荐试其才，深以伟器期之，足绍尊府都宪公之芳躅耳。奈何天夺之速而亦不永其年，予心伤悼，触处凄然，匪待闻邻笛之声而后发也。伯谦与吾子同游于九京，其知之否乎。阁泪书此，以还乃孤，俾留为世讲之张本云。"❷

---

❶ （明）雷礼等：《皇明大政纪》，《四库全书存目丛书》史部第 8 册，济南：齐鲁书社，1997 年，第 307 页。

❷ （明）曹学佺：《石仓十二代诗选》，《域外汉籍珍本文库》第五辑，第十一册，重庆：西南师范大学出版社，北京：人民出版社，2015 年，第 197 页。

林庭㭬

林庭㭬著述甚多，可惜传世甚少。前人整理林庭㭬著述，存在误收的情况，例如林庭㭬给某书作序，也被误认为该书是林庭㭬所著。《长芦运司志》并非林庭㭬所著。❶王国维《传书堂藏书志》记载明刊本《长芦运司志》七卷是天一阁藏书，由明郭五常、冷宗元编撰。卷首有嘉靖十三年（1534）林庭㭬序、伦以训序、岑万后序、郭五常跋。此志成于嘉靖十三年（1534）。

（一）《康懿公文集》

（万历）《福州府志》卷七十一艺文志二：十卷。

黄虞稷《千顷堂书目》卷二十一"别集类"：《康毅公集》十卷。

（同治）《福建通志》卷六十七：十卷。

（民国）《福建通志·福建艺文志存目》卷四十一"别集类三"：十卷。

（二）《小泉稿》六卷，或题为《小泉录稿》

徐𤊟《新辑红雨楼题记·徐氏家藏书目》卷四：六卷。

黄虞稷《千顷堂书目》卷二十一"别集类"：六卷。

金檀编《文瑞楼藏书目录》卷九：《小泉录稿》六卷。

（同治）《福建通志》卷六十七：《小泉录稿》六卷。

（三）《小泉奏议》

《明史·艺文志》：未注明卷数。

（四）《小泉林公奏稿一卷续录一卷》

（同治）《福建通志》卷六十七：《小泉林公奏稿一卷续录一卷》。

王国维《传书堂藏书志》上"史部"二：《小泉林公奏稿一卷续录一卷》。

赵万里《云烟过眼新录》云："明林庭㭬撰。嘉靖十六年徐缙序，嘉靖丁酉林霁、黄希雍跋。'题直隶苏州府知府王仪、同知黄希雍梓行'，男礼部郎中炫、国

---

❶ 详见王国维撰；王亮整理：《传书堂藏书志》（上），上海：上海古籍出版社，2014年，第408页。（同治）《福建通志》、（民国）《福建通志》皆以为《长芦运司志》是林庭㭬所著。

子官生炀校。" ❶

　　按：此书为苏州知府王仪、同知黄希雍刊刻，林庭㭿之子林炫、林炀校对，卷首有嘉靖十六年（1537）徐缙序、林霁跋、黄希雍跋。半页八行，行十八字。旧为天一阁藏书。徐缙（1482—1548），字子容，号崦西。明代吴县人，王鏊长婿，弘治十八年（1505）进士，官至吏部尚书。另外，据赵万里先生《过眼云烟新录》记载，此书已毁于战火。"1930 年及 1931 年夏，赵万里休假还家，行经上海，通过张菊生先生介绍，得以在东方图书馆阅览涵芬楼藏书。赵万里在东方图书馆前后十余日，读书四百余种，其中多半是范氏天一阁所藏孤本图书。赵万里先生在日记中摘录书名、序跋、卷第。1932 年 1 月 28 日，闸北战火肆虐，东方图书馆数十万册中西文图书毁于战火。《小泉林公奏稿》及《续稿》即毁于此时。" ❷

　　（五）《小泉日录》

　　（同治）《福建通志》卷六十七：未注明卷数。

　　（六）《鳞鸿集》

　　（同治）《福建通志》卷六十七：未注明卷数。

　　（七）《交际礼志》

　　（同治）《福建通志》卷六十七：未注明卷数。

　　（民国）《福建通志·福建艺文志存目》卷四十一"别集类三"：未注明卷数。

　　（八）《延宾纪》

　　（同治）《福建通志》卷六十七：未注明卷数。

　　（九）（嘉靖）《江西通志》

　　《四库全书总目提要》卷七三史部"地理类"：三十七卷。

　　（同治）《福建通志》卷六十七：三十七卷。

---

❶ 冀淑英，张志清，刘波主编：《赵万里文集》，北京：国家图书馆出版社，2012 年，第 405 页。
❷ 冀淑英，张志清，刘波主编：《赵万里文集》，北京：国家图书馆出版社，2012 年，第 404 页。

（嘉靖）《江西通志》有嘉靖四年刻本和嘉靖间增刻本。❶

中国国家图书馆藏，存二卷（二十卷至二十一卷）。九行二十字，白口，四周双边。

《原国立北平图书馆甲库善本丛书》第357—358册收录（嘉靖）《江西通志》三十七卷。存八卷（卷八至卷十三、卷三十至卷三十一）。

台湾成文出版社影印本《江西通志》三十七卷，每半页九行、行二十字，小字双行、行二十字，四周双边。

江西省图书馆藏（嘉靖）《江西通志》三十七卷，收入《四库存目丛书》史部第182-183册。

林庭枝

（一）《林孝廉诗》

（同治）《福建通志》卷六十七：未注明卷数。

（民国）《福建通志·福建艺文志存目》卷四十一"别集类三"：未注明卷数。

按：是书已佚。卷首有王稚登序。林烃《王百谷书（一）》云："孝廉集一帙，世父仅存之稿，先公垂没之命，贱子不孝之宿负也。"林烃《王百谷书（二）》云："顷缘先兄文恪通家之谊，得幸与门下。世父孝廉微惠名笔焜耀至今。"❷

林庭机

（一）《世翰堂稿》

《传书堂藏善本书志》下集部明别集：十卷。

《传书堂藏善本书志》云："闽中林廷机著，金陵许谷选，豫章后学万梦桂校。许谷序，万历七年。龙宗武序，万历己卯。廷机，字利仁，号肖泉，闽人，嘉靖

---

❶ 余日蓉：《明嘉靖〈江西通志〉版本考》，《江西社会科学》，1998（12），第45-47页。

❷ （明）林烃：《林烃文稿》卷二，手抄本，上海图书馆藏。

已未进士，官南京礼部尚书。谥文僖。《千顷堂书目》有《世翰堂集》十二卷，此凡诗四卷，文六卷，四库未著录，贵阳陈氏藏书。"❶

按：万历七年（1579）闽县林烃姑孰郡斋刻本《世翰堂稿》十卷，旧藏于北平图书馆，后辗转藏于台湾。《中国古籍总目》集部2：林庭机《世翰堂稿》十卷，万历刻本，日本尊经阁藏。

（二）《世翰堂集》

黄虞稷《千顷堂书目》卷二十三"别集类"：十二卷。

（万历）《福州府志》卷七十一：《世翰堂稿》十二卷。

（民国）《福建通志·福建艺文志存目》卷四十一"别集类三"：《世翰堂稿》十二卷。

此书系万历八年（1580）林烃刻本，分为《世翰堂文集》和《世翰堂诗集》。杭州图书馆藏《世翰堂诗集》四卷，刻本。清华图书馆藏《世翰堂文集》八卷。据《清华大学图书馆藏善本书目》：《世翰堂文集八卷附录一卷》，万历八年（1580）林贞耀刻本，五册一函。九行十八字，白口，四周双边，有刻工。钤"丰华堂书库宝藏印"。

按：祁承㸁《澹生堂读书记·澹生堂藏书目》下"国朝福建东西两粤诸公集［福建］"：《世翰堂稿》八卷五册。疑此书即《世翰堂文集》八卷❷。

（三）《平曾一本叙》

黄虞稷《千顷堂书目》卷五"别史类"：一卷。

《明史·艺文志二》：一卷。

❶ 谢维扬，房鑫亮主编：《王国维全集》（第十卷），杭州：浙江教育出版社，2010年，第505页。
❷ （明）祁承㸁撰；郑诚整理；吴格审定：《澹生堂读书记·澹生堂藏书目下》，上海：上海古籍出版社，2015年，第728页。

37

林庭模

（一）《秋江集》❶

（民国）《福建通志·福建艺文志》卷六十一"别集"：未注明卷数。

（二）《两江渔唱》（林庭模与其子林烨合著）

（民国）《福建通志·福建艺文志存目》卷四十一"别集类三"：未注明卷数。

林炫

（一）《榕江集》

《千顷堂书目》卷二十二"别集类"：十卷。

（二）《林榕江先生集》

嘉靖二十七年（1548）闽县林氏家刻本：三十卷。

范氏天一阁钞本：三十卷。

按：两种版本皆三十卷，诗集十卷、文集二十卷。刻本影印收入《原国立北平图书馆甲库善本丛书》第 750 册；影印钞本收入《北京图书馆古籍珍本丛刊》第 109 册。

（同治）《福建通志》卷六十七：三十八卷。

（民国）《福建通志·福建艺文志存目》卷四十一"别集类三"：三十八卷。

按：《榕江文集》二十卷、《榕江诗集》十八卷。

（三）《卮言余录》

（同治）《福建通志》卷六十七：十三卷。

按：明钞本，半页九行二十字。上海图书馆藏。

（四）《困知记笺》

（同治）《福建通志》卷六十七：未注明卷数。

---

❶ （同治）《福建通志》卷六十九"明经籍"，误将闽县林庭模《秋江集》归在"永福县"。详见该书第三册，第 1433 页。

（五）《刍尧余论》

（同治）《福建通志》卷六十七：未注明卷数。

林烨

（一）《微词什伍》

黄虞稷《千顷堂书目》卷十二"杂家类"："林晔，《微词什伍》二十四卷。闽县人。宇宙名物，罔不罗列。"

何乔远《闽书》卷一百二十六：林烨著《微词什伍》二十四卷。

（万历）《福州府志》卷六十四，人文志十二："林烨，闽县人。有醇行，其学涉猎书史，著《微词什伍》二十四卷。宇宙名物，罔不罗列，亦成一家言者。有友人以珠葛寄于烨，后倭起，友人殁于难，烨召其子还之，乡人称其笃谊。"❶

（二）《两江渔唱》（林庭模与其子林烨合著）

（民国）《福建通志·福建艺文志存目》卷四十一"别集类三"：未注明卷数。

林燆

（一）《露华轩稿》

同治《福建通志》卷六十七：未注明卷数。

林燫

（一）《诗说》

同治《福建通志》卷六十七：未注明卷数。

（二）《四书直解》

同治《福建通志》卷六十七：未注明卷数。

（三）《经筵讲义》

同治《福建通志》卷六十七：未注明卷数。

---

❶ （万历）《福州府志》卷六十四，人文志十二，第 601 页。

（四）（万历）《福州府志》

同治《福建通志》卷六十七：三十六卷。

民国《福建通志》卷二十五、《福建艺文志》卷二十八：三十六卷。

按：此书系林燫辑，袁表、刘镇、马荧同修。日本内阁文库藏林燫修《福州府志》三十六卷，十册，万历二十四年（1596）刊本，影印本收入《日本藏中国罕见地方志丛刊》第 37 种，1991 年书目文献出版社出版。

（五）（嘉靖）《承天大志》四十卷

按：《承天大志》徐阶任总裁官，董份任副总裁官，张居正、林燫、诸大绶、吴可行任纂修官。此书系民国二十六年（1937）钟祥县志局重刻铅印本，影印本收录《重庆图书馆藏稀见方志丛刊》第 23-24 册。

（六）《文恪集》

祁承㸁《澹生堂读书记·澹生堂藏书目》"国朝福建东西两粤诸公集〔福建〕"：《林文恪公集》。

《四库全书总目提要》卷一七七"别集类"：二十二卷。

"是集诗六卷，文十六卷，末附王世贞、王稚登所撰传二篇。《千顷堂书目》载林燫《学士文集》十六卷，《诗集》六卷。集名不同，然卷数皆相合，盖即此本。疑燫没后重刻，改题其谥也。"

（民国）《福建通志·福建艺文志》卷六十一"别集类七"：二十二卷。

《千顷堂书目》卷二十三"别集类"：《林学士文集》十六卷、《诗集》六卷。

按：台湾傅斯年图书馆所藏林燫诗文集是影印日本内阁文库所藏万历十七年（1589）明刊本。《四库全书存目丛书》集部 115 册收录《林学士诗集》六卷、《林学士文集》十六卷，影印南京图书馆藏清钞本。

林烃

（一）《覆瓿草》

《四库全书总目提要》卷一七八"别集类"：六卷。

按：四库馆臣记载林烃《覆瓿草》卷首有王稚登序❶。日本国立公文书馆藏《覆瓿草》，卷首为胡应麟序。说明两书不是一个版本。

黄虞稷《千顷堂书目》卷二十四"别集类"：六卷。

按：《覆瓿草》六卷，两册。日本国立公文书馆藏万历二十五年（1597）序刊本，原系日本红叶山文库旧藏。书高 25.1cm，宽 16.5cm。框高 19.9cm，宽 14.2cm。半页九行十八字，白口，白鱼尾，左右双边。卷首有万历二十五年（1597）胡应麟序。卷目后两行下署"闽中林烃贞耀甫著，东越胡应麟元瑞甫校"。卷中钤"祕阁图书之章"印记。

（二）《林烃文稿》二卷

手抄本一册，藏于上海图书馆，该书半页九行，行二十二字，黑格抄本，无序跋。卷一序二十一篇、碑一篇；卷二疏十八通、表五篇、书三十一通。

（三）《林氏杂记》不分卷

浙江省图书馆藏。明钞本。半页九行，每行二十字。书宽 14.5cm，长 24.5cm。卷内宽 11cm，长 18cm。卷首有清代王存善题识。"书中圣祖庙讳尚未避写，知必在康熙前也。此明钞本也。后林同人跋记，存善识。"❷又有林烃题识。"顷余读礼山居无事，辄取赫蹏书之，投篋中。不复省录，且十余年矣。岭南公暇，偶简出蠹蚀居半。因命小僮笔存之以备遗忘。仲山氏识。"❸此书乃林烃在广西副使任上编订。全书分为《先德记》《时事记》《宦游记》《杂记》四个部分，卷尾有高兆题跋、林佩题跋。嘉庆十二年（1807），该书为赵在翰所藏。"嘉庆丁卯，□中同邑后生赵在翰谨藏。"❹赵在翰，字鹿园，福建侯官人，嘉庆时诸生，辑有《逸论语》《晋书补表》《七纬》等书。

（四）《福建运司志》（《八闽鹾政志》）

按：《玄览堂丛书》收录林烃等撰《福建运司志》十六卷。该书卷首有林烃万

❶ （清）纪昀总纂：《四库全书总目提要》，石家庄：河北人民出版社，2000 年，第 4792 页。
❷ （明）林烃：《林氏杂记》不分卷，明钞本，浙江省图书馆藏。
❸ （明）林烃：《林氏杂记》不分卷，明钞本，浙江省图书馆藏。
❹ （明）林烃：《林氏杂记》不分卷，明钞本，浙江省图书馆藏。

历四十一年（1613）序。又有修志姓氏，主修江大鲲等人；总裁林烃、林材，纂修谢肇淛、王宇等。1981年台湾图书馆影印郑振铎辑《玄览堂丛书》。黄虞稷《千顷堂书目》卷九"食货类"：谢肇淛、王宇《八闽鹾政志》十六卷。廖虹虹《谢肇淛的著述及部分作品版本源流》认为《福建运司志》纂修者是谢肇淛，《福建运司志》即《八闽鹾政志》。见朱万曙主编，丁放、方锡球、朱继清等副主编，《古籍研究》2009卷，总第55-56期，辑刊。

林烃

（一）《齐云楼稿》

谢肇淛《司城贞胜林公传》云："著有《齐云楼稿》若干卷，丁巳烬于火。"（《濂江林氏家谱》）

（二）《益甫集》

谢肇淛《司城贞胜林公传》云："今存者为《益甫集》。"（《濂江林氏家谱》）

林垠（林庭模之孙，林烨之子）

（一）《野桥集》

《千顷堂书目》卷二十三"别集类"：六卷。

（民国）《福建通志·福建艺文志存目》卷四十一"别集类三"：六卷。

（二）《世牧堂稿》

《千顷堂书目》卷二十三"别集类"：未注明卷数。

（民国）《福建通志·福建艺文志存目》卷四十一"别集类三"：未注明卷数。

（三）《孝经述事》

（同治）《福建通志》卷六十七：一卷。

（民国）《福建通志·福建艺文志存目》卷七"孝经类"：一卷。

林世璧

（一）《彤云集》

见（万历）《福州府志》卷七十一艺文志二：二卷。

《千顷堂书目》卷二十六"别集类"：六卷。（民国）《福建通志·福建艺文志存目》卷四十一"别集类三"：六卷。

（二）《林公子集》

明隆庆间无锡俞宪刻《盛明百家诗》本《林公子集》一卷。

（三）《小窗纪闻》

（民国）《福建通志·福建艺文志存目》卷四十一"别集类三"：未注明卷数。

（四）《绿篱集》

（民国）《福建通志·福建艺文志存目》卷四十一"别集类三"：未注明卷数。

林世吉 ❶（林爌之子）

（一）《丛桂堂集》

（乾隆）《福建通志》卷六十八：六卷。

（同治）《福建通志》卷六十七：二十卷。

（二）《群玉山房》

据《舶载书目》，此书一部十二本。卷首有万历十六年（1588）序。

"《舶载书目》册三、《商船载来书目》（694C）著录一部十二本。《舶载书目》解题称：'万历戊子之序。闽中林世吉天迪著。《奚囊赤牍》三本、《文章雕龙馆摘稿》二本、《燕市草》一本、《琼枝集》一本、《长干集》一本、《皇华草》一本、《山房》一本、《丛桂堂诗》一本、《青霞墅吟》一本。'" ❷

按：《户部员外郎泰华林公传》云："公讳世吉，字天迪，号泰华。……所著有《丛桂堂》《雕龙馆》《群玉山房诗集》行于世。" ❸ 又陈文烛《林天迪诗序》云：

---

❶　同治刊本《福建通志》卷六十七"明经籍"；（民国）《福建通志·福建艺文志存目》卷四十一"别集类三"，错将林世吉所著《群玉山房集》《雕龙馆集》归为林世勤著作。

❷　详见程章灿先生《舶载书目元禄七年所载明人别集小考》。程章灿先生以为此书作者是许弘纲，林世吉作序。其实此书作者是林世吉。许弘纲与林世吉皆有《群玉山房集》，两本书名碰巧相同。南京大学古典文献研究所编：《古典文献研究》第13辑，南京：凤凰出版社，2010年，第281页。

❸　《濂江林氏家谱》第一册，第32页。

"林子天迪有《玉鸾社稿》蔡职方伯华叙之，有《琼枝稿》徐方伯子与叙之，有《丛桂堂稿》王侍郎元美叙之，有《拊瓴稿》王文学百谷叙之。" ❶

（三）《积善百行录》

赵世显等人记录林世吉善举，辑《积善百行录》。

陈荐夫《水明楼集》卷十一《百行录序》云："林天迪先生以民部尚书郎致政家居，袭累叶之余赀，约一身而厚物广爱笃亲舍已。友人吴子修赵仁甫辑其行事，总为《积善百行录》。" ❷

（四）《新镌全像评释古今清谈万选》四卷

美国国会图书馆藏，六册一函，半页十行二十字。原题："金陵周近泉绣梓"，卷端有序，署："泰华山人书于金陵之大有堂"。此序末尾没有钤章印记，故而此书作者众说纷纭。❸《明清善本小说丛刊》初编第二辑有影印本。

（五）《玉玫记》

见傅惜华《明代传奇全目》卷二。

（六）《合剑记》

见吕天成《曲品》卷下。

《合剑记》剧本今存四散出：《明君得剑》《良将得剑》《战场合剑》《宫女应兵》，见明胡文焕编《群音类选》卷十九"官腔类"。

❶ （明）陈文烛：《二酉园续集》，《四库全书存目丛书》本，第461页。
❷ （明）陈荐夫：《水明楼集》，《四库全书存目丛书》集部176册，济南：齐鲁书社，1997年，第425页。
❸ 此书的作者存在争议。吴书荫认为泰华山人是林世吉。见吴书荫《曲品校注》，中华书局，1990年，第113页。见向志柱《〈湖海奇闻〉〈古今清谈万选〉〈稗家粹编〉〈幽怪诗谭〉四种考述》认为《古今清谈万选》的著者是林世吉。见《明清小说研究》，2010年，第2期，第211页。任明华、任明菊《〈古今清谈万选〉的编者、来源、改动及价值》认为《古今清谈万选》的著者是周近泉而非林世吉。见《喀什师范学院学报》，2011年，第4期，第63-66页。

林世勤（林燫次子）

（一）《竹轩日钞》

（民国）《福建通志·福建艺文志存目》卷四十一"别集类三"：未注明卷数。

（二）《四六雕龙稿》（附《骈语雕龙》）

（民国）《福建通志·福建艺文志存目》卷四十一"别集类三"：未注明卷数。

按：《四六雕龙》八卷，现藏于美国国会图书馆，一函八册。万历十七年（1589）刻本。卷首有万历元年（1573）张献翼序、万历十四年（1586）林世勤序，序后钤"世翰堂"印记。序文半页七行十八字，正文半页八行，注文小字双行。每半页有界栏。卷目后上署"琅琊王世贞元美选"，下署"莆阳游日章学绋著，晋安林世勤天懋注，太原王稚登百谷校"。卷六又署"书林叶氏近山重梓"。说明此书是叶贵所刻。叶贵，字近山，建阳刻书家。书堂名近山书舍，在金陵也有书坊，名叶贵文林阁。《丛书集成初编》本《骈语雕龙》四卷，据《宝颜堂祕笈》排印，民国十一年（1922）上海文明书局石印本。北大、武大、川大、浙师大有藏。卷首仅有万历三十六年（1608）张献翼序。❶卷目后上署"琅琊王世贞元美选"，下署"莆阳游日章学绋著，晋安林世勤天懋注"。《骈语雕龙》四卷，北大另有绣水沈氏泰昌元年（1620）刻本，南开有林世勤万历十四年（1586）世翰堂刻本，四册一函。

（三）《一枝轩集》

（民国）《福建通志·福建艺文志存目》卷四十一"别集类三"：未注明卷数。

（四）《卿云馆稿》

（民国）《福建通志·福建艺文志存目》卷四十一"别集类三"：未注明卷数。

（五）《读史歌》

（民国）《福建通志·福建艺文志存目》卷四十一"别集类三"：未注明卷数。

（六）《娱萱亭小草》

---

❶　此序与《四六雕龙》本张献翼序一致，只是落款时间不同。

（民国）《福建通志·福建艺文志存目》卷四十一"别集类三"：未注明卷数。

（七）《唐诗选》

同治刊本《福建通志》卷六十七"明朝经籍"：未注明卷数。

林世陞

（一）《诗经人物考》，同书异名《毛诗人物志》《诗经人物志》。明刻本，四册，存二十一卷。中国国家图书馆藏。

徐燉《新辑红雨楼题记·徐氏家藏书目》：《诗经人物志》三十四卷。

黄虞稷《千顷堂书目》诗类卷一：《毛诗人物志》三十四卷。

《明史·艺文志》：《毛诗人物志》三十四卷。

按：曹学佺《毛诗鸟兽草木考疏序》云："然林宗伯少子世陞本王应麟《诗传图要》作人物考三十卷。"❶王应麟，字伯厚，号厚斋，庆元府鄞县人。淳祐元年（1241）进士，官至权礼部尚书兼给事中，著有《困学纪闻》《玉海》等。

林庭奎、林垣、林一锄、林钲

林烃《家藏诗集序》云："族子天玉乃琼守节斋公之玄孙，感恩令闽江子之子也。余延为馆师数年矣。一旦手其父祖及从祖诸父诗文若干篇汇为一帙求序于余。……村乐躬耕自适不求闻达，则伯考康懿先公文僖之所严事也。至于养素处士及感恩、华容咸有蕴藉。……之数君子者非韩子所谓不昌于遇而昌于诗者与。《闇轩集》曾梓以传，有隽永之趣。《村乐稿》多散佚，独《咏怀》一首脍炙人口，高风可想。养素而下三君，莫不溯源导流从事韵律。"❷

按：林庭奎，字利光，号闇轩，有《闇轩集》。林澄之孙，贡生。林垣，林庭奎之弟，字利安，号材乐，有《村乐稿》。曾孙林一锄，字贞相，号闽江，嘉靖三十一年（1552）举人，官感恩知县。林天玉为林一锄之子。林钲，字贞静，号次江。曾任华容县学教谕。

❶ 曹学佺：《石仓文稿》卷一，《续修四库全书》第 1367 册，上海：上海古籍出版社，2002 年，第 823 页。

❷ （明）林烃：《林烃文稿》卷一，手抄本，上海图书馆藏。

林嘉❶

（一）《林天会诗》

（民国）《福建通志·福建艺文志存目》卷六十二"别集八"：未注明卷数。

李维桢《林天会诗序》云："余见其梅亭、挽储两编，情景所触发，意匠所经营，风骨音调具有唐人胜场，可方子羽，为闽林氏增重矣。"❷

按：《濂江林氏家谱》记载：林嘉，字天会，号肖塘。以郡庠生入太学。由贡生出任江西广信府上饶县主薄，升吉府仪正，官终密理长史。

林公端

（一）《素香堂诗》

按：林公端，字道敬，世勤第六子，林㸄之孙。林云铭曾为从兄林公端作《素香堂诗序》（《挹奎楼选稿》卷四）。

二、清代林氏著述考

林兆熊（林云铭之父）

（一）《湖山漫草》

《中国古籍总目》集部3：一卷。

清康熙初刻本，中国社科院文学所藏。据柯愈春《清人诗文集总目提要》，该书卷首有古韩郑永春序、西泠吴雯清序，又有康熙元年（1662）章霖序以及林兆熊自序。林兆熊自序云此集是携家眷取道新安所作。

---

❶　林嘉诗曾请徐𤊹批点。《答林天会》云："承教佳作，妄意批点，中有失韵及俚浅者，径□之，余者皆可入梓。弟文钝如椎，不堪作玄宴。然二十年知己，不得不序数言简端。幸惟裁削。"（《红雨楼集·鳌峰文集》，《上海图书馆未刊古籍稿本》43册，文集第六册）徐𤊹《鳌峰集》卷十八有《林天会新拜上饶簿远贻俸金答赠》；谢肇淛《小草斋集》有《送林天会任上饶簿》。

❷　（明）李维桢：《大泌山房集》，《四库全书存目丛书》集部150册，济南：齐鲁书社，第744页。

林云铭❶

（一）《鳏草》

按：《鳏草》未刊，且所传甚少，系林云铭中进士之前所作制义，成书于顺治十四年（1657）左右。林云铭《四书存稿自序》云："旋闽三载，积著尤饶，颜之曰《鳏草》。戊戌，缀附南宫。方拟点窜文问世。遽膺一命，司理新安，案牍焦劳，不得不留为有待，以故坊选十余篇外，所传无已。"❷

（二）《贝乘标指》❸

《贝乘标指序》云："乙巳岁，以宦务羁滞白下，寓报恩兰若，日取贝乘遍读之，忽如掘井逢泉，解衣得珠。觉二十年来子夜午窗之蓄积，非同非异，疑团种种，涣然冰释。但念诸典文义繁多，权实不一，而诸家诠解，又往往割裂附会，愈凿愈支。因不揣鄙陋，焚香虔白佛前。欲以一得之愚，即经解经，各撰隐栝，以综其脉络，复系图说，以畅其支流。"❹

按：此书已佚。林云铭《述怀歌》自注："著《庄子因》及《楞严楞伽金刚法华圆觉维摩图说》"（《挹奎楼选稿》卷十二）。《楞严楞伽金刚法华圆觉维摩图说》应是《贝乘标指》的图说部分。

（三）《新安谳牍》

按：此书佚，系林云铭在徽州推官任上所作，约成书于康熙六年（1667）。《挹奎楼选稿》卷三有《新安谳牍自序》。

（四）《损斋焚余》

邓之诚《清诗纪事初编》卷七十：《损斋焚余》八卷后增为十卷。

---

❶ 陈炜舜先生曾作《林云铭著作知见录》，载《林云铭及其文学》，香港中文大学硕士论文，2000 年，第 312-387 页。林云铭评点著作流传甚广，版本甚多，姑且不论。本文将进一步论述林云铭诗文集的版本式样以及馆藏情况。

❷ （清）林云铭：《挹奎楼选稿》，《清代诗文集汇编》本，第 458 页。

❸ 由于陈炜舜先生未见《损斋焚余》十卷本，故其《林云铭著作知见录》未著录《贝乘标指》。

❹ （清）林云铭：《损斋焚余》卷四，康熙十年（1671）刻本。

八卷本：康熙十年（1671）刻本，中国国家图书馆藏，2 册，存前六卷（卷一至卷六）。

十卷本：康熙十年（1671）刻本，中国科学院图书馆藏，2 册。半页，八行十八字，白口，四周单边。中国国家图书馆藏缩微胶卷。清华大学图书馆藏两部，一部四册一函，一部六册一函，皆八行十八字，白口，四周单边。

一卷本：《损斋焚余集》，《百名家诗钞》本，清聂先辑，康熙二十九年（1690）序刊本，十一行二十一字，黑口，左右双边。中国国家图书馆藏。

（五）《易解》

按：是书约成于康熙十五年（1676）。林云铭《述怀歌》自注："逆藩籍余家，余下狱二年，著有《易解》。"（《挹奎楼选稿》卷十二）

（六）《古文析义》❶

同治刊本《福建通志》卷六十八"国朝经籍"：二十卷。

1.《古文析义初编》六卷 2.《古文析义初编》六卷，《二编》八卷 3.《增订古文析义合编》十六卷

按：《古文析义初编》成书于康熙十七年（1678），次编成书于康熙二十六年（1687）。

（七）《吴山籁音》

《四库全书总目提要》卷一百八十二"别集类"：八卷。

同治刊本《福建通志》卷六十八"国朝经籍"：八卷。

一卷本：收录清代聂先、曾王孙编《百名家词钞》一百卷，刻本，九行二十字，黑口，四周单边。中国科学院图书馆、中国国家图书馆、清华大学图书馆藏。

四卷本：清康熙损斋刻本，2 册 1 函，九行二十字，白口，左右双边。湖北省图书馆、中国科学院图书馆、南开大学图书馆藏。孙殿起《贩书偶记续编》集部：《吴山籁音》四卷，康熙二十四年（1685）刊本。周中孚《郑堂读书记》卷

---

❶ 此书存世版本甚多，详见陈炜舜：《林云铭及其文学》，第 334-338 页。

七十:《吴山戆音》四卷，康熙二十三年（1684）刊本。湖北省图书馆藏即康熙二十三年刊本。

八卷本：清康熙损斋刻本，4册，中国国家图书馆藏。

（八）《四书存稿》

按：是书佚。《挹奎楼选稿》卷三有《四书存稿自序》，序文作于康熙三十年（1691）。

（九）《挹奎楼文集》（《挹奎楼选稿》）

同治刊本《福建通志》卷六十八"国朝经籍"：十二卷。

《挹奎楼选稿》十二卷；林云铭撰，仇兆鳌选，陈一夔订。

1. 康熙三十五年（1696）刻本

九行二十二字，白口，左右双边，无格。

四册本馆藏地：中国国家图书馆、吉林大学图书馆、北京大学图书馆、湖南图书馆、江苏师范大学图书馆、苏州大学图书馆存八卷（卷三至卷八、卷十一至卷十二）、福建省图书馆、厦门大学图书馆、中山大学图书馆。四册本卷端上有晋安林云铭西仲著，甬上仇兆鳌沧柱选，同里陈一夔订。六册本馆藏地：中国国家图书馆、首都图书馆。六册本卷端下有"男，沅芷之；侄孙秉柱常础同校"。与四册本相比，六册本卷首有林云铭门人郑晃的题识，以及林沅、林秉柱的校正。

十二册馆藏地：清华大学图书馆藏两部，一部十二册二函，一部十二册三函。九行二十二字，无格，白口，左右双边，双鱼尾。

2. 康熙六十年（1721）书林聚升堂刻本按：南开大学图书馆藏，六册，九行二十二字，白口，左右双边。哥伦比亚大学东亚图书馆藏，封面镌"康熙六十年夏日新镌，《林西仲先生挹奎楼文集》书林聚升堂梓"。

按：（清）赵熟典编《国朝文会》不分卷，乾隆间平河赵氏清稿本，十行十九字。收录《挹奎楼集》一册。

（十）《庄子因》

同治刊本《福建通志》卷六十八"国朝经籍"：六卷。

按:《庄子因》现存版本主要有康熙二十七年（1688）白云精舍刊本、乾隆二年（1737）重刊本、光绪六年（1880）常州培本堂重刊白云精舍本等。《读庄子法》系《庄子因》的一部分。同治刊本《福建通志》卷六十八"国朝经籍"：一卷。清道光十三年（1833）刊本《昭代丛书》甲集卷十九收《读庄子法》。卷目后上题"晋江❶林云铭西仲著"，下署"歙县张潮山来辑，吴江沈懋惠翠岭校"。卷首有张潮《读庄子法小引》，卷末有张潮跋文。该书将《庄子因》之《庄子总论》《庄子杂说》另辑成册，题曰《读庄子法》。《昭代丛书》影印本收入《丛书集成续编》"哲学类"第 38 册。

（十一）《楚辞灯》❷

同治刊本《福建通志》卷六十八"国朝经籍"：四卷。

（十二）《韩文起》十二卷、《韩文公年谱一卷》

同治刊本《福建通志》卷六十八"国朝经籍"：未注明卷数。

按：清华图书馆藏六册二函，九行二十三字，白口，左右双边。《韩文公年谱》中国国家图书馆刻本，九行二十三字，小字双行，白口，左右双边，单鱼尾。

（十三）《春秋题要辨疑》❸三卷

按：林云铭《损斋焚余》卷四有《春秋题要辨疑》序。《清华大学图书馆藏善本书目》记载该书是康熙二十九年（1690）刻本，三册一函。九行二十五字，白口，四周单边，单鱼尾。钤"宜秋馆藏书"印。

（十四）《全本春秋体注》三十卷按：据山西省图书馆编《山西省古籍善本书目》经部"春秋类"，该书系林云铭撰，汤庆荪补辑，乾隆五十八年（1793）刻本，十册，隰县图书馆藏。大连市图书馆编《大连图书馆古籍善本书目》亦收录此书。

---

❶ "晋江"当为"晋安"。林云铭是福州人而非泉州人。

❷ 此书存世版本甚多，详见陈炜舜：《林云铭及其文学》，第 368-371 页。

❸ 此书陈炜舜先生《林云铭著作知见录》未著录。

林云锽（林枝春曾祖）

（一）《小米庵诗草》

（二）《宫词》

（三）《括苍南明廿四咏》

按：皆佚。据《濂江林氏家谱》之《小米庵林公传》。

林湛（林枝春祖父）

（一）《道山堂集》

（二）《夜舫楼集》

（三）《越游草》

按：皆佚。据《濂江林氏家谱》之《明经楚瀯林先生行述》。

林枝春

（一）《杂录》

同治刊本《福建通志》卷六十七"国朝经籍"：未注明卷数。

（民国）《福建通志·福建艺文志存目》卷三十五"子部类"：未注明卷数。

（二）《日知录》

同治刊本《福建通志》卷六十七"国朝经籍"：未注明卷数。

（民国）《福建通志·福建艺文志存目》卷三十五"子部类"：未注明卷数。

（三）《闻见录》

同治刊本《福建通志》卷六十七"国朝经籍"：未注明卷数。

（民国）《福建通志·福建艺文志存目》卷三十五"子部类"：未注明卷数。

（四）《林青圃文钞》

同治刊本《福建通志》卷六十七"国朝经籍"：四卷。

（民国）《福建通志·福建艺文志存目》卷四十二"别集类"：四卷。

孙殿起《贩书偶记》云：《青圃文钞》四卷，闽中林枝春撰，乾隆三十八年刊。

（五）《林青圃诗集》

同治刊本《福建通志》卷六十七"国朝经籍"：未注明卷数。

（民国）《福建通志·福建艺文志存目》卷四十二"别集类"：未注明卷数。

按:《青圃诗钞》四卷。

（六）《青圃赋钞》一卷。

（七）《就轩文钞》

（八）《学庸说》

（九）《五经辨疑》

按：《青圃文钞》四卷、《青圃诗钞》四卷、《青圃赋钞》一卷，中国国家图书馆藏。卷首有高邮沈业富序。乾隆三十八年（1773）朱筠序。序文半页九行，每行十八字。每半页有界栏，十行二十字。白口，黑鱼尾，四周双边。卷目后上署"闽中林枝春著"，下署"男仪凤义文、一彪义衡校"。

林闻誉（林世吉玄孙，林云耸曾孙，林孟实之子）

（一）《唐人试帖》三卷

（二）《花笑轩诗文集》十余卷

（三）《排律》二卷

（四）《杂著》十余卷

按：皆佚，据民国《阳春县志》卷十。林闻誉，字体仁，号静山，占籍广东阳春，康熙六十年（1721）进士，官保定县知县署霸州事。

第二章　林氏科举考论

　　《濂江林氏家谱》记载林霆、林震（十四世）是宋朝进士。林浦村内有一座濂江书院，书院坐落在平山之麓，面朝鼓山，北临闽江，环境清幽静谧。现存濂江书院主体建筑为文昌阁，面阔三间，为双层木构建筑，四周设置围墙，门墙呈"品"字形。相传朱熹曾到濂江书院文昌阁讲学，故而书院内后壁立有巨碑，上刻"宋朱熹讲学处"，书斋上方悬挂朱熹题刻的"文明气象"匾额。

　　明清两代，林浦林氏在举业上的战绩极为骄人。由于家族举业兴盛，林浦林氏的家族声望也随之声名鹊起。乾隆十一年（1746），林枝春重修《濂江林氏家谱》，之后几百年林氏家谱失修，因此，1746 年之后林家的科第资料并不完整。根据本章表 2-1 可知，明清两代林家功名可考者有进士 14 人、举人 27 人（包括 2 名武举人）。其中，明代进士 8 人、举人 11 人；清代进士 6 人、举人 16 人。从数量上看，明清两代林家中举人数差不多持平。明代是林家的兴盛期，俗称"七科八进士，三代五尚书"。林家四代人七次参加科举，八个人考中进士，故称"七科八进士"。林元美为永乐十九年（1421）进士，次子林瀚为成化二年（1466）进士，孙子林庭㭿为弘治十二年（1499）进士，孙子林庭机及族侄林庭壆同登嘉靖十四年（1535）进士，曾孙林炫登正德九年（1514）进士，曾孙林燫为嘉靖二十六年（1547）进士，曾孙林烃为嘉靖四十一年（1562）进士。林瀚、林庭㭿、林庭机、林燫、林烃祖孙三代皆官至尚书，故称"三代五尚书"。林瀚官至南京吏部尚书；其长子林庭㭿，累官至北京工部尚书；其九子林庭机，累官至南京工部尚书；林庭机长子林燫，官至南京礼部尚书；其次子林烃，累官至南京工部尚书。相较之下，林家在清代时的举业与明朝时不相上下，但在事功成就上远不及前人。

古代科举考试竞争激烈，多数人一生皓首穷经也未必能博得功名。林浦林氏科甲鼎盛，为人艳羡。民间传说林瀚是泰山神转世，有神灵庇佑，故而在科考道路上能够一帆风顺。林烃《林氏杂记》云："吾乡祀泰山神，其来久矣。先祖事之甚谨。每岁首行香，必肩舆随其后。及还宫乃已。至老犹然。天顺癸未会闱火，公踰墙得免，恍惚见朱衣人掖之升。其状即泰山君也。公尝患耳，祷于神。适有蜂巢神耳中。去之立愈。及捐馆之夕，泰山钟忽裂。或以公为降生也。"❶ 从辩证唯物主义的观点出发，鬼神保佑之说是无稽之谈，那么真正支撑林浦林氏在科考道路上长盛不衰的原因到底是什么呢？

第一节 军籍问题

林浦林氏自明代以前的谱牒难考。入明代之后，林氏家族的林元美最早博取科第。林氏最早的户籍属军籍。奇怪的是，林氏子弟在后来参加科举时，又变成了儒籍。林镠，字元美，以字行，号守庵。生于建文三年（1401），登永乐十九年（1421）进士，授上犹令，擢宁海知州，卒于成化五年（1469）。家谱《抚州府知府赠宫保尚书守庵林公传》云：

> 先是公家隶戎籍，国初编戍滇南有信、鉴者，父子皆不返，公为
> 请于大司马于忠肃公，遂除其籍。子瀚为名臣，孙曾科第弁冕八闽，
> 皆以清忠学行显，人尤艳异之。❷

林元美曾孙林燫在《（万历）福州府志》卷二十三《林氏家传》中也交代了这件事：

---

❶（明）林烃：《林氏杂记》不分卷，明钞本，浙江省图书馆藏。
❷《濂江林氏家谱》第一册，第 2 页。

抚州守公讳镠，字元美，以字行。永乐十九年进士，授上犹令，用大臣荐擢宁海知州。……武林于肃愍公谦者，公同年进士也。景泰间，公以州守入觐，肃愍公已位大司马矣。于公雅重公为人，以公家戎籍隶云南太远，特为奏改乡郡。❶

如果这两条材料是真实可信的，那林元美这种行为背后的原因是值得探究的。这一举措对于林氏后代的发展又有何意义？林元美与于谦是同年关系，两人同登永乐十九年（1421）曾鹤龄榜。林燫的说法是于谦认为林氏隶籍云南太远，就将林家户籍奏请改至乡郡。事实上，这只是一种托词。林家族人隶籍云南不仅背井离乡千里之外，而且有性命之忧，如《濂江林氏家谱》记载明初远戍云南的林信和林鉴父子皆卒于云南。

军户归兵部管理，于谦官居兵部尚书，有权利为林元美奏改户籍。结合明代的户籍制度进行分析，明代行政区划有州县与卫所两类，户口有"州县户口"和"卫所户口"之别，户役上有"州县户役"和"卫所户役"的差别。林浦林氏家族中远戍云南的林信和林鉴父子在户口上属于"卫所户口"，也就是"卫籍"，而"卫籍"有服兵役的义务，可能战死沙场，也可能老死边疆。在福州闽县生活的林元美一家属于州县管理下的军户，需要为远戍云南的林氏族人提供补给。一旦林家在卫所服役的人员缺伍，在福州的林氏子弟就可能被强行勾补入卫。顾诚先生在《谈明代的卫籍》时曾援引桥亭曾氏的例子说明在卫所的军户与原籍州县的本户之间的区别和联系。在元代之前，桥亭曾氏世居江西彭泽。元顺帝时，曾家宝二公育有四子，名永一、永二、永三、永四。曾永四因身材魁梧，膂力过人，被朱元璋相中，被编安陆卫籍。

按明朝制度，曾永四的后裔属于安陆卫籍，而在彭泽原籍的永一、永二、永三则为军户，他们有义务为在卫所的正军提供补贴。早

---

❶　（明）林燫：《（万历）福州府志》，《日本藏中国罕见地方志丛刊》，北京：书目文献出版社，1990年，第254页。

辈在世时相互关切之情可想而知，"安陆与彭泽往来相闻无间"。到嘉靖初已过了 100 多年，安陆卫曾永四的后代承充军职者仍按例派人回原籍索取装备费用，谁知族人不肯认这门远亲。为了逃避军户的法律责任把祖宗牌位也付之一炬，双方从此断绝往来将近 50 多年。❶

后来，为了逃避军户的责任和义务，在彭泽原籍的曾氏族人与曾永四的后人反目为仇，甚至不惜以烧毁祖宗牌位达到撇清血缘关系的目的。桥亭曾氏的例子是比较极端的，但透过桥亭曾氏的例子也就能理解为什么林元美要让于谦奏请朝廷抹掉军户的身份，一则为戍边的林氏族人考虑，再者也是为后世林氏家族的科举兴盛创造有利条件。军户的身份是世袭的，如果林元美不奏请朝廷，那么林家作为军户的身份就很难改变。倘若林氏子弟要源源不断地派往边疆，那么林氏后世在科考上的生力军肯定会大大减少。

这一点在明代进士登科录中也可以得到查证。陈文新、何坤翁、赵伯陶主撰的《明代科举与文学编年》摘录了不少明代进士登科录资料。以下援引几条作为佐证。

成化二年（1466）进士登科录之林瀚条：

> 林瀚，贯福建福州府闽县，军籍，国子生，治《春秋》。字亨大，行三，年三十三，二月二十五日生。曾祖俊。祖观，赠知县。父元美，知府。母郑氏，封孺人。具庆下。弟澥、淮、渭。娶黄氏。福建乡试第七十七名，会试第十二名。❷

嘉靖十四年（1535）进士登科录之林庭机条：

> 林庭机，贯福建福州府闽县，儒籍，国子生，治《春秋》。字利仁，行十，年三十，五月初四日生。曾祖观，赠知县累赠南京吏部尚

---

❶ 顾诚：《谈明代的卫籍》，《北京师范大学学报》，1989 年，第 5 期，第 61 页。

❷ 陈文新、何坤翁、赵伯陶主撰：《明代科举与文学编年》上册，武汉：武汉大学出版社，2009 年，第 826 页。

书。祖元美，知府累赠南京吏部尚书。父瀚，南京兵部尚书赠太子太保谥文安，嫡母黄氏，封孺人加赠一品夫人，生母朱氏。慈侍下。兄庭木冈，岁贡生；庭柱，贡生；庭模，府同知；庭棉，工部左侍郎；庭楷，福州中卫海运佥事；庭材；庭杓，知府；庭樟，州同知；庭榆，推官；庭枝，贡士。弟庭墅，同科进士。娶李氏。福建乡试第十一名，会试第二百十八名。❶

嘉靖四十一年（1562）进士登科录之林烃条：

> 林烃，贯福建福州府闽县，儒籍，国子生。治《春秋》。字贞耀，行二，年二十三，九月初六日生。曾祖元美，知府，赠南京吏部尚书加赠太子太保。祖瀚，南京兵部尚书赠太子太保谥文安。父庭机，南京礼部右侍郎。母李氏，累封淑人。具庆下。兄炫，赠□□□□；炀，知府；耀；爌，工正；烺；燧；㶣，翰林院修撰；㷛；火册；炯；燧；火果。弟光、廘、烖、熙。娶陈氏。应天府乡试第一百十五名，会试第一百九十五名。❷

由上可知，从林瀚到林庭机，林氏家族应试时登科录的户籍已经由军籍改成儒籍。儒籍是世家大夫或者硕儒等文化专业户才拥有的户籍。通过林氏几代人的努力，林氏已经从一个普通士大夫阶层晋升为高门望族。从林瀚到林烃，林氏家族属于稳步上升期。钱茂伟指出"明代初期承继元朝传统，有'儒户'，那是正宗的职业科举家族，享受着特殊的保护政策，在科举考试中有着明显的优势"。❸在户籍上，闽县林浦林氏属于儒籍，林氏是一个典型的科举家族。然而，还是有

---

❶ 陈文新等：《明代科举与文学编年》中册，第1854页。

❷ 陈文新等：《明代科举与文学编年》下册，第2385页。

❸ 钱茂伟：《明代的家族文化积累与科举中式率》，《社会科学》，2011年，第6期，第142页。

些问题存在。天顺元年（1457），明英宗重登帝位，也是在这一年，于谦被英宗下狱处死。然而，成化二年（1466）进士登科录，林瀚应试时与林元美同属军籍，也许正是林氏户籍更改不彻底留下的痕迹。无论如何，林氏户籍属于儒籍已经是事实。

第二节　家学渊流

科举不仅是进身之计，也造就了林浦林氏深厚的人文传统，奠定了其家学渊源——《春秋》❶。林氏首位中举的林元美是以《易》起家。林瀚之后，林氏子孙多以《春秋》中举。

林氏治《春秋》成就斐然，得到了外界的称许和肯定。李东阳作《题林吏部像》其二："闽山秀拔越溪清，共识扶舆早降精。父子一门同甲第，《春秋》三传有诸生。天涯不隔春明路，堂额新题旧锦名。曾是紫薇花下伴，为公瞻送不胜情。"❷亢思谦《送林小山之上虞》云："一经传世业，百里贰星躔。"❸林庭枌，字利茂，林瀚第七子。少入太学，五十谒选，授上虞丞。又洪朝选《送少宰林对山之南都二首》其二："素风耆旧袁三世，家学源流董一经。"❹林燫（林瀚之孙，林庭机之子），字贞恒，号对山，嘉靖二十六年（1547）进士，官至工部尚书。亢思谦、洪朝选所指"一经"即《春秋》经。

明清时期，参加会试的士子需要考三场。第一场："四书"义三道、经义四道；第二场：论一道、判五道、诏、诰、表内科一道；第三场：策五道。第一场考经义，以《易》《书》《诗》《春秋》《礼记》五经命题，五经各出四道题，参加

---

❶ 魏宁楠：《简论明代福州林浦林氏的家学与家风》，《闽江学院学报》，2015 年，第 6 期。

❷ （明）李东阳撰；周寅宾，钱振民点校：《李东阳集（二）》，长沙：岳麓书社，2008 年，第 858 页。

❸ （明）亢思谦：《慎修堂集》，《四库未收书辑刊》本，第 27 页。

❹ （明）洪朝选：《芳洲先生诗集》，方友义编：《洪朝选研究》第 2 卷，香港：华星出版社，2000 年，第 208 页。

考试的士子各选一经。科举考试的内容是比较多样化的，流程也比较复杂，再加上经义在科举考试中占有重要地位，大多数士子在准备科举考试时，很可能集中精力研读其中一经而放弃其他四经。钱茂伟先生认为，在科举考试中能够熟悉某经，是取得科举考试成功的关键：

> 当然，明清的科举考试，不同于两汉的五经入仕制度，考试内容与程序更为复杂。不过，也不得不承认，经义考试在整个考试中占据主导地位，这也正是后人习惯称明清科举考试为八股文考试的理由所在。由此可知，是否熟练掌握某经，也是考试成功的核心因素。❶

林氏治《春秋》，有其造诣见解，也常应邀为亲友的《春秋》经著作写序。万历七年（1579），林㷆为徐浦的《春秋四传私考》作序。林㷆《春秋四传私考序》云："是故《左氏》之富也，《公羊》之婉也。《谷梁》之辨也，互有得失，卒贻范氏之讥，独一胡氏是非不谬，于圣人为谭。《春秋》者表其它证。曩今古蒿目以释三传者无虑十数家，进不通经，退不守传，元凯犹然失《左氏》，矧杓人乎。"❷ 古往今来释三传者不啻十数家，林㷆认为只有胡安国一家是经学正统，就连杜预注《左氏春秋传》也时有过失，更何况那些炫人耳目的作品。林㷆之弟林烃为岳父陈褒的《春秋绪》作序。陈褒（1488—1551），字邦进，别号骝山，宁德人，嘉靖二年（1523）进士。在《春秋绪说序》中，林烃表达了自己对《春秋》的看法——林烃以为《春秋左氏传》《春秋公羊传》《春秋谷梁传》之后，只有程颐、胡安国两家释《春秋》合乎经义。林烃《春秋绪说序》云：

> 某忝从馆甥，后不及见先生，得见先生著作甚多，间受此篇读之。乃作而叹曰："自孔子作《春秋》千有余岁，左氏、公、穀后传说无虑

---

❶ 钱茂伟：《一经传家的区域文化性——以明代宁波鄞县为中心的考察》，《宁波大学学报》，2013年，第1期，第55页。

❷ （明）徐浦：《春秋四传私考》卷首，万历刻本。

数百家，然求是非不谬于圣人者盖寡，独程正公、胡康侯二传，学者宗焉。"甚矣！《春秋》之难言。❶

林浦林氏治《春秋》，与林瀚有很大的关系。永乐十八年（1420），林元美与郑理剧同中乡试，两人有年友之谊。林元美之子林瀚幼年便跟随郑理剧之子郑文钥学习《春秋》经义。林瀚《送黄君益中序》云："吾里中黄与林世相好也。予于益中为表昆弟，而予从子又益中甥也。予二人方卝角时同学《春秋》于南湖郑先生文钥之门，君之叔父彦祥以政、从兄文升，予之从兄亨仁、族子重周，皆为同馆，馆则林桥董叟之庐，而馆人之子铨亦为同业，四方负笈至者，视二族子弟倍焉。"❷郑文钥是林瀚的童蒙之师。天顺三年（1459），郑文钥以《春秋》中举，任信丰教谕。郑文钥官至教谕，品级较低。林瀚官至正二品南京兵部尚书，功成名就之后，林瀚没有忘本，更没有洋洋得意，也没有忘记当年老师的教诲和恩惠。在郑文钥死后三十余年，林瀚经常去他的坟前凭吊祭拜。郑善夫《文钥文穆必显观蕴中时佐行列传》云："文钥字文钥，急流中勇退人也。学最粹，丰容端恪，为人所师表，知名一时。……在门之士惟大司马林泉山公相从最久，恩义最为兼尽焉。信丰殁已三十余年，泉山犹常登拜其垅，可以举其平生矣。余每侍泉山游，得其行履最详云。"❸

林瀚在太学师事彭华。《祭林泉山翁文》云："早岁太学，执履彭公。"❹彭华，字彦实，江西省安福人，景泰五年（1454）进士。彭华对《春秋》经义颇有研究。林瀚《资善大夫太子少保礼部尚书兼翰林院学士赠资政大夫太子少傅谥文思彭先生行实》记载彭华："少业《春秋》起家，中岁深叹士习不根经传，率以己意附比牵和。以史视经，大失圣人立言范世之意。故其两考两京及礼闱，命题必主

---

❶ （明）林烃：《林烃文稿》卷一，手抄本，上海图书馆藏。

❷ （明）林瀚：《重刊林文安公文集》卷三，傅斯年图书馆藏影印本。

❸ （清）郑一经，郑浚西：《南湖郑氏家谱》卷五。

❹ （明）郑善夫：《少谷集》，《景印文渊阁四库全书》本，第178页。

于传，求传合于经。文气以得胡氏家数者为上第。"❶ 彭华取士的标准是根植经传，不以史视经。彭华是江西安福人，安福举业多治《春秋》。吴宽《三辰堂记》云："维皇明以经术取士，士之明于经者或专于一邑，若莆田之《书》，常熟之《诗》，安福之《春秋》，余姚之《礼记》，皆著称天下者。《易》则吾苏而已。"❷ 成化二年（1466），林瀚中进士，取得会试第十三名。作为彭华的得意门生，林瀚自然以胡安国《春秋传》为本，注意经传相合。后来，林瀚任国子监祭酒，在国子监传授《春秋》。《筠谷轩记》云："方惟简北游太学，尝从予授《春秋》业。"❸

林浦林氏在举业上明显带有世代累积、父子弟兄相继承传的特点。明代林浦林氏出了林瀚、林庭㭐、林庭机、林燫、林烃五位尚书，五尚书皆是以《春秋》中举。林浦林氏在举业上专注《春秋》，祖孙都以《春秋》中举，是有其家学承传的。林家子弟在科举上顺风顺水，离不开林瀚对子孙举业辛勤的教导和督促。《教樟榆书》云："可约安福、徽州同经友四五人定作书会，十日一次，每月以初九、十九、廿九为期。初旬作四书三篇，本经四篇；中旬作论一篇，表一篇，判一条，加四书一篇，经二篇；末旬作策一道，四书一篇，经四篇。如此加功三年，寒暑不辍，则来科入试，必有际遇耳，勉旃。"❹ 林瀚为儿子庭榆和庭樟布置了学业任务，每个月要完成四书五篇、经十篇、论一篇、策一道、判一条。从比重上来说，经义占的比重远远超过其他文体。林瀚希望通过高强度的制义训练，让儿子对《春秋》经文达到无比熟悉的程度。正德元年（1506），林瀚改任南京兵部尚书，孙子林炫才十二岁。但林瀚对林炫的举业很重视，专门寄家书进行督促，甚至托侄子不远千里从福州将林炫的习作带到南京。林瀚审阅之后，又寄家书为林炫规划来年的学习目标。《寄庭㭐书》云："前宅珩侄昨已到此，带来炫孙课簿所作破承亦多顺理。明年可教学作长篇。读经渐进，勿怠方可。"❺

---

❶　彭华：《彭元思集》附录，《四库全书存目丛书》本，第 759 页。

❷　（明）吴宽：《家藏集》，《景印文渊阁四库全书》本，第 285 页。

❸　（明）林瀚：《林文安公文集》卷十五，手抄本，福建师范大学图书馆藏。

❹　（明）林瀚：《林文安公文集》卷十九。

❺　（明）林瀚：《林文安公文集》卷十八。

　　林氏治《春秋》，以家学视之。弘治十二年（1499）会试，林庭㭿（林瀚之子）举《春秋》第一人。庭㭿卒，谥号康懿，其子林炫《先康懿公编年行实》记载庭㭿承袭家学，精通《春秋》经义："吏部覆题，早承家学，夙负才名，晚跻卿曹，荐登宫保。"❶ 林㷊（林瀚之孙）参加乡试落第，考官仍称赞其墨卷经义精邃，又说"君家《春秋》"，可见渊源有自。林炫《玉堂省侍序》云："吾弟贞恒叔父之震子也。癸卯秋试出诵所作，人拟元魁，揭榜弗遇。既而炫见大巡云川公。公手一卷曰：'君家《春秋》也。是卷《春秋》义精邃，论策奇博，制额有限，沧海遗珠耳。'"❷ 日后，林㷊高中进士，座师陆树声对他的评价也是"素娴家学"。陆树声《资善大夫南京礼部尚书对山林公墓志铭》云："丁未试南宫学，予忝分校，得一卷奇甚，曰：'此必素娴于家学者。'比揭封，众谓得人。"❸

　　一直到清代，林氏依旧以《春秋》应举。林云铭（1628—1697），字道昭，号西仲，顺治十五年（1658）进士，官徽州推官。林云铭在举业上也是治《春秋》。"公讳云铭，字道昭，号西仲。父兆熊，邑诸生，公其仲子也。少时，父为人构讼陷狱几不免。云铭与伯兄云镶发愤读书，以《春秋》中顺治戊子乡试，戊戌成进士，授徽州推官。"❹ 林云铭不仅以《春秋》中举，还有与《春秋》相关的著作存世。清华大学藏林云铭撰《春秋题要辨疑》三卷，康熙二十九年（1690）刻本。另外，哈佛大学图书馆藏《春秋单合析义》，经林氏两代人编订而成。此书由林挺秀和林挺俊编著，再由林方华、林方葳增删。林挺秀教授《春秋》四十余年，门下弟子众多。林挺秀，字义泰，号图南。林云铭与林方华和林方葳是叔侄关系，卷首另有林云铭序："余家以《春秋》世其业。记早岁司刑新安时曾有题要辨疑之刻，删繁就简，以便初学。"❺ 高兆与林方葳是同学，此书卷首另有高兆序。高兆，字云客，号固斋，崇祯间诸生，著有《春霭亭杂录文稿》等。高兆

❶ （明）林炫：《林榕江先生集》，《原国立北平图书馆甲库善本丛书》本，第129页。

❷ （明）林炫：《林榕江先生集》，《原国立北平图书馆甲库善本丛书》本，第161页。

❸ （明）陆树声：《陆文定公集》卷七。

❹ （民国）《福建通志》卷三十九，第60页。

❺ （清）林挺秀；林挺俊编：《春秋单合析义》卷首。

《春秋单合析义序》云："《春秋》较他经称最难，非世业者不得授。盖发题不一，传合之外有脱母有寄传，必负强记之资乃可辨。"❶ 在高兆看来，五经之中《春秋》经的学习难度最大。更重要的是，只有世代相承治《春秋》者，才有资格教授《春秋》。接着是林芳葳本人的序，序云："予家世治《春秋》，科第相望为四方所取正。"❷ 由上可知，由明至清，林浦林氏将《春秋》视作家学，《春秋》经一直是林氏家族重视的儒家经典。家族是一个大集体，人丁众多，由于不同的支派，在举业上的选择可能不尽相同，又或者同一支派中由于个人资质不同，也未必会选择攻读同一经。

　　林氏子孙出身科举家族，出生后大多选择读书应举、出仕为官的人生道路。林氏习《春秋》，不仅得家学承传，还转益多师。这一点在林瀚之孙林炫的科举之路上体现得最为明显。据林炫本人所述，曾向张海、林文焯、郑汝美学习《春秋》经。《前南宁同知东湖张公行状》云："炫昔执经门下，亲闻指授三传，明而核，详而婉，为文典实，不尚浮葩。故炫之不肖得窃科第者，皆公之余波也。"❸ 又《明故林母陈太孺人墓志铭》云："昔松坡林先生以《春秋》讲授闽中，门下士甚众，炫执经从游者三年。"❹ 林炫转益多师的科举之路并非特例，其堂弟林慊也是如此。"慊少时见家君所与友数公，后多为贤大夫，若辽相豫斋黄先生，家君盖亟称之。云及长遣从先生受胡氏春秋。"❺ 可见，林氏治《春秋》并非闭门自造，而是在继承家学的基础上吸收融合他人的优秀成果。

---

❶ （清）林挺秀，林挺俊编：《春秋单合析义》卷首。

❷ （清）林挺秀，林挺俊编：《春秋单合析义》卷首。

❸ （明）林炫：《林榕江先生集》，《原国立北平图书馆甲库善本丛书》本，第 269 页。

❹ （明）林炫：《林榕江先生集》，《原国立北平图书馆甲库善本丛书》本，第 245 页。

❺ （明）林慊：《林学士文集》卷二，傅斯年图书馆藏影印本。

第三节　科举人生

明初，林氏重修家谱，至十三世，分为礼、乐、射、御、书、数六房。明代林浦林氏最出名的是林瀚一脉，出自书房。清代林浦林氏举业再度振兴，榜眼林枝春一脉则出自射房。在科举上，射房自十三世至二十二世皆默默无名。二十二世林潮早年读书攻举业，后来弃文从商。林潮生子林庭誉、林庭壆、林庭学、林庭簧、林庭春。林潮经商成功后继续培养子弟读书，次子林庭壆中嘉靖十四年（1535）进士。林庭壆的中举在射房仿佛昙花一现，其后代在科举上就无甚作为。反倒是林潮第五子林庭春的子嗣在举业上日益强劲。林庭春生子林熤、林焘、林焇。自林焇始载，射房子弟精治《春秋》。

林焇（1560—1604），字贞胜，号益甫，著有《齐云稿》等。林焇嗜书如命，尝构书楼，楼内藏书甚富。林焇钻研《春秋》，对《春秋》精妙深微之处颇有体会。谢肇淛撰《司城贞胜林公传》云："公幼在昆季中独以颖慧称，弱冠入庠序，以世业麟经，穿穴经旨，旁採三传奥窔，卓然能抒所见。"[1]林焇屡试不遇，遂携策游南京。林焇与诸生辩论经义，多能辨明发挥，使得众人叹服。然而，林焇在科考的道路上始终不得志，一生没有中举。

林世馨（1590—1665），字天郁，号金粟，林焇次子，林枝春之高祖。林世馨以郡庠生入太学，但因明熹宗时期朝政昏暗，便谢绝科举，也没有功名。

林云鍠（1611—1643），字道芾，号小米庵，林世馨长子，林枝春之曾祖，著有《小米庵近艺》等。林云鍠为诸生精于试艺，文章为人传诵。可惜，其享年不永，科考也没有作为。

林湛（1635—1697），字持之，号楚滃，林云鍠长子，林枝春之祖父，著有《道山堂集》《夜舫楼集》《越游草》。顺治十四年（1657），林湛中乡试副榜。之

[1]《濂江林氏家谱》第一册，第29页。

后，林湛在举业上停滞不前。直至康熙二十六年（1687），林湛勉强考上举人，在举业上耗费了大半生的光阴。自少及老，林湛以《春秋》教授乡里，门下弟子数百人。涂逢震《赠中议大夫右通政翰林院侍讲学士楚瀹林公乔梓墓志铭》云："博学鸿文，为士林瞻仰，执贽从游恒百数十人，闽中以麟经讲授者，首屈指先生。即前辈宿儒不多让也。"❶门人方迈称林湛治《春秋》主旨连贯且条目清晰。《明经楚瀹林先生行述》云："读书甚博，用功尤勤，经史诗文章，尝手钞至数百卷，皆蝇头小楷，精妙绝伦。世业麟经，三传诸家，尤综贯条晰。"❷

林士龙（1637—1702），字成之，号仲吕，林云鍠次子，林枝春之叔祖。《文林郎灵台县尹仲吕林公传》云："公讳士龙，字成之，号仲吕。幼失怙，受麟经于胞兄楚瀹公，稍长遂有文名，登辛酉乡试，筮仕为灵台令。"❸林士龙自幼跟随长兄林湛习《春秋》，以《春秋》中康熙二十年（1681）举人。

林邦楷（1664—1728），字常广，号端树，林湛长子，林枝春之伯父，郡庠生。俞长城《端树林公传》云："公讳邦楷，字常广，号端树，楚瀹公冢子。传麟经业，为邑诸生。……中岁，深惟庭训，循循矩步，授徒为业。"❹林邦楷子承父业，也以教授《春秋》为业，一生白首乡里，与父祖一样没有功名。

林邦桢（1675—1708），字常立，号姬士，林湛次子，林枝春之父。林邦桢也是治《春秋》。《赠中议大夫右通政加一级翰林院侍讲学士姬士林公传》云："时楚瀹公以文翰著声词苑，识者谓公维英年已能绪守家学云。治麟经，手钞成帙，旁涉诸书，尤喜读范史，每录《乐志论》以寓意。"❺可惜，林邦桢常年多病，虽然天资聪颖，身体却不堪负荷，只得搁置举业。

林枝春（1699—1762），字继仁，号青圃，林邦祯长子，著有《青圃文钞》四卷、《青圃诗钞》四卷、《青圃赋钞》一卷。林枝春以《春秋》中雍正元年

❶《濂江林氏家谱》第一册，第61页。
❷《濂江林氏家谱》第一册，第60页。
❸《濂江林氏家谱》第一册，第42页。
❹《濂江林氏家谱》第一册，第43页。
❺《濂江林氏家谱》第一册，第46页。

（1723）乡试，授中书，选直军机处。乾隆二年（1737），林枝春中进士，钦定榜眼及第，授编修。

乾隆二年（1737），林枝春高中榜眼，是林氏家族在科举考试上名次最显者。殊不知，从林枝春的五世祖林�算起，他的先祖已经在科考路上艰辛跋涉百余年。与林枝春相比，他的先祖显得默默无名。撇开林焬一脉，翻阅整本《濂江林氏家谱》可发现明清两代林浦林氏子弟在举业上前赴后继，但其中成功者寥若晨星，失败者有如恒河沙数。这一群体恰恰是封建时代大多数士子的缩影。也正因为林氏子孙世代读书相承，精研《春秋》经义，在举业上一脉相承，传至林枝春才能厚积薄发，在科举上崭露头角。林氏子弟世代研习《春秋》，完成了家族文化的世代积累，从而掌握以《春秋》博取科第的窍门，也提高了林氏家族成员中举的概率。

林氏不仅是一个四世进士家族，家族成员林瀚、林庭机、林燫祖孙三人皆入选庶吉士，任职翰林院，担任国子监祭酒，这在明代全国范围内都是极为罕见的。庶吉士是仅次于一甲进士的高科名政治与社会群体，是翰林、阁臣等高级文官的重要来源。据郭培贵先生《明代庶吉士群体构成及其特点》一文统计，自永乐二年（1404）至崇祯六年（1633），总共开设 51 科，合计录取进士 15028 人，其中有二甲、三甲进士 1298 名，录取比率仅为 8.64%，其中 82.48% 的庶吉士并非进士家族出身。明代没有三代以上的庶吉士家族，全国只有 26 个庶吉士出身二代庶吉士家族，8 个庶吉士出身三代庶吉士家族。❶ 明代的福建省共有 111 名庶吉士，福州府有 24 名，闽县有 12 名，林家占整个闽县的 25%。❷ 福州府家族中同时具备进士家族与庶吉士家族身份的很少，林氏是明代福州府庶吉士最多的进士家族。明清时期林浦林氏科第情况如表 2-1 所示。

❶ 郭培贵：《明代庶吉士群体构成及其特点》，《历史研究》，2011 年，第 6 期，第 118 页。
❷ 郭培贵：《明代各科庶吉士数量、姓名、甲第、地理分布及其特点考述》，《文史》，2007 年，第 1 期，第 155-193 页。

表 2-1 明清时期林浦林氏科第表 ❶

序号	姓名	科目	举人	进士	官职	支房	基本信息
1	林元美	易	永乐十八年（1420）	永乐十九年（1421）	抚州知府	书	
2	林澄	易	宣德四年（1429）		琼州知府	御	字元清
3	林瀚	春秋	景泰四年（1453）	成化二年（1466）	南京兵部尚书	书	
4	林庭桂	春秋	成化十六年（1480）			书	
5	林庭㭿	春秋	弘治八年（1495）	弘治十二年（1499）	工部尚书	书	
6	林庭模	春秋	弘治十一年（1498）		潮州府同知	书	林瀿之子，林瀚从子
7	林炫	春秋	正德八年（1513）	正德九年（1514）	南京通政司参议	书	
8	林庭枝	春秋	正德十四年（1519）			书	
9	林烨	春秋	嘉靖元年（1522）		辽府长史	书	林庭模之子
10	林庭机	春秋	嘉靖四年（1525）	嘉靖十四年（1535）	南京礼部尚书	书	
11	林垠	春秋	嘉靖十年（1531）		户部员外郎	书	林庭模之孙，林烨之子
12	林庭㙺	书经	嘉靖十年（1531）	嘉靖十四年（1535）	雷州知府	射	
13	林烁	春秋	嘉靖二十二（1543）		靖江府长史	书	林庭模之子

❶ 林庆云、林锴、林镰、林钟琪四人资料由林资治先生提供，仍需继续考证。本表主要根据《濂江林氏家谱》。"林氏族人中举后，会回到祠堂祭祖，并将自己的名字刻在家庙的功名录上（墙壁）。由于建国之后某些历史原因，林氏家庙功名录被毁。因此有些中举之人只能列个名字，留待日后考证。唯一例外的是，光绪二十年（1894）举人林赞墀。林赞墀是我的祖父，《濂江林氏族谱》（2009 年，林氏新修家谱）中没有用赞墀这个名字，我的祖父按辈分名字是"斯昭"，他的墓碑上写的就是这个名字。但修编族谱的林斌兴先生不懂其中的关系，误将我祖父的名字写成"斯光"，而"斯光"是我的堂族兄林萱治的祖父。"2018 年 7 月 25 日，下午 4 点 32 分，林资治先生口述。

序号	姓名	科目	举人	进士	官职	支房	基本信息
14	林燫	春秋	嘉靖二十五年（1546）	嘉靖二十六年（1547）	南京礼部尚书	书	
15	林一锄	春秋	嘉靖三十一年（1552）		感恩县令	御	林澄曾孙
16	林烃	春秋	嘉靖四十年（1561）	嘉靖四十一年（1562）	南京工部尚书	书	
17	林世都	春秋	万历十六年（1588）		南京户部主事	书	林庭榆之孙
18	林莺羽	春秋	崇祯六年（1633）			书	林燫曾孙，林世勤之孙
19	林胤禔	书经	崇祯九年（1636）		广州府推官	书	林烃之曾孙，林世越之孙，林公伟之子
20	林胤祺	书经	顺治三年（1646）			书	林烃之曾孙，林世教之孙，林公偲之子
21	林云铭	春秋	顺治五年（1648）	顺治十五年（1658）	江南徽州府推官	射	
22	林闳	春秋	康熙二年（1663）			书	林世勤之曾孙，林莺羽之子
23	林岑		康熙五年（1666）			书	武举人
24	林焕	春秋	康熙十一年（1672）		江西九江府彭泽知县	书	林渭一系，林世暹之曾孙，林益佳之孙，林有原之子
25	林茵	书经	康熙十一年（1672）			书	林烃之玄孙，林世越之曾孙，林公伟之孙，林胤禔之子
26	林士龙	春秋	康熙二十年（1681）		陕西灵台县令	射	

续表

序号	姓名	科目	举人	进士	官职	支房	基本信息
27	林湛	春秋	康熙二十六年（1687）			射	顺治十四年丁酉副榜（1657）
28	林正炳	五经	康熙五十年（1711）			射	
29	林捷		康熙五十六年（1717）				武举人
30	林闻誉	书经	康熙五十九年（1720）	康熙六十年（1721）	保定县知县署霸州事	书	占籍广东阳春，林世吉之玄孙，林云耸之曾孙，林孟实之子
31	林枝春	春秋	雍正元年（1723）	乾隆二年（1737）	通政使司右通政	射	
32	林日晓	春秋	雍正十三年（1735）			书	林烃之玄孙，林应箕之子
33	林梦彩	书经	乾隆三年（1738）			射	林枝春之弟
34	林邦蔚		乾隆十二年（1747）			书	《乾隆福州府志》武举人
35	林仪凤		乾隆十八年（1753）		浙江县令？	射	林枝春长子。《乾隆福州府志》卷之四十三选举八
36	林一鹏		乾隆十八年（1753）			射	林梦彩长子
37	林一彪		乾隆二十一年（1756）		繁昌县令	射	林枝春次子
38	林铨		乾隆六十年（1795）	嘉庆六年（1801）	江西瑞州府新昌知县		林浦木牌坊
39	林庆云		嘉庆五年（1800）				
40	林锴		嘉庆十三年（1808）				道光七年（1827），台湾嘉义县教谕

序号	姓名	科目	举人	进士	官职	支房	基本信息
41	林镳		嘉庆十三年（1808）				《晋江县志》卷二十八：林镳，福州人，十一年任。林镳，字礼朱，弘植长子
42	林源赓		同治六年（1867）	光绪二年（1876）		书	或作元赓。字霁襟，号咏平
43	林清照		光绪十四年（1888）	光绪二十一年（1895）	四川奉节知县		字恒明，号镜如
44	林钟琪		光绪十九年（1893）				
45	林赞墀		光绪二十年（1894）			书	谱名林斯昭，新谱误作斯光

第三章　明代林浦林氏姻亲考

邵捷春辑《闽省贤书》将林浦林氏列为闽省第一世家，理由是"父子孙五登尚书，三历祭酒，犹海内所稀睹。故称闽省世家之首"❶。林氏家族科举兴起于明永乐末年，鼎盛在正德、嘉靖年间，一直延续到清末。其中，又以林瀚祖孙三代在举业上成就最显。林家有"世进士"之称，族人四代蝉联进士，在科举上创下了骄人的成绩。父子进士：林元美、林瀚；林瀚、林庭㭿、林庭机；林庭㭿、林炫。祖孙进士：林元美、林庭㭿；林元美、林庭机；林瀚、林炫；林瀚、林燫；林瀚、林烃。兄弟进士：林庭㭿、林庭机；林燫、林烃。四兄弟科甲：林庭桂、林庭㭿、林庭枝、林庭机。会魁：林庭㭿中弘治十二年（1499）第五名。

林瀚家族科举兴盛，世代科第香火不绝，与林瀚多子多孙有很大的关系。林瀚有子九人、孙十九人、曾孙四十人。林瀚家族人丁旺盛是一方面，另一方面林家后代子孙确实相当优秀。子孙后代是否优秀，又不得不说与婚嫁有关联。林氏在选择婚配对象时，相当重视对方的科举门第，其目的是为了确保科举世家的香火不会断。下文表3-1《林瀚家族姻亲简表》中仅列包括林瀚在内的四世姻亲文献资料可确考者，试对林瀚家族姻亲作一个整体调查。

林瀚有子九人，女两人，除了林庭桂、林庭樟、林庭枌之外，其余诸子娶的都是进士之女，两个女儿也都是嫁给了进士之子。林庭桂、林庭樟娶的虽不是进士之女，但也是出自名门望族的南湖郑氏、东岚谢氏；林庭枌之妻出自闽县李廷仪家族，闽县李廷仪家族出过2名进士、1名举人，也算是书香世家。林瀚孙

---

❶　（明）邵捷春辑；邵明伟续辑：《闽省贤书》卷一，清刻本；中国国家图书馆藏。

十九人、曾孙四十人，孙女、曾孙女若干人 ❶。据表 3-1《林瀚家族姻亲简表》显示，林瀚子孙或娶进士、举人之女，或者娶进士、举人之孙女。总而言之，都是出自世代读书人家。林浦林氏姻亲大多出身进士、举人，是福州当地的士绅，稍远的一是莆田府，一是南平府 ❷。所有的婚姻对象均是熟悉的人家，亲翁多为同年举人进士或者师长门生。

第一节　善择姻亲续书香

从表 3-1《林瀚家族姻亲简表》可知，林浦林氏与科甲望族东里黄氏、南湖郑氏、义溪陈氏、东岚谢氏等皆有联姻关系。林瀚娶莆田东里黄氏。东里黄氏始祖唐御史黄滔从侯官迁莆田东里。在明代，莆田东里黄氏是闽中科甲鼎族。自永乐九年（1411）至万历三十二年（1604），东里黄氏仅黄寿生一支，八代人总共产生 9 名进士。永乐九年（1411），黄寿生中进士；景泰二年（1451），黄深（黄寿生之孙）中进士；成化二年（1466），黄仲昭（黄寿生之孙）中进士；成化十一年（1475），黄乾亨（黄寿生曾孙）中进士；弘治十八年（1505），黄如金、黄希英（黄寿生玄孙）同中进士；嘉靖十七年（1538），黄懋官（黄仲昭曾孙）中进士；万历三十二年（1604），黄鸣乔（黄仲昭玄孙）中进士；万历二十六年（1598），黄起龙（黄希英曾孙）中进士。

黄寿生家族的科举成就自是后话，亦可侧面印证莆田东里黄氏家族文化积淀之深厚。将时间拉回林瀚与莆田东里黄氏联姻的真实情境。景泰年间，东里黄氏已经出了黄寿生和黄深两名进士，而林氏只有林元美一人中进士。相对来说，林浦林氏较之东里黄氏科举门第尚低。林瀚正室黄氏，是吏科给事中黄耕曾孙女。

---

❶ 《濂江林氏家谱》女子未入谱，且林氏家族文献资料如墓志铭等也未详细记载女子姓名、婚嫁情况。故而林氏女子只能从略，载其可考者。

❷ 林庭模（林瀚侄子）娶杨仕伟女（杨荣曾孙女）。详见魏宁楠：《明代福州林浦林氏姻亲考论》，《厦门广播电视大学学报》，2018 年第 4 期。

黄耕，字希尹，洪武二十九年（1396）举人，官吏科给事中。黄氏生林庭桂、林庭棉、林庭楷。三子之中，出了一个举人林庭桂；一个进士林庭棉，后官至北京工部尚书。从结果来看，林瀚与莆田东里黄氏联姻是一个明智的选择。日后，两个家族举业齐头并进，双方的交集也越来越多。

《八闽通志》作者黄仲昭是黄寿生之孙。黄仲昭，名潜，以字行，号退岩居士，学者称其未轩先生。黄仲昭与林瀚同为成化二年（1466）进士，其临死之前嘱咐姻亲林瀚为自己撰写墓志铭。《墓志铭》云："予友未轩黄先生以正德三年十一月一日卒于家，讣报且致遗言谓：'予为知己，铭必以属予。'予与公义同年，且予内子，公之女兄，儿庭棉其所出也。"❶ 黄廷用与黄仲昭同族，黄廷用是林庭机（林瀚第九子）表兄，两人同登嘉靖十四年（1535）进士第。黄廷用，字汝中，号少村，嘉靖十四年（1535）进士，著有《少村漫稿》。黄廷用《简复思泉表兄》云："某蒲柳之资，精神气血日潜消于流华。今当定籍清赋之年，不免一经心过目，修葺东里旧第，细事蝟集，虽欲不亲不可得已。……《彤云集》重伤天瑞奇才，早岁不禄，而其所遗者真□琰兰桂，郁郁泽如也，一读一唏，是可以传，不下唐人云：'山趾使人含涕。'天福善以昌后，何于康懿公、榕江独靳乎，殆数之不可知也。"❷

封建时代的读书人需要依靠科举考试走向仕途，为了提高科举的中仕率，便走访名师，执经门下。科举考试促进了师门姻亲圈的形成，由亲戚而成师门弟子或由师门弟子结为姻亲。林浦林氏家族读书风气不衰，重视教育，广延名师，家族子弟大多与文化世家联姻，这些共同支撑着林浦林氏，使其家族绵延数百年兴盛不衰，举业代有人出。

林浦林氏与南湖郑氏之间主要是以科举为纽带形成的姻亲关系，姻亲之间还是同年关系。林枝春《南湖父子贤书果庵默兮二先生传》云："吾闽有南湖久称

---

❶ （明）黄仲昭：《未轩公文集十二卷附录一卷补遗二卷》，《明别集丛刊第一辑》第 55 册，合肥：黄山书社，2013 年，第 189 页。

❷ （明）黄廷用：《少村漫稿》文集卷下，万历刻本，中国国家图书馆藏。

望族者也。其先世科甲蝉联，人文鹊起，郡志可考。余无庸赘述。余族林浦，先生族南湖，久为桑梓年会姻好，通家累世矣。"❶永乐十八年（1420），林元美与郑理剧同中乡试。林元美之子林瀚跟随郑理剧之子郑文钥学习《春秋》。景泰四年（1453），林瀚与郑塾之孙郑克载、郑必显同中乡试。林瀚长子林庭桂娶郑必显之女。郑塾之孙郑观，天顺八年（1464）进士，其孙郑蕴中，成化十六年（1480）举人，与林瀚之子林庭桂同年。林庭榆（林瀚第六子）娶郑观之女。林庭模（林瀚侄子）之子林炘娶郑善夫之女。郑必显与其子时佐的墓志铭由林瀚、林庭棉父子撰写。林瀚《明故致仕潮郡博郑君墓志铭》云："君自幼颖敏不凡，弱冠进游郡庠，遂以世业麟经名于一时。景泰癸酉秋偕余同领乡荐。是年冬连舟北上，至桃源阻冰雪而归。"❷在林瀚看来，南湖郑氏世代治《春秋》，《春秋》是郑氏家学。林瀚早年跟随郑文钥学习《春秋》，郑必显之子时佐又跟随林瀚学习《春秋》。郑时佐，字世卿，官至汝宁府同知。林庭棉《明故朝列大夫汝宁府同知郑公墓志铭》云："余长兄庭桂乡进士嫂，公女弟也。又先太保尚书文安公门生称首，情义俱至，不敢以不文辞。"❸

林浦林氏与义溪陈氏之间也是如此。陈枨之父陈周精通《春秋》，祖孙父子世代相传，《春秋》成为陈氏家学。陈周生四子，长子枨、次子杪、三子桭、四子栖。陈枨，字叔刚，以字行，号纲斋，永乐十九年（1421）进士，官授翰林侍读。陈桭，字叔绍，号毅斋，以字行，正统十年（1445）进士，官至湖广按察副使，见《福州府志·名臣传》。陈炜（陈枨长子，全之祖），字文耀，号耻庵，天顺四年（1460）进士，官浙江布政使，见《福州府志·名臣传》。陈焯（陈桭之子），字文厚，成化七年（1471）举人，见《福州府志·隐逸传》。陈烓（陈枨之侄），字文用，号蒙庵，晚号留余，成化十四年（1478）探花，官浙江佥事。陈埙（陈焯之子），字德和，弘治十四年（1501）举人。陈达（陈桭之孙，陈烓之

❶（清）郑一经，郑浚西：《南湖郑氏家谱》卷六。

❷（清）郑一经，郑浚西：《南湖郑氏家谱》卷八。

❸（清）郑一经，郑浚西：《南湖郑氏家谱》卷八。

子），字德英，号虚窗，弘治十八年（1505）进士，官至都御史。陈墀（陈枀之孙，陈燵之子），字德阶，号柏崖，又号仅窗，弘治十八年（1505）进士，官至云南按察司副使。陈暹（陈枀侄孙，陈炷之子，陈达之弟），字德辉，号闇窗，嘉靖十四年（1535）进士，官终广东右布政使。陈严之（陈焯之孙），以字行，号笔山，隆庆二年（1568）进士，官云南按察司副使。陈朝锭（陈达之子），字元之，隆庆四年（1570）举人，官终永宁府同知。林元美与陈枀同为永乐十九年（1421）进士。林庭机与陈暹同为嘉靖十四年（1535）进士。林庭植（林瀚从子）娶陈枀孙女。林焕（林瀚之孙）娶陈全之女（陈枀玄孙女）。陈邦涑（陈枀玄孙）娶林烃之女（林瀚曾孙女）。陈廷炳娶林瀚曾孙女。林炫《明中宪大夫云南按察副使仅窗陈公墓志铭》云："仅窗先生陈公少业《春秋》，成化丙午，举乡闱亚魁，入太学。弘治初，炫祖文安公为祭酒，公执经馆下，甚见推誉。炫父小泉先生，因同公会文丽泽资益，且以姻好莫逆，盖异姓兄弟也。"❶林家与陈氏累世交好。陈墀在太学时，林瀚对其颇为赞赏，又与林瀚之子林庭棉共同切磋经义。

从表3-1《林瀚家族姻亲简表》可以发现，林家女子适何家何族，也是经过仔细地审慎思考，相当重视科举门第。林瀚长女适黄镐之子黄澍。黄镐，字叔高，谥襄敏，正统十年（1445）进士，官至南京户部尚书，生平详见《福州府志·名臣传》。林庭机长女林性适马森次子马燮。马森，字孔养，谥恭敏，怀安县人，嘉靖十四年（1535）进士，官至南京户部尚书。林烃次女适吴文华子吴承烈。吴文华，字子彬，世泽之子，嘉靖三十五年（1556）进士，官南京兵部尚书，见《福州府志·名臣传》。林瀚、林庭机、林烃祖孙三人皆官至尚书，皆任职南京，嫁女标准也基本一致，林家的三女都是嫁给同僚之子，不仅是进士之子，还都是尚书之子。

林瀚后代子孙存在兴衰强弱之别。林瀚育有九子，其中有两名进士、两名举人。仕途上，林瀚九子之间的差距甚大。九子之中，林庭棉、林庭机官至尚书；林庭枸、林庭樟、林庭榆官至知府同知；林庭楷输粟授官出为福州左卫指挥佥事；

---

❶ （明）林炫：《林榕江先生集》，《原国立北平图书馆甲库善本丛书》本，第236页。

林庭棻谒选授上虞丞。仕途最显者是林庭棉，官至北京工部尚书；名位最弱者是林庭棻，年五十始谒选，授上虞丞。父祖辈的事功荣耀可以遮庇一时，若子孙自身不够努力，光环很快就会消失。通过比较表 3-1《林瀚家族姻亲简表》中林瀚诸房子孙的婚姻情况，可以得出本人是进士或者父辈是进士的，对姻亲的科举功名要求比较高。林氏有两人娶的是状元之女，分别是林光、林世璧。林光（林庭机三子）娶陈谨之女。陈谨，字德言，号环江，长乐人，嘉靖三十二年（1553）状元，任南京国子监司业，升中允。陈谨系嘉靖三十二年林燫所取状元。林光之祖林瀚、父林庭机、长兄林燫、次兄林烃皆是进士，且皆官至尚书。林世璧（林瀚曾孙）娶龚用卿之女。龚用卿，字鸣治，号云冈，福州府怀安县人，嘉靖五年（1526）状元，官至翰林院侍读，著有《云岗选稿》等。林世璧自高祖林元美中进士，传自其父林炫，已经四代进士。林瀚家族当中本人没有功名或者本人仕途不达的，其子女在婚配时择偶标准也会随之降低。然而，无论如何降低标准，对方家族的科举功名仍然是林氏选择姻亲对象时极其重要的标准之一。

第二节　姻亲圈的维护与重组

一个家庭同时有多位姻亲，因此姻亲关系具有多向性。姻亲关系与宗族关系不同，姻亲之间的联系会随着代际相延日益减少。在维持两个联姻家族的联系时，长时间的互相通婚，建立新的姻亲关系成为两个世家大族的默契，比如林瀚的长子林庭桂与六子林庭榆皆娶南湖郑氏之女；林瀚的七子林庭棻与九子林庭机皆娶闽县李廷仪家族之女。林瀚长女适黄镐之子黄澍，林瀚孙女林宪适黄澍之子黄梓。

在为后代选择联姻对象时，比起外在的物质条件，林瀚更看重家族的文化积淀。林瀚次子林庭棉娶凤池郑氏郑克和之女。林庭棉未娶之时，发生了一段豪贵之家争婚的小插曲。杨廷和《太子太保吏兵二部尚书谥文安林公神道碑铭》云："参政幼悟，同乡郑郎中克和许归以女，已而郑夫妇相继卒，有贵家欲求婚。公曰：'吾儿于郑虽未相知名，吾心已许之矣。卒不易。'"❶ 郑克和夫妇相继过世，他们的女儿沦为一个孤女，此时有豪贵之家从中作梗，那为何林瀚没有改变主意呢？凤池郑氏自永乐年间郑莹成进士，传至郑克和已经三代，族中出了3名进士、3名举人。郑莹，字澄初，闽县人，永乐十三年（1415）进士；郑珵（郑莹之子）字奇玉，建阳县籍，宣德七年（1432）举人，官曲江教谕。以子克昭贵，赠刑部员外郎。郑克刚（郑莹之孙），景泰四年（1453）举人，官南陵训导。郑克刚与林瀚是同榜举人。郑克刚之弟郑克昭，天顺六年（1462）举人，成化十一年（1475）进士，官刑部员外郎；郑琅（郑莹之子）字文琳，成化十九年（1483）举人，官审府长史；郑克和，号厚斋（郑莹之孙，郑琅之子），天顺元年（1457）进士，官户部主事员外郎。郑琅之子郑乾清，字惟一，正德五年（1510）举人，官琼山知县。郑莹以《春秋》中永乐十二年（1414）举人，次年中进士。此后，除了郑琅、郑乾清以《易》中举，郑珵、郑克刚、郑克昭、郑克和在举业上皆治《春秋》。林瀚没有悔婚，坚定地选择与郑氏联姻，一方面是看重郑家在举业上的稳定发展，以及郑氏治《春秋》的家学渊源；另一方面，林瀚在后代的婚事上坚持选择书香门第，将权势财富置于其后。此举维护了林氏选择姻亲的标准——重视科举门第，为子孙后代树立了榜样。

封建时代或许有重男轻女的倾向，然而林家女子适何家何族，林氏在联姻的科举门第上并没有降低要求。闽县郑瑛家族七世科甲，也是林瀚家族的联姻对象。郑瑛（郑旭之子），字希晦，侯官人，永乐十三年（1415）进士；郑珞（郑瑛之弟），字希玉，永乐十三年（1415）进士，官宁波知府；郑璲（郑瑛从弟），字希肃，永乐九年（1411）举人，官知县；郑珙（郑瑛之弟），字希璧，永乐二十一年（1423）举人，任鄞县教谕；郑亮（郑瑛之子），字汝明，宣德八年（1433）进士，官按察使，详《福州府志·前修传》；郑济（郑珙之孙），字叔亨，弘治二年（1489）举人，官蓬州知州；郑伯和（郑亮之孙），字节之，弘治十四年（1501）举人，任无为州学正，官国子博士；郑漳（郑瑛玄孙，郑亮曾

---

❶ 《濂江林氏家谱》第一册，第54页。

孙，郑伯和之子，郑澄之弟），正德十二年（1517）进士，官至刑部侍郎。郑澄（郑伯和之子），字世扬，嘉靖元年（1522）举人，官温州府同知；郑威（郑珙曾孙），字伯震，号沙村，正德八年（1513）中举，与林炫同年，嘉靖五年（1526）进士，官宁波知府，有《刺明漫稿》。郑相（郑澄之子），字克佐，嘉靖十六年（1537）举人，官终滁州知府；郑维邦（郑瑛玄孙），字世辅，嘉靖二十五年（1546）举人，与林㷆同年，官至徐州知州。郑熙（郑伯和曾孙，郑相之子），字允缉，隆庆四年（1570）举人。嘉靖三十二年（1553），林㷆任会试同考官，郑维邦中乙榜，任官诸暨，林㷆《林学士文集》卷二有《赠郑世辅诸暨邑博序》。嘉靖三十二年（1553），除郑熙之外，郑瑛家族出了5名进士、7名举人。林㷆《寿沙浦郑先生序》云："数郡之钜族，吾邑为盛。数邑之钜族，郑为盛。明兴，郑氏一门为九卿者一人，为诸侯相者一人，为州郡守县令者又十数人也。"❶ 参考郑氏科举情况，可知林㷆所言非虚。估计在正嘉年间，闽县郑瑛家族与林瀚家族有过两次联姻，两个家族关系良好。郑伯和之子郑澜娶林庭棉之女。林炫《先康懿公编年行实》云："女二，长恕，适闽清庠生郑澜。"❷ 郑澜，郑伯和之子，郑漳之弟。郑伯和七十大寿，林炫作《百拙郑翁同寿序》，见《林榕江先生集》卷十七。林炫《中宪大夫广西庆远知府玉泉林公偕配陈宜人行状》记载林庭杓孙女天鏊许聘郑漳次子郑梅。郑伯和的儿媳与孙媳皆出自林浦林氏，可见两家关系之亲密。

　　姻亲关系不仅会对相互通婚的家庭与家庭、家族与家族之间产生影响，还会对家族中与通婚无关的成员产生影响。姻亲关系的存在，增强了双方对彼此群体的认同感和亲密度。林浦林氏与长乐东岚谢氏的联姻便是如此。林瀚第五子林庭樟娶谢文著之女。谢文著，字仲简，号草堂，成化十年（1474）举人，官至广西庆远知府。《东岚谢氏宗谱》载林瀚赠谢文著诗，诗云："季方丰度踵元方，处事雍容百不忙。共喜雄才齐董贾，还期伟绩继吴黄。谢庭云荫千章树，广海风飞百

---

❶ （明）林㷆：《林学士文集》卷三，傅斯年图书馆藏影印本。
❷ （明）林炫：《林榕江先生集》，《原国立北平图书馆甲库善本丛书》本，第136页。

尺墙。我喜门阑新种玉，步陈谁道隔封疆。"❶谢文著从兄谢士元。谢士元，字仲仁，号约庵，景泰五年（1454）进士，官至右副都御史。谢士元与林瀚同为景泰四年（1453）举人。谢廷柱（谢士元之子，谢廷最之兄），字邦用，一字双湖，官至湖广按察佥事，著有《双湖集》。谢廷柱与林庭㭚（林瀚次子）同为弘治十二年（1499）进士。《濂江林氏家谱》收有谢廷柱《太子太保工部尚书赠少保谥康懿小泉林公传》。谢廷最，字邦陟，号榕石。据林炫《明故郡文学榕石谢君墓志铭》记载，谢廷最之子本立娶林炫之从女。《濂江林氏家谱》云："申泰，字天肃，贞胜四子，行十二，号佷木，郡庠生，娶谢氏尚书杰孙女。"❷林焞之子林申泰娶谢杰孙女。谢杰是谢肇淛的叔祖。谢肇淛为谢杰的姻亲林焞作传，见《濂江林氏家谱》之《司城林公传》。谢肇淛本来与林家没有直接的姻亲关系，由于叔祖谢杰的缘故，也会为林家写文章。此后，谢肇淛本人也与林家结亲。林世吉（林瀚曾孙，林㒡之子）与谢肇淛是好友，谢肇淛有诗答谢林世吉盛情。《林民部天迪见饷园中荔子莲房赋诗》云："城枕芳园云水乡，芙蕖抽实荔凝浆。折残露粉寒波动，觅得霞墩异种尝。百子房开千锦帐，红裙妆对绿衣郎。筠笼稚子双双至，犹带当年汉署香。"❸谢肇淛为林世吉之子林元祯撰墓志铭，林世吉之孙林昌胤娶谢肇淛之女。《光禄大官丞玉衡林君墓志铭》云："盖不佞壮而习四声也，则林司农天迪先生实执牛耳，因得交其冢嗣光禄君，风流文采，即凤毛虎子不啻矣。……余始于司农也友，而今于光禄也姻，即抱人琴之痛，谊不得辞。"❹

　　姻亲关系的维护与重组是极其复杂的。林浦林氏与南湖郑氏是福州的世家大族——林浦林氏分为礼、乐、射、御、书、数六房；南湖郑氏自莆田迁居福州后，分为九房。在明代，林浦林氏的射、御、书三房比较强盛，书房毋庸置疑最为强大。南湖郑氏各房之间的强弱则随着时间的推移，此消彼长，呈现出不同的情况。若是从时间上看，林氏早先与南湖郑氏的六房联系较为密切。郑理剧是南

❶　谢铤：《东岚谢氏宗谱》，抄本，福建师范大学图书馆藏。

❷　《濂江林氏家谱》（射房，上本），第20页。

❸　（明）谢肇淛著；江中柱点校：《小草斋集》，福州：福建人民出版社，2009年，第1145页。

❹　（明）谢肇淛著；江中柱点校：《小草斋集》，福州：福建人民出版社，2009年，第380页。

湖郑氏六房祖，与林元美乡试同年，郑理剧之子又是林瀚业师。早期南湖郑氏家族三房郑塾一支在科第上最显。三房祖郑塾是永乐十三年（1415）进士。如前文所列，郑塾子孙在举业上颇有成就。林瀚虽然与南湖郑氏六房交往较早，但林瀚的两个儿子都是与南湖郑氏三房结亲。郑善夫则属于一房郑复一支。一房祖上科第不显，直至郑善夫登第，情况才有所改变。郑善夫在闽中文坛执牛耳，诗名远播。在此情况下，林家选择与郑氏一房再次联姻，林炘娶郑善夫之女也比较顺理成章。林氏与南湖郑氏六房之间有年友与师弟子的关系，与南湖郑氏一房、三房又建立了姻亲关系，所以两个家族之间的交往更为深入，涉及人员较多，层面更为广阔。

通婚家族在姻亲关系建立前后，在生活中难免要与对方交流互动，通过婚礼、祝寿、丧事、修谱等一系列家庭活动，亲友之间相互往来，彼此之间更加亲近熟悉。在双方交往的过程中，也会产生相关的文学作品，而广泛的文学交流也有利于姻亲之间增进感情。义溪陈氏不仅举业兴盛，家族成员也颇有诗名。徐𤊹《题蕉雨亭诗》云："闽称甲族，莫若义溪陈氏。自侍读、中丞，以至参知、宪副，派衍百年，人传五代。"❶正德年间，《义溪世稿》由李坚所选，汇录义溪陈氏四世十二人的诗歌作品，自处士陈周至都御史陈达。据李坚正德十四年（1519）所写《义溪世稿序》，集中有陈周、陈叔刚、陈叔绍、陈叔复、陈炜、陈燧、陈焯、陈烓、陈焞、陈烖、陈墀、陈达。万历三年（1575），陈朝锭重刊《义溪世稿》，增入陈玺、陈堪、陈进、陈暹、陈全之、陈严之以及自己的诗作。重刊本《义溪世稿》收录义溪陈氏五世十九人的作品。林庭机《陈守鲁遗稿序》云："我明兴义溪陈氏簪缨世其族，文章行业表著一时，子姓彬彬辈出，类能诗，诗辄脍炙人口。予闻其家庭间更倡迭和，自相师友，阮、谢风致，无多让者。"❷两个家族之间的文学互动相当频繁。陈炜有赠林元美诗，见《义溪世稿》卷三。陈燧为林元美重光堂题诗，作《重光堂为林元美太守题》，与林瀚倡和诗有《平山怀古次林

---

❶（明）徐𤊹：《红雨楼题跋》，《续修四库全书》第923册，上海：上海古籍出版社，2002年，第25页。
❷（明）林庭机：《世翰堂稿》，《原国立北平图书馆甲库善本丛书》本，584页。

内翰诗》，载《义溪世稿》卷四。陈墀有寄林庭棩诗《寄林利瞻夏官》，见《义溪世稿》卷七。陈达有送林炫诗《送林贞孚养病南归》三首；与林庭杓游九鲤湖诗《乙酉春正六日与林参军利高陈州守君扬游醉翁亭》，载《义溪世稿》卷八。陈全之有赠林庭机诗《送肖泉林老翁之南司成》，见《义溪世稿》卷十。林瀚《重刊林文安公诗集》卷五为陈炜作《宾山楼为陈文用绣衣作》，卷八有《题义江陈文用金宪涵碧亭八景》。林庭机《世翰堂稿》卷三有送陈全之诗《六月七日陈津南运长携酒舟中送至砖河而别》。林炫为陈炜作《陈虚窗乃尊蒙庵金宪先生寿诗》，见《林榕江先生集》卷九；为陈炜之子陈达作《赐告录序》，见《林榕江先生集》卷十九。林爀《林学士诗集》卷二有《饮义溪陈参伯池亭》。

科举家族的功名需要世代经营，即使已经累积数代功名，也难以保证家族举业代有人出。林浦林氏世代业儒，家族成员多以《春秋》博取科第，其联姻家族中南湖郑氏、义溪陈氏等在举业上也多治《春秋》。林氏与联姻家族之间互为师弟子，组织丽泽会，有世讲之谊。姻亲之间的交往互动，不仅局限在经学层面，也在于文学层面。林氏通过与姻亲之间的诗文酬答，丰富了自身的文学创作经验。

林氏家族的兴起与保大，以及家族地位的抬升与稳固，首先仰赖林氏族人世世代代博取科举功名，其次是姻亲网络影响着家族的兴衰，林氏需要有选择地建立合适的姻亲网络，与地方上众多豪族联结姻亲，强化林氏在地方精英阶层中的力量，扩大林氏家族的社会影响力，提升林氏的声望。这也是为何表3-1《林瀚家族姻亲简表》所列的姻亲基本可以囊括了当时福州府名宦望族的内在原因。有选择的联姻，为林氏家族的稳步发展与兴盛提供了重要保障。与林氏联姻的家族，基本上都是与林氏门第相当的科甲鼎族，他们与林氏之间有明晰的姻亲关系。通过缔结姻亲，以血缘为纽带结成了一股稳定的力量，共同跻身地方权势阶层，这种血缘关系投射于地缘关系中，形成了当时福州地方最顶级的豪族网络。

表 3-1 林瀚家族姻亲简表

林氏家族成员	联姻情况	联姻家族简况
林瀚	娶黄耕曾孙女	莆田东里黄氏（黄寿生家族）。成化二年（1466），林瀚与黄仲昭同中进士。嘉靖十四年（1535），林庭机（林瀚第九子）与黄廷用同中进士。
林庭㭿（林瀚长子）	娶郑必显之女	南湖郑氏（郑善夫家族）。郑必显为郑塾之孙，官潮州教授。
林庭㭿	娶郑克和之女。郑克和（郑莹之孙，郑琅之子），号厚斋，天顺元年（1457）进士，官户部主事员外郎。	凤池郑氏。郑莹，字澄初，闽县人，永乐十三年（1415）进士。 郑珵（郑莹之子），字奇玉，建阳县籍，宣德七年（1432）举人，官曲江教谕。以子克昭贵，赠刑部员外郎。 郑琅（郑莹之子），字文琳，成化十九年（1483）举人，官审府长史。 郑克刚（郑莹之孙），景泰四年（1453）举人，官南陵训导。郑克刚与林瀚是同榜举人。郑克昭（郑克刚之弟），天顺六年（1462）举人，成化十一年（1475）进士，官刑部员外郎。
林庭楷	娶谢瀚之女。谢瀚（谢睿之子），字汝大，成化二十二年（1486）进士。	谢睿，字元思，闽县人，正统十二年（1447）举人，任靖安教谕。后官至国子监学正，兼翰林院检讨，见《福州府志·循良传》。 谢宝（谢睿之孙，谢瀚之子），字惟善，弘治十七年（1504）举人，官贵溪知县。 谢黉（谢睿之孙），字惟盛，正德十六年（1521）进士。 谢启元（谢睿之曾孙，谢黉之子），字本贞，见《福州府志·文苑传》。 谢蒙亨（谢睿之玄孙，谢启元之子），字仲时，官刑部员外郎。
林庭杓	娶陈纪之女。陈纪（陈谷常之弟），字叔振，成化五年（1469）进士，官至都御史。	陈谷常，景泰元年（1450）举人，官德安训导。见《福州府志·名臣传》。 林瀚《重刊林文安公文集》卷四有《赠宪使陈公之任陕西序》。
林庭樟	娶谢文著之女。谢文著，字仲简，号草堂，成化十年（1474）举人，官至广西庆远知府。	东岚谢氏

林氏家族成员	联姻情况	联姻家族简况
林庭榆	娶郑观之女。郑观（郑塾之孙），天顺八年（1464）进士。	南湖郑氏
林庭㭓	娶李廷芳之女。	李廷芳，号得斋，李廷仪之弟。生平详见林炫《明处士得斋李君暨配林氏墓志铭》（《林榕江先生集》卷二十三）。
林庭枝	娶罗荣之女。	罗荣，字志仁，号蘗山，古田人，弘治三年（1490）进士，官至广东左布政使。林瀚撰《大方伯蘗山罗公墓志铭》。
林庭机	娶李廷仪之女。李廷仪，字鸣凤，闽县人，弘治三年（1490）进士，官至江西南安府同知，有《质庵集》。	李廷韶，以字行，闽县人，天顺三年（1459）举人，栾城教谕。 李廷美（李廷韶之弟），以字行，天顺四年（1460）进士。任刑部郎中，官终苏州太守。 林瀚《重刊林文安公文集》卷六《侗庵小稿序》。
林瀚长女	林瀚长女适黄镐之子黄澍。黄镐，字叔高，谥襄敏，正统十年（1445）进士，官至南京户部尚书，生平详见《福州府志·名臣传》。	黄澍，生平详见林炫《明中宪大夫云南姚安知府青厓墓志铭》（《林榕江先生集》卷二十四）。
林瀚次女	林瀚次女适郑炤之子郑墇。郑炤，成化二十三年（1487）进士，官广东南雄知府。 林焆（林庭桂嗣子）娶南雄知府郑克昭孙女；详见林庭机《寿素竹郑君七十序》（《世翰堂稿》卷六）。	林庭机《贺太淑人郑母林氏七秩序》（《世翰堂稿》卷六），《敕封承德郎户部郎中介石郑公墓志铭》（《世翰堂稿》卷八）。 郑墇生子郑云鋋、郑云鋈。郑云鋋，字邦用，号文冈，嘉靖三十五年（1556）进士，仕至湖广左布参政，迁河南按察使。郑云鋈，字邦济，郑云鋋之弟，嘉靖三十七年（1558）举人，官兵部郎中。
林炫（林瀚之孙）	娶郑汝美之女。郑汝美，字希大，闽县人，弘治六年（1493）进士，官户部员外郎，著有《白湖存稿》。	郑允璋（郑汝美之子），字德卿，嘉靖五年（1526）进士，官至广东佥事，著有《郑少白诗集》等。郑汝美之子郑允珪、郑允璋，以及孙郑若霖、郑若楠皆有诗名。

续表

林氏家族成员	联姻情况	联姻家族简况
林炀	娶陈言之女。	陈言，字献可，福州长乐井门人，弘治十八年（1505）进士，授雄县知县，调上虞，擢监察御史，终浙江佥事。
林熣	娶王俊孙女，王道成之女	王俊，字世美，闽县人，成化二年（1466）进士，官广东布政司参政。《福州府志》云："俊字世美，闽县人，成化丙戌进士，选翰林庶吉士，改户部员外郎，升袁州知府，迁广东参政。"
林煤	娶朱德祯之女	朱德祯，字必兴，闽县人，嘉靖八年（1529）进士，官赣州府同知。
林熕	娶倪珏孙女	倪珏，字文玉，成化十七年（1481）进士，官浙江参议。
林爚	娶王士昭之女	王士昭，字希贤，侯官人，弘治八年（1495）举人，弘治九年（1496）进士，与林庭棉同榜。 王士和，字希节，王士昭之弟，正德二年（1507）举人，官终高邮知州。
林烔	娶陈淮之女	陈淮，字东之，嘉靖十七年（1538）进士，官户部主事。
林熥	娶谢源之女	谢源，字仕洁，怀安人，正德六年（1511）进士，官御史。
林焕	娶陈全之女	义溪陈氏。陈全之（陈枨曾孙），字粹伯，闽县人，嘉靖二十三年（1544）进士，官至山西参政，著有《蓬窗目录》。陈全之系林庭机门生。
林烜	娶许继女	许继，字士成，坦之子，绎之弟，闽县人，嘉靖二年（1523）进士，官至南安知府。
林燫	娶郑纲女	郑懿，怀安县人，景泰元年（1450）举人，官知县。 郑应，郑懿之弟，成化元年（1465）举人。 郑纲，字南金，郑懿之孙，嘉靖五年（1526）进士，官知府。
林烃	娶陈褎女	陈褎，字邦进，号骝山，福建福宁府人，嘉靖二年（1523）进士，官至广西按察司佥事。
林光	娶陈谨女	陈谨，字德言，号环江，长乐人，嘉靖三十二年（1553）状元，任南京国子监司业，升中允。陈谨系嘉靖三十二年林燫所取状元。

林氏家族成员	联姻情况	联姻家族简况
林庭㮚长女林恕	适郑澜	郑瑛（郑旭之子），字希晦，永乐十三年（1415）进士。 郑亮（郑瑛之子），字汝明，宣德八年（1433）进士。 郑伯和（郑亮之孙），字节之，弘治十四年（1501）举人，任无为州学正，官国子博士。郑澜，郑伯和之子，郑漳之弟。
林庭㮚之女林宪	适黄澍之子黄梓	黄梓（黄镐之孙，黄澍之子，参见上文"林瀚长女"），字子高，补荫怀远知县。详见林炫《亡妹黄介妇孺人林氏墓志铭》（《林榕江先生集》卷二十四）。
林庭楷之女林志	适叶文浩之子叶有桥	叶铤，字惟刚，闽县人，成化二十三年（1487）举人。叶文浩，字世宏，铤之子，弘治十四年（1501）举人，官道州知州。
林庭机长女林性	适马森次子马爕	马森，字孔养，谥恭敏，怀安县人，嘉靖十四年（1535）进士，官南京户部尚书。传详《明史》卷二百十四《马森传》。林庭机与马森系同年进士。
林庭机次女	适洪世文之子舜宾	洪顺，字尊道，闽县人，永乐二年（1404）进士，官按察使，见《福州府志·名臣传》。 洪英（洪顺从弟），字实夫，永乐十三年（1415）进士，官都御史，见《福州府志·名臣传》。 洪暅（洪英之孙），字继明，弘治十四年（1501）举人，官郯城知县，以子世文贵，赠户部郎中。 洪世文（洪英曾孙，洪暅之子），字国华，嘉靖十七年（1538）进士，官山东副使，见《福州府志·孝友传》。 洪世迁（洪世文之弟），字国安，嘉靖二十五年（1546）举人，官南大理评事。与林爍同榜举人。
林世璧（林瀚曾孙）	娶龚用卿之女	龚用卿，字鸣治，号云冈，福州府怀安县人，嘉靖五年（1526）状元，官至翰林院侍读，著有《云岗选稿》等。
林世球	娶王继芳之女	王继芳，字师启，闽县人，嘉靖十九年（1540）举人，官永安知州。生平详见《福州府志·循良传》。
林世瑠	娶庄严之女	庄严，字汝和，福州府人，嘉靖二十二年（1543）举人，官石城知县。
林世坦	娶方邦望之女	方邦望，字表民，正德十四年（1519）举人，官惠州府推官，生平详见《福州府志·文苑传》。方邦望与林庭枝同榜举人。
林世埥	娶姚仕显之女	姚仕显，字原学，嘉靖二十六年（1547）进士。姚仕显与林爍同年进士。

林氏家族成员	联姻情况	联姻家族简况
林世墀	娶陈德华孙女	陈鉴，字德熙，成化五年（1469）进士。 陈世仁，字德元，鉴之孙，正德十四年（1519）举人，与林庭枝同榜。 陈德华（陈世仁之弟），字国实，鉴之孙，嘉靖四年（1525）举人，全椒知县。与林庭机同榜举人。
林世载	娶王卢孙女	王卢，字廷器，闽县人，景泰五年（1454）进士。
林世培	娶郑云鏊之女	郑云鏊，详见上文"林瀚次女"条。
林世瑛	娶胡廷顺之女	胡廷顺，字衮美，闽县人，嘉靖十九年（1540）举人，官潮州府同知。
林世臻	娶袁希朱之女	袁希朱，字元甫，万历十六年（1588）举人，任建宁教谕。
林世墉	娶杨懋魁之女	杨懋魁，字应梅，闽县人，隆庆四年（1570）举人，万历二十六年（1598）任镇远知府。
林世吉	林世吉娶陈柯之女。林世吉之孙林昌胤娶谢肇淛之女	陈源清，字孟杨，嘉靖十年（1531）举人，如皋教授，与林垠同榜举人。 陈柯（陈源清之子），字君则，福州府人，嘉靖二十九年（1550）进士，官至江西参政。
林世勤（林庭机之孙）	娶马森之孙女（马荧长女）	马荧（马森之子），字用绍。马荧曾参与编订《闽中十子诗》。详见上文"林庭机长女林性"条。
林世陞	林世陞娶陈省之女。林世恭（林家射房）娶陈瑞孙女。陈兆鼎（陈长祚之孙）娶林世都之孙女。详见陈长祚撰《明承德郎南京户部云南清吏司主事金台林公墓志铭》。	长乐陈仲进家族。陈大濩，正德十六年（1521）进士，其兄陈大用嘉靖二年（1523）进士，其侄陈瑞嘉靖三十二年（1553）进士，其子陈省嘉靖三十八年（1559）进士。陈瑞之子陈长祚隆庆五年（1571）进士。陈联芳（陈大濩侄孙），字以成，号青田，嘉靖三十五年（1556）进士，官至南京太常寺卿。
林世教	娶张邦彦之女	张邦彦，字士祯，福州府怀安县人，嘉靖二十三年（1544）进士，官至湖州知府。张邦彦系林庭机门生。
林世越	娶郑惇典之女	郑惇典，字君敕，福州府侯官县人，嘉靖四十一年（1562）进士，官袁州知府。生平详见《福州府志·循良传》。郑惇典系林烃同年进士。
林世儁	娶余梦鲤之女	余梦鲤，字有征，福州府福清县人，万历十一年（1583）举人，官至湖广按察使。余梦鲤与叶向高、林材、赵世显同榜举人。
林幼学	娶陈谨孙女	陈谨见上文。

林氏家族成员	联姻情况	联姻家族简况
林世推	娶陈时亮孙女	陈时亮，教谕。
林炫之女林天璧	适刘世扬之子刘鹄翔	刘世扬，字实夫，闽县人，正德十二年（1517）进士，官广西佥事，见《福州府志·名臣传》。
林庭㭿孙女林天鼒	适郑漳之子郑梅	郑漳（郑伯和之子），正德十二年（1517）进士，官至刑部侍郎。参见上文"林庭㭿长女林恕"条。
林庭樟长孙女	适陈京之子陈濩	陈京，字世周，怀安县人，嘉靖五年（1526）进士，任金华知府。
林庭樟次孙女	适张孟中之孙张九成	张孟中（张泽之子），字道宗，正德六年（1511）进士，官户部主事，见《福州府志·风概传》。
林庭樟小孙女	适陈嘉谋	陈嘉谋，字仲询，正德十二年（1517）进士，官广东副使。
林烃次女	适吴文华之子吴承烈	吴世泽，字宗仁，嘉靖二年（1523）进士，官终广西副使，见《福州府志·循良传》。 吴文华（吴世泽之子），字子彬，嘉靖三十五年（1556）进士，官南京兵部尚书，见《福州府志·名臣传》。 吴承烈（吴文华之子），字汝扬，以军功荫顺天府通判。 吴承照（吴文华之子），字汝恒，以军功荫詹事府主簿。 吴承熙（吴文华之子），字汝缉，官刑部员外郎。
林烃三女	适陈邦涑 （陈枨玄孙）	义溪陈氏，详见上文"林焕"条。

第四章　林瀚文学研究

　　林瀚（1434—1519），字亨大，号泉山，成化二年（1466）进士，官至南京兵部尚书，谥文安，著有《林文安公文集》等。长期以来，林瀚给人的印象首先是一代名臣，其次是一名儒者。林俊《恩命录后志》略云："林世称德门，毓和凝祉，至先生尤盛，问学渊委，识邃而养充休休焉。至方若圆，至勇若怯，温燠若可亲，而居中栗不可柔，知先生者容，亦浅之知先生也。广平介而狭，莱公大而疏，先生兼其美而会其迹泯然者也。"❶林瀚为人宽容而庄重，柔和而能干，正直而平易近人。广平公宋白耿介而狭隘，莱国公寇准功高而学疏。林瀚兼有二者之美，融合了名臣和儒者身份，既有大臣的气度，也有儒者的风范。儒者的耿介在林瀚的性格中是比较突出的。毛澄《林文安公挽诗序》云："公坦然和易之中，有确乎不可易之介焉。盖公之和，人所常见也。临利害，遇事变。夫然后其介乃可以见焉。"❷这些评价基本上都是立足于名臣林瀚，或者儒者林瀚，用来评价馆阁作家林瀚的个人秉性似乎并不合适与恰当。郑汝美《题林泉翁挽卷》云："烟波书屋生前业，风月吟囊死后馨。"❸在郑汝美看来，林瀚的儒者身份只是他生前的功业，他真正不朽的是诗作。刘龙《寿泉山林司马先生七秩》云："翰苑文章第一流，春风桃李满皇州。"❹可以说，林瀚的诗文未必是第一流，但有其可取之处。

---

❶（明）林俊:《见素文集》,《景印文渊阁四库全书》第1257册, 台北: 台湾商务印书馆, 1986年, 第312页。

❷（明）毛澄:《三江遗稿》,《四库全书存目丛书》集部第46册, 济南: 齐鲁书社, 1997年, 第353页。

❸（明）郑汝美:《白湖存稿》卷七。

❹（明）刘龙:《紫岩文集》卷六。

林瀚长期任职翰林院，是一位翰林作家。郑礼炬谈到"浓厚的儒家经学思想成为明代翰林馆阁文学的首要特征，以至于研究明代翰林文学成就时，必须拨开政治、道德、人伦、哲理等重重雾霭，方能寻觅到翰林文学的审美特性"❶。如果要探讨林瀚的诗文创作，既要关注林瀚的馆阁文学，也要适当拨开林瀚的馆阁名臣身份，或者儒家学者的身份，关注一些能体现其个人秉性的作品。

第一节　林瀚与茶陵派关系考 ❷

郑礼炬《明代洪武至正德年间的翰林院与文学》一书下编第九章第三节讨论李东阳及其门人的创作。郑礼炬认为，以李东阳为首的茶陵派作家群体，主要是以翰林作家为主要成员的创作团体，其名单包括林瀚❸。司马周《茶陵派与明中期文坛研究》一书第二章"茶陵派成员考"，也将林瀚列入茶陵派阵营❹。司马周、陈雅娟《〈联句录〉中李东阳交游考》❺一文，统计李东阳《联句录》中的交游对象涉及不同诗人达44人，分别是同年进士、翰林院诸执友、其他仕宦之友、山林之士四个群体，这份交游名单不包括林瀚。司马周《〈李东阳年谱〉补编——

---

❶　郑礼炬：《明代洪武至正德年间的翰林院与文学》，第4页。

❷　在很长的一段时间，各种版本的中国文学史几乎众口一词，默认"茶陵派"是一个文学流派，代指以李东阳为领袖的文学创作群体。关于茶陵派，也有很多相关的研究著作，比如林家骊《谢铎及茶陵诗派》、司马周《茶陵派与明中期文坛研究》等。然而，何宗美先生认为茶陵派并不是一个真正意义的流派，"茶陵派"作为一个流派经历了不断地层累和重塑，其形成与明中叶以来特别是明末清初出于门户之见导致的文派之争有很大的关系。在一定程度上，所谓"茶陵派"不过是晚明文坛巨擘钱谦益在编纂《列朝诗集小传》时追加的。详见何宗美：《茶陵派非"派"试论——"茶陵派"命名由来及相关问题的考辨》，《文学遗产》，2012年，第6期，第98-110页。本章节不讨论茶陵派是否是一个流派的问题，主要探讨的是李东阳与林瀚的交游，李东阳对林瀚的文学影响。

❸　郑礼炬：《明代洪武至正德年间的翰林院与文学》，第509页。

❹　司马周：《茶陵派与明中期文坛研究》，长沙：湖南人民出版社，2010年，第44页。

❺　司马周；陈雅娟：《〈联句录〉中李东阳交游考》，《江苏技术师范学院学报》，2011年，第7期，第29-33页。

以李东阳〈联句录〉为考察中心》❶一文，梳理了李东阳等人在成化元年（1465）至成化十五年（1479）的联句活动，也没有只言片语提及林瀚。那么，"林瀚是否属于茶陵派"是一个问题，"林瀚是否有参加李东阳等人的联句活动"也是一个问题。

成化、弘治年间，翰林雅集，诗酒风流，文坛联句之风复盛。《联句录》提要云："然其时馆阁儒臣，过从唱和，以文章交相切劘，说者谓明之风会，以成、弘为极盛，即此亦可以想见也。"❷李东阳痴迷联句，是联句高手。陆容《菽园杂记》记载："李宾之学士饮酒不多，然遇酒边联句或对弈，则乐而忘倦。尝中夜饮酒归，其尊翁犹未寝，候之。宾之愧悔，自是赴席，誓不见烛。将日晡，必先告归。"❸

李东阳编选的联句诗集《联句录》五卷本，钱振民、司马周均认为已佚。南京图书馆藏周正刊本《联句录》一卷，收录范围仅限李东阳等人在成化元年（1465）至成化十五年（1479）创作的258首联句诗。周正《书联句录后》云："成化壬寅，余捧万寿圣节表文至都下。癸卯还任，道经贵州之普定，会海钓萧黄门文明出翰林李西厓先生所编玉堂诸公及缙绅大夫士联句一帙，起自成化纪元乙酉，讫于己亥，凡十余年，诗共二百五十八首。"❹萧显，字文明，号海钓，成化八年（1472）进士，官至福建按察金事。然而现存周正刊本《联句录》并不能完整地呈现李东阳等人联句体诗歌的创作风貌。

《联句录》中李东阳与林瀚的交游集中在成化十四年（1478）至成化十五年（1479）。以下简要梳理《联句录》中李东阳与林瀚共同参与的联句活动。

成化十四年（1478），八月，林瀚与李东阳、陈音、吴希贤联句作《题海子

❶　司马周：《〈李东阳年谱〉补编——以李东阳〈联句录〉为考察中心》，《文学界》（理论版），2011年，第124-126页。

❷　（清）纪昀总纂：《四库全书总目（四）》，石家庄：河北人民出版社，2000年，第5239页。

❸　陆容著；李健莉点校：《历代笔记小说大观·菽园杂记》，上海：上海古籍出版社，2012年，第119页。

❹　周正：《书联句录后》，（明）李东阳等：《联句录》，第605页。

东许大诏百户壁》❶，诗题小注"林瀚，亨大，戊戌八月"。十月，与李东阳、沈钟、谢铎、傅瀚、李仁杰、陈音在吴希贤家中赏荷花，作五言排律《听雨亭》❷，诗题小注"戊戌十月"，此诗亦收入《重刊林文安公诗集》卷八。

成化十五年（1479），李东阳、谢铎、陈音、吴希贤、傅瀚联句作《东南斋诸同官》❸，柬寄林瀚、王臣等。题注云："林亨大、王世赏、李士杰、谢于乔、曾士美、杨维立、曾文甫。"是年，李东阳、林瀚、陈音、彭教、萧显、吴希贤在谢铎家饮酒，等候张泰、陆釴不来，于是作联句《饮鸣治宅待亨父鼎仪不至各柬一首》其二❹。是年，李东阳、林瀚、谢铎、傅瀚、陆釴、张泰、萧显、罗璟联句作《游慈恩寺五首》❺其二。是年八月，林瀚与李东阳、谢铎、傅瀚、陈音在吴希贤家中聚会，席上作《题王舜耕山水图》❻，题注"在汝贤席上作，己亥八月"。又作《苔石》❼，收入《联句录》，题注"是日作"。

《联句录》存在失收、误收的情况。李东阳等人的联句诗稿大多由萧显保存，周正也是从萧显那里获得《联句录》的底稿。《听雨亭联句九首》载萧显《海钓遗风集》卷二，不同于上文的五言排律《听雨亭》，这一组七律并没有收入《联句录》。听雨亭聚会的参与者有吴希贤、罗璟、谢铎、李东阳、陈音、王臣、萧显、吴道本、林瀚、傅瀚。林瀚《书听雨亭联句卷后》云："是亭乃翰林修撰莆田吴静观所构亭，前置大瓷盆蓄水种莲，时遇雨洒荷叶，清声可人，故静观名其亭曰听雨。当雨霁花开，俗尘不染，隐然一佳景也。乃张宴花前，简邀泰和罗冰玉洗马、天台谢方石、长沙李西涯、同邑陈愧斋三侍讲、临江傅体斋修撰、庐陵王宣溪编修、山海萧海钓、清漳吴云坡二黄门觞于亭中，而瀚亦以同乡同官预焉。

❶（明）李东阳等：《联句录》，第 577 页。

❷（明）李东阳等：《联句录》，第 580 页。

❸（明）李东阳等：《联句录》，第 584 页。

❹（明）李东阳等：《联句录》，第 587 页。

❺（明）李东阳等：《联句录》，第 590 页。

❻（明）李东阳等：《联句录》，第 597 页。

❼（明）李东阳等：《联句录》，第 597 页。此诗亦收入林瀚《重刊林文安公诗集》卷八，《苔石》题注"罗璟明仲、萧显文明、汝贤席上作"。将两个版本的题注结合来看，可知此诗作于成化十五年。

酒酣，静观出楮笔，联句成前一首。复悬山水画图集联题之。题毕，宣溪、云坡始至，瀚与体斋以他事先归，而宾主八人者，人一起句，复成八首，秉烛犹未散也。当时诸稿悉为海钓所藏，去今几二十载。"❶《联句录》之《曰川宅赏莲四首》与《听雨亭联句九首》其三、其四、其七重复。因此，可知此次联句活动地点是在吴希贤家，而不是傅瀚家。题跋落款是弘治十二年（1499），上推二十年，正好是成化十五年（1479）。李东阳有文《听雨亭记》亦可互相印证。❷

　　李东阳等人创作的联句诗数量丰富，远非一部《联句录》所能容纳。林瀚《重刊林文安公诗集》卷八是联句诗，绝大多数是与李东阳、谢铎等人的联句。李东阳和林瀚共同参与的联句诗，部分收入《联句录》，有些未曾收入《联句录》，如《斋居忆敷五侍讲庚子正月中朝房作》《斋居有怀院中诸同官十韵》《郊斋闻宾之联句刑部朝房奉柬一首辛丑正月》《答》《再柬翰署请禁诗夜天地茶炉等数十字》《翰署诗来犯禁奉驳一首》《送杨中舍应宁还云南省墓》等。《斋居忆敷五侍讲庚子正月中朝房作》作于成化十六年（1480），《闻宾之联句刑部朝房奉柬一首辛丑正月》作于成化十七年（1481），《送杨中舍应宁还云南省墓》作于成化二十一年（1485）。卷八另有一首联句诗《宴归马上联句以谢东君》，是李东阳、谢铎、林瀚三人的联句，此诗的创作时间失考。弘治二年（1489）十月，林瀚与谢铎、李东阳、陆简、陈璚、李杰、王鏊会于吴宽园居，为赏菊之集，赋诗作图。《吴原博家赏菊》❸诗题自注："吴宽原博、陆简廉伯、陈璚玉汝、王鏊济之"。吴宽《匏翁家藏集》卷三十八有《冬日赏菊图记》。有些两人共同参与的联句，既不见于《联句录》，也不见于《重刊林文安公诗集》。程敏政等人编撰诗文别集时，并没有将联句诗放到附录或别集中，而是与其他体裁诗歌并列收录。比如，成化二十一年（1485）春，萧显考绩西还，程敏政与林瀚、李东阳、傅瀚、吴宽、谢迁、倪岳、陈璚、李经等有联句相送，其中程敏政有《万福寺送文明与

❶ 林瀚：《书听雨亭联句卷后》，（明）萧显著；詹荣编：《海钓遗风集》卷二。

❷ （明）李东阳撰；周寅宾，钱振民点校：《李东阳集（二）》，第 504 页。

❸ （明）林瀚：《重刊林文安公诗集》卷八，傅斯年图书馆藏影印本。

倪舜咨李宾之二学士傅曰川吴原博谢于乔三谕德林亨大修撰陈玉汝给事李士常侍御联句》❶。这些联句不仅可补《联句录》之不足，还可以补李东阳年谱之不足❷，更是了解林瀚与李东阳交游最直接的文献资料。

仅从现存联句诗来看，李东阳与林瀚曾经多次共同参与联句活动，从成化十四年（1478）到弘治二年（1489），时间延续长达十余年。当然，参与联句活动的人数众多，并不能直接证明李东阳与林瀚交情甚笃，不排除两人只是因为同僚关系或者因为共同的朋友聚在一起联句。但是两人相对频繁地一起出席聚会，至少说明他们在翰林院的同僚关系融洽和睦，联系相对密切。联句时，需要一人出上句、一人出下句，参与联句之人互相协调，共同保持诗歌意义的完整性和连贯性。比如《斋居有怀院中诸同官十韵》云：

> 西窗剪烛夜沉沉林瀚，白月清风共此心东阳。昭假俨看神陟降铎，清斋真忆地幽深傅瀚。兰苕翡翠文何蔚希贤，弱水蓬山思不禁铎。诗榻坐闻宫漏转林瀚，礼坛遥听属车临东阳。十年奔走谁先后傅瀚，千载遭逢自古今希贤。迍送有仪频易服东阳，追陪无计一联簪林瀚。沾恩屡许中朝宴铎，献寿能忘大宝箴傅瀚。昭代勋名须俊杰希贤，闲官岁月恐侵寻东阳。阳和在处春如海林瀚，灯火通宵刻比金铎。盛事可无天保颂傅瀚，愿因韶护托余音希贤。❸

此诗是联句，上半部分是林瀚出上句，李东阳接下一句。接了两次之后，换成李东阳出上句，林瀚接下一句。联句活动促进了两人的文学交流与创作，或者说两人聚在一起谈诗论文并非绝不可能之事。联句不仅会产生联句诗，还会产生

---

❶ （明）程敏政：《篁墩程先生文集》卷七十五。

❷ 李东阳《怀麓堂稿》未收录联句体诗歌。今人周寅宾、钱振民先生整理的《李东阳集》，是目前收录李东阳作品最全面的集子，2008 年由岳麓书社出版。目前学界也充分肯定了李东阳联句诗的价值，《李东阳续集》补遗收录了程敏政《篁墩程先生文集》卷六十九《下陵与李学士宾之联句》等。李东阳联句之作颇多，其联句诗的辑考补遗还有相当大的空间。

❸ （明）林瀚：《重刊林文安公诗集》卷八，傅斯年图书馆藏影印本。

次韵之作，也会出现纪述联句活动的单篇散文，例如李东阳《游朝天宫慈恩寺诗序》、林瀚《听雨亭联句卷后》等。

李东阳与林瀚之间的诗文互动是比较频繁的。李东阳《怀麓堂稿》诗稿卷十二有《和亨大修撰席上联句赠行韵》；诗稿卷十五有《大雨亨大诗屡至叠前韵》❶。李东阳另有诗《花鸟便面为泉山修撰作》❷。弘治元年（1488），林瀚四子林庭㭎出生，李东阳有诗《林亨大修撰得第四男之用旧韵贺》贺之。弘治十三年（1500），林瀚赴任南京吏部尚书，李东阳作《题林吏部像》二首为其赠行。其一云："绯袍金带映清庐，好是天门听漏图。人物两京新藻鉴，衣冠六馆旧型模。忧勤许国身犹壮，清白传家德不孤。纵道丹青能貌得，不知能貌此心无。"❸李东阳高度赞许林瀚的品行道德与为官能力，说他过去是翰林官员中的典范，此去南京，未来肯定能做好品鉴人才的工作。东阳赞赏林瀚对国家的忠诚，纵使画家有丹青妙笔，也只能是画画他的肖像，画不出他对朝廷的赤诚之心。

弘治十四年（1501），李东阳之子李兆先逝世。中秋，林瀚听闻噩耗，连日悲伤不已。《寄慰李西涯阁老丧子书》云："中秋日，忽闻令器兆先弃世讣至，初

---

❶ 周寅宾、钱振民先生点校《李东阳集》误将这两首诗的"亨大"改成"亨父"，造成林瀚与张泰相混。（明）李东阳：《怀麓堂稿》，《原国立北平图书馆甲库善本丛书》第 714 册，北京：国家图书馆出版社，2013 年，第 182、207 页。这两首诗均作"亨大"而非"亨父"。林瀚，字亨大。张泰，字亨父，或作亨甫。李东阳与林瀚、张泰皆相识，三人共同任职翰林院。周寅宾、钱振民先生点校《李东阳集》时，并没有运用到北平图书馆甲库善本丛书所收入的《怀麓堂稿》，而是以清嘉庆八年（1803）的陇下学易堂刊本作为点校底本。第一次点校时，周寅宾点校的《李东阳集》，未收录李东阳的续稿。参考钱振民《新发现的〈怀麓堂诗文续稿〉》，《复旦大学学报》，1987 年，第 2 期，第 112 页。钱振民在《〈怀麓堂稿〉探考》一文中也指出"康熙刻本《怀麓堂集》对正德本《怀麓堂稿》乱加删削、改编、存在着严重的缺陷，而此后的各种刻本、写本、印本却一直未能跳出康熙刻本的框框。"见钱振民：《〈怀麓堂稿〉探考》，《复旦大学学报》，1996 年，第 1 期，第 63 页。也就是说，嘉庆刻本与四库本《怀麓堂集》（底本康熙刻本）均不是李东阳诗文集最好的版本。甲库本所收《怀麓堂稿》系正德刻本，是李东阳诗文集的祖本。且根据钱振民先生所撰《李东阳年谱》，张泰是成化十六年十月升翰林修撰，是年十一月卒。是年秋，李东阳前往南京任应天府乡试考试官，九月前往北京，十月至京。李东阳诗题《和亨大修撰席上联句赠行韵》，点明是钱行之作。张泰任修撰，李东阳已经回到北京，说明此诗是李东阳是与林瀚倡和，而不是张泰。

❷（明）李东阳：《李东阳集（一）》，第 365 页。

❸（明）李东阳：《李东阳集（二）》，第 858 页。

甚惊疑未信，及与董圭峰密询于成国总兵府，始得其实。自是悲伤连日，不能暂已。缅惟天生如是奇才，重以相门德庆所钟，今秋京闱固望其元魁之荐，佳音不久来矣。讵知祸变一至于此，命寔为之。奈何？凡在爱末，罔不酸心，而况先生骨肉之惨，其何以堪。但当朝廷倚任方隆，天下之重一身所系，尚冀善自排遣，不使郁于胸中，用为苍生养福，是所祷也。"❶ 李东阳经历丧子之痛，林瀚反而劝慰他要以天下苍生为重，似乎有些不近人情。《世说新语·伤逝第十七》记载王戎丧子之后悲不自胜，山简前去探访，王戎说："圣人忘情，最下不及情；情之所钟，正在我辈！"事实上，林瀚也同王戎一样，也不是忘情超脱之人。林瀚劝解李东阳是真正的有情人之语。林瀚痛惜德才兼备的李兆先英年早逝，这触发了他内心深处的哀伤和痛苦。十余年前，林瀚也亲身体会了丧子之痛。成化十九年（1483），林瀚五十岁，长子林庭桂卒。李东阳生于正统十二年（1447），爱子李兆先逝世时，李东阳也只有五十五岁。在同一个年龄段，两人同样经历失去爱子的痛苦。林瀚是以过来人的身份去劝解李东阳，这样的安慰最能打动、温暖李东阳内心的悲凉与感伤。弘治十四年（1501）中秋后二日，林瀚为亡子林庭桂遗稿作《题邻笛遗悲后》。《题邻笛遗悲后》文末云："弘治十四年秋八月十七日，赐进士资善大夫南京吏部尚书泉山林瀚题。"❷ 这说明《寄慰李西涯阁老丧子书》与《题邻笛遗悲后》是同一时间段写的文章。林瀚心中在自伤，却忍痛提起笔，写信劝慰李东阳，两人之间的情谊是令人感动的。

正德七年（1512）十二月，六十六岁的李东阳致仕。次年，林瀚八十岁。林瀚作诗《寄贺李西涯元老归田用邃庵公送王器之都宪南还韵》《感怀一首用前韵寄西涯》，又作《寄致政阁老李西涯先生书》。李东阳作诗《次韵寄答泉山林先生二首》，又寄书《复泉山林先生书》。

林瀚《寄贺李西涯元老归田用邃庵公送王器之都宪南还韵》云：

> 相业光明不嫁非，紫宸黄阁可分违。化行南国周公用，望协东都

---

❶（明）林瀚：《林文安公文集》卷十八。

❷（明）曹学佺：《石仓十二代诗选》，《域外汉籍珍本文库》本，第 197 页。

宋璟归。千载风云同际会，万山草木竟增辉。公车有日思文潞，未许
湘江买钓矶。

林瀚《感怀一首用前韵寄西涯》云：

老来岩野觉前非，赢得投闲愿不违。日下鸳鸾思久别，山中猿鹤
笑迟归。愁看雾垒频年结，怅望台星彻夜辉。赤手擎天谁可代，空怀
尚父渭川矶。❶

李东阳《次韵寄答泉山林先生二首》云：

今是何曾有昨非，行藏元不与心违。千山雨过云初敛，九子巢成
凤已归。银汉星槎思远道，玉堂官烛借余辉。休言八十年华老，北海
何人起钓矶？

云霄器业我全非，回顾山林愿久违。五色有心空补衮，十年无日
不思归。空中骏马谁争步。林外流萤只自辉。三楚八闽千万里，江湖
何地不渔矶？❷

从林瀚的诗来看，他对东阳的期许是很高的，他将东阳比作周公、姜子牙、
宋璟、文彦博。这些人都是匡扶社稷、拯救苍生的一代名相，这与当时的政治局
势有很大关系。正德初年，刘瑾专权，祸乱朝纲。李东阳依违其间，态度暧昧，
受到门生和同僚的诟病和责难。正德五年（1510），刘瑾伏法。此后，李东阳对
自己过往的功名事业产生了怀疑，甚至想要辞官归里。正德八年（1513），宁王
朱宸濠在江西意图不轨，术士李自然等假托天命，附和宁王有帝王之相，建造阳
春书院。此时明王朝需要李东阳掌管当政，东阳却选择了致仕归田。林瀚说"赤
手擎天谁可代，空怀尚父渭川矶"，他认为没有人能够代替李东阳，这未必是空

---

❶ （明）林瀚：《重刊林文安公诗集》卷七，傅斯年图书馆藏影印本。

❷ （明）李东阳：《李东阳集（四）》，第26页。

浮之语。

林瀚《寄致政阁老李西涯先生书》略云：

> 夏初，远闻我公恳疏辞归，特恩允从所请，以礼义为进退，视古之贤大臣诚不多让。但乱政凶阉已伏诛，而朝廷纪纲法制为其所窃弄者，尚未复旧。四方寇贼为其所激起者，尚未歼除。西川、江右猖獗尤甚，海内人心皇皇未安。惟先生康济是望，兹既谢病，而众望孤矣！奈何！奈何！瀚于林下静思久之，第前此豺虎昼行，避祸不暇。是以欲达一书，握笔辄废者数四。❶

李东阳《复泉山林先生书》云：

> 郑参议来，承惠手札及佳章二首。高情正义，所以胥训告、胥责望者，至深至厚。仆虽朴陋无似，宁不知所感激？但衰年久官，忧病相仍，非惟势所不逮，抑于力有不能强者。……利瞻参政，足继家声。后裕光前，于今为盛。幸以官曹之旧、场屋之雅，于贤父子间者已非一日。虽退处林壑，远违江海，亦恶敢以自外邪？谨次高韵，书于别轴。伏惟照亮，不具。❷

林瀚期待李东阳匡扶社稷，而不是归隐山林。李东阳的书信回复的清楚明白，他推脱年纪大了，对社稷苍生早已有心无力。李东阳与林瀚父子交情深厚。李东阳与林瀚是翰林院的同僚，共同主持科考。成化十四年（1478），林瀚任会试同考官。是年，李东阳也在礼部校文，《怀麓堂稿》卷十二有七律《春闱校文呈诸同考》。林瀚之子林庭㭿是李东阳的门生。林庭㭿是弘治十二年（1499）进士，是年李东阳任会试主考官。林瀚《寄致政阁老李西涯先生书》是一封来信，

---

❶（明）林瀚：《林文安公文集》卷十九。

❷（明）李东阳：《李东阳集（四）》，第199页。

李东阳《复泉山林先生书》是一封回信。书信往还之间，两人的交谊也流露在笔端。

正德十一年（1516），李东阳卒，林瀚《哭致政元老李西涯先生》云："赐老恩光分外饶，丹心咫尺恋唐尧。尚期霖雨苏群服，可叹台星落九霄。海宇愁瞻周庙栋，乡邦泪洒楚江潮。我来惆怅思伊吕，梦寐还同候早朝。" ❶林瀚期待李东阳再度出仕，在政治上有所建树。听到李东阳过世，林瀚心里非常难过。辞官后，林瀚思念李东阳，因思成梦，一度梦见与李东阳一起等候早朝的场景。

林瀚与李东阳有过交往唱和，两人也有过亲密的接触。林瀚与李东阳关系融洽，在诗文的艺术风格上也相近。一方面原因是两人都长期流连馆阁。天顺八年（1464），李东阳中进士并入选翰林院庶吉士。正德七年（1512），李东阳致仕。晚明时期，钱谦益对李东阳的宦海生涯做出过总结。《列朝诗集小传》"李少师东阳"条，说李东阳历官馆阁，四十年未出国门。李东阳长期生活在馆阁之中，仕途相对简单平稳，没有大起大落。林瀚是成化二年（1466）进士，入选翰林院庶吉士，历任翰林院编修、翰林院修撰、翰林院谕德，也在翰林院任职长达二十余年。弘治三年（1490），林瀚离开翰林院，转任北京国子监祭酒。在离开翰林院之后，林瀚与翰林院的同僚并没有疏远，仍然过从甚密，如张升有诗《翰林诸公醵饮于祭酒林亨大第余以事不会盖待南京通政郑廷纲也时廷纲得旨许赐诰命治斋有诗以贺余因和之》，见《张文僖公诗集》卷五。

李东阳的诗文存留台阁体的气息。李开先《渼陂王检讨传》云："是时西涯当国，倡为清新流丽之诗，软靡腐烂之文，士林罔不宗习其体。" ❷《姜斋诗话》云："而后以其亭亭岳岳之风神，与古人相辉映。次则孙仲衍之畅适，周履道之萧清，徐昌谷之密赡，高子业之戍削，李宾之之流丽，徐文长之豪迈，各擅胜场，沉酣自得。" ❸《明史·李东阳传》评价李东阳"为文典雅流丽，朝廷大著作，多出其

---

❶ （明）林瀚:《重刊林文安公诗集》卷七，傅斯年图书馆藏影印本。

❷ （明）李开先:《李中麓闲居集》,《四库全书存目丛书》本，第 139 页。

❸ （清）王夫之:《船山遗书》第 8 卷，北京：北京出版社，1999 年，第 4626 页。

手"。❶以上评价无不表明李东阳诗文的特点之一是"典雅流丽",并没有完全摆脱台阁体的桎梏。李东阳如此,林瀚更是如此。时人认为,林瀚的诗文是典型的台阁诗文。王鏊《闻尚书泉山林公讣》云:"操履冰玉清,文章台阁样。"❷

众所周知,李东阳重视诗歌的音律格调,《麓堂诗话》是其诗学理论的纲领。李东阳在《麓堂诗话》提出格调论和音律说,还用"五声"藻鉴品评前代诗人。并且他认为,五声之中,宫调最优,是正声,典雅厚重,可以兼众声,就好似李白、杜甫擅长众体,风格万千,诗风雄浑壮阔。李、杜是盛唐诗歌的审美典范,是诗歌中的正调。由上可知,李东阳欣赏盛唐时期激越昂扬、矫健豪放的时代格调,在盛唐诗人中,李东阳最欣赏的也是李白、杜甫的诗歌。

李东阳曾评价林瀚的诗歌。《大雨亨大诗屡至叠前韵》云:"急雨雄词欲斗淙,未论陆海更潘江。倾残峡水声犹壮,挽尽天河力未降。敢谓中流堪比障,故知行潦不宜艭。高歌忽断浮云外,犹有晴虹照夜缸。"❸林瀚诗写大雨,李东阳和韵之诗基本上通篇以水喻诗。"斗淙",是形容流水竞相奔腾。"未论陆海更潘江",此句运用潘岳和陆机的典故,钟嵘《诗品》云:"陆才如海,潘才如江。"李东阳夸赞林瀚的诗作富有才气,锋芒直逼"太康之英"陆机。就创作实践而言,显然林瀚比不上潘、陆二人。"倾残峡水声犹壮,挽尽天河力未降"意为就算倾尽三峡之水,声音依然雄壮;就算挽尽天河之水,也仍然留有余力。这两句是赞赏林瀚之诗激越昂扬、骨力劲健。

李东阳的诗明显脱胎于杜诗。杜甫《醉歌行》云:"词源倒流三峡水,笔阵独扫千人军。"杜甫《洗兵马》云:"安得壮士挽天河,净洗甲兵长不用。"不仅如此,李东阳还进一步将"黄河之水"与"沟中流水"进行对比。"敢谓中流堪比障,故知行潦不宜艭"中的"中流"指流经砥柱山的黄河急流,"行潦"是沟中的流水,再次重申林瀚之诗气势恢宏,境界阔大——不是小河沟中的流水,而是

---

❶ (清)张廷玉:《明史》,第4824页。

❷ (明)王鏊:《震泽集》,《景印文渊阁四库全书》本,第229页。

❸ (明)李东阳:《怀麓堂稿》,《原国立北平图书馆甲库善本丛书》第714册,北京:国家图书馆出版社,2013年,第207页。

奔腾澎湃的黄河怒涛。"高歌忽断浮云外"可归纳为"响遏行云"，也是说林瀚之诗声韵嘹亮，直入云霄。在李东阳看来，林瀚的诗歌雄豪壮逸的风格符合他心目中盛唐诗歌的典范。

林瀚认同唐诗兴盛的原因在于唐人注重声律，唐诗是后世诗歌的最佳典范。林瀚也认可李东阳的《麓堂诗话》对于诗歌创作具有指导性意义。林瀚《跋重刊全唐诗话》云："诗莫盛于李唐，而诗体之变亦至是极矣。盖唐科目一以声律为进取，故士习专焉。专则工，工则盛，盛极而变量欤。非耶！近世梓行有《诗林广记》，有严沧浪《诗谈》，有李西涯《麓堂诗话》，并为吟坛指南。"❶林瀚并没有提出与音律和格调相关的理论学说，但他在创作实践中自觉遵守了李东阳的格调音律说。李东阳为林瀚作过的两首赠诗皆用麻韵。李东阳《林亨大修撰得第四男之用旧韵贺》云："莫谓三山道路赊，人间仙果不论瓜。筵前会客犀钱散，醉里题诗蜡烛斜。三凤岂须夸薛氏，八龙今已半荀家。他时细说熊罴梦，夜榻留连到几茶？"❷此诗系李东阳瓜祝倡和诗作之一❸，李东阳与友人的瓜祝倡和诗至少有十余首多押麻韵。李东阳为林瀚作《花鸟便面为泉山修撰作》，此诗也是押麻韵。在诗歌创作时，林瀚用韵上也偏爱麻韵。仅林瀚《重刊林文安公诗集》卷三将近有四十余首七绝用麻韵。这些七绝几乎都是弘治十三年（1500）林瀚赴任南京吏部尚书途中所作。《歌风亭怀古》云："一剑英雄帝汉家，砀山云起瑞光赊。歌风亭在人何在，芳草斜阳自落花。"❹"赊"字在平水韵中属于下平六麻韵，读音 sha，平声。林瀚诗歌吟咏沛县的歌风台。汉高祖十二年（公元前195），刘邦平定淮南王黥布之乱，班师还朝途中，刘邦途经故里沛县，便召集乡人在行宫聚酒欢宴，并作《大风歌》。刘邦归京后，乡人在行宫前筑"歌风台"纪念刘邦。这首怀古诗写的是汉家帝业随风消逝，英雄不再台空在，抒发了物是人非的感慨。

---

❶　（明）林瀚：《跋重刊全唐诗话》；（宋）尤袤：《全唐诗话》卷末，正德十五年（1520）闽中刊本。

❷　（明）李东阳：《李东阳集（一）》，第262页。

❸　详见《李东阳年谱》"成化十六年"。钱振民：《李东阳年谱》，上海：复旦大学出版社，1995年，第84页。

❹　（明）林瀚：《重刊林文安公诗集》卷三，傅斯年图书馆藏影印本。

由上可知，李东阳与林瀚在文学上是互相交流切磋的关系。李东阳对林瀚的影响是否足以将林瀚归入茶陵派还是有些疑问的。毕竟，目前还没有充分的文献资料支撑这一论断。李东阳和林瀚都是高官显宦，两人交游相当广泛。林瀚不仅与李东阳有交游，与程敏政、王鏊、吴宽也有交游。林瀚与李东阳的交游，只是李东阳庞大交游圈中的一小部分。从年龄上看，李东阳十八岁中进士，同科甚至晚两科的进士大多比他年长。林瀚比李东阳晚一科中进士，年龄上比李东阳年长十四岁。从资历上看，李东阳与林瀚前后入选庶吉士，都受到柯潜的教导，在辈分上不是从属关系。林瀚是李东阳的诗友，也是李东阳在翰林院的挚友。无论是李东阳、程敏政、王鏊、吴宽，林瀚与他们发生交集的地点始于翰林院，始于他们共同的翰林身份。与其说林瀚是茶陵派作家，也许翰林作家的身份更符合林瀚。

第二节　台阁诗风与诗学宗尚

翰林院是清闲的文官衙门，翰林地位清贵，无须执掌钱粮簿书，主要职责是纂书修史。林瀚长期任职翰林院，多少限制了他的文学创作视野，有些诗歌写得雍容典雅、平正纡徐，带有鲜明的"台阁体"特征。其诗歌大体上反映了翰林馆臣的闲适生活，内容主要围绕斋居祭祀、宴饮聚会、赏景郊游、官场迎送等。当然，林瀚也并非整日沉浸在诗文吟咏，也有对黎元百姓穷苦生活的观照。《舟过杨淮睹饿民有感》云："广陵移棹到淮阴，独倚蓬窗泪满襟。万井疲民浑菜色，几家豪右肆蓬心。公田有税焦如渴，野树无皮冷不禁。指日麦秋歌颂起，阜财群听五弦音。"❶林瀚看到百姓遭受苦难，心里有很大的触动，即使自知能力有限，也希望为百姓贡献自己的绵薄之力。不过，这一类作品并非林瀚诗歌创作的主流，数量也很少。

---

❶（明）林瀚：《重刊林文安公诗集》卷六，傅斯年图书馆藏影印本。

　　刘节《祭泉山林太宰》云："呜呼，庙堂元宰，馆阁钜公。纯德雅度，一代攸宗。"❶顾潜《寿林尚书泉山》云："泉山行乐处，台阁典型存。"❷按照刘节和顾潜的说法，馆阁作家林瀚的诗歌是台阁体的诗歌。然而，林瀚的诗歌是否可以简单归纳为台阁体诗歌，或者等同于台阁体诗歌？吾师陈庆元在《杨荣与闽籍台阁体诗人》一文中指出，"总之，台阁体像其他文学流派一样，对它可以，而且应该有个整体的评价，但对具体诗人，还应根据他们所生活的时代、环境，以及各自的作品作具体分析。"❸"三杨"的时代是台阁体的鼎盛时期。正统初年，"三杨"相继谢世，之后，台阁体仍然在朝野风行数十年之久。然而，台阁体的兴衰与时运紧密相关。洪、宣之后，明朝政治日益衰败。昔年的太平盛世早已不再，甚至发生了皇帝被俘的土木堡之变。瓦剌进犯，英宗听信宦官王振的怂恿，决定亲征瓦剌，结果兵败被俘。与此同时，台阁体的流弊也日益突显，台阁末流肤廓冗长，缺少真性情和自我个性。成、弘年间，李东阳作为文坛领袖，也意识到台阁体的缺陷和弊病。他倡导雄浑劲健的诗歌风格，希望能够肃清啴缓冗沓的台阁体诗歌末流。即使李东阳的诗歌仍然有台阁因素，但已流露出明显的复古倾向。若将李东阳视为时代的风向标，似乎可以认可，当时整个文坛的诗风已经开始逐渐发生转变。❹

　　林瀚的诗歌是否有复古的倾向？这个问题暂且不论。这里先谈论林瀚台阁体诗歌的创作情况。林瀚的应制馆阁之作，尤以内阁试、侍讲经筵、祭陵、斋居所作为多。这些诗作按照个人性情的表露程度，至少可以作三个类别的划分。第一类是完全的应制之作，规模极像"三杨"台阁体诗歌。这类诗歌较少个人的性情流露，更多的是台阁重臣受到国家恩眷时普遍流露出的感戴圣恩浩荡、感激盛世昌明的心理和情绪，类如《应制春日》《赐扇》《早朝》《平虏歌七月十六日内阁

---

❶（明）刘节：《宝制堂录》，《四库全书存目丛书》集部第 58 册，济南：齐鲁书社，1997 年，第 60 页。

❷（明）顾潜：《静观堂集》，《四库全书存目丛书》集部第 48 册，济南：齐鲁书社，1997 年，第 464 页。

❸ 吾师陈庆元：《杨荣与闽籍台阁体诗人》，《南平师专学报》，1995 年，第 3 期，第 30 页。

❹ 以李东阳为代表的茶陵派引发了文坛风气的变革，也影响了福建地区诗文风气的转变。参考郑礼炬：《论明中期闽中诗文的转变——从茶陵派到前七子》，《中国韵文学刊》，2012 年，第 4 期，第 85-97 页。

试》《释菜》《丁酉岁春正月谷旦斋居次罗仲明韵奉柬院中诸友时用焚香为题联句》
《庆成宴归再用罗韵》《腊日宴百官应制》《和程克勤学士庆成宴上韵》《和马日一
首》《和人日一首》《郊坛斋宿喜风晴再次前韵》《元宵用前韵》《正月十一日大祀
天地于南郊奉命分献中岳之神有作》《阙里文庙告灾朝廷特命李学士杰祭告安神
栖赋此赠行》《和郑东园斋居韵》《和东园第二首》《和东园第三首》《和东园第四
首》《送吴克温学士考满北上》等。第二类是大体抒发个人情绪，残留台阁体痕
迹。一般表现为尾联歌颂粉饰太平，比如《送春闻三月内阁试》《应制冬寒忆边戍》
《秋塘瑞鸟图应制》《十月二十五日奉禅祭于茂陵时风寒特甚谢方石吴匏庵因联句
见赠遂和韵答之》《和少宗伯李公世贤春丁斋居韵》《人日和东园咏雪韵》等。第
三类是几乎摆脱台阁体束缚的应制之作，审美趣味与诗风明显不同于"三杨"时
期的"台阁体"作家，如《小山秋霁应制》《圃中新井》《秋鸿》《前赤壁图应制》
《七月七日展阅孝陵宫墙途中和赵武靖口占韵》《禁中闻莺》《怀古内阁试》《应制
蓟门烟树》《立冬应制》《清明谒陵次吴原博见怀韵是日遇风》《和东园斋居韵》
等。这类作品的文学性和艺术成就相对来说是最高的。

　　第一类的馆阁之作，在诗歌内容上，林瀚与前代台阁体作家没有太大的差
别，仍然是表现禁中宫阙楼阁的壮丽、圣朝典章文物之美、海内一统、四夷来朝
等内容，表现了台阁诗文为国家鸣盛的实际功能。如《十一日庆成宴上再用前
韵》云："南郊大典帝躬申，宴锡金銮百辟寅。礼乐远敷邹鲁化，衣冠共际禹汤
辰。九天涣汗云中诏，万国来廷海外宾。坐列东班叨近侍，龙颜喜动玉生春。"❶
这首诗写的是皇帝祭祀时举行的盛典宴会，先写国家祭祀大典的阵仗和场面，再
歌颂大明王朝恩泽海内、化育四夷，最后抒发有幸参加庆成宴的荣幸之情，以及
有幸瞻仰圣容的喜悦之情。此诗通篇只有对皇帝和朝廷的颂扬之声，林瀚的个性
和内心真实的情绪完全湮灭无闻。

　　虽然仍是应制馆阁诗，但是林瀚第二类的馆阁之作在题材内容上已经不局限
在宫殿和朝堂之上，而是更多将视野转向苍茫的塞外，转向辽阔的山林，转向高

---

❶ （明）林瀚：《重刊林文安公诗集》卷六，傅斯年图书馆藏影印本。

雅的艺术殿堂，题材涉及边塞诗、题画诗、写景诗等。试将林瀚的《平虏歌七月十六日内阁试》和《应制冬寒忆边戍》作比较，两诗虽然都是写边塞，但在诗歌的情感表达上有明显的不同之处。兹照录如下：

《平虏歌七月十六日内阁试》云：

> 秋风塞外胡尘扬，猎骑驰逐窥边疆。大将天廷受节钺，挥鞭西指腥膻场。貔貅百万气如虎，共言谈笑歼胡虏。威声震动犬羊群，知是天兵鸣战鼓。一道旌旗耀日明，豺狼遁迹妖狐惊。单于纳款将麾下，狼烟顿熄边尘清。露布朝闻九重里，凯歌喧天天亦喜。四夷从此尽来王，万载太平尧舜理。❶

《应制冬寒忆边戍》云：

> 岁宴风如棘，冻云横朔方。将军号令严闾外，角声暮起沙尘扬。貔貅壮士几百万，牙旗玉帐罗于将。一望紫塞天茫茫，北遏胡虏西戎羌。铁衣兜鍪夜跨马，阵前胆气何堂堂。念尔殚忠力，共扫群豺狼。时乎玄冬寒彻骨，貂裘煖阁犹似卧雪怀冰霜，黄沙白草万里外，指僵欲堕谁禁当。锡尔衣，馈尔粮，可能温饱无凋伤。我欲洗兵甲，散尔归农桑，舞于囷垒师圣王。贺兰山空玉关闭，坐令四海同羲皇。❷

可以说，《平虏歌七月十六日内阁试》是一首具有典型台阁体特征的诗作，写士卒将士的骁勇善战，是为了突显大明王朝的强大，诗歌的创作动机基本上是出于为国家鸣盛的目的。《应制冬寒忆边戍》前半部分与《平虏歌七月十六日内阁试》颇为相似，仍然是在颂扬圣朝卒乘甲兵之雄。后半部分笔锋一转，不再一味地歌颂士兵的勇猛善战，而是开始体恤将士们在塞外的艰苦生活，关心他们在塞外的衣

---

❶ （明）林瀚：《重刊林文安公诗集》卷二，傅斯年图书馆藏影印本。
❷ （明）林瀚：《重刊林文安公诗集》卷二，傅斯年图书馆藏影印本。

食冷暖，希望国家不再有战火，士兵能够回家务农，与家人团聚。这其中有诗人对战争的看法——将士在战场上纵横驰骋，是铁骨铮铮的硬汉，但是一脱下铠甲，距离边塞遥远的故乡，他们还有满头华发的父母，还有独守空闺的妻子，这样的将士是鲜活而立体的，也是充满人情味的。《平虏歌七月十六日内阁试》中的将士，只有满腔的报国热情，没有自我和家庭，更像是一台冰冷的在战场上厮杀的机器。《平虏歌七月十六日内阁试》尾联是"四夷从此尽来王，万载太平尧舜理"，《应制冬寒忆边戍》尾联是"贺兰山空玉关闭，坐令四海同羲皇"，一个希望王朝兴盛、四海臣服，另一个盼望四海升平、百姓安居和乐，两者在本质上没有区别。因此，《应制冬寒忆边戍》仍然没有跳脱出台阁体的框条限制。

在馆阁之中，林瀚也创作了一些优秀的作品。这一类诗歌较少受到台阁体末流的束缚和影响，审美趣味不同于前辈的馆阁作家，呈现出别样的面貌，没有半点谄媚之气。在馆阁时，翰林院作家需要参与阁试、馆课，按照馆师出的题目改写前人名篇，这也造成了翰林作家同题诗作的异常繁荣。比如，林瀚有诗《前赤壁图应制》，这个题目并不新鲜，之前的翰林作家倪谦就有《题赤壁图为钱景和赋》❶，不过林瀚的诗只是将苏轼的《前赤壁赋》改写成诗歌，较少有自己的发挥。倪谦之子倪岳亦有《赤壁图歌》❷，成、弘年间的文坛领袖李东阳也有《赤壁图歌》❸。

林瀚《前赤壁图应制》云：

> 东坡散诞神仙流，遥向赤壁乘兰舟。兰舟凌风纵一苇，茫茫万顷沧波秋。星斗森罗夜初静，皎然孤月悬飞镜。酌酒对客发浩歌，顿忘傲世垂疏病。洞箫何处吹清声，满衿风露心惺惺。莫教如怨更如泣，

---

❶ （明）倪谦：《倪文僖集》，《景印文渊阁四库全书》第1245册，台北：台湾商务印书馆，1986年，第270页。

❷ （明）倪岳：《青溪漫稿》，《景印文渊阁四库全书》第1251册，台北：台湾商务印书馆，1986年，第19页。

❸ （明）李东阳撰：《李东阳集（一）》，第146页。

水底多少鱼龙听。沉吟抚景思前代，往事令人增感慨。周郎孟德徒争
衡，英雄豪杰今谁在。兀兹赤壁镇黄冈，江流浩浩山苍苍。坡老文章
照今古，江山草木相辉光。❶

林瀚的《前赤壁图应制》是题画诗，虽然只是将原作的内容加以剪裁编排，
也不失为一篇豪放之作。与苏轼《前赤壁赋》相比，《前赤壁图应制》虽然在次
序上没有做很大的调整，但是添加了一些自己的表达和想法。诗歌表达了诗人对
天才型诗人苏轼的看法和理解：纵然被贬黄州，豪气的苏轼是骄傲的，与吹洞箫
者的悲伤形成了鲜明的对比。在字句上，化用前人的诗句也比较自然，比如"星
斗森罗夜初静，皎然孤月悬飞镜"，令人联想到李白《渡荆门送别》所写"月下
飞天镜，云生结海楼"。"兀兹赤壁镇黄冈，江流浩浩山苍苍。"赤壁矗立天地之
间，气势何等雄壮，江流不息，山色苍苍，给人一种天高地阔、山河无限之感。
《怀古内阁试》则算林瀚馆阁作品当中的上乘之作。

《怀古内阁试》云：

> 寻闲独上越王台，满目兴亡事可哀。宋主行宫惟绿草，考亭旧业
> 半苍苔。楼船东去家何在，云谷春深花自开。山色不知风景别，还从
> 江上送青来。❷

此诗若非诗题小注"内阁试"，很容易将其归纳为登临怀古诗，也难以知晓
是馆阁诗作。越王台位于福州市城南，此台原是闽越王无诸为接受西汉使臣册封
所建的册封台，据《闽书》记载，其可坐百人。相传无诸的后代东越王余善在此
地钓到白龙，故又名"钓龙台"。元鼎六年（公元前 111 年），余善恃强反叛，汉
武帝出兵剿灭，闽越国灭。汉武帝采取"徙民虚其地"的策略，将闽越臣民迁至
江淮内地，烧毁了闽越国的城池王宫。诗人站在越王台上，思绪纷飞，仿佛站在

---

❶ （明）林瀚：《重刊林文安公诗集》卷二，傅斯年图书馆藏影印本。
❷ （明）林瀚：《重刊林文安公诗集》卷四，傅斯年图书馆藏影印本。

一条时间的长河里，心中衍生无限兴衰之感。诗人从汉代闽越国的灭亡，联想到南宋时武夷山理学的兴盛，又想到南宋末年宋端宗等人的流亡生涯。南宋末年，宋端宗君臣一路向南奔逃，在福州登极，建立行宫。元兵进逼福州，端宗等人又仓皇流亡海上。"楼船东去家何在，云谷春深花自开。"整首诗抚今追昔，抒发了江山如故、人事已非的苍凉感受。

明代馆阁作家主张效法盛唐诗歌，实际上他们的诗歌批评理论与创作实践之间存在疏离与隔阂。台阁体作家也受到宋人畅达平易之风的影响。宋人以文为诗，以学问为诗，以议论为诗。馆阁作家饱读诗书，大多为博学鸿儒，诗歌创作也存在以文为诗的现象，喜在诗中议论说理。郭正域《苍霞草序》云："国初馆阁体大半模拟宋人，期乎明白条畅而已。"❶历来认为韩愈开创了以文为诗的先河，宋代欧阳修、苏轼等人继承了以文为诗的创作方法，使诗歌朝散文化发展，形成了区别于唐音的宋调。方东树《昭昧詹言》以文论韩愈、欧阳修、苏轼三家七言古诗，"观韩、欧、苏三家，章法剪裁，纯以古文之法行之，所以独步千古。"❷由宋入元，由元入明，诗歌的散文化是诗歌发展史的趋势。在诗歌中，林瀚也喜欢议论说理。《渐庵》云："茫茫万里途，始于跬步间。"《翠柏轩为国子彭学录作》云："劲节岁寒浑不改，绝胜桃李竞春芳。"《送大司徒韩公贯道还京师》云："金门奏取苍生事，薄赋轻徭亦是贫。"❸林瀚以文为诗也有一定的弊端，诗歌语言过于直白，缺乏含蓄蕴藉，更甚者流于随意、散漫。

李东阳的诗歌审美上推崇李白、杜甫的诗歌。事实上，在明初，台阁作家在诗歌上高举盛唐旗帜，已经存在尊杜和崇李两种不同的倾向。❹如解缙、胡广、曾棨等台阁体作家欣慕李白的人格，仿效李白的诗风，在诗歌创作中刻意学习李白。曾棨《内阁学士春雨解先生行状》评价解缙才思敏捷，时人比之李白，"为

---

❶ （明）叶向高：《苍霞草》卷首，《四库禁毁书丛刊》本，第2页。

❷ （清）方东树：《昭昧詹言》，北京：人民文学出版社，1984年，第232页。

❸ （明）林瀚：《重刊林文安公诗集》卷一、卷四、卷六，傅斯年图书馆藏影印本。

❹ 详见魏崇新：《台阁体作家的创作风格及其成因》，《复旦大学学报》，1999年，第2期，第46页。

文兴至落笔数千言，倚马可待，未尝创稿。人以太白拟之"❶。杨士奇《故文渊阁大学士兼左春坊大学士赠荣禄大夫少师礼部尚书谥文穆胡公神道碑铭》称胡广"为文援笔立就，顷刻千百言，沛然行云流水之势。赋诗取适其性情，近体得盛唐之趣"❷。他们歆慕李白的人格和诗风，在诗歌创作中刻意仿效，其诗作近似李白，以豪宕见长。

林瀚的性格中也有豪放的一面，其诗风更倾向飘逸豪壮的李白，而非杜甫沉郁顿挫的风格。张弼《题扇赠林亨大以字起韵》诗略云：

> 三山豪士林亨大，随处风流欠诗债。落笔顿令神鬼愁，不容海底藏珍怪。十尺珊瑚出水来，万丈神鳌戴山拜。长安市上醉一石，仰观似笑乾坤隘。明年高领九重春，紫袍乌帽黄金带。❸

张弼，字汝弼，号东海，松江府华亭人，成化二年（1466）进士，官至南安知府。杜甫《寄李十二白二十韵》写李白之诗笔力惊人、感天动地。张弼"落笔顿令神鬼愁"，明显是化用杜诗，赞赏林瀚诗歌有翻江倒海的气势。"长安市上醉一石，仰观似笑乾坤隘"，是说林瀚在京城酒肆豪饮，目空一切，睥睨乾坤。杜甫《饮中八仙歌》描写诗仙李白在长安酒肆喝得酩酊大醉，唐玄宗的圣旨也传召不来。张弼之诗两次用典都有意涉及李白，刻画了林瀚洒脱豪放的诗人形象。张弼另有诗作《用韵寄亨大》云："引蔓高枝笑女萝，元龙豪气未消磨。赤贫何必逢人说，清兴时还对酒歌。五夜客愁闻蟋蟀，九天风信送鵁鶄。男儿须了人间事，不信流光一掷梭。"❹陈登，字元龙，三国时人，此诗也是以性格豪放的陈登代指林瀚，说林瀚豪气不减陈登。

---

❶（明）解缙：《文毅集》，《四库明人文集丛刊》第 1236 册，上海：上海古籍出版社，1991 年，第 837 页。

❷（明）杨士奇：《东里文集》，《景印文渊阁四库丛书》第 1238 册，台北：台湾商务印书馆，1986 年，第 141 页。

❸（明）张弼：《张东海先生诗集》，《四库全书存目丛书》本，第 391 页。

❹（明）张弼：《张东海先生诗集四卷文集五卷》，沈乃文主编《明别集丛刊》第一辑第 49 册，合肥：黄山书社，2013 年，第 569 页。

林瀚豪气洒脱的性格或许与幼年随父宦游四方的经历有关。宣德九年（1434），林瀚之父林元美任上犹知县，林瀚在上犹官舍出生。正统六年（1441），林元美因侍郎吴玺荐擢升山东宁海知州，八岁的林瀚又随父从上犹辗转到宁海。从南到北的经历，开阔了林瀚的视野和眼界，也让林瀚受到更多前辈的指点。这段幼年的经历对林瀚的影响颇深。林瀚《石门陈氏宗谱序后》云："休宁陈生玺乃予先友复初之子。宁海州节判孟康公孙也。当正统中，先尚书府君出守是州，于公为同寅。瀚方童年，朝夕领尊教不少，至于今未始敢忘。"❶

可以说，李白的诗歌是林瀚心目中诗歌的审美典范。林瀚曾凭吊太白之墓，有诗纪之。《吊李太白墓和刘东之夆史韵》云："夜郎西去与时违，老向青山掩石扉。尚父独怜豪士困，阳冰谁道故情微。荒原一带蛮声乱，古木千章鹤影稀。莫问无端高力士，沉香亭迹转头非。"❷此诗表达了林瀚对李白的理解和同情，也写出了李白一生当中的困顿与显达。被贬夜郎是李白一生中最落魄的时光，而沉香亭醉赋《清平调》，让高力士脱靴，算得上李白一生中最得意的风光。林瀚不仅欣赏李白其人，也欣赏李诗的豪壮飘逸、清新自然的诗歌风貌。林瀚《贺太司空李公时雍致政还睢州》云："李白诗怀随处壮，可无珠玉寄秋鸿。"❸又《赠坦然翁刘公寿之》云："诗成黜险怪，惟吐心中声。"❹林瀚主张诗歌要吐露内心的自然情思，而不是刻意雕琢，以奇险怪异博取眼球，这与李白的诗学主张和创作实践都比较吻合。李白主张诗歌要如同刚出清水的芙蓉花，自然清新、质朴明媚，言下之意就是主张纯美自然的诗歌，反对过分雕琢的诗歌。

林瀚对李白的推崇，可见于林瀚对同时代作家的诗文评价。林瀚基本上是以李白的诗风作为参照标准。林瀚《东海翁集后序》云："先生天分甚高，下笔若不轻意，然气机流动，神思英发，如决江河沛然莫之能御，如驾万斛之舟凌海岛，

❶ （清）陈丰：《新安藤溪陈氏宗谱》卷七，康熙十二年（1673）刻本，上海图书馆藏。

❷ （明）林瀚：《重刊林文安公诗集》卷六，傅斯年图书馆藏影印本。

❸ （明）林瀚：《重刊林文安公诗集》卷七，傅斯年图书馆藏影印本。

❹ （明）林瀚：《重刊林文安公诗集》卷一，傅斯年图书馆藏影印本。

触洪涛，烟雨晦冥，珍怪百出，令人心骇目眩，可望而不可攀也。"❶张弼也是天才型的诗人，写诗像李白一样，下笔千言。李东阳也给张弼写过序文。张弼"清炼脱俗"的诗风与李白有些相似。《张东海集序》云："其为诗清炼脱俗，力追古作。意兴所到，信手纵笔，多不属稿。"❷何景明从北京国子监还乡，林瀚时任国子监祭酒，有诗赠之。《何景明举人辞归赋此壮之》云："伊洛何家此景明，词章落笔尽天成。"❸这两句诗夸赞何景明的诗文结构严密自然，修辞用典毫无斧凿痕迹，就好似浑然天成一般。林瀚给林俊的《西征集》作序，最赞赏林俊诗文中的豪气。《寄林见素都宪公书》略云："夏间，黄、姚二都运，奉至《西征集》见示，请序其前。留阅诗文诸作五旬，篇篇高古奇杰，豪气逼人，不觉老眼顿醒，叹羡不已。"❹

即使是送行之作，林瀚的诗歌也少见感伤之情，更多的是勉励和祝愿。从诗题上就可以看出端倪，如《山东宪副宁波杨茂元谪贰守于长沙诗以壮其行乙卯岁端阳日》，又如《何景明举人辞归赋此壮之》。不是凄风苦雨的送别，而是慷慨激昂、豪气陡然生于胸前的壮行。试举《送吴汝太赴宜兴教谕》观之，其诗云："客窗联榻夜沉沉，共话汪伦李白心。一棹秋风分手去，半帘晴月向谁吟。蓬莱宫阙还相待，桃李门墙自有阴。此别何须重感慨，苏湖流泽海争深。"❺李白的《赠汪伦》诗，说汪伦对待李白的情谊比那深达千尺的桃花潭水还要深。林瀚的诗作形容吴教谕在宜兴的教化之功比太湖奔流入海的海水还深。林瀚对待离别是比较超脱和淡然的，《送林户部还朝》云："此别何须增感慨，鹓鸾相候彩云中。"❻又如《分得酒字送张士绎还河间》略云："金风吹黄蓟门柳，有客归心悬马首。我来无那旅中秋，况复长歌送乡友。儒中旧友人中龙，豪气呼吸风雷吼。……千载遭

❶（明）林瀚：《重刊林文安公文集》卷六，傅斯年图书馆藏影印本。
❷（明）李东阳：《李东阳集（四）》，第180页。
❸（明）林瀚：《重刊林文安公诗集》卷三，傅斯年图书馆藏影印本。
❹（明）林瀚：《林文安公文集》卷十九，手抄本，福建师范大学图书馆藏。
❺（明）林瀚：《重刊林文安公诗集》卷五，傅斯年图书馆藏影印本。
❻（明）林瀚：《重刊林文安公诗集》卷五，傅斯年图书馆藏影印本。

逢殊不偶。明年桃浪拍天高，会见蛟龙起渊薮。傍人莫笑腹便便，解醉琼林百杯酒。"❶中秋佳节本是亲友团聚的节日，但林瀚独在异乡，还要在异乡送别友人。林瀚之诗没有感伤情调，还趁机调侃友人酒量比学问好。

林瀚的悼亡诗也未必沉湎哀伤，依然有一股豪纵之气。《哭李栾城廷韶》追忆当年与友人的美好时光，"翻思总角缔交时，泮林风月相追随。几年灯火夜同榻，等闲折得蟾宫枝。前年携手龙门上，霓虹豪气三千丈。碧江笑破芙蓉秋，我尚青袍君绛帐。雪中把酒送君行，半毡分处难为情。"❷林瀚与李廷韶是自小一起长大的朋友。茫茫大雪，把酒送行，两人的交情何等浓厚。又如祝寿诗，多流于应酬。林瀚《赠坦然翁刘公寿之》略云："风尘一脱屣，时听歌濯缨。世路从崎岖，康庄独安行。峨峨芙蓉峰，万仞凌太清。扶藜醉登览，眼界何分明。滔滔巫峡水，奔流讶雷轰。操舟试来往，但觉如掌平。"❸此诗气象阔大，刚劲有力。"脱屣"是用汉武帝的典故——武帝说若能得道升仙，愿意将妻子抛之脑后，诗中刻画了一个飘逸潇洒的仙人形象。司马相如奏《大人》之颂，汉武帝大悦，飘飘然如有凌云之气。林瀚以此诗赠刘翁，刘翁恐怕也会有出尘之想。登临怀古诗如《题邻霄台》云："邻霄台石竞巍峨，日月星辰手可摩。东望海门潮正满，皇明万载此山河。"❹林瀚的前两句诗似乎是脱胎于李白《夜宿山寺》，其诗云："危楼高百尺，手可摘星辰。"诗人登高望远，闽江向东奔流而去，心中油然而生江山如此多娇的自豪感。

林瀚诗歌中写到忠臣义士的风骨和英雄气概，同样展现出壮气凌云的风貌。钱塘江上有岳飞庙，林瀚《题岳武穆庙丁巳冬作》云："唾手燕南胡虏惮，誓心天地鬼神知。"❺林瀚曾拜谒文天祥祠堂，其《谒宋文丞相祠》云：

---

❶ （明）林瀚：《重刊林文安公诗集》卷二，傅斯年图书馆藏影印本。

❷ （明）林瀚：《重刊林文安公诗集》卷二，傅斯年图书馆藏影印本。

❸ （明）林瀚：《重刊林文安公诗集》卷一，傅斯年图书馆藏影印本。

❹ （明）林瀚：《重刊林文安公诗集》卷三，傅斯年图书馆藏影印本。

❺ （明）林瀚：《重刊林文安公诗集》卷六，傅斯年图书馆藏影印本。

黑风四起风尘扬,海日欲堕天无光。孤臣当时奋忠义,手运天地
厓山阳。苍苍何为帝胡虏,英雄洒泪空悲伤。胸中生死早已决,从容
南拜无彷徨。元殿于今已尘土,忠良庙貌犹堂堂。一篆紫烟炉正气,
直与万古扶纲常。祠前谁植双松柏,岁寒劲节凌云长。天风吹我听灵
籁,满衿冰雪生寒芒。❶

文天祥在潮州抵抗元兵,由于势单力孤,兵败被俘。崖山海战,元军逼迫文
天祥招降宋军,文天祥誓死不从。文天祥兵败之后,早已决意赴死。林瀚认为文
天祥是战场上的英雄,不甘心成为异族的俘虏,更难以接受被人玩弄操纵的傀儡
生活。《谒宋文丞相祠》中的文天祥是慷慨从容、舍生忘死的忠臣形象。文天祥
被俘后,王炎午特作生祭文以励其死。王炎午是文天祥真正的知己。王炎午,初
名应梅,字鼎翁,别号梅边,江西安福人,著有《吾汶稿》。临安陷落,王炎午
散尽家产帮助文天祥筹集军饷,曾入文天祥幕府。林瀚《旧题安成王梅边鼎翁生
祭文山公稿后重改上近二字》云:"养士恩深士气豪,不分廊庙与蓬蒿。梅边节
概秋云上,直近文山万丈高。"❷

在艺术上,林瀚的诗歌有其个人特色。在众多诗体中,林瀚擅长律体,优秀
之作大多为五七言律。林瀚诗歌的另一特点是清新自然,不事雕琢,有天然之
美。即便是要求对仗的颈联和颔联,也较少刻意雕琢,颇有韵味。如《送白宗璞
之任南京尚宝卿》云:"帆飞淮海拖秋雨,树隐钟山隔暮云。"《三江舟中与陈德
衡酌别方起首两句未之成章而潮生解缆归矣后足一首寄之》云:"白雁声寒天际
雨,丹枫影落渡头桥。"《送林克稜分教钱塘》云:"风生祖道蝉声晚,雨过吴山树
色凉。"《岁暮王古直仁甫复至京师次吴匏庵韵》云:"万里关山孤梦客,一帆风雪
远来船。"❸ 又如写景的语句,《雨后观涨》云:"风前白浪千堆雪,鸟外青山一点
螺。"《送周可大金宪还任浙江》云:"寒生蓟北雪盈尺,春入江南梅几丛。"《送庭

---

❶ (明)林瀚:《重刊林文安公诗集》卷二,傅斯年图书馆藏影印本。

❷ (明)林瀚:《重刊林文安公诗集》卷三,傅斯年图书馆藏影印本。

❸ (明)林瀚:《重刊林文安公诗集》卷五,傅斯年图书馆藏影印本。

模赴任湖郡同知》云："风生碧树蝉声咽，月满澄江雁影过。"❶

徐泰《诗谈》称"庐陵杨士奇格律清纯，实开西涯之派"❷，顾璘《题批点唐音前》云："成化以来，李文正翔于翰苑，倡中唐清婉之风，律体特盛。"❸ 不同于李东阳诗风的"清婉"，林瀚的诗歌风格呈现出"清空"的艺术特点。梁章钜《东南峤外诗话》云："两诗直摭胸臆，想见其人。朱竹姹谓其诗不耐深思，而不知其擅长处正清空如话也。"❹ 梁章钜所言"直摭胸臆"，是指林瀚的诗歌大多直抒怀抱、开门见山，少有抑扬顿挫。"清空"可指"洁净"和"空灵"。"清空如话"的诗歌在艺术上多用白描手法，语言明白畅晓、不假雕饰。如其《秋江晚钓图》云："若翁江上坐孤舟，白首生涯一钓钩。鱼队正随沧海浪，雁声遥度碧天秋。望拟禾黍云连野，歌动芦花雪满洲。应羡富春山下老，锦袍终不换羊裘。"❺ 这首题画诗的画面上是一个老翁在秋江边垂钓，鱼儿被钓饵吸引到舟边，天空中有大雁飞过，江边的芦苇花吹满了整个沙洲。尾联抒发感慨，诗人觉得像严光在富春山下终老，不为朝事羁绊，比起那些在朝为官的人要幸福快乐。整首诗歌无难字、无生僻字，洗尽铅华，不事雕琢，语言风格浅近平实，写的就是一个渔翁平凡安稳的生活。"清空如话"也指诗歌如同日常语言一般，语气贯注，一气循环，笔调流转轻快。如林瀚写给子侄的诗歌，《九日书怀》云："阿楟赴阙楷还家，天北天南望眼赊。谁侍凤台最高处，一杯金露酌黄花。"❻ 重阳是亲友相聚的日子。林庭楟（林瀚次子）前往北京任职，林庭楷（林瀚三子）前往福州。作为一位老父亲，林瀚只能远远地望着两个儿子离开，之后独上高台，举一杯酒与黄菊共饮。此诗出于天伦至性，不事研炼，语不工而自工。"阿楟赴阙楷还家"，用语亲昵；"天北天南望眼赊"，写的是一位老父亲的期盼。无需华丽的词藻，也没有艰深的

---

❶ （明）林瀚：《重刊林文安公诗集》卷四、卷五、卷七，傅斯年图书馆藏影印本。

❷ （明）徐泰：《诗谈》，《全明诗话》，济南：齐鲁书社，2005 年，第 1207 页。

❸ （元）杨士弘编选：《唐音评注》（上），第 20 页。

❹ （清）梁章钜：《东南峤外诗话》卷二，清刊本，福建省图书馆藏。

❺ （明）林瀚：《重刊林文安公诗集》卷七，傅斯年图书馆藏影印本。

❻ （明）林瀚：《重刊林文安公诗集》卷三，傅斯年图书馆藏影印本。

典故，诗中流淌着一种质朴动人的亲情。

　　总体来说，林瀚的台阁体诗歌主要继承温柔敦厚的诗教，奉行儒家的"风雅之道"，典雅雍容，沨沨雅音。林瀚的台阁体诗歌有歌功颂德、粉饰太平的一面，也有一些褪去了馆阁气息的优秀诗作。拨开馆阁词臣的身份，林瀚也是一位豪放洒脱的诗人。诗歌不仅是一种交际工具，也是林瀚抒写内心情志的窗口。林瀚热衷诗歌创作，欣赏李白诗歌清新自然、豪放雄壮的艺术风貌。在诗歌创作上，林瀚擅长律体，尤其是七言律诗，其诗歌"豪壮"与"清新"并存。

第三节　制义文与古文的互动

　　林瀚的制义文得到了后世的肯定。朱彝尊《静志居诗话》云："公娴于制义，吾乡姚处士瀚，集明一代时文三百八十家，特推公为之首。诗不耐深思。然一门济济，儒雅风流，不特三世五尚书有集而已。"❶按照姚瀚的说法，林瀚的制义文在明代独占鳌头，这未免有过誉之嫌。清代俞长城编有《可仪堂一百廿名家制义》，其中有《林亨大稿》。孙鑛《孙月峰稿》卷首有俞长城题识，"孙氏世居姚江，祖孙父子，并列显官，与闽之林、粤之伦，门第相敌。亨大、迁冈，文虽传而未盛，月峰先生稿既倍之，所评经史古文，皆行于世。"❷俞长城认为，福州林瀚家族与广东南海伦文叙家族、浙江余姚孙鑛家族并称。可惜，林瀚与伦文叙的制义文流传不多。孙鑛，字文融，号月峰，浙江余姚人，万历二年（1574）进士，官至南京兵部尚书，著有《月峰先生集》等。伦文叙，字伯畴，广东南海人，弘治十二年（1499）状元，官至右春坊右谕德兼翰林院侍讲。俞长城曾比较分析了伦文叙与林瀚两人制义文的艺术特点。《伦迁冈稿》题识略云："今读二公

---

❶　（清）朱彝尊：《静志居诗话》，第 214 页。

❷　辛德勇：《肃慎辛氏箧存稀见明人别集题录》，《中国典籍与文化论丛》第九辑，北京：北京大学出版社，2007 年，第 157 页。

文，亨大先生郑重古朴，故其福厚；迁冈先生高洁简贵，故其名高。"❶

现存《林亨大稿》共有八篇林瀚的制义文，分别是《三人行必 改之》(《论语》)、《能行五者 一句》(《论语》)、《周有大赉 是富》(《论语》)、《大学之道 一节》(《大学》)、《定而后能静》(《大学》)、《事前定则 二句》(《中庸》)、《可以取可 一节》(《孟子·离娄章句下》)、《学问之道 一节》(孟子·告子章句上》)。《林亨大稿》卷首刊有俞长城题识："先生稿谈理真实，而行之以繁重纡曲，凡隽快尖利语，屏置不尚。盖笃行之风，百世下犹可想见也。"❷钱基博《中国文学史》第四章论明中叶的八股文，"其时李东阳屡掌文衡，振起之功，亦复不少。罗伦、章懋、林瀚、吴宽诸人，云蒸霞蔚，济济盈门；而林瀚之文，谈理真实，而行之以繁重纡曲；吴宽则春容尔雅，不动声色，尤文之以养胜者。"❸李东阳以文坛领袖的身份主持科考，罗伦、章懋、林瀚、吴宽等人聚集在李东阳周围，互相交流切磋，声势浩大，改变了当时的八股文风。商衍鎏《清代科举考试述录》列举明代八股文的代表作家。❹他指出，永乐年间有于谦、薛瑄二家；正统年间有商辂、陈献章、岳正、王恕四家；景泰、天顺年间有邱濬、李东阳二家；成化年间有罗伦、林瀚、吴宽、王鏊、谢迁五家。可以说，在成化年间，林瀚的制义文在全国范围内都是比较出名的。

除了《林亨大稿》之外，林瀚有一篇关于"君子之所为，众人固不识也"的制义文，此文仅存片段，收入梁章钜《制义丛话》。此题出自《孟子·告子下》，说的是孔子担任鲁国司寇，不被国君重视，鲁国祭祀大典时国君没有送祭肉给孔子，孔子没脱礼帽就匆匆离开了鲁国。林瀚此文明辨毫厘、说理透彻，从"不识者"与"不知者""知者"三个角度去分析，最终得出为何众人难识君子所为的内在原因。梁章钜《制义丛话》卷四云：

❶ 辛德勇：《肃慎辛氏箧存稀见明人别集题录》，第137页。

❷ （明）林瀚著；沈乃文主编：《林亨大稿》不分卷，《明别集丛刊》第一辑第54册，合肥：黄山书社，2013年，第619页。

❸ 钱基博：《中国文学史》（下），上海：上海古籍出版社，2015年，第857页。

❹ 商衍鎏：《清代科举考试述录》，上海：生活·读书·新知三联书店，1958年，第244页。

　　《四勿斋随笔》云："君子之所为，众人固不识也。"此不识与上文知者、不知者是一是二，从来无人理会，惟吾乡林文安公文云："苟于此而不去耶？则失去就之宜。苟于此而遂行耶？则显君相之失。故行不遂行，必得不致膰而后行；去不苟去，必俟其微罪而后去。使君相之失既泯于无形，而在己之行又托于有。故其见几之明决既如彼，而用意之忠厚又如此，是岂众人之所能识哉？故当时不知者以为为肉而去也，其知者以为为无礼而去也。以为为肉者，是以私心窥圣人，而其行止之微意，谁则知之；以为为无礼者，是以浅见测圣人，而其迟速之深情，谁则识之。"寥寥数语，将知不知与不识分际，暗中划清，而"君子之所为"五字自然醒豁。评者但云直引上文，更不著讲题，是了义文无剩法，犹未道着此文窾要也。❶

　　《林亨大稿》卷首有俞长城题识，制义文末还有艾南英的评语。艾南英，字千子，号天佣子，江西抚州府人。艾南英长于制义，其制义文造诣颇深，甚是晚明制义文理论与评选方面的能手。艾南英《前历试卷自叙》云："予以积学二十余年，制义自鹤滩（钱福）、守溪（王鏊），下至弘正、嘉隆大家，无所不究；书自六籍子史、濂洛关闽、百家杂说，阴阳兵律、山经地志、浮屠、老子之文章，无所不习。"❷ 以下列举几条试观之。

　　《三人行必　改之》，艾南英评语云："三人同行耳，讲善不善处，不宜太过。只三人威仪，文辞容貌词气之间，有善不善耳。若善不善讲的太过，则不情矣。此文前半虽不近时，而讲善不善处，可谓确当，学者细思之。"又云："如此朴拙极矣，矧看其讲理着实，用意斟酌，今人真可下手处，近今莫及。"❸

　　《能行五者　一句》，艾南英评语云："此题近日时文俱从行字、天下字着精神。

---

❶　（清）梁章钜著；陈居渊点校：《制义丛话·试律丛话》，上海：上海书店出版社，2001年，第57页。

❷　（清）黄宗羲：《明文海》卷三一二，北京：中华书局，1987年，第3216页。

❸　（明）林瀚：《林亨大稿》不分卷，《明别集丛刊》本，第621页。

泉山先生独从心体理纯一无间处见仁，沉痛洗发，罕见其俦。"❶

《学问之道 一节》，艾南英评语云："此题作者皆病在学问之道，只一求放心便了。详孟子、朱子之意，便是学问许多道理，都是为求放心，语意毫厘千里，惟王方麓、林泉山二作得之。王作更优，林作稍杂蠢拙语，如鸡犬鸿鹄等是也。学者分别观之。"❷

探讨林瀚制义文的特点要从制义文的文体说起。诗歌有诗体，古文有古文的文体，制义文也有制义文的文体。制义文是政论性文体，又称"八股文"，其形式规定严格，主要由破题、承题、起讲、入题、起股、出题、中股、后股、束股等部分组成。从破题到起讲，主要是揭示题旨，承接上文加以阐发议论，说明题目本身所蕴含的思想内容，进一步引申出对题意的见解。从入题至束股，主要是围绕题意运用儒家学说与思想阐发经义。从"起股"至"束股"，前后各有两股排比对偶的文字，总共八股，故而又名八股文。八股是制义文的主体部分，也是制义文的精华所在。

林瀚制义文的特点与八股文的文体特征有很大的联系。以下主要围绕林瀚具体的制义文创作实践展开论述。如林瀚《事前定则 二句》破题略云：

> 先事而诚无不立，临事而动无不利。夫事之不利者，率由于理之不实也。先事而立乎诚者，何不利之有哉。夫子答哀公曰："以诚而立，以伪而废者"，岂特道德九经之属为然哉。推之庶事无不然矣。彼事之设施于天下。虽曰："因时以制其宜也，而不诚则无以立制宜之本。"苟能不动而敬精诚，素定于无事之先，不众也而亦不至于略。事之运量于天下。虽曰："随几以应其用也，而不诚则无以立应用之体。"❸

此题出自《礼记·中庸》云："事前定则不困，行前定则不疚。"做事预先有

---

❶ （明）林瀚：《林亨大稿》不分卷，《明别集丛刊》本，第 622 页。

❷ （明）林瀚：《林亨大稿》不分卷，《明别集丛刊》本，第 628 页。

❸ （明）林瀚：《林亨大稿》不分卷，《明别集丛刊》本，第 625 页。

准备，就不容易遇到困难挫折；行动之前做好计划方案，就不容易发生令自己懊悔内疚的事。破题说事情发展不利，是由于不遵循事物发展的内在规律。事情成功与否，不在于是否预先准备，而在于是否真心诚意。此处显然高明，撇开一层，不从具体的事件入手，而从做事情的态度和做事之人的品质谈起。做事情要因时制宜，根据客观环境的变化而变化，然而，如果没有精诚之心作为前提基础，可能遇不上良好的机会，更谈不上随机应变。做事情之前要预先树立精诚之心，这样做事情也比较容易成功。林瀚《事前定则 二句》，艾南英有评语云："事前定三字，重讲一大截，体格不与时合。吾爱其讲前定字切近事情，不如今人宽皮带也。"❶艾南英评价此文破题不同于流俗之作，跳出了思维的局限，有独到的见解和特色，议论说理也贴近事实，不像其他人的制义文仅仅是开明宗义，却似被宽大的皮带捆绑束缚，文思和语句舒展不开。

从文章的结构上看，林瀚的制义文注意谋篇布局，行文以曲折波澜取胜。顾炎武《日知录》卷十六《诗文格式》云："经义之文，流俗谓之'八股'。……每四股之中，一反一正，一虚一实，一浅一深。"❷林瀚在谋篇时会根据题意主旨，布置文章结构。从句式运用上，林瀚喜欢用长句、整句，较少用短句，这也形成了林瀚的制义文沉稳庄重的艺术特点。比如《可以取可 一节》云：

> 随所审未决于义，轻所为必妨于义。盖君子之处事，视义之可否也。随事而审之，未决者可轻为以害义耶。孟子兼举以示人曰："天下之事，易判者固不必于致详。难决者则不容于轻举。"彼其时当交际，取舍未定也。略见于始而冥许于心。意以人方接之有礼，我若取之无伤也。然审取于念虑，而尚执乎非道之疑，精察于思维，而难免乎无名之惑。似又可以无取矣。因是而却之以心，却之以辞可也。乃或因循而不果，则虽非决性命以务贪得，而分辨须亏于欲得之私。虽非顾

❶ （明）林瀚：《林亨大稿》不分卷，《明别集丛刊》本，第 625 页。

❷ （清）顾炎武著；（清）黄汝成集释，栾保群，吕宗力点校：《日知录集释（全校本）》（中），上海：上海古籍出版社，2016 年，第 951 页。

左右以图市利，而操守已移于利心之交，不有以伤于廉乎。

至若分人以财谓之惠，惠之以道，亦何为而不善。今也见未决于事之所在，而心自许夫利之当公，厚施若可以广恩矣。然详而究之，财不容于继富，而食不可以浮人。揆之于理，与人非所宜者，与非所宜，宜节用以惜费也。复从而与之，则是爱偏而为施恩之滥，情溺而为行赏之私，宁不反伤于惠也耶。

委致其身谓之勇，勇之以义，亦奚为而不可。今也见未彻于事之几先，而心自许夫死之无憾，杀身若可以成仁矣。然徐而思之，身不可以爱投，而难不容于轻冒。揣之于义，死又非所安者，死非所安，宜爱身以图存也。复从而死之，则是凭气而为刿决之流，好刚而非从容之就，宁不反害于勇也耶。❶

《可以取可 一节》出自《孟子·离娄章句下》。孟子说："可取，也可不取的，取了有损廉名；可以给与，也可以不给与的，给予了有损恩惠；可以死，也可以不死的，死了有损勇敢。"《可以取可 一节》文末评语云："他手定以取与平到伤勇另做。此却头一段单行，下两段对做，盖取之伤廉易明也。与之伤惠，死之伤勇，相似而相反，不易辨也。布格既确，实疏更精。"❷评语认为常人做此题，在谋篇布局上会将"取伤廉"与"与伤惠"放在一起论述，再另外论述"死伤勇"。而林瀚单独论述"取伤廉"，将"与伤惠"与"死伤勇"并列论述。如此布置谋篇，体现了作者的独具匠心。"取伤廉"较好理解，"与伤惠""死伤勇"两者既相似又相反，有些令人费解。把"与伤惠""死伤勇"两段并列论述，林瀚的出发点在于两个矛盾问题之间的相似性。从布局上来说，"取伤廉"构成文章的第一层次，"与伤惠"与"死伤勇"构成文章的第二层次。

在句式运用上，《可以取可 一节》也极富特色。从韵律结构上看，汉语句式有整句与散句之分。整句指的是一组结构相似，形式相对整齐的句子；散句指的

---

❶ （明）林瀚：《林亨大稿》不分卷，《明别集丛刊》本，第 626 页。

❷ （明）林瀚：《林亨大稿》不分卷，《明别集丛刊》本，第 627 页。

是一组结构不同，语句长短不一，且没有共同特点的句子。制义文的显著特点之一，即大量运用整句（一般通过顶针、排比、对偶等修辞格形成整句），将整句与散句交替杂糅在一起。金兆梓在《实用国文修辞学》中曾论及整句与散句的修辞效果——整句即偶句，散句即奇句。"偶句之妙在凝重，奇句之长在流利。然叠用偶句，其失也单调而板滞；叠用奇句，其失也流转而无骨。必也参互错综而用之，则气振而骨植，且无单调之病，而有变化之妙。"❶ 也就是说，整句和散句在文章中要交错使用。林瀚《可以取可　一节》中"与伤惠"与"死伤勇"两段并列论述，两段文字结构完全一致，形式整齐划一。先单看其中一段，"至若分人以财谓之惠，惠之以道"，此句运用顶针格。"揆之于理，与人非所宜者，与非所宜，宜节用以惜费也。"此句也运用顶针格。另外，还运用了反复的手法，两个"非所宜"强调突出了作者的感受。将这两段合在一起看，在形式上文字对仗相互映衬，形成对称之美。整句结构严谨，散句灵活跳跃。此文林瀚多用整句，给人凝重之感。前人评价林瀚制义文"繁重纡曲""郑重古朴"颇有道理。又如林瀚《学问之道　一节》略云："或以学问言之。或勤之于岁月之刮磨，或得之于朋来之讲习，所以闻广其聪明者，节目固极其详也。或稽之于古人之传记，或质之于先觉之论言，所以扩大其智虑者，端绪固极其多也。"❷ 这段运用了排比句式。"或勤之于岁月之刮磨，……固极其详也。"与"或稽之于古人之传记，……固极其多也。"在结构上是一致的，不仅是整句，也是两个长句。与短句相比，长句容量更大，在论述时有利于作者面面俱到的阐述事理。

制义文是代圣人立言，要求作者援引儒家经典解释经义。从语言风格上看，林瀚的制义文用语庄重，摒弃尖锐锋利的言辞，风格朴素无华。如《周有大赍是富》略云：

---

❶　金兆梓著：《实用国文修辞学》；陈望道，王易主编《民国丛书（第二编）》，上海：上海书店，1990年，第119页。

❷　（明）林瀚：《林亨大稿》不分卷，《明别集丛刊》本，第628页。

即圣人施恩之广，在圣人施恩之当。盖恩固以吝施而狭，亦以妄施而滥也。施之广而无不当焉。圣人之锡予，何莫而非中道也哉。《论语》历叙帝王相承之次，此述武王之事也。意谓利不贵专也而贵于施，施不贵博也而贵于当。欲知武王相传之中，盍亦观其施予之道乎。彼其当尧商之后，适受命之时，富有天下，天下之利擅之矣。擅之于己而能公之于人，赐予遍行，各彼此而并受。势奄九州，九州之利得之矣。得之于己，而能散之于下。赏赉旁及，举小大而同沾。❶

此篇题意出自《论语》，意谓周朝分封诸侯，要使善人富裕起来。林瀚破题说圣人不仅要广施恩，更应该合理的施恩，不能妄施恩或者滥施恩。这段文字全在说理，多用散句。"即圣人施恩之广，在圣人施恩之当"，开门见山，直接点明题旨。"《论语》历叙帝王相承之次，此述武王之事也。"这一句娓娓道来，引出武王。"欲知武王相传之中，盍亦观其施予之道乎。"又将话题从"武王之事"绕回到"施予之道"，整段文字摒弃过多的修饰技巧，语言质朴无华，没有菲薄圣人的尖酸言语，展现了林瀚制义文郑重古朴的一面。

由上可知，林瀚制义文的特征可归纳为以下几点。从内容上看，林瀚制义文立论确当，说理独到，论述详实（谈理真实）；从文章结构上看，林瀚制义文注意谋篇布局，行文迂回曲折（纡曲）；从句式上看，多用长句、整句，少用短句（繁重）；从语言风格上看，用语庄重，摒弃尖锐锋利的言辞，朴素无华（郑重古朴、朴拙）。

受到儒家文学观念与制义文创作的影响，林瀚古文注重教化。林瀚制义文造诣颇深，对制义文的兴趣也很浓厚。从中举人到中进士，林瀚花费了十三年时间浸淫在《四书》传注之中。入仕之后，林瀚在国子监任职，教授《春秋》经义。耄耋之年，林瀚对制义兴致不减，仍然致力于收集、钻研制义文。

林瀚不仅制义文写得好，也注意收集科考墨卷。这与林瀚从事科考与人才选

---

❶（明）林瀚：《林亨大稿》不分卷，《明别集丛刊》本，第622页。

拔的工作有很大的关系。给亲友的书信中，林瀚经常提及试录。如弘治十五年
（1502）五月左右，林瀚久病初愈，马文升寄来弘治十五年壬戌科会试新录，见
林瀚《寄冢宰马公书》（《林文安公文集》卷十八）。马文升，字负图，号约斋，
河南开封府钧州人，景泰二年（1451）进士，官至吏部尚书。正德七年（1512），
李东阳致仕后，寄给林瀚累科试录。林瀚《寄致政阁老李西涯先生书》云："乃蒙
垂念，驰赐累科试录，及新刻尊考憩庵先生永字诸体法帖，时一展阅，恍然如聆
颜褚之教音也。"❶如林瀚写给儿子的书信，《寄庭棉书（其三）》云："前月十八、
二十五日，连得汝八月二十八日及重九日所寄家书、试录，乃知领札清查禁兵，
事体重大。"❷又《寄庭杓樟榆炫书》云："汝寄大梨、安息香、试录俱到。"❸写给
孙子林炫的书信，《寄炫孙书（其三）》云："汝四月以前，所寄家书、会试录、金
榜题名集，后先俱到，举家喜悦不胜。"❹李东阳寄送的是正德六年（1511）之前
的试录，林炫寄回福州的是正德九年（1514）的会试录。

可以说，林瀚对于制义文的创作热情绝对不亚于古文创作。林瀚在写古文
时，其思维方式、表现手法或者是文章的中心义理，或多或少会受到制义文的影
响。在很大程度上，林瀚的"古文"是从"时文"衍化而来的。从内容和形式上
看，林瀚的时文（制义文）创作对其古文创作有直接明显的影响。林瀚将时文引
入古文，是以时文写古文。陈书录先生认为，明人以时文写古文，或者以古文写
时文，早有端倪。八股文因时而变的态势是促进明代诗文不断演变的一个动因：
"也就是说，以古文为时文（八股文），或以时文为古文，成为明代文坛上比较常
见的一种创作风气。早在明初八股文的雏形阶段，宋濂等人的古文创作中就有八
股文的影子。"❺

林瀚的古文中充斥着大量的儒家义理，文章庄重典雅，不事浮华辞藻。这与

---

❶　（明）林瀚：《林文安公文集》卷十九。

❷　（明）林瀚：《重刊林文安公文集》卷九，傅斯年图书馆藏影印本。

❸　（明）林瀚：《林文安公文集》卷十九。

❹　（明）林瀚：《重刊林文安公文集》卷九，傅斯年图书馆藏影印本。

❺　陈书录：《明代诗文创作与理论批评的演变》，南京：凤凰出版社，2013年，第623页。

制义文的内容和艺术特点有相通之处。"制义一道，代圣贤立言，本当根柢经史，阐发义蕴。不得涉于浮华诡僻，致文体驳而不醇。"❶ 从内容上看，林瀚古文总是在不断地阐发儒家思想，无论谈论任何问题，其最终的落脚点都能回归到儒家学说上。谈论前代名臣，林瀚最敬服文武双全的范仲淹。林瀚《见素林公西征集序》云："唐裴晋公之平淮蔡，宋韩魏公范文正公之制西夏，皆以一代名臣握重兵剿强敌，功昭社稷而名垂汗青，千载而下，论文武全才者必首称焉。"❷ 林瀚将范仲淹视作人生偶像，主要看重范仲淹忠孝仁义的道德品质。《序范氏续修族谱》云：

> 呜呼！人生天地间，体诸身，莫要于忠孝；存诸心，莫切于仁义。文正公事母之孝，虽流离不易其诚。立朝之忠，毅然以天下为己任。当时，华夷皆仰其重望无间也。籴购义田，立义庄，以赡吴中宗族之孤贫者。至于婚姻丧葬，悉分艰窘等若而助给之，仁义之心于是而呈露耳。夫为子而孝，为臣而忠，存诸心惟仁惟义。文正公盛德如此，故天下师之，后世师之，况一家一族子孙可不仰慕而追师之也。师其事亲则为孝子，师其事君则为忠臣，师其睦族周贫则为仁义之人。❸

"忠孝仁义"是儒家思想的核心所在。这篇文章以范仲淹为个例，说范仲淹事母极孝，颠沛乱离之中依然不改孝心；又说范仲淹做臣子尽忠报国，慨然以天下为己任；接着说范仲淹购义田、立义庄，睦族周贫。在林瀚看来，范仲淹重仁尚义、以天下为己任的儒士精神值得后世之人效法。又如林瀚运用儒家学说来论述医道与将才，文章从勇、智、仁、信、忠五个方面入手，具体分析医道和将才的相似之处。

---

❶ 王炜编校：《〈清实录〉科举史料汇编》，武汉：武汉大学出版社，2009年，第638页。

❷ （明）林瀚：《重刊林文安公文集》卷六，傅斯年图书馆藏影印本。

❸ 范隆吉等纂修：《〈湖南邵阳〉范氏续修族谱》，1916年光裕堂木活字本。详见国家清史编纂委员会编：《中国家谱资料选编2》序跋卷上，上海：上海古籍出版社，2013年，第239页。

其《赠南京羽林卫挥使郑君序》略云：

> 淮阳郑君廷举袭其从兄永祥之爵，拜挥使于羽林。将行，朝士大
> 夫相与厚者邀予言为赠。子因告曰："用兵犹用药也，药之代病与兵之
> 御侮一理耳。"或者闻而笑曰："予言误矣。药之用志于生，兵之用志于
> 杀，二者不啻阴阳昼夜剑佩矛盾之相庚，何可比而同耶。"子曰："不
> 然，药有方而用药者医也，兵有制而用兵者将也。将之材有五，曰勇、
> 曰智、曰仁、曰信、曰忠，一或未备不可以言将，医道亦犹是也。拯
> 人之疾痛可以为仁，辩证之安危可以为智，治疗必竭其能可以为忠，
> 诊视不爽其期可以为信，而行此四者终始弗怠，其医之勇乎。❶

从形式上看，制义文的显著特征之一是大量使用整句，将整句夹杂在散句
中，而整句主要通过排比、反复、层递修辞格形成。在句式运用上，林瀚的古文
也是如此。排比句式整齐划一，语意层次清晰，有囊括之力，给人一种气势磅
礴、犹如黄河奔腾入海的气势之美。如《壬戌进士同年会序》云："凡为其年契
者，贵在同此心耳语，持身则心同于清正语，事君则心同于忠敬语，事亲则心同
于孝爱语，临民则心同于宽仁语，治狱则心同于明恕。"❷同年应该贵在同心，从
持身、事君、事亲、临民、治狱五个方面展开。句意高度浓缩，内容丰富，连用
五个"心同于"，气势如虹。这类句子的形成与制义文也有一定的关系。制义文
对文章字数的规定很严格，要用最简洁的文字阐述经义，久而久之，在古文创作
上也呈现出省净的艺术特点。如果不仔细分辨，林瀚的古文似乎与制义文没有什
么差别。如《送进士王器之尹上饶序》云："民情恶劳也，吾逸之。民情厌暴也，
吾仁之。民情患贫也，吾赈之。"❸这个句子不仅排比，句与句之间还形成了对仗。
内容是儒家行仁政，以仁义养民。

又如《送曲阜尹孔君朝臣序》云：

---

❶ （明）林瀚:《重刊林文安公文集》卷三，傅斯年图书馆藏影印本。

❷ （明）林瀚:《重刊林文安公文集》卷五，傅斯年图书馆藏影印本。

❸ （明）林瀚:《重刊林文安公文集》卷三，傅斯年图书馆藏影印本。

然以仕于乡邦论之，则当代惟君一人矣。位遇崇卑，奚暇计耶。所先者睦族，所重者仁民，所持者公道，所守者家法。信如是，斯无负于宗族之称，无负于乡邦之望，无负于宗子之荐，无负于所学之经。如是而为圣人之后，奚愧哉。❶

朝臣是孔子五十九代孙，奉命世袭曲阜知县，林瀚作赠行序勉励他。"所先者睦族……所守者家法"，是一个排比句，句与句之间文字只有简单的变化。接着是一个散句"信如是"，短暂舒缓了文气。接下来，从"斯无负于宗族之称，……无负于所学之经"又是一个比之前更长的排比句。文章用排比句说明道理，不仅论述有力，而且严密周详。林瀚古文喜用排比、反复和递进。《送黔庠司训林孔誉序》云：

今制凡天下郡邑庠生有司岁一试之，拔其尤以贡于春官，春官宗伯遂籍其名引奏而廷试之，又拔其尤，进居胄监，俾淬砺所学以待后用。然有为养而仕，乐于就教职者乃陈情于天官，天官冢宰复籍其名引奏而再试之，又拔其尤者，然后授以师儒之官，非学有所本而素精于业者，讵可以幸致耶。❷

文章开头讲述一个庠生要历经重重考试与选拔才能成为一名学官——先从邑庠生变成贡生，再进入国子监成为一名监生，再经过吏部的考核，最后才能成为一名学官。司训是县学教谕的别称。明代县学置教谕一人，训导二人，教谕掌文庙祭祀，教管所属生员。此段运用三个"试之"，三个"拔其尤"，写出了从庠生变成儒官的不易和艰辛。与知府等官职相比，教谕的官品实在算不上多高。可是，通过林瀚如此细致地叙述选拔过程，文章也就有了曲折波澜。

---

❶ （明）林瀚：《重刊林文安公文集》卷五，傅斯年图书馆藏影印本。
❷ （明）林瀚：《重刊林文安公文集》卷三，傅斯年图书馆藏影印本。

第四节　儒家文学观与古文创作

　　林瀚的古文儒家经学思想浓厚，与他的儒者身份有关。郑纪《送太宰泉山公奏绩序》云："公与予同领景泰癸酉乡荐，公登成化丙戌进士，历官翰林春坊二十余年。弘治庚戌，擢国子监祭酒，寻以礼部侍郎掌国子监事，盖在国学几十年矣。"❶ 明代翰林院官员的主要职责是纂修史志，终日与文字为伍。相比文学侍从的身份，翰林院官员更认同自己儒者的身份。明代的翰林院与国子监关系紧密，两者之间有重要联系，那就是翰林院官员的升迁路径之一，是转任国子监祭酒或者国子监司业，这充分体现了翰林院作家的儒者身份。林瀚不仅任职翰林院，还长期担任国子监祭酒，林瀚的儒者身份毋庸置疑。作为翰林作家，林瀚的古文思想与创作深受儒家经学思想的影响。林瀚信奉程朱理学，崇奉儒家文学观，在古文中大肆宣扬儒家道德，大体上表现出尊经崇圣、重道轻文的倾向，主张文以卫道、文以弘道、文以明道的观点。

　　北宋时期，杨时师从二程，载道南归，创建了龟山学派。杨时是程朱理学发展过程中的关键人物，上接二程，下启罗从彦、李侗之流，起到承前启后的重要作用。林瀚《豫章罗文质公书院记》云："吾道一脉，自鲁而邹而濂而洛而闽。闽自龟山立雪程门后载道南归，传豫章、延平以及考亭朱夫子。洙泗渊源一派脉络贯通，绳绳不绝至于今，学者宗之，信有自矣。"❷ 罗从彦，字仲素，学者称"豫章先生"，南宋南剑州人。李侗，字愿中，学者称"延平先生"，南宋南剑州人，是朱熹的老师。林瀚《送黟庠司训林孔誉序》云："昔延平先生尝学《春秋》于仲素罗先生之门，盖与朱韦斋时为同志，则《春秋》之在延平渊源固自有也。"❸ 年

---

❶ （明）郑纪：《东园文集》，《景印文渊阁四库全书》第 1249 册，台北：台湾商务印书馆，1986 年，第798 页。

❷ （明）林瀚：《重刊林文安公文集》卷八，傅斯年图书馆藏影印本。

❸ （明）林瀚：《重刊林文安公文集》卷三，傅斯年图书馆藏影印本。

轻时,李侗拜罗从彦为师,随其学习《春秋》经义。林瀚为元代理学家胡炳文的文集作序。胡炳文,字仲虎,号云峰,徽州府婺源人。胡炳文幼嗜学,笃信朱子之学。《重刊胡云峰先生文集序》云:"呜呼!云峰盖《元史》所载胡炳文仲虎者,乃吾道中先正,非文人也。……朱子盖发挥大圣之渊微,云峰又发挥大儒之渊微,希圣希贤,同一心耳。凡天下后学高山仰止。自云峰而上溯紫阳,自紫阳而上溯濂洛之周程,使有得于心,则洙泗之渊源,亦可驯至。斯集诸文,殆著述绪余,全不全无足为先生重轻,然亦载道之器,不可不表章以为后儒法也。"❶ 将这三篇文章合在一起,可得出林瀚对于福建理学传承体系的认识,杨时—罗从彦—李侗—朱熹—胡炳文。不论是说"吾道一脉"或是"吾道中先正",对于程朱理学的个人认同感是很明确的,林瀚是以儒者而非文人的身份自居。

基于儒家文学观念的影响,林瀚认为六经是儒道的载体,文章应该源于六经,六经是文章的渊薮,文章要以道为根本,文章要阐发儒家之道。文章与儒道不可分离,文章是传播儒家学说的手段和工具。林瀚《赠宪副韦公之任福建序》云:"正道一载诸六经,穷六经者务正学造正道也哉。朝设庠序遍于天下无远弗届,师弟子非正道不传,非正学不讲。"❷ 又如林瀚给彭华的文集作序,《彭文思公文集序》云:"载斯道以垂万世者六经之文也。去圣既远,作者多不原于六经,故文自文,道自道,蓁芜久矣。……惟先生之文原诸六经,本诸道,参诸韩欧二大家,寔相伯仲而日光玉洁,周情孔思尤邃于欧,殆今之一昌黎耳。"❸ 因此,林瀚古文的创作重视文章的教化功用,始终关注人伦教化。如强调敬宗睦族的家谱序文:《黄山郑氏族谱序》《(永泰埕浦林氏)重修族谱叙》《石门陈氏宗谱序后》。又如宣扬忠孝之道的文章:《荣椿堂诗序》《筼谷轩记》《郑氏双节记》。在教育方面,上至北京国子监,下至府学、县学、庙学,林瀚都写过记文,如《福建重修贡院记》《乡贡进士题名记》《河间迁学记》。

---

❶ (元)胡炳文:《云峰胡先生文集》卷首,正德三年(1508)刊本。

❷ (明)林瀚:《重刊林文安公文集》卷四,傅斯年图书馆藏影印本。

❸ (明)林瀚:《重刊林文安公文集》卷五,傅斯年图书馆藏影印本。

以下援引林瀚古文试观之,《郑氏双节记》略云:

> 孔子赞《易》,修《春秋》,垂训天下万世,其大要在正三纲,以淑人心焉尔。盖君为臣纲,父为子纲,夫为妻纲。为臣而克尽其道曰忠,为子而克尽其道曰孝,为妇而克尽其道曰贞。然忠孝之道,处常者十九而变之,所遭十一耳。若妇人之行,多不外见,非不幸遭变故,不过主中馈之贤而已,其贞烈之操又何由而彰于时,垂于后哉。《易》曰:"恒其德,贞妇人,吉。"《春秋》书宋伯姬之卒,传曰:"嘉其死于节也。"噫!《易》言其理,《春秋》载其事,垂训之意昭然矣。奈何,太仆既散,士鲜全节,君臣父子之间,其不暌于道者几希。闺阃之流又安足望耶。予观郑氏双节堂,盖重有感焉。堂为节妇祝氏、刘氏所居,故因以名。郑、祝、刘皆上饶士族,世有姻好。祝为处士永常之女,归郑君孔贯,克持妇道,年二十六而丧所天。姑刘氏垂白在堂,遗孤麒甫六岁,四壁无依,形影相吊,祝仰天号恸,矢志靡他,躬纺绩以养姑,极其孝敬不衰。抚麟渐底成立,为娶邑庠生刘观之女为媵,生子润十周而麟又卒,刘年仅踰三十。姑痛其子,妇哭其夫,声彻邻里不忍闻,有为之泣下者。柏舟自担,妇姑一心,刘之养祝,犹祝之养刘也。刘之抚润犹祝之抚麟也。辛能保郑氏之宗枋不绝如线,以有今日者,虽伟丈夫亦所弗逮,其于《易》之训,《春秋》之纪又奚愧焉。……惟兹双节之堂三纲所系,风化所关,固予喜闻而乐道者。奚容以衰倦不文辞哉。故特表之以风示天下后世,俾为人妇而遇变者师之,然则尽忠孝于家国,臣子两全其道,用增斯堂之光。❶

文章开篇就祭出了三纲五常的大旗,接着又引经据典,从《易》与《春秋》引申出"忠""孝""贞"等儒家道德观念。一开始颇有道学气和说教的意味,但接着笔锋一转,引出观点——忠孝之道并非人人都能持守,男性在极端情境时,

---

❶ (明)林瀚:《重刊林文安公文集》卷七,傅斯年图书馆藏影印本。

尚且难以保持初心，更何况弱质女流之辈。文章写到此处时重男轻女，贬低女性地位，与一般道学家的文章论点无异。紧接着，文章叙述双节堂的来历。这是江西上饶一户郑氏人家两代女主人丧夫守寡的悲惨故事。郑孔贯娶祝永常之女（祝氏）。郑孔贯卒时，祝氏才二十六岁，祝氏开始独自奉养婆婆刘氏，并照顾六岁的幼子郑麒，将其养育成人。郑麒娶刘观之女（刘氏），生子郑润。不幸的是，郑润才十周大时，郑麒又撒手人寰。三十岁出头的刘氏与婆婆祝氏遭遇同样的困境，年纪轻轻守寡，既要抚育幼子，又要照顾老人。刘氏没有被厄运击倒，她努力培养儿子郑毅。多年后，郑毅考中进士，建造双节堂敬奉祖母祝氏和其母刘氏。在封建时代，像祝氏和刘氏这样一生守节的女性很多，故事本身没有特殊性，林瀚《郑氏双节记》的思想意义在于夸赞祝氏和刘氏延续了郑氏的香火，就算豪杰英伟的大丈夫也比不上她们。尽管如此，这篇文章还是在宣传教化，要让天底下的女子学习祝氏和刘氏的贞洁情操，要让天底下的男子忠君报国。

作为馆阁作家，林瀚古文带有台阁体的特征——雍容典雅，气宇轩昂。程敏政《谕德林先生像赞》云"文雅驯而不浮，学精勤而靡倦"❶，说林瀚古文典雅，不事浮华。何景明《奉寄泉山先生》云："馆阁三朝旧，江湖万里长。北山高碑碣，南斗极光芒。皓首归难挽，苍生意未忘。春风旧桃李，何日傍门墙。"❷毛伯温《寿泉山尚书》云："白头勋业朝中述，黄阁文章天下传。"❸陈节之《重刊林文安公诗文集序》云："予观文安公所为集春容正大，尔雅涵浑，不溺习艰僻，要皆趋翼于道，可谓论学通方，理情宣志也。"❹诚如陈节所说，林瀚古文重视"道"与"理"。馆阁作家或者翰林作家只是一种身份，除了台阁体普遍的特征之外，这种身份对林瀚的古文思想与创作有什么具体影响呢？在古文创作中，林瀚也很关注理、气、文三者之间的关系。

理与气之间的关系，原本是一个哲学问题。学界有两种看法：一种说法是

---

❶（明）程敏政：《篁墩程先生文集》卷五十六。

❷（明）何景明：《大复集》，《景印文渊阁四库全书》本，第148页。

❸（明）毛伯温：《东塘集》卷七。

❹（明）林瀚：《重刊林文安公诗集》卷首，傅斯年图书馆藏影印本。

"理在气先"，另一种说法是"气在理中"。在理与气的关系问题上，程朱理学作为官方之学对后世有很大的影响。朱熹认为，理是气的根本，气依附于理，两者相互依存，理离不开气，气也离不开理。后世文学评论家将理、气问题引入文学评论领域。关于理、气与文的关系，早在唐代，韩愈就提过"文以明道"和"气胜言宜"之说。明初的馆阁作家刘基也阐发过类似的言论，其《苏平仲文集序》云：

> 文以理为主，而气以摅之。理不明，为虚文；气不足，则理无所驾。文之盛衰，实关时之泰否。……唐虞三代之文，是诚于中而形为言，不矫揉以为工，不虚声而强聒也，故理明而气昌也。……汉兴，一扫衰周之文敝而返诸朴。丰沛之歌，雄伟不饰，移风易尚之机，实肇于此。而高祖、文帝制诏天下，咸用简直。于是，仪、泰、鞅、斯县河之口，至此几杜。是故贾疏、董策、韦传之诗，皆妥帖不诡，语不惊人，而意自至，由其理明而气足以摅之也。周之下，享国延祚，汉为最久，盖可识矣。武帝英雄之才，气盖宇宙，而司马相如又以夸逞之文侈之，以启其夜郎邛筰、通天桂馆、泰山梁甫之役，与秦始皇帝无异，致勤持斧之使，封富民之侯，下轮台之诏，然后仅克有终。文不主理之害一至于斯，不亦甚哉！ ❶

首先，"文以理为主"，这里的"理"可理解为文章所蕴含的"道"（儒家孔孟之道）或者文章所要表述的"理"（道理、内在逻辑）。刘基又说"文之盛衰，实关时之泰否"，重视文学对社会的干预作用，"理"指的是文章所要表述的道理。刘基认为作家要写有用的诗文，如国家大典所用的制诏文之类（汉高祖、文帝制诏），要少写一些夸逞斗靡的空洞文章（纵横家张仪等人的文字、司马相如的赋）。作家的眼界要开阔，不能只拘泥于关注个人生活，更应该关心国家和社会现实。就内容而言，文章要阐发对社会人生的看法乃至治国之道，唯有如此，

---

❶ （明）刘基：《刘基集》第二卷，杭州：浙江古籍出版社，1999年，第88页。

弘扬彰显道理的文章才是有用之文。文章所寄寓的道理应该是朴厚简直的道理，有助于移风易俗和教化百姓。其次，刘基强调文章的气势，即"理明而气昌"，是一种自然畅达的文势。他认为，文章气势的盛衰与文章说理是否清晰有直接的关系。他所推崇的"唐虞三代之文"或者"高祖、文帝制诏"之类，有一个共同的特点——它们都是理与气相辅而行、不矫揉造作、不恃才弄巧、不徒事华藻、自然而然的文章。

上文一直在论述刘基的文学观。事实上，这与林瀚本人的文学观或者他人对林瀚文学创作的评价有关。林俊曾评价林瀚的古文面貌，其《林文安公文集叙》云：

> 文根诸理，发诸气而昌之以词，贲饰从施，真质犹故。迨从横之习胜，而浑重澹雅之体衰，至搥提仁义而绝灭之。贞元启会，大音载完，起息兴衰，道隆替与焉。汉之盛，司马子长以豪健鸣；唐之盛，昌黎退之以雄深鸣；宋之盛，欧阳永叔以雅洁鸣，同时班柳苏王联声递响名。名家嗣是，作者日众，词徒长而气以弱，理亦为之晦，甚至驱驾才华，搜奇捕怪，朴以采纷，雅以俗乱，藻制璀调，未必不足哗世而贾名，而稽诸典谟训诰远矣。……殆然者先生文平气顺，而一根于理。谨质学子固，澄练学仲申，而气度暇整，动应绳墨，如轻缣便体，嘉谷之济实用。逮其变也，如立峰壮云，平流之隐细浪，可以观人，可以观世。❶

林俊评价林瀚古文"文根诸理"或者"一根于理"，也就是刘基所说的"文以理为主"。林俊说"迨从横之习胜，而浑重澹雅之体衰，至搥提仁义而绝灭之"，对应刘基的"于是，仪、泰、鞅、斯县河之口，至此几杜"。林俊是正面说纵横家的文章辩丽横肆所带来的弊病（浑重澹雅之体衰、绝灭仁义），刘基是从侧面写汉代崇尚简直质朴的文风，改变了纵横文辞所带来的不良文风。林俊说

❶（明）林瀚：《林文安公文集》卷首，嘉靖三年（1524）刻本，广东省立中山图书馆藏。

"词徒长而气以弱，理亦为之晦"；刘基说"理明而气昌"，"理明"与"理晦"相对，"气昌"与"气弱"相对。"嘉谷之济实用"与"可以观人，可以观世"是说林瀚古文中有关社会人生的大道理，是经世致用的文章。林俊的《林文安公文集叙》继承了刘基《苏平仲文集序》"文以理为主，理明而气昌"的文学观点。林瀚的文学创作也确实如林俊所说，重视理、气与文的关系，文章长于说理，气势畅达。

　　林瀚评价他人的文章也注重"理""气""文"之间的关系。如林瀚《程篁墩先生文粹序》云："予与公为同年进士，尝友其德知其心，推重其文旧矣。盖公之文博赡精醇，邃于理而充于气，视汉唐宋诸大家所著可以并传无愧。"❶林瀚将程敏政的文章特点归纳为"博赡精醇"，说他的古文说理透彻、气势充沛。又如《正思斋文集序》云："矧集中所著诸文殆穷天地万物之理，阐圣贤道德性命之蕴，至谓《论语》唐虞气象，《孟子》三代气象，非学识卓越，思所得其正者，鲜能发为此论。"❷最终，林瀚还是将文章的落脚点归结到"理"与"道"。

　　林瀚担任过十年的国子监祭酒，重视人才培养，尤其看重文武全才。弘治十二年（1499）秋，林瀚从国子监祭酒升任北京吏部侍郎。弘治十三年（1500）夏，林瀚任南京吏部尚书。正德元年（1506）四月，林瀚改任南京兵部尚书。在国子监与吏部的任职经历对林瀚的古文创作有直接的影响，他经常在文章中表达自己对人才培养、选拔与任用的看法。上文提过，林瀚文章中论述的"理"，是阐发对社会人生的看法乃至治国之道，其中人才的培养与任用是"治国之道"的重要部分。

　　林瀚认为人才有文武之分，不论是由文而武，或者是由武而文，只要最终能成才，这都是没有问题的。当然，顶级的人才应该是文武兼备的。林瀚《贺侍御林君三载奏绩序》云："由夏商周而来文武士判为二流，业诗书者弗究韬略，身介胄者罔事章逢，全才之士，世不多见。后数百载，惟汉诸葛亮庶几乎此，又后数

---

❶ （明）林瀚：《重刊林文安公文集》卷五，傅斯年图书馆藏影印本。
❷ （明）林瀚：《重刊林文安公文集》卷六，傅斯年图书馆藏影印本。

百载韩琦、范仲淹挺身于宋，皆文而武者，诚一代之人豪，不世之全才也欤。"❶
文武兼备的人才是很少的，千载之下，也就诸葛亮、韩琦、范仲淹等数人。无论
是选择习文还是习武，最终取决于人们自身最初的志向。林瀚以班超为个例，说
明这个问题。《贺陈千兵符润序》略云：

> 予尝读《汉书》至《班超传》之始末，而知其功之奇，位之显，
> 皆初志之壮所由定也。盖超出自扶风儒家，父彪兄固，史称其比良迁
> 董兼郦卿云，则诗书世业从可知矣。超凤负大志，而孝谨有闻。当永
> 平初年，居洛阳佣书养母，甘勤劳不怠。一旦乃投笔叹曰："大丈夫当
> 立功异域，以取封侯，安能久事笔砚间乎。"闻者壮之，自后从窦固西
> 击匈奴，首捷蒲颣之战。踰数载，威声大震，遂以次伏鄯善下疏勒，
> 破于寘莎，车龟兹诸房而降之，沙漠为之肃清。汉家迄无西顾之忧者，
> 皆超之力也。未几，侯封定远而厥志以偿，讵非一代之奇士耶。……
> 予惟世家子姓文而文，武而武常事也。然有去武以从文，去文以从武
> 者。所谓登山采玉，入海探珠，志各有所在耳。❷

林瀚读《汉书》认为班超是一代奇士。班超出身儒学世家，其父班彪以及哥
哥班固，都是著名的史学家。班超弃文从武，这是不寻常的事情。更不寻常的
是，班超最终还成功封侯拜将。林瀚说世家子弟大多是延续父祖的道路，比如
书香世家的子弟继续走诗礼传家的道路，又如将门子弟，会和父辈一样驰骋沙
场。无论是弃武从文，还是弃文从武，只要坚持笔墨耕耘，或者勇敢地在战场上
拼搏，都能开辟出一片自己的天地，这体现了林瀚没有私心偏见、包容开放的人
才观。

关于人才的任用，林瀚认为，任用才能卓著的人才，要不拘泥于资格和年
限。如其《赠宪使陈公之任陕西序》云：

---

❶ （明）林瀚：《重刊林文安公文集》卷四，傅斯年图书馆藏影印本。
❷ （明）林瀚：《重刊林文安公文集》卷三，傅斯年图书馆藏影印本。

世未始无非常之才，而非常之遇，则自古为难也。贾长沙不遇于
汉，韩昌黎、柳柳州不遇于唐，苏东坡、胡澹庵不遇于宋，数子者文
章风概皆雄于一时，才之非常信矣。然其不遇亦未为不遇，不遇非常
之遇耳。观诸前史，徒发一慨叹也。吾闽陈公叔振，当成化乙酉，甫
弱冠即以礼经举于乡，后五载己丑取会闱亚魁，主司录其文以式来
学，比登进士前列，复被命改庶吉士，进学于翰林，其才非常于是
而始见，所遇非常亦垂端于此可知矣。既而拜监察御史之职，然授是
职者非年逾三十不预，厥有定制。公时方二十有五，特以翰林储养
人才授之非常也。未几，荐领玺书，理盐法于两浙，提督学校于畿
内，用之于南则国课充而久病灶丁以苏，用之于北则风教行而一时人
才以盛。其非常声绩腾播遐迩，此非常遭遇所由以阶，殆又不偶然
也。……乃命大臣各表其所知以闻于时，都宪屠公朝宗首举叔振，应
诏圣天子特以陕西按察使授之，其旧寅诸公征言为赠。予惟列官内
台，凤负才望，而擢居是职者，在往时资格匪拘，则为常在，今时资
格拘之，则非常矣。然则非常之才宜有非常之擢，使不遇非常之遇，
则如贾如韩如柳如苏胡，文章风概，汉唐宋孰其前之，当时用舍，一
听诸天。遇不遇，殆非诸子所能必也。公之遭遇过之远矣。岂偶然也
哉。……公之所负所任所遇，皆非常也。行当大树非常之伟绩，远振
非常之风声，则非常之位遇，又将副天下非常之望矣。幸毋曰："非
非常谈也，何以为我告。"❶

　　韩愈写过《马说》，说市面上经常有千里马，但少有真正懂得辨识千里马的
伯乐。《马说》是一篇说理文，说上位者愚昧无知，导致下位者怀才不遇，最终
造成人才的浪费。林瀚的文章主旨不是"怀才不遇"，而是"非常之遇"。事实
上，要求给予人才"非常之遇"，这对选拔人才的上位者提出了更高的要求，希

---

❶　（明）林瀚：《重刊林文安公文集》卷四，傅斯年图书馆藏影印本。

望他们最大限度地为人才提供最好的平台，给予英才大展拳脚的机会。文章开篇说"世未始无非常之才，而非常之遇，则自古为难也"，林瀚用陈纪的仕宦经历来诠释这个论点。陈纪，字叔振，成化五年（1469）进士，历官监察御史、陕西按察使、都御史，生平见《福州府志·名臣传》。按照朝廷惯例，担任监察御史的官员年龄一定要超过三十岁，而陈纪刚从翰林院出来，年纪只有二十五岁，尽管他的年龄不符，但考虑到他才能卓著，朝廷还是任命他出任监察御史。这是第一次"非常之遇"。还有第二次"非常之遇"，陈纪由监察御史擢升陕西按察使，也是破格任命。陈纪有两次"非常之遇"，这是陈纪的卓越的政绩和才能换来的，不存在偶然和运气的成分。最后，文章得出结论，任用贤才就应该不拘一格。文章条理清晰，气势昌盛，层层递进，一气贯注。"非常"两字是文章的文眼，反复出现强调了文章的论述前提是"非常"而不是"寻常"，表达了作者对"非常之才"的情感和态度。

　　林瀚古文言之有物，理明辞达。他曾送友人到广东英州（今英德市）出任清溪巡检司巡检。距离当地不远处有贪泉，传言饮贪泉会让人心生贪念，饮用清溪的水就能去除贪念。林瀚认为，贪不贪心与泉水无关（"贪泉"和"清溪"性质相同），与人的内心是否公正有关。《送林肃玉诗序》云："嗟夫，介廉俭泊之士，虽日饮贪泉而不能使之贪，虽不饮清溪而不能使之不清。何也？惟吾之一心操之以正，存之以公，养之以寡欲。故虽处富贵贫贱利害死生，皆不可夺，况一水所能清浊也哉。肃玉行矣，过贪泉抵清溪试两饮焉，惟以一心验之，然后当省予言为何如。"❶

　　林瀚是在翰林院纂书修史的博学鸿儒。林瀚古文创作有一个显著的特点——在说理过程中，喜欢叙述源流，大量地引用史实和典章制度作为论据。如《送太子太傅冢宰公致政归四明诗序》云："大臣以举职为难，而保终为尤难也。历考前代，若萧望之之于汉，张柬之之于唐，寇平仲之于宋，皆大臣也，皆善举职者

---

❶ （明）林瀚：《重刊林文安公文集》卷三，傅斯年图书馆藏影印本。

也。"❶一个论点之后紧跟着就引用四个历史人物充当论据。又如《保定五老荣寿会诗序》，一句"稽之于古"先后引出唐代白居易等人的香山九老会，以及宋代杜衍等人的睢阳之会。文章自唐而宋，自宋而明，洋洋洒洒。又如《婺源桃溪潘氏续修宗谱序》也是如此，说修谱，从《周官》谈起，中间说汉魏、说唐宋，最后才切入明代。从表面上看，这些文章说理论据充足。在艺术表达上，不得不说有拖沓平衍的弊病，行文不够利索。

在文中引用史实应该适量并且适度，如林瀚《赠南京羽林卫挥使郑君序》云：

> 夫医之用药志于生信矣。若曰："将之用兵志于杀，为此说者，非知兵者也。"昔邓禹将百万之众，未尝妄杀一人，东汉诸将孰愈于禹，曹彬以十万众下江南，不血一刃，而李煜恬然以降，汴宋诸将孰愈于彬。二子皆良将也，皆善用兵者也，所以效绩邦家而垂芳竹帛者，其果以杀耶，以不杀耶。子闻廷举方未贵时，淮海间一名医也。及挥使之命既下，则羽林一将耳，故所告者如此。方今太平无事，文治聿兴，兵戈戢而不用。矧廷举又推其所以为医者为将，则夫生人之心固常存而不泯也。执此以往，吾知麾下之士将蒙其福而不困于残虐也必矣。或者抚然曰："良医主于生人，良将主于不杀人，信乎，事虽异而理不异也。"❷

文章反驳"将之用兵志于杀"的观点，举了邓禹和曹彬两个例子。东汉将领邓禹率军征讨赤眉军，邓军军纪严明，沿途不烧杀抢掠，百姓对其感恩戴德；北宋将领曹彬攻打南唐，焚香禁杀，兵不血刃，有仁爱的名声。接着说郑君出任南京羽林卫挥使之前是一位名医，医者有一颗救死扶伤的仁心。在安定太平的年代，优秀的将领更应该常怀仁爱之心，爱护士卒，不妄杀滥杀。

林瀚是一个不折不扣的儒臣，古文创作崇尚典雅，尊经重道。林瀚主张文

---

❶ （明）林瀚:《重刊林文安公文集》卷五，傅斯年图书馆藏影印本。

❷ （明）林瀚:《重刊林文安公文集》卷三，傅斯年图书馆藏影印本。

以卫道、文以弘道、文以明道，重视文章移风易俗的教化作用。在文章内容上，林瀚古文受到儒家文学观与制义文创作的影响，文中有大量儒家的义理，可以说，林瀚的古文是由制义文衍变而来，他的古文不自觉地融合了制义文的写作技巧。在艺术特色上，林瀚古文以说理见长，意旨清晰，语言平易自然。林瀚的一生皓首著作，藏书满家，腹笥丰盈。在艺术表达上，林瀚的古文也呈现出"辞章博赡"的特点，语言不够凝练简洁，不免有些台阁体文章板滞平衍、萎弱拖沓的弊病。

第五章　林炫诗文研究

嘉靖四年（1525），林炫因议大礼，自南京辞官归闽。《门有车马客行》略云："浮云蔽白日，狂狙夹道啼。荷戈有国士，慷慨卸朝衣。一字叩阊阖，夕路从此辞。吞声勿复道，泪下不能滋。"❶归闽后，林炫在福州琼河营造水云居与琼园。琼园养鹤是林炫闲适生活的一个缩影。林炫爱鹤，养鹤，咏鹤。林炫尝结鹤圃清音社，与海内名公倡和。嘉靖十四年（1535），林炫为交游倡和集《鹤圃清音》作序。《刻鹤圃清音序》云："庚寅以来，始入城居。白鹤圃、竹梧亭集交游倡和诗曰《鹤圃清音》云。然诸稿散佚，未能尽录为憾。"❷林炫与友人所结鹤圃清音社，被视为明代闽中文学创作的团体之一。❸返乡后，林炫不受官牍文书侵扰。闲居生活给林炫带来了心灵的自由，游赏山水和宴集饮酒成为他的生活常态。然而，由于林家世受皇恩，林炫心中入仕为官、报效国家的想法早已根深蒂固。《累朝恩命录记》云："自臣高祖而下逮臣炫，凡五世踵受累朝恩命之锡诰凡二十有一，敕凡十有四。"❹林炫返乡，一是因为朝局动荡，二是因为自身体质羸弱。诗歌所反映出的闲适与慵懒，背后是林炫不得已而为之的无奈选择。林炫身在乡野，心仍在庙堂之上。《送天宇侄之保昌省亲就上春官》诗云："榕野山人今老大，涓埃无地报明君。"❺蹉跎江湖田野之间，林炫颇有虚度岁月之感。嘉

---

❶ （明）林炫：《林榕江先生集》，《原国立北平图书馆甲库善本丛书》本，第 57 页。

❷ （明）林炫：《林榕江先生集》，《原国立北平图书馆甲库善本丛书》本，第 199 页。

❸ 陈庆元师：《福建地方文学史》，福州：福建教育出版社，1996 年，第 278 页。

❹ （明）林炫：《林榕江先生集》，《原国立北平图书馆甲库善本丛书》本，第 215 页。

❺ （明）林炫：《林榕江先生集》，《原国立北平图书馆甲库善本丛书》本，第 109 页。

靖十九年（1540），林炫起复。《先康懿公编年行实》云："公训之曰：'世臣图报，今属于汝。胡可不恭趋明命乎！'促令治装，炫赴阙。"❶《将赴阙次肖泉叔赠行韵》是一封林炫再次出仕内心心境的自白书："天阙颁新诏，山人拂旧冠。敢言逢荐出，真是报恩难。枫叶秋霜醉，溪声夜雨寒。只愁林壑相，不入风池翰。"❷

第一节　复古诗论与杜诗接受

一、复古诗论

历代关于"格调"的概念和理论令人目眩，李剑波在《清代诗学话语》中对于"格调"的解释颇值得借鉴。"格调是对诗歌的一个整体把握。它不是从内容或艺术形式技巧上来谈某个特点，而是指诗歌的一种综合品质，整体面貌。"❸

明代的诗文以复古为主要特征。通过辨析诗歌的"格调"，诗家能够提高对诗歌整体面貌的把握能力。自明初以来，福建诗坛普遍推崇唐诗，诗家多以唐诗作为取法对象。洪永之际，高棅的《唐诗品汇》推崇盛唐诗歌，以"气象雄深，格调高壮"为诗坛正宗。在诗论上，林炫也倾向于学习这类表现壮美、阳刚之美的唐诗。

林炫关于"格调"的诗论与前七子的"重格调"的诗论较为相近，大体上可以从思想内容和艺术特色两个层面去认识"格调"。《湖西诗集序》云：

> 是故包涵万象，辉丽千古，感通幽明，诗之大约也。然有材有格，
> 有气有情，有景有趣，有句有字。材欲弘博，格欲高古，气欲雄豪，

---

❶ （明）林炫：《林榕江先生集》，《原国立北平图书馆甲库善本丛书》本，第 135 页。

❷ （明）林炫：《林榕江先生集》，《原国立北平图书馆甲库善本丛书》本，第 95 页。

❸ 李剑波：《清代诗学话语》，长沙：岳麓书社，2007 年，第 43 页。

情欲含蓄，景欲奇妙，趣欲雅澹，句欲沉著，字欲响俊。忌凡弱，忌浅近，忌重浊，忌纤巧。❶

林炫认为，优秀的诗歌要以弘博的才华和学问作为支撑，还应体现高古的格调，并且诗歌有雄豪的气势。诗歌中的"高古"之格是什么呢？廖可斌在论述前七子的文学理论时，是这样界定"高古"的：

关于"格"的要求，李梦阳等人共同的看法是要"高古"。其中"高"主要是指作品的思想境界即思、意、义等要高尚、精深，而不落于"凡近"；"古"主要指作品的句法、篇法、词语等要古雅含蓄，而不落于"浅俗"。❷

那么，"高古"之格可以如此理解：在思想内容上，以弘远博大的诗材体现高尚、精深的思想境界；在艺术形式上，通过对诗歌句法、字法、声律的经营，呈现古雅含蓄的艺术面貌。

"格调"二字实则不可分。"格"是"高古"之格，"调"是"古雅"之调，两者之间相互交融，形成古朴脱俗的艺术效果。林炫喜爱"古雅"之调。《六思歌》叙云："炫尝诵张平子四愁诗，爱其音调古雅，惜发思绵邈而不伦切。"❸"古调"要求诗歌音调清俊响亮。因而，林炫认为诗歌应避忌"重浊"之音。"重浊"指声音低沉粗重。《世说新语·轻诋》云："人问顾长康：'何以不作洛生咏？'答曰：'何至作老婢声！'（一）洛下书生咏，音重浊，故云老婢声。"❹"古调"的构建与诗歌句法、字法的经营紧密相关。林炫提出"字欲响俊"，强调诗歌用字的锤炼。《文心雕龙·风骨》："锤字坚而难移，结响凝而不滞。"❺在句法方面，林

❶ （明）林炫：《林榕江先生集》，《原国立北平图书馆甲库善本丛书》本，第200页。
❷ 廖可斌：《明代文学复古运动研究》，北京：商务印书馆，2008年，第119页。
❸ （明）林炫：《林榕江先生集》，《原国立北平图书馆甲库善本丛书》本，第83页。
❹ 余嘉锡撰；周祖谟，余淑宜整理：《世说新语笺疏》，北京：中华书局，1983年，第845页。
❺ （梁）刘勰著；范文澜注：《文心雕龙注》（下），北京：人民文学出版社，2006年，第513页。

炫提出"句欲沉著",反对纤巧轻浮,追求凝重稳健。胡应麟《诗薮》云:"沉著,则万钧九鼎。"❶从这个角度看,林炫认为诗歌"忌纤巧","沉著"与"轻浮"相对。

林炫在论诗时对凄清寂寥的意境和语言持批评态度,如《建安俊士杨子申甫墓志铭》云:

> 暇日作诗,率多佳句。病中《有感》一诗云:"抱病幽栖悲,晓月惜云落,霜华染幕寒,露湿惊衣薄。宵愁疏窗浸,昼忆时睡觉。卧槃徒自悲,何如此寥廓。"他如《游城南夜月联句》《和君子楼》诸作。虽为友人所诵,然过于岑寂,与平日自负豪迈之志不类。❷

杨诏,字申甫,杨荣六世孙,杨旦之孙。杨诏病中诗以纤细之笔,营造了岑寂寥廓、凄清冷落的意境,诗歌悲情胜于豪气,情调低沉。这与林炫"气欲雄豪,情欲含蓄"的诗论主张相左,因此,林炫并不欣赏此类诗作。

顾璘(1476—1545),字华玉,号东桥居士,长洲人。顾璘曾批点《唐音》,写成《批点唐音》。顾璘的《题批点唐音前》批评了当时文坛的习杜风气。"今四方学者,各从所授,而杜学居多,或涩厉诡刻,不足以谐金石,夫岂诗之本然也乎?"❸顾璘不喜杜诗,与地缘因素颇有干系。"事实上,在吴中传统中,杜诗一直不怎么受欢迎,学杜者也通常是被批评和讥讽的对象。"❹顾璘批驳学习杜诗的末流,在某种程度上是想借此否定将杜诗作为尊奉对象的复古诗派。顾璘在序文中交待了弘治以来的诗坛名家和诗学脉络:

> 又有姑苏陈霁为六朝诗,武昌刘绩、关中李梦阳为杜诗,各竞起争工联句,遂囊诸染翰,骏发虽多,其人或杂出不专。自是信阳何景

---

❶ (明)胡应麟:《诗薮》,北京:中华书局,1962年,第82页。

❷ (明)林炫:《林榕江先生集》,《原国立北平图书馆甲库善本丛书》本,第243页。

❸ (明)顾璘:《题批点唐音前》,详见(元)杨士弘编选,《唐音评注》(上册),保定:河北大学出版社,2006年,第20页。

❹ 余来明:《嘉靖前期诗坛研究(1522-1550)》,武汉:武汉大学出版社,2009年,第119页。

明、姑苏徐祯卿、关西康海继兴而词亦畅。厥后随颜木毫、薛蕙杨、蒋山卿之流，纷然辉映，不可名数。而皇明风雅，卓然掩诸前古，不可尚已，大抵自前数公为之变始也。❶

林炫对顾璘的批点颇不以为然，对于顾璘诗序中提到与未提及的诗人，林炫做出了自己的批评与判断。在林炫心目中，李梦阳与陈霁、刘绩的诗坛地位难以等同；康海与何景明、徐祯卿的诗坛地位似乎也不等同；颜木、蒋山卿与何景明的诗坛地位更是不可等而视之。另外，顾璘遗落了两位当时诗坛的重要人物：一位是闽地的郑善夫，另一位是山东的边贡。《与方平洲简》云：

> 东桥又云："陈子雨为六朝诗，刘用熙、李献吉为杜竞起，争工联句遂衰。"固是。然柴墟诗固在，未见其唐音也。子雨名霁，吴人。用熙名绩，楚人。恐非献吉之伦。又叙何仲默、徐昌谷、康德涵，夫康亦非何、徐之伦也。遂漫及颜维乔、薛君采、蒋子云。夫君采在仲默之亚，颜、蒋又不得而伦者，乃遗吾闽郑少谷、山东边华泉亦非定论也。❷

林炫反对顾璘批驳杜诗，强调郑善夫的文学地位，出于多方面的原因。首先，肯定郑善夫学习杜诗的合理性。郑善夫诗歌的总体特色是学杜，顾璘否定郑善夫，也就否定了郑善夫学杜的成果。其次，林炫出于对郑善夫的推崇。《旗峰歌赠林年兄》诗云："吾闽诗派亦多垒，近者惟称少谷氏。"❸郑善夫是明中叶闽地的诗坛领袖，假若郑善夫都不能在全国的诗坛占有一席之地，这相当于很大程度上否定了当时闽地诗人在诗歌创作方面的优秀成果。

---

❶ （明）顾璘：《题批点唐音前》，详见（元）杨士弘编选，《唐音评注》（上册），保定：河北大学出版社，2006年，第20页。

❷ （明）林炫：《林榕江先生集》，《原国立北平图书馆甲库善本丛书》本，第287页。

❸ （明）林炫：《林榕江先生集》，《原国立北平图书馆甲库善本丛书》本，第80页。

林炫肯定郑善夫，也肯定学杜。然而，对于学杜的末流，林炫也提出了自己的批评。《答泉守顾前山同年》云：

> 中秋大咏，尤见冲粹。夫非心与道俱酌以元气，抚视万物，真如蚊虻，何能言之。格调清逸，高古超出汉魏，世之学步李杜者，只见秾丽耳。❶

二、林炫的杜诗接受

明代中叶，闽地诗坛学杜声名最盛者是郑善夫。林炫将郑善夫视为诗坛先贤，其《祭少谷郑先生》云：

> 少谷幼负异质兮，穷诸子而百家。淬砺文翰兮，含英而咀华。力追先秦两汉兮，刊落乎艰涩而声牙。苦心以觅句兮，窥曹刘而李杜。临池而寄兴兮，朔羲献之故步，晚乃好道兮，勇高驰而不顾。❷

杜诗反映社会现实，字里行间流露出忧国忧民的情怀。郑善夫《叶古厓集序》云："杜诗浑涵渊澄，千汇万状，兼古今而有之。他人不足，彼乃有余，又善陈时事，精深至千言不少。"❸因此，郑善夫主张学习杜诗"善陈时事"的特点。林炫受到郑善夫尊杜的影响，在诗歌创作内容上也比较注意反映时事。

林炫的主要活动年代在正德至嘉靖年间。武宗年少，建豹房、宣府镇国府荒游无度，林炫借周穆王西行昆仑的传说暗讽武宗。《八骏篇》诗云：

---

❶（明）林炫：《林榕江先生集》，《原国立北平图书馆甲库善本丛书》本，第283页。

❷（明）林炫：《林榕江先生集》，《原国立北平图书馆甲库善本丛书》本，第291页。

❸（明）郑善夫撰；（清）郑拔臣辑：《郑少谷全集》卷十，乾隆丁酉年裕光堂存板，福建师范大学图书馆藏。

> 穆王乘八骏，日涉西极游。授璧冯夷宫，乃至昆仑丘。暮宿赤水
> 阳，朝舍珠泽流。白圭荐王母，题迹槐眉秋。云谣互歌答，山川阻且
> 悠。渴饮白鹤血，捕虎以为羞。三万五千里，竟辙旋宗周。悔淫亦既
> 晚，万国嗟何求。伤哉祭公谏，不及造父谋。❶

明武宗像周穆王一样昏庸，耽于逸乐。武宗南巡，大臣进谏不止。武宗滥施淫威，肆意廷杖贬谪大臣。林炫以"造父"暗讽武宗身边的奸佞江彬、钱宁等人。武宗喜好弓马骑射，捕虎养豹。"捕虎以为羞"，暗讽武宗因为一次意外对江彬信任有加。《明史》列传一百九十五云："宁见彬骤进，意不平。一日，帝捕虎，召宁，宁缩不前。虎迫帝，彬趋扑乃解。"❷如果说《八骏篇》只是借助神话故事影射当朝，《董逃行》则抒发了林炫对江彬、钱宁等奸佞小人的痛恨和蔑视。《董逃行》略云："不信但看古来权佞徒，何人得免醢与菹。君不见，后来绯衣小儿颠且狂。覆辙相寻大市傍，前有卯金子，后有钱与江。"❸

武宗在位期间，不仅爆发了刘六、刘七民变，还发生了藩王的叛乱。正德十四年（1519），宁王朱宸濠起兵反叛。巡抚南赣都御史王守仁攻打南昌，平定了朱宸濠的叛军，史称"宁王之乱"。林炫《朱鹭》，诗题小注"纪己卯西江之战"，诗云：

> 朱鹭举，临江浒。掣龙旂，震鼍鼓。扬洪名，耀神武。豫章平，
> 生缚虎。天下安宁，敢余悔。❹

嘉靖初年，军饷问题悬而未决。甘州、大同等地多发兵变。嘉靖元年（1522），发生甘州军乱，杀巡抚都御史许铭。嘉靖三年（1524），发生大同兵变，大同巡抚都御史张文锦被杀。同时，明朝还面临外寇入侵的威胁，国家形势危

---

❶（明）林炫：《林榕江先生集》，《原国立北平图书馆甲库善本丛书》本，第58页。

❷（清）张廷玉等撰：《明史》，《二十四史》（简体字本）第6册，北京：中华书局，2000年，第5280页。

❸（明）林炫：《林榕江先生集》，《原国立北平图书馆甲库善本丛书》本，第63页。

❹（明）林炫：《林榕江先生集》，《原国立北平图书馆甲库善本丛书》本，第62页。

难。林炫的满腔忧国之心，常常宣泄笔端。《有感用杜韵》其一诗云："将帅都崇爵，军储惜去年。似闻千里雾，犹蔽九重天。贵戚新开府，骄胡近到边。玉关何日闭，遗恨自张骞。"❶ 林炫认为，将帅爵位俸禄高，士兵却连基本的粮饷都难以为继，统帅和士兵之间的矛盾日益激化是酿成兵变的重要因素。明代边防力量相当虚弱，《有感用杜韵》其五诗云：

> 胡灭今犹盛，三边事可疑。籍丁皆老弱，马政渐凌迟。总制纡筹策，中官领诏辞。更须医国手，满为起疮痍。❷

马政是国家重务，关系到官用马匹的牧养、训练、使用和采购等问题。明朝马政衰败，在编的兵士多为老弱残兵，军队没有抵抗外侮的能力。改官南京后，林炫担任南京兵部武选清吏司署员外郎主事。林炫上《兵曹处置事宜状》言四事：一革帮钱、二厘夙弊、三恤皂役、四清马政。针对南京马政废弛，林炫认为应派遣官员亲自审核马匹，杜绝欺瞒和冒名的情况发生。"合无委官亲诣各营，查点见在马匹若干，桩头地租银两若干，管队官员有无侵。如马匹缺少，即将二项银两量为买补。"❸ 由此可见，林炫对国家政务的关心是落实到具体实处的。

《晋安风雅序》云："正嘉之季，作者云集，郑吏部善夫寔执牛耳，虑际中原而高傅二山人左提右挈，闽中雅道遂曰中兴，时有郭户部波、林太守春泽、林通政炫、张尚书经、龚祭酒用卿、刘给舍世扬为辅，斯盖不世之才粲然可观者也。"❹ 徐𤊶的序言基本囊括了正德至嘉靖前期福州诗坛较为出名的诗人，勾勒出当时诗坛的基本脉络，并对这些诗人的诗坛地位进行了评价。值得注意的是，这些诗人在诗学倾向上大多推崇杜甫，主张学习杜诗。

明朝正德、嘉靖年间，以郑善夫为首的闽中诗人在福州诗坛掀起了一股学杜之风。众所周知，郑善夫在学杜方面颇有成绩，王士禛评郑善夫学杜"得杜

❶ （明）林炫：《林榕江先生集》，《原国立北平图书馆甲库善本丛书》本，第 86 页。
❷ （明）林炫：《林榕江先生集》，《原国立北平图书馆甲库善本丛书》本，第 86 页。
❸ （明）林炫：《林榕江先生集》，《原国立北平图书馆甲库善本丛书》本，第 127 页。
❹ （明）徐𤊶：《晋安风雅》，明末可闲堂刊本，福建师范大学图书馆藏。

骨"。❶ 高濲近体诗学杜，"近体出少陵与少谷，故相伯仲"❷。李丕显评林春泽诗云："得李杜之逸隽。"❸ 龚用卿学杜，"大都诗步骤杜陵，亦间作选语"❹。林炫在诗歌上推崇李杜，《丹峰歌谢湖西过水云》云："古往今来几豪杰，昌黎李杜难比肩。"自注"湖西言昌黎之诗与李杜当鼎足而立。予言昌黎之诗邾莒，李杜齐晋"❺。"邾莒"是春秋时期的两个小国，齐国和晋国是春秋时期的两个大国。言下之意，韩愈诗歌难以与李杜诗歌媲美。

林炫本人对于杜甫诗歌的学习最为明显。《林榕江先生集》中《北征和杜》《有感用杜韵》《畏人》《不见》皆是和杜韵。杜甫《不见》诗云：

> 不见李生久，佯狂真可哀。世人皆欲杀，吾意独怜才。敏捷诗千首，飘零酒一杯。匡山读书处，头白好归来。❻

林炫《不见》诗云：

> 不见崆峒久，高贤世共哀。遭诬江海去，绝出古今才。白日翻琴谱，青山送酒杯。烟萝深僻地，只许鹤飞来。❼

杜甫《不见》流露出对李白怀才不遇、佯狂自放的同情；林炫《不见》哀叹李梦阳多次入狱，仕途坎坷。林炫此诗盛赞李梦阳的"贤"与"才"。李梦阳的"狂行"在明中叶时期相当出名。李梦阳睥睨权贵，上书弹劾寿宁候张鹤龄，被

---

❶ （清）王士禛：《池北偶谈》，《景印文渊阁四库全书》子部第 870 册，台北：台湾商务印书馆，1986 年，第 234 页。

❷ （明）林向哲：《石门集序》，详见高濲：《石门集》，清光绪七年福州郭氏沁泉山馆刊本，福建师范大学图书馆藏，第 2 页。

❸ （明）林春泽：《旗峰诗集》，《原国立北平图书馆甲库善本丛书》第 751 册，北京：国家图书馆出版社，2013 年，第 763 页。

❹ （明）谢杰：《大司成云冈龚先生略集叙》，龚用卿：《云岗选稿》，《四库全书存目丛书》集部第 87 册，济南：齐鲁书社，1997 年，第 658 页。

❺ （明）林炫：《林榕江先生集》，《原国立北平图书馆甲库善本丛书》本，第 83 页。

❻ （唐）杜甫著；（清）杨伦笺注：《杜诗镜铨》，上海：上海古籍出版社，2007 年，373 页。

❼ （明）林炫：《林榕江先生集》，《原国立北平图书馆甲库善本丛书》本，第 89 页。

因于锦衣狱。出狱后，李梦阳途遇寿宁侯张鹤龄，竟然直接扬马鞭打落寿宁侯两颗牙齿。在性情上，李白与李梦阳皆是狂傲不羁、豪侠任气。李梦阳对李白充满了仰慕之情，《寄寄庵子》诗云："李白世人欲杀之，苏轼能诗遭贬斥。雷剑虽埋光在天，卞玉未剖终为石。"❶ 在后世看来，李梦阳的诗歌成就自然难以与李白比肩。但林炫的这首《不见》颇有以李梦阳比拟李白的意味，道出了时人心目中李梦阳诗坛地位的崇高。

沉郁顿挫是杜甫诗歌的主要风格特征，这类诗作的情感大多沉郁悲凉。《秋兴》八首写夔府衰瑟的秋景，凄凉的秋景勾起了杜甫的身世飘零之感。在暮年多病的情况下，杜甫仍不忘忧心国事，《秋兴》其二诗云：

> 夔府孤城落日斜，每依北斗望京华。听猿实下三声泪，奉使虚随八月槎。画省香炉违伏枕，山楼粉堞隐悲笳。请看石上藤萝月，已映洲前芦荻花。❷

林炫忧心国事的诗歌也多是基调悲慨。如《岁晚言怀次朱青冈太守》诗云：

> 乾坤远业悲身病，风雨空山又岁残。红树乍惊霜信早，沧州坐对海天宽。竹从野老看云径，药乞邻僧种石阑。朔雁数声江上至，高楼日日望长安。❸

《秋兴》其二"每依北斗望京华"与《岁晚言怀次朱青冈太守》所云"高楼日日望长安"，在思想情感上都是表达忠君爱国之心。古时用"沧州"借指隐士的居处，林炫蛰居闽海心中的落寞和感伤，通过"悲""病""残"等字眼传达出来，整首诗歌节奏缓慢，情调深沉。

---

❶（明）李梦阳：《空同集》，《景印文渊阁四库全书》第1262册，台北：台湾商务印书馆，1986年，第163页。

❷（唐）杜甫著；（清）杨伦笺注：《杜诗镜铨》，上海：上海古籍出版社，2007年，644页。

❸（明）林炫：《林榕江先生集》，《原国立北平图书馆甲库善本丛书》本，第104页。

在诗歌语言上,杜诗喜用"乾坤""百年""万里"等字眼。林炫学杜甫,"乾坤""百年""万里"等字眼在诗集中也是层见叠出。孙学堂论及"百年"和"万里"与"格调"之间的内在关系,《明代诗学与唐诗》指出:

> 明末唐元竑《杜诗捃》卷二说:"'万里悲秋常作客,百年多病独登台。''万里伤心严谴日,百年垂死中兴时。''乾坤万里眼,时序百年心。'如此'百年''万里'那得不为人蹈袭!"他的意思大概是说,这样的大意象在杜诗中是有魅力的,故追求声调宛亮、气势雄壮者易于为其所吸引,于是难免蹈袭。近人刘衍文《雕虫诗话》举出更多的杜诗句例,谓"好用此若大口气语,实是少陵之偏嗜"。❶

《林榕江先生集》诗歌中运用"万里"的次数达到 33 次,如此高的频率,不应当将其简单视作诗家的用词偏好。《驾旋志喜和林平崖》诗云:"九重宫阙丹霄丽,万里烟尘白日悬。"《送白鸿胪徵夫还闽》诗云:"蛮烟瘴雨三秋近,朔雪炎风万里余。"《仲松泉都阃移疾西郊作》诗云:"万里闲云飞野鹤,小亭明月对冰弦。"❷ 唐元竑认为"百年""万里"这样的"大意象",在空间和时间维度上辽远壮阔。此类意象在杜诗中具有极大的魅力,后世学诗者大多会接踵仿效。林炫诗歌在理论上"重格调","万里"在用词上与声调宛亮、气势雄壮相迎合。"百年""万里"的过度使用,也会产生空廓的弊病。对此,明人早有定论。胡震亨《杜诗通》卷三十五云:"杜甫《登高》五六句本好句,被后人将'万里''百年'胡乱用坏,遂成恶套。"又邢昉《唐诗定》卷十六:"(杜诗)'百年''万里',恨为后人作俑。"❸

值得肯定的是,林炫在学习杜甫诗歌时,有些诗句体现了自身的怀抱和情感,并非单纯的模拟。《题卧壶卷赠徐子美》诗云:"风烟归色相,天地即帷衾。"

---

❶ 孙学堂:《明代诗学与唐诗》,济南:齐鲁书社出版社,2012 年,第 373 页。

❷ (明)林炫:《林榕江先生集》,《原国立北平图书馆甲库善本丛书》本,第 101、102、109 页。

❸ 陈一琴选辑;孙绍振评说:《聚讼诗话词话》,上海:上海三联书店,2012 年,第 541 页。

《己亥中秋三更月出次李五石侍御韵》诗云："莫叹关河迥，乾坤到处家。"《平山怀古次韵》诗云："百年社稷三秋梦，万里风涛一叶舟。"❶除了"雄壮刚健"的风格之外，"萧散自然"也是杜诗的风格特色之一。林炫个人的生活遭遇并不像杜甫那样颠沛流离，相对来说，林炫对杜甫表现闲适意趣、恬淡心境的诗歌借鉴得更为自然。杜甫《月》诗云：

> 四更山吐月，残夜水明楼。尘匣元开镜，风帘自开钩。兔应疑鹤发，蟾亦恋貂裘。斟酌姮娥寡，天寒奈九秋。❷

林炫《月咏》其十二诗云：

> 三更山吐月，照我鬓星星。戒酒辞涓滴，搜诗入杳冥。春深常棣馆，花重寿萱亭。一派云中乐，仙韶得细听。❸

杜诗首联"四更山吐月，残夜水明楼"，被誉为绝唱。林炫此诗则出自组诗《月咏》十四首。单独来看，林炫的《月咏》其十二与杜甫的《月》没有什么可比性。在形式上，林炫有所创新。《月咏》以组诗的形式，同一题目反复渲染，使得组内诗歌相互映衬，内容更加丰富。杜甫的诗歌《月》在内容涵盖上，写"月光""水波""楼阁""嫦娥"的内容相比《月咏》多少会显得单薄一点。《月咏》其五诗云："不缘修月手，谁入广寒宫。"《月咏》其十诗云："素娥敲药杵，星斗迥苍苍。"《月咏》其十一诗云："流风飒飘雪，不梦洛滨妃。"❹组诗内部诗歌既相互独立，又相融一体，给人更大的想象空间。

林炫学杜诗的不足之处在于过分注重在字句上模拟。将林炫的诗歌与杜甫的诗歌相对照，列出表5-1所示。该表是按照《林榕江先生集》诗歌的先后顺序所编排。

---

❶（明）林炫：《林榕江先生集》，《原国立北平图书馆甲库善本丛书》本，第87、96、106页。

❷（唐）杜甫著；（清）杨伦笺注：《杜诗镜铨》，上海：上海古籍出版社，2007年，第856页。

❸（明）林炫：《林榕江先生集》，《原国立北平图书馆甲库善本丛书》本，第98页。

❹（明）林炫：《林榕江先生集》，《原国立北平图书馆甲库善本丛书》本，第97、97、98页。

表 5-1　林炫诗歌对杜甫诗歌的接受

序号	林诗	出处	杜诗	出处
1	寒风起天末， 浮云薄太清。	《秋夜长》	凉风起天末， 君子意如何。	《天末怀李白》
2	江边正开芙蓉花， 千朵万朵如红霞。	《短歌行送别》	黄四娘家花满蹊， 千朵万朵压枝低。	《江畔独步寻花七绝句》
3	始知众星朗， 不及明月光。	《感兴》其一	迥眺积水外， 始知众星乾。	《水会渡》
4	林子时北征， 舟航共家室。	《北征和杜》	杜子将北征， 苍茫问家室。	《北征》
5	嗟余鸣佩南宫客， 一卧烟霞忽几秋。	《送程柏亭克辉》	一卧沧江惊岁晚， 几回青锁点朝班。	《秋兴八首》其五
6	长安风埃高蔽天， 相逢忽漫是离筵。	《今昔行送湖西张子还闽》	更为后会知何地， 忽漫相逢是别筵。	《送路六侍御入朝》
7	翩翩丹凤鸣梧桐， 一洗万古凡鸟空。	《杏林春晓图为郑三峰题》	斯臾九重真龙出， 一洗万古凡马空。	《丹青引赠曹将军霸》
8	门外负薪者谁子， 强将姓字叩山灵。	《石壁山瞿为陈中丞虚窗先生题》	杖藜叹世者谁子? 泣血迸空回白头。	《白帝城最高楼》
9	诗成聊遣兴， 酒罢转多忧。	《和郑三峰秋官见寄》	愁极本凭诗遣兴， 诗成吟咏转凄凉。	《至后》
10	斯文千古事， 述作定须编。	《奉答林素翁大司寇》其五	文章千古事， 得失寸心知。	《偶题》
11	畏人成小隐， 独卧听鸡鸣。	《畏人》	畏人成小筑， 褊性合幽栖。	《畏人》
12	海印知名寺， 兹晨得胜游。	《游慈恩寺》其二	兜率知名寺， 真如会法堂。	《上兜率寺》
13	都将百年兴， 潇洒一登楼	《游慈恩寺》其二	都将百年兴， 一望九江城。	《绝句三首》其一
14	故人入我梦， 沉鲤动经年。	《答皇甫华阳山人》其一	故人入我梦， 明我长相忆。	《梦李白》其一
15	林鸠驱妇去， 江雁背人飞。	《入春苦雨谷日稍晴忽湖西张子有诗来简遂次韵答之》	双双瞻客上， 一一背人飞。	《归雁》
16	三更山吐月， 照我鬓星星。	《月咏》	四更山吐月， 残夜水明楼。	《月》

续表

序号	林诗	出处	杜诗	出处
17	征求贫到骨，应为一潸然。	《和朱青冈太守出南郭》	已诉征求贫到骨，正思戎马泪盈巾	《又呈吴郎》
18	百年社稷三秋梦，万里风涛一叶舟。	《平山怀古次韵》	万里悲秋常作客，百年多病独登台。	《登高》
19	五陵年少君腾达，廊庙从容未白头。	《送田西麓宪长赴阙》	同学少年多不贱，五陵裘马自轻肥。	《秋兴八首》其三
20	春草纤纤细论文，荷花时节又逢君。	《赠陈少溪次王十山韵》	正是江南好风景，落花时节又逢君。	《江南逢李龟年》
21	秋风海峤下玄鹤，日暮江东多白云。	《和答祝篁溪大参见寄》	渭北春天树，江东日暮云。	《春日忆李白》
22	杖藜看鹤暮云紫，对竹题诗秋藓斑。	《谢陈介泉方伯见过》	杖藜叹世者谁子？泣血迸空回白头。	《白帝城最高楼》
23	青春作伴又南归，画省蹉跎心事违。	《草萍驿书壁》	白日放歌须纵酒，青春作伴好还乡。	《闻官军收河南河北》

从整理的表格来看，林炫对于杜甫诗歌模拟的痕迹过于明显。事实上，闽中诗坛中模拟杜诗最为成功的也只有郑善夫一家。吾师陈庆元在《福建地方文学史》中论及郑善夫学杜：

> 善夫能入于杜又能出于杜，故其学杜就能避免于句面字面，而在气格精神求之，这才是真正学杜，学"杜之骨"。❶

林炫学杜甫不能避免对杜诗句面和字面的因循，弊病正在于入得其中，不能出乎其外。该表中，林炫的诗句大致可以分成三类：第一类，完全因袭杜诗或者更改杜诗个别字，比重超过三分之二。第二类，只是颠倒了杜诗的语序，体现在第六例和第二十一例。比如，林诗"相逢忽漫是离筵"与杜诗"忽漫相逢是别筵"。第三类，属于因袭杜诗的句式，比如第十八例。这些例子并不能抹杀林炫学习杜诗的客观努力，毕竟每个诗人的才力和天分不同，难以一概而论。比如，

---

❶ 陈庆元师：《福建地方文学史》，福州：福建教育出版社，1996 年，第 314 页。

林炫的诗友林春泽学杜甫也难逃因循杜诗的命运。林春泽《除夕用杜老四十明朝过起句》诗云"四十明朝过，年华向夕更"与杜甫《杜位宅守岁》诗云"四十明朝过，飞腾暮景斜"；《老农庄》诗云"不见隆中隐，名垂八阵图"与杜甫《八阵图》诗云"功盖三分国，名成八阵图"；《还家》诗云"访旧半成鬼，逢人多诉饥"与杜甫《赠卫八处士》诗云"访旧半为鬼，惊呼热中肠"。❶

杜甫作为伟大诗人，其诗才雄思，并非一般诗人能够模拟。考虑到明中期闽中诗坛的弊病在于气势萎弱，郑善夫《叶古厓集序》云：

> 吾闽诗派病在萎腰，多陈言，陈言犯声，萎腰犯气。其去杜也，
> 犹臣地里至京师，声息最远。故学之比中国为最难焉。❷

郑善夫、林炫、林春泽在诗歌创作上青睐杜诗，偏好杜诗中的雄壮意象，是以挽救时蔽作为学习杜诗的出发点。因此，在闽地诗坛学杜的时代背景下，林炫模拟杜诗创作虽然难免有蹈袭的痕迹，但仍有其积极意义。

❶（明）林春泽：《旗峰诗集》，《原国立北平图书馆甲库善本丛书》第751册，北京：国家图书馆出版社，2013年，第781、800、842页。按：正文中所引杜甫诗歌，详见（唐）杜甫著；（清）杨伦笺注：《杜诗镜铨》，上海：上海古籍出版社，2007年，第40、597、207页。
❷（明）郑善夫撰，（清）郑拔臣辑：《郑少谷全集》卷十，乾隆四十二年（1777）年裕光堂存板，福建师范大学图书馆藏。

第二节　古文思想与创作实践

一、"尊韩贬欧"的文学思想

林炫对韩愈的道德学问十分崇敬。《赠大司成云冈龚先生序》云："是故祭酒之贤者，于周得孙卿子焉，于汉得刘向焉，于唐得韩愈焉，于宋得杨中立焉，皆诗礼老师，卓然树立之大儒也。"❶ 林炫认为，韩愈不仅是大儒，还是真儒。《送少宗伯致斋黄公序》云："夫有真儒之学，有大臣之功。三代皋夔伊周圣辅也，厥功靡俪也已。汉有董子焉，唐有韩子焉，宋有周程朱子焉。"❷ 这种敬佩还体现在林炫在文章中多次引用韩愈的文字。《送金臬龙田郑先生擢湖广亚参序》云："以公之材学器识，体上意而安戢之。赫赫乎，洸洸乎，功业逐日以新，名声随风而流，如韩子所谓者，于公乎有望也。"❸ 此句出自韩愈《与凤翔邢尚书书》云："赫赫乎，洸洸乎，功业逐日以新，名声随风而流，宜乎欢呼海隅高谈之士，奔走天下慕义之人，使或愿操一戈，纳君于唐虞，收地于河、湟。"❹ 林炫有时还灵活地反用韩愈的文章。韩愈《送陆歙州诗序》云："今其去矣，胡不为留？我作此诗，歌于逵道。无疾其驱，天子有诏。"❺ 韩愈送友人陆傪出守歙州，韩愈劝友人不要走得太快，天子将颁布召还回朝廷的诏书。林炫《赠大司成云冈龚先生序》反用

---

❶　（明）林炫：《林榕江先生集》，《原国立北平图书馆甲库善本丛书》本，第 157 页。

❷　（明）林炫：《林榕江先生集》，《原国立北平图书馆甲库善本丛书》本，第 145 页。

❸　（明）林炫：《林榕江先生集》，《原国立北平图书馆甲库善本丛书》本，第 165 页。

❹　（唐）韩愈著；高海夫主编：《唐宋八大家文钞校注集评·昌黎文钞》，西安：三秦出版社，1998 年，第 114 页。

❺　（唐）韩愈著；高海夫主编：《唐宋八大家文钞校注集评·昌黎文钞》，第 307 页。

之，"韩子曰：'无疾其驱，天子有诏。'林子曰：'请疾其驱，天子有诏。'"❶陆俶由祠部员外郎外放州守，龚用卿则是奉诏前往京师赴任祭酒之职，二者情况相反。因此，林炫劝告龚用卿快马加鞭前往京师。

林炫在古文创作上表露出"尊韩贬欧"的文学观点。明初，宋濂出于"文以载道"的出发点，将韩、欧并举。《徐教授文集序》云：

> 夫自孟氏既没，世不复有文。贾长沙、董江都、太史迁得其皮肤，韩吏部、欧阳少师得其骨骼，春陵、河南、横渠、考亭五夫子得其心髓。观五夫子之所著，妙斡造化而弗违，百世以俟圣人而不惑。❷

宋濂作为理学家和明初御用文人，推崇理学家的文章，倡导"文以载道"的道统文学观。宋濂所重者在道，从"宗经明道"的标准出发，理学家之文自然高于文学家之文。这也使宋濂得出理学家周敦颐、程颢、程颐、张载、朱熹学孟子的文章得其心髓，古文家贾谊、司马迁、韩愈、欧阳修学孟子的文章得其皮肤，或是学孟子的文章得其骨骼的结论。对于宋濂的《徐教授文集序》，林炫在《佩兰子集序》中首先表达了对韩愈"文以载道"以及"气盛言宜说"的认同感。《佩兰子集序》云："是故文者载道云尔。其体欲浑然，其辞欲灿然，其气欲昌然。"接着说："余曰：'文不可如是论也。夫宋不如唐，唐不如汉，去古远矣。五夫子不可以文人例视。舍眉山而取庐陵，犹舍汉而取唐，舍唐而取宋。'"❸这里需要强调的是，林炫文中提及的"眉山"在二十五岁开始读书，应当是苏洵而非苏轼。接着论述韩愈"陈言务去"的文学理论，"昌黎曰学之二十余年，惟陈言之务去，戛戛乎其难哉"。❹林炫以时代的先后判断文章的优劣，是受到文学复古思潮的影响。欧阳修与苏洵同样生活在宋代，为何二者有云泥之别呢？在林炫

---

❶ （明）林炫：《林榕江先生集》，《原国立北平图书馆甲库善本丛书》本，第158页。

❷ （明）宋濂著；罗月霞主编：《宋濂全集》第2册，杭州：浙江古籍出版社，1999年，第1352页。

❸ （明）林炫：《林榕江先生集》，《原国立北平图书馆甲库善本丛书》本，第194页。

❹ （明）林炫：《林榕江先生集》，《原国立北平图书馆甲库善本丛书》本，第194页。

看来，欧阳修的古文失于萎弱，枯瘠不振，神气索然。《送督学高一所先生迁江西序》云："楚之士其有为象山之学而流于简径者乎。其有为六一之文而伤于萎弱者乎。是公所宜察而正之者也。" ❶ 按照林炫的逻辑，宋不如唐，唐不如汉，文章以时代先后划分优劣，宋代的欧阳修比不上宋代的苏洵，就更比不上唐代的韩愈了。

林炫认同韩愈"陈言之务去"的文学主张，"尚奇"是去除"陈言"最好的方式。文章"尚奇"可以落实到字句、主旨、风格层面。林炫论文主奇气，《建安俊士杨子申甫墓志铭》云："举业论议表策，皆能不外矩度而奇气横出。" ❷ 林炫又非一意求奇，在文章中"驰骋新奇"，以至于出现"难以句读"的不良现象，林炫是痛加针砭的。其《佩兰子集序》云：

> 其曰："孟氏没而世不复有文则不可易矣。"是故骋新奇者非文也。棘喉滞吻，牛鬼蛇神而不可句读，理则近浅，奚为焉。乐陈腐者非文也。委积庞杂，枯瘠不振，如小巫之见大巫，神气索然，奚取焉。盖文不可易为也。❸

林炫《佩兰子集序》认同韩愈的"气盛言宜说"，提出文章的创作要包涵充沛的气势，使文章"气欲昌然"。林炫的文章不仅气势充沛，文中还常常有股慷慨不平之气，回旋其间。韩愈《送孟东野序》的不平则鸣：

> 大凡物不得其平则鸣。……人之于言也亦然，有不得已者而后言，其歌也有思，其哭也有怀。凡出乎口而为声者，其皆有弗平者乎！❹

林炫的"不平则鸣"体现在对明武宗昏庸无道的极端愤怒。孝宗时期国家承

---

❶ （明）林炫：《林榕江先生集》，《原国立北平图书馆甲库善本丛书》本，第141页。

❷ （明）林炫：《林榕江先生集》，《原国立北平图书馆甲库善本丛书》本，第242页。

❸ （明）林炫：《林榕江先生集》，《原国立北平图书馆甲库善本丛书》本，第194页。

❹ （唐）韩愈著；高海夫主编：《唐宋八大家文钞校注集评·昌黎文钞》，第313页。

平，朝政就像风和日丽、波光潋滟的太湖；武宗即位昏庸无道，国家仿佛被卷入了疾风暴雨之中。武宗贪玩，作为万乘之君，居然想偷偷出关。在居庸关，武宗遇上张钦，张钦以死相逼，这才暂时拦住武宗。《赠大方伯心斋先生之任山东序》云：

> 闽右藩大夫心斋先生通人也。正德末年为监察御史巡视居庸，时武宗车驾将远狩于上谷云中。公三疏极谏，陈不可状，按剑闭关以死自誓。先帝霁容，群小沮色，八骏乃旋。后月余，公往白羊、紫荆诸处巡回，而圣驾遂出矣。夫抗万乘而格巡游，批逆鳞以试不测，振骨鲠于方靡之秋，安人心于危之日。壮哉！难矣！先生奚恃焉。盖所谓浩然之气者存也。是故大而不惊，繁而不乱，艰而不忧，乐而不荡，天下之事非气质过人者孰能辨之。❶

张钦，字敬之，号心斋，顺天通州人，正德六年（1511）进士，由行人授御史，巡视居庸诸关。林炫赞赏张钦身上有浩然之正气。试想，历史上的韩愈也是这样的人物。韩愈在举朝狂热，皇帝迎奉佛骨的时候，上《谏佛骨表》，在皇帝头上浇了一桶凉水。韩愈和张钦都是为了政局的稳定，不惜以身犯险，不惜触怒掌握他们生死大权的皇帝。从这一点来说，林炫佩服张钦和崇拜韩愈的内在动因是相同的。然而，武宗想要出关，岂是一个臣子能拦得住的。武宗趁着张钦出巡白羊和紫荆关的空隙，还是偷偷溜出关了。林炫在文章中赞赏张钦，表达了对武宗的不满。正德十四年（1519），武宗打算南巡，此举打破了所有的平静。举国震动，大臣进谏，并没有拦住这位少年皇帝的玩心。武宗下令群臣罚跪午门五日，杖刑三十。武宗对直谏的大臣尤为恼怒，下令对谏臣庭杖五十，下监狱，免去官职，当场被打死的就有十一人。林炫《郦忠记》写冯泾受刑得病，伤重不治的惨痛事实：

> 冯君时为祀祭主事，体素羸弱，受刑之日昏愦气绝，家人曳归，

---

❶ （明）林炫：《林榕江先生集》，《原国立北平图书馆甲库善本丛书》本，第146页。

饮药乃苏，伏枕数月，肌肤始完，而血脉中伤，顿成痼疾。君犹勉起
服官政。庚辰冬转主客。明年正月前疾复作，竟不治。❶

林炫对武宗昏庸感到不平，对大臣惨遭酷刑感到不平。冯泾的经历在当时具有典型性。嘉靖帝即位后，对那些被当场庭杖致死的官员加以抚恤。而像冯泾这种当场没有被打死，却被病痛折磨致死的官员，朝廷并没有把他们列入抚恤的名单之内。林炫对冯泾生前的遭遇抱不平，也为他死后的际遇抱不平。

皇帝昏庸，宦官则仗势欺人，对官员横加凌辱。郭波，字澄卿，号方岩，福州闽县人，正德十二年（1517）进士，官工部主事。郭波时任长洲县令，为了节约百姓的开销与在苏州织造的监管太监发生冲突。太监想要殴打郭波，结果衍生成为百姓与太监的混战。百姓用瓦片、石头扔向宦官，宦官就将新仇旧恨都清算在郭波身上，最终宵小之徒还是占了上风，郭波被贬官江西。《明前工部主事方岩郭公墓志铭》云：

无何，权阉来苏织造者怙势殃民，君裁抑之，阉怒欲加无礼。君
亢执不屈，阉令左右曳行街中。百姓见之愤曰："尹为我受窘辱至此
乎！"夺君去，间手瓦石掷之，阉愧且憾，遂诬奏。闻诏逮锦衣狱，鞫
无他罪，谪江藩照磨。❷

武宗无道也给藩王作乱提供了口实和契机。林炫的《福建左布政使质庵范公行状》对宁王作乱的前后经过描写得甚是仔细，一个阴毒狠辣的藩王形象呼之欲出。宁王幕后主使手下草菅官员性命，纵容手下为非作歹，派遣手下刺杀御史。第一件，宁王借着黎安之手迫害淮府长史庄典：

淮府长史庄典为太监黎安承顺宁王风旨陷害，金堂又多方阴唆致

---

❶ （明）林炫:《林榕江先生集》,《原国立北平图书馆甲库善本丛书》本，第216页。
❷ （明）林炫:《林榕江先生集》,《原国立北平图书馆甲库善本丛书》本，第246页。

宁、淮二府构衅招尤。典至打折肋骨而死。虽令勘报，然髋髀盘错，
斧斤莫施，挞长史如奴仆，是可谓法行于黎安、金堂乎。❶

　　太监黎安奉宁王之命陷害庄典，庄典被打死后，事情也是草草了之。庄典是
淮王府的长史，却像奴仆一样被殴打致死，令人心寒。第二件，宁王派人刺杀御
史言官范辂。宁王见范辂上疏弹劾自己，恼羞成怒，倒打一耙，说范辂诽谤藩
王。范辂被陷害押送进京的过程中，宁王又两次派人行刺：

　　　舟经石□港口，晚忽雷雨大作，泊焉。去官校舟里许，官校夜为
盗掠。晨起幸公之不遇也。乃过东湖，官校又被掠，后乃知逆宁辈所
使欲甘心焉，而不知其误也。❷

　　宁王终究是造反了，提起平定宁王之乱的历史，无人不知王守仁功高，却很
少人知道谢源也出力甚多。林炫的《耆寿同荣序》对谢源勋高不赏、反受猜忌、
挂官还家的遭遇愤慨不平：

　　　值逆藩之乱，先生则忠义激发，奋不顾身，合谋阳明，奖率军旅。
矶湖大战，一鼓成擒。夫以旬日新集之兵而破数万之虏，智巧之所深
避，而先生独当其锋，功之大小何如也。奈何勋高不赏，名成多忌，
嫉媢丛兴，蒌菲肆起。阳明濒危而复安，先生仅一改衔北道，遂挂冠
拂袖而归矣。❸

　　谢源，字士洁，号活水，正德六年进士，福州府怀安人。谢源官御史，巡两
广，经洪州，遇宁王作乱，与王守仁起义兵抵抗。林炫说谢源有功并没有夸大之
词，现今发现王阳明手迹纸本《与谢源书》五通，谢源在平定宁王之乱时功绩不

❶　（明）林炫：《林榕江先生集》，《原国立北平图书馆甲库善本丛书》本，第 272 页。

❷　（明）林炫：《林榕江先生集》，《原国立北平图书馆甲库善本丛书》本，第 273 页。

❸　（明）林炫：《林榕江先生集》，《原国立北平图书馆甲库善本丛书》本，第 185 页。

小，事后没有得到嘉赏，王守仁还出言相慰。❶

　　林炫的文章常常呼唤豪杰之士、推崇拯救时世的大丈夫，正是因为时事的艰难。《送平墅沈先生参知江藩序》云："夫豪杰之士之称雄天下也，岂好爵荣名而已哉。必有渊源之学而后有光伟之政也，必有卓荦之材而后有超越之志也。"❷ 皇帝昏庸无道，贪图逸乐；宦官仗势欺人，嚣张跋扈；藩王谋逆作乱，玩弄权术；大臣动辄得咎，朝不保夕。这样黑暗的社会与政治环境，林炫的文章是为"不平之鸣"，是时代的真实写照，也写出了有良知的文人的社会责任感和对国家社稷的担忧。

二、林炫古文的艺术性

　　马森《通政使司参议榕江林公传》评价林炫"文如江天澄滢，奇变千状"。❸一般古人写贺寿的文章常有一套固定的模式，内容多对寿者德行和功业的赞颂，但说多了就容易变成陈腔滥调，因而贺寿的文章要写出新意并不容易。林炫《鹤寿篇寿卜鹤皋》打破常规，以"鹤"为媒介，全篇笼罩着奇崛之气。试将林炫的《鹤寿篇寿卜鹤皋》与林希元《卜鹤皋荣寿编序》相比较，行文上两者一急一徐。

　　林炫《鹤寿篇寿卜鹤皋》云："鹤皋卜翁，维扬巨族，昭代畸人。筑室昆冈，闭关斗野。山环金柜，水绕雷塘。盖翁雅性好鹤，栖迟西皋，或羽衣振迅骑以登楼，或玉翮连轩翩焉指阆。"❹开头就删去无数废话，突兀而起，四字句整齐划一，劈天而下，形成一股气势。接着句式一缓，引出卜翁好鹤之事。相比之下，林希元的寿序不是从卜翁说起，而是荡开一层，从自己与卜翁侄子卜峤的师生关系下

❶　参见钱明：《〈王阳明全集〉未刊佚文汇考释》，《中国典籍与文化论丛》（第八辑），北京：北京大学出版社，2005 年，第 226 页。

❷　（明）林炫：《林榕江先生集》，《原国立北平图书馆甲库善本丛书》本，第 154 页。

❸　（清）林枝春等修；林柏栄，林钦台校：《濂江林氏家谱》第一册，民国三年（1914）重印本，第 20 页。

❹　（明）林炫：《林榕江先生集》，《原国立北平图书馆甲库善本丛书》本，第 190 页。

笔，开篇娓娓道来，文气舒缓。

林炫《鹤寿篇寿卜鹤皋》的主体部分围绕鹤与人之间展开，将鹤的奇幻和神秘色彩与卜翁负气倜傥的性格特点完美相融。林炫《鹤寿篇寿卜鹤皋》云：

> 是故丹精星曜，紫顶烟华，遗形独立与道逍遥者也。江海远遨林阿，俯仰委顺凝安与物无竞者也。临霞缓舞，戒露扬音，其含奇而知时乎，芝田朝集，瑶池夕饮。其乐静而得地乎。然阳乌而息阴，因金而依火，体无青黄之色，内养木土之气，百六十年变止，年六十年形定乃鹤称最寿焉。卜翁驾赤松于扶桑，接玉乔于汤谷，餐玉蕊于灵岳，吸琼浆于云表，寿可量邪！❶

这段文字看上去怪怪奇奇，仙鹤的意象与卜翁的形象合二为一，亲密无间。卜翁逍遥于天地之间，顺天委命，与物无竞。这是何等的洒脱和不羁！林希元的《卜鹤皋荣寿编序》在平实中见情义，在行文上少了一股奇气。林希元在文中讲述了自己与卜翁的交往始末，注重的是自己与卜翁的朋友之义，赞扬卜翁急人之难、不吝钱财的高尚道德品质。林希元《卜鹤皋荣寿编序》云：

> 予以执法忤当路，谪判泗水，行无资。君捐囊予济。予居泗，不悦于当道，乞归，未得。托妻子于子登。君极力周旋。予归囊又罄，君复助予，且令子登送至姑苏，视予益厚。❷

林炫的古文受到韩愈的影响，有些"游戏之文"。最明显的例子是林炫模仿韩愈的《毛颖传》创作《石处士传》。《毛颖传》是为毛笔立传，《石处士传》是为砚台立传。唐代李观《即墨侯传》为砚台立传，砚台被封为即墨侯。苏轼《万石君罗文传》也是为砚台立传。对比之下，林炫《石处士传》更多借鉴《毛颖

---

❶ （明）林炫：《林榕江先生集》，《原国立北平图书馆甲库善本丛书》本，第191页。

❷ （明）林希元：《同安林次崖先生集》，《四库全书存目丛书》集部第75册，济南：齐鲁书社，1997年，第569页。

传》的写法，《石处士传》沿袭了《即墨侯传》的人物石虚中。《即墨侯传》云："石虚中字居默，南越高要人也。性好山水，隐遁不仕。"❶

其一，开头模仿《毛颖传》煞有介事地为砚台考证谱系，旁征博引，言之有据。林炫说石处士是研和氏之后，又说研和氏从伏羲氏造书契，又从轩辕氏抚万民，最终受封帝鸿氏。宋代苏易简的《砚谱》记载黄帝曾经得到一纽玉石，治成墨海，上刻篆文"帝鸿氏之研"。接着，文章说石氏族遍天下，以铺排之笔写各地名砚。"石氏族遍天下，居端州曰石岩氏，居青州曰石丝氏，居歙州曰石星氏，居淄州曰石崔氏，居登州曰石驼氏，洮河有石渌氏，成州有石粟氏，潭州有石谷氏，夔州有石黟氏，维端州望族也。"❷ 在这里，林炫分别说的是端砚、青州红丝砚、歙州银星砚、淄州砚、登州砣矶砚、洮河"鸭头绿"、成州粟玉砚、潭州谷山砚、夔州黟石砚。文中提到石处士的高祖石风，在晋时与王羲之友善，王羲之书法独步天下多得石风相助。林炫编造有名有姓的石风，用意在于增加传记的真实性。

其二，主人公形象刻画生动，写出了事物本身固有的功能和特点。《毛颖传》在这方面是成功的范例，无需赘言。相对来说，苏轼的《万石君罗文传》只写出了砚台"易磨""贪墨""易缺"的特点。《石处士传》在写砚台的特点之余，还写出了石处士的性格特点，语言也更加诙谐，"处士为人端简而凝重，器度坦度。少习兼爱之学，尝曰：'如有用我者，磨顶放踵，吾何惜焉。'然不以语人，有问之者，嘿然不对。邂逅异人，授以吐纳炼形之术，遂不食，日维饮水数升，故最寿。抑不知生于何时，年几何也。量有容，或污其面，俟自干而已"。❸ 石处士崇尚墨子的"非攻"学说，不喜欢武力，也就免去了玷缺之患。石处士"寿长"，同仙人习吐纳炼形之术，只需饮水数升。砚台每日浸染在墨汁之中，可不是坐等其干。

---

❶ 周绍良主编：《全唐文新编》（第 3 部，第 1 册），长春市：吉林文史出版社，2000 年，第 6214 页。

❷ （明）林炫：《林榕江先生集》，《原国立北平图书馆甲库善本丛书》本，第 227 页。

❸ （明）林炫：《林榕江先生集》，《原国立北平图书馆甲库善本丛书》本，第 227 页。

林炫在壮年离开了官场，蛰居闽海。明代林浦林氏的显赫家声以及望族地位，又使得林炫不可能完全脱离官场和世俗，过上闲云野鹤般的隐居生活。林炫的生活难免迎来送往，难免与地方的长官以及过往的同僚打交道。这种情况反映在林炫的文章创作中，表现为序文数量相对比较多。

林炫的赠序文说理更多的是以比喻的手法进行说理。在教育上，林炫强调学生学习时不能够脱离师长的教导。《赠大司成云冈龚先生序》云："夫良剑不加砥砺，则不能断矣。良马前无衔辔，则不能一日千里矣。余愿夫砥砺衔辔之无具也，诸君子何以规之。"❶林炫以良剑和良马比喻学生先天的优秀资质。学生优秀的资质固然重要，但也需要后天的磨砺和培养。不仅如此，林炫还很肯定师长在教育过程中的关键作用。《赠督学江午坡先生奏绩序》云：

> 夫莫邪之剑绝则赢文，齿缺卷铤，惟欧冶能名其种也。碧卢之玉，温璘坚廉，鲜茂清澈，惟倚顿不失其赝也。造父驭马足力远道操缰也，造父之所以驭马者非操缰也。奚仲为车机旋相得斫削也，奚仲之所以为车非斫削也。❷

江以达，字子顺，号午坡，贵溪人，嘉靖五年（1526）进士。林炫认为，事物相似时，只有才能卓著的人能够辨别它。欧冶子是古代著名的铸剑师，即使莫邪锋刃破缺，欧冶子也能识得莫邪是宝剑。猗顿是春秋时期的大商人，对珠宝有着相当高的鉴赏能力。碧卢是一种美玉，只有猗顿不会将碧卢与其他的玉石相混淆。欧冶子、猗顿、造父、奚仲，都是各自行业的优秀人物。文章罗列这些人物是为了夸赞江以达对于福建教育的造化之功。

运用比喻说理，可以将文章抽象的道理转化为具体的形象。林炫强调为政是各个方面因素的综合协调，重视以德御民。《赠郡大夫刘伍斋台奖序》写出了地方长官与百姓的鱼水关系。文章运用了一系列比喻：将百姓比作车子；将德政比

---

❶ （明）林炫:《林榕江先生集》,《原国立北平图书馆甲库善本丛书》本，第 157 页。

❷ （明）林炫:《林榕江先生集》,《原国立北平图书馆甲库善本丛书》本，第 149 页。

作车轮；将法律比作拉车的马；将官威比作马络头。《赠郡大夫刘伍斋台奖序》云：

> 夫郡者，亲民之秩乎。民者，舆也。德者，轮也。法者，马也。威者，衔勒也。民和则舆安矣；德立则轮驰矣；法明则马良矣；威振则衔勒精矣。是故骖乘旦驾渠黄，大丙执辔，造父扬策，轶昆鸡于姑余，过归鸿于碣石，岂不超然长骛，万里一息哉！ ❶

文章以驾车比喻为政的说法是有渊源的。《孔子家语·执辔》记载孔子以御马形容为政，他把治理民众比喻为驾驭马。御马的关键在于掌握好衔勒，治民的关键是掌握好德治与法制。该篇论述深入浅出，提出德法并用的原则，体现了孔子的为政思想。参照之下，林炫对于为政的看法与孔子的说法有所区别，又进一步细化。文章更加突出了百姓在国家中的地位，百姓获得安稳生活，国家机器就不会失去运转，这是很有见地的。文章以官员的威望作为"衔勒"，孔子以"德法"作为"衔勒"。单看《赠郡大夫刘伍斋台奖序》，前半部分写为政思想云云，还有源自《孔子家语》的痕迹，"过归鸿于碣石"云云又照搬《淮南子·原道训》里面的文字了。可见，林炫在蛰居闽海后，闲暇读《南华经》《淮南子》，对其文学创作有一定的影响。

当然，林炫的文章创作不只局限于赠序文一体。林炫在书信中，也有善于说理的特点。林炫在书信中运用排比句式进行说理，论说道理，分辨古今，品评人物高下，气势强盛。《寄吴泉亭惟新书》云：

> 近奉部檄知圣明起废，乃得与贤者同列。是嫫母之齐毛嫱，鱼目之混明月，碔砆之并截肪，驽骀之追骐骥也。 ❷

为了表现愚者与贤者同列的情况，文章将四对性质天差地别的事物和人排列

---

❶ （明）林炫：《林榕江先生集》，《原国立北平图书馆甲库善本丛书》本，第172页。

❷ （明）林炫：《林榕江先生集》，《原国立北平图书馆甲库善本丛书》本，第285页。

在一起。嫫母是黄帝之妃，历史上出名的丑女。毛嫱是与西施齐名的美女。鱼目暗淡无光，明珠光彩耀眼。砥砆是似玉之石，终究不是玉石。"截肪"比喻美玉颜色和质地白润，借指"美玉"。驽骀是劣马，骐骥是良马。当然，林炫的这段话不过是对自己再度为官的自谦之词。文章在气势上并不弱于人，也没有真正地自我的矮化。

林炫的古文不足之处在于模拟痕迹明显。《两川琴适记》照搬《吕氏春秋·察贤》中宓子贱治理单父的故事，《卧壶说》大段文字引用《列子·周穆王》中大夫和童仆做梦的故事。这些文章存在模拟生硬、学而不化的问题，这与韩愈在论古文创作时主张"师其意而不师其辞"相去甚远。《答刘正夫书》云：

> 有来问者，不敢不以诚答。或问："为文宜何师？"必谨对曰："宜师古圣贤人。"曰："古圣贤人所为书具存，辞皆不同，宜何师？"必谨对曰：师其意，不师其辞。❶

总的来说，林炫推崇韩愈的文章，实际上是在倡导文章复古。韩愈是杰出的古文家，创作了大量优秀的古文，为后世留下了宝贵的文学遗产。林炫对韩愈古文的学习，具有取法近世、接近先秦两汉古文的优良传统，实现文章复古的现实意义。

---

❶（唐）韩愈著；高海夫主编：《唐宋八大家文钞校注集评·昌黎文钞》，第 176 页。

第六章　　林庭机诗文研究

　　《世翰堂稿》前四卷收录了林庭机的诗歌，分别是《词林录》《留省录》《纪行录》《归田录》。前四卷之后，仅有附录几首词作。林庭机的诗歌创作数量和质量远远超过词作。除《纪行录》之外，其余三卷的编排依照时间顺序，分别代表林庭机不同人生阶段的诗歌创作。《词林录》收录嘉靖十四年（1535）至嘉靖三十三年（1554）林庭机在翰林院创作的早期诗作。《留省录》收录嘉靖三十四年（1555）之后林庭机任职南京期间所创作的诗篇。《归田录》收录隆庆元年（1567）林庭机归田后的诗歌作品。《词林录》创作地点主要在北京，《留省录》主要在南京，《归田录》主要在福州。另外，还有一卷《纪行录》收录旅途诗作。林庭机与其父林瀚都曾长时间在翰林院任职，但父子两人的诗歌却呈现出不同的艺术风貌。

第一节　台阁气息的衰落与闲适诗风

一、《词林录》中台阁气息的衰落

《词林录》中的诗歌大部分是林庭机在北京创作的，馆阁应制之作数量很少。《词林录》中仅有《五伦书有述有应制》《端阳阁试》《拟和唐人早朝大明宫之作》《元日早朝恭和御制赐辅臣诗》《早朝》《泰陵春祀》《孝烈皇后挽歌》《庄敬太子挽歌》等数首。当然，林庭机的《端阳阁试》《拟和唐人早朝大明宫之作》台阁痕迹更明显一些，其中一首是馆阁应试之作，一首是模拟之作。《早朝》是真正写具体情境的，更能体现庭机馆阁之作的真实面貌。试比较林瀚与林庭机父子的同题之作《早朝》。

林瀚《早朝》云：

> 鸡声初彻钟声寒，月华犹在玉阑干。万年枝上莺间关，花落东风事事阑。千官环珮声珊珊，肃步联趋鹓鹭班。圣皇衮冕登金銮，雉尾云开宫扇闲。仙韶雷动蓬莱山，嵩呼舞蹈瞻龙颜。堂堂台阁总欧韩，手扶红□□□□。□□□□纶音颁，经筵催起词林官。明良□□□□□，□虞盛典垂不刊。微臣幸沐天恩宽，愿□□□葵心丹，坐令四海皆磐安。❶

林庭机《早朝》云：

---

❶ （明）林瀚：《重刊林文安公诗集》卷二，傅斯年图书馆藏影印本。

宫漏远微微，残星落渐稀。莺从琼苑出，燕傍玉楼飞。曙色明仙禁，轻霞映衮衣。朝朝瞻圣德，与日共光辉。**❶**

　　这两首诗的起句都是写早朝时间之早，或写鸡鸣之声，或写残星熹微。具体写到早朝的威仪，林瀚诗描绘了早朝时庄严华贵的气氛，有更多场景的渲染和细节描写，写出了皇家的威严与皇帝的尊贵，百官瞻仰圣颜的欣悦之情。相比之下，林庭机的诗类似白描，用语不够堂皇富丽，感情上色彩单一，仅仅是臣子对皇帝的感恩之情，台阁气息明显弱化。

　　在北京，林庭机的仕途不如意，这使他分外想念亲人与故乡。其《炫侄至志喜》云："十年执戟予犹滞，万里辞亲汝忽来。"**❷**此诗作于嘉靖二十四年（1545），距离林庭机中进士已经十年。嘉靖二十八年（1549），林庭机四十四岁，官职仍然没有升迁，与十余年前一样，仍然是翰林院检讨。吴文华《明资德大夫正治上卿南京礼部尚书肖泉林公墓志铭》云："丁未，伯子爌亦举进士，父子并列为检讨，词林荣之。"**❸**林庭机与其子林爌同官翰林院检讨，吴文华说翰林院的同僚认为这是值得荣耀的事情。平心而论，林庭机三十岁中进士，十余年仕途停滞不前，现在反倒被自己的儿子迎头赶上，个中滋味想必不是很好受。嘉靖三十年（1551），林庭机升任北京国子监司业，年龄已经四十六岁。

　　作为一个典型的南方人，林庭机不适应北京的气候，加之仕途不顺，他更期盼早日回到故乡福州。林庭机《苦雨》云："三伏炎蒸候，淋漓雨不休。颓垣依砌草，平野作江流。昼色昏如夜，寒声飒似秋。万民嗟失业，极目总堪愁。"《别从侄钲》云："朔雪寒风此别筵，吾宗谁复仲容贤。"《岁暮》云："长安腊月苦寒节，出门刮面多烈风。"**❹**另外，林庭机在北京有一种异乡为客的孤独感，北京距离福州有千里之遥，其笔端经常流露出难以抑制的思乡情绪。福州一年四季常青，北

---

❶ （明）林庭机：《世翰堂稿》，《原国立北平图书馆甲库善本丛书》本，第 519 页。

❷ （明）林庭机：《世翰堂稿》，《原国立北平图书馆甲库善本丛书》本，第 510 页。

❸ （明）吴文华：《济美堂集》，《四库全书存目丛书》本，第 561 页。

❹ （明）林庭机：《世翰堂稿》，《原国立北平图书馆甲库善本丛书》本，第 521、517、521 页。

京一年四季分明，因而林庭机《词林录》对于节序与季节的更替也比较敏感。《中秋不见月》云："人生不长健，能得几回圆。"❶写作此诗时，林庭机至多五十岁。中秋节，林庭机想的不是美好的月色，想的不是故乡的家人，心里琢磨的是假如自己身体孱弱，或许见不到几次中秋的月亮了。可以说，此诗的情调是很低沉的。又如《清明感怀》云：

> 故国别来久，羁栖又六年。松楸春带雨，丘陇晚含烟。乌乌嗟何
> 及，关山梦转迁。《蓼莪》篇已废，回望一潸然。❷

林庭机被微官所羁绊，离开福州已经六年了，一个人独自在北京为官。清明节本该在福州拜祭先陇，却无法孝顺父母尽人子的本分，只能在遥远的北京想象故乡，希冀在梦境中回到故乡。

林瀚在北京经常与翰林院同僚聚会，呼朋引伴，饮酒联句，生活相当热闹。与之相比，林庭机在北京的生活相对孤寂。《词林录》中有几首游宴登览诗，写作地点基本在福州而不在北京，如《王右侍御邀饮邻霄台二首》《游鼓山次庄石山吏部韵》《下院听泉次前人》等。在北京的宴集诗有一首《陈锦衣宅同年燕集》，也是在感慨友朋散落四方，十年方得一聚，仿佛参商两星难以相见。林庭机在北京创作的诗词大部分是送别诗，或者送友人，或者送同僚。林庭机的送别诗与其父林瀚的送别诗相比，缺少馆阁文臣雍容不迫的气度、昂扬奋发的精神、乐观开朗的情绪，取而代之的是失落感伤的情调。《送祝四下第归闽》云：

> 天涯节序报重阳，小摘黄花荐酒觞。万里烟波回客棹，十年灯火
> 忆禅房。愁怀可奈云山杳，别泪相将天汉长。自古行藏还有定，抱琴
> 聊隐旧山堂。❸

---

❶ （明）林庭机：《世翰堂稿》，《原国立北平图书馆甲库善本丛书》本，第514页。

❷ （明）林庭机：《世翰堂稿》，《原国立北平图书馆甲库善本丛书》本，第513页。

❸ （明）林庭机：《世翰堂稿》，《原国立北平图书馆甲库善本丛书》本，第509页。

友人科考落榜，林庭机作诗送行。整首诗满怀愁绪，全是伤心失意之语。假设此诗换成林瀚来作，恐怕诗意会变成劝勉友人继续努力，来日必能金榜题名。林瀚性格豪迈，送别诗充满豪情与期许。林瀚《送人》云："遥知整斾还朝日，又是东风芳草生。"❶《送郭文举河源教谕》云："较多行李书千卷，何限离情酒一尊。"❷又《分得树字送太常子阳北上考绩》云：

　　我忆识君初，瀛洲喜相遇。玉人迈常流，卓卓栋梁具。一瞬二十

秋，白首金陵聚。君今别我行，我将别君去。归舟渡钱塘，青山隔烟

雾。黄阁重怀贤，江天渺云树。❸

林瀚与友人初识是在翰林院，两人时当壮年，转眼二十年过去，再重聚时两人都已经满头华发。明明是友人离开自己北上，林瀚却说自己也将离别友人。看似有些不合理，又似乎在情理之中。整首诗有离别的不舍，没有离别的感伤。诚如上文所写，林庭机的送别诗里有很浓厚的离愁别恨。《赠刘文卿州博》云："都门把袂送君别，目极长空愁倚栏。"《送人之南陵》云："未得相从往，空余别恨牵。"《赠燧侄之宾州》云："竹林何日重相聚，极目难禁万里愁。"❹

在诗歌审美上，林瀚的诗作偏向清新豪健之风，而林庭机此时期的诗歌更倾向于清幽秀雅的风格。如《谒都谏许洞江墓》云："青山传秀句，异域想孤标。"又《送黄子器先》云："我爱龙山子，频将秀句传。"❺在这一时期，林庭机在诗歌创作上比较优秀的作品是一些关注自我、表现日常生活的诗作。以下援引林庭机的两首诗歌试观之：

---

❶ （明）林瀚：《重刊林文安公诗集》卷四，傅斯年图书馆藏影印本。

❷ （明）林瀚：《重刊林文安公诗集》卷四，傅斯年图书馆藏影印本。

❸ （明）林瀚：《重刊林文安公诗集》卷一，傅斯年图书馆藏影印本。

❹ （明）林庭机：《世翰堂稿》，《原国立北平图书馆甲库善本丛书》本，第513、516、521页。

❺ （明）林庭机：《世翰堂稿》，《原国立北平图书馆甲库善本丛书》本，第508、509页。

野望寂无事，柴门风自开。蜻蜓高复下，粉蝶去还来。出谷樵歌近，沿江钓艇回。始知淳朴处，鸥鸟亦忘猜。（《野望》）

早起烟雾收，晨日照我户。眷然登南楼，凭阑历❶瞻顾。雨余山色佳，晴光落遥树。忽忽飘浮云，悠❷悠翔白璐。薰风吹我衣，微凉濯襟素。四序荏推移，阴阳互流布。静观造化心，恍然若有悟。（《雨后登楼作》）❸

从《野望》和《雨后登楼作》的内容来看，林庭机这两首诗完全脱离了台阁体的痕迹，还有些山林之气。《野望》写的是江边寂静的村落。"柴门""樵歌""钓艇""鸥鸟"几个词组连环而下，一股山野气息扑面而来。"蜻蜓高复下，粉蝶去还来"，有些杜甫诗歌的味道。杜甫《江村》云："自去自来梁上燕，相亲相近水中鸥"，一幅人与自然和谐共处的画面。《雨后登楼作》写的是雨后初晴时登楼远望的景色，表现了诗人悠然自得的生活，笔调清新随意。清晨的阳光照入窗户，烟雾尽收，登楼凭栏远望，远处山色青翠欲滴，天上白云悠悠，清风轻拂着衣襟，诗人内心的感受是美好的。在清幽寂静的环境中，人好似进入了冥想的境界，又好似突然顿悟了一般。

二、《留省录》中的吏隐心态与闲适诗风

林庭机与南京有很深的渊源，他在南京出生，名字也与南京有些关系。正德元年（1506），其父林瀚七十三岁，任南京兵部尚书参赞机务。是年五月初九，林庭机出生，故取名"机"。吴文华《明资德大夫正治上卿南京礼部尚书肖泉林

---

❶ "阑历"二字据杭本补。

❷ "云、悠"二字据杭本补。

❸ （明）林庭机：《世翰堂稿》，《原国立北平图书馆甲库善本丛书》本，第507、508页。

公墓志铭》云："正德丙寅，文安方柄南铨，会改兵部，有参赞机务之命。而朱夫人适诞宗伯，因以为名焉。"❶ 南京是陪都，是南方的政治文化中心，位置上处于经济富庶、文化先进的江浙地区。与北京相比，南京的气候更加温暖宜人。林庭机《元日立春次韵二首》其一略云："自是金陵佳丽地，阳春先遍百花神。"《全学士六十同年宴集》其二云："为爱钟陵春色早，好将花笔写新裁。"❷ 在距离上，南京距离福州更近。不仅如此，南京与福州还有些相似之处。晚明谢肇淛认为，福州与南京的地理形势有相似之处。其《五杂组》卷三地部一云：

> 建业之似闽中有三，城中之山，半截郭外，一也；大江数重，环
> 绕如带，二也；四面诸山，环拱会城，三也。金陵以三吴为东门，楚、
> 蜀为西户；闽中以吴、越为北门，岭表为南府。至于阻险自固，金陵
> 则藉水，闽中则藉山。若夫干戈扰攘之际，金陵为必争之地，闽可毕
> 世不被兵也。❸

林庭机在南京担任国子监祭酒，由于受到严嵩的排挤，数月之后，改任太常寺卿。被调任太常之后，林庭机的表现是"视之蔑如"，这种无所谓的态度，加深了严嵩对他的嫉恨。许谷《二台稿序》云："留京诸卿寺皆号散署，昔称养望之官，甚言簿书稀简也。太常、光禄、尚宝皆三日一视事，鸿胪五日。盖两京并峙，在留京则陵庙祭祀，旧内供应城门符牌，及拜表称贺，兹数事体大。署故不废，然其职事比之京师，十不及一。"❹ 按照许谷的说法，太常寺卿就是一个闲官。瞿景淳《送大司空肖泉林公北上考绩序》云："方公以太常卿北上，会南工侍缺，当道嫌公不请而去，且以嫌宫洗君，是亦浅之乎待公矣。君子能为可用，而不能必人之我用。若有求用之心，而忘素守以狥之，则决义命之坊稍知道者不为

---

❶　（明）吴文华：《济美堂集》，《四库全书存目丛书》本，第 561 页。

❷　（明）林庭机：《世翰堂稿》，《原国立北平图书馆甲库善本丛书》本，第 533、535 页。

❸　（明）谢肇淛：《五杂组》（一），沈阳：辽宁教育出版社，2001 年，第 50 页。

❹　（明）许谷：《二台稿》卷首，《四库全书存目丛书》集部第 104 册，济南：齐鲁书社，1997 年，第
48 页。

矣。"❶ 林庭机以太常卿北上赴京考绩，是嘉靖三十七年（1558）之事，彼时仍然是严嵩当权。嘉靖四十一年（1562），林庭机终于迎来宦海生涯的转折点。是年五月，严嵩罢相，其子世蕃下狱，林庭机升任南京工部尚书。这一时期，林庭机在南京的公务不是很繁重，有大量的余闲时间，吏隐心态日益明显。

南京是六朝古都，名胜古迹众多。在吏隐心态下，林庭机在南京尽情享受游览之乐，享受友朋之乐。其《丁巳上元夕》云："金陵多乐事，端使客愁轻。"❷ 嘉靖十四年乙未科进士在南京任职人数多，如许谷、康太和、李玑、赵大佑、尹台、孙陞、全元立、钱邦彦等人。在南京期间，林庭机多次参加同僚和同年的宴集活动。其《留省录》之所以有大量的宴会游览诗，与许谷有很大的关系。许谷是一个儒雅风流的南京人，早在嘉靖初年，就在南京组织过青溪文社。嘉靖八年（1529），上元谢少南、陈凤、江宁高远、马承道、金大车、金大与、许谷在青溪结文社。❸ 林庭机、许谷二人交情深厚，林庭机到南京当官的第一年除夕夜，就在许谷家过的。《除夕次许符卿韵》云："家忆闽州十里南，敢谓知非同往哲。予年五十故云。"❹ 许谷《归田稿》卷八有《中秋小堂看月次林尚书韵》，中秋佳节之际林庭机也是在许谷家聚会。嘉靖三十七年（1558），庭机以太常卿身份北上赴京考绩，许谷《归田稿》卷七有《送太常林公考绩》。嘉靖四十二年（1563）四月，许谷六十大寿，林庭机《世翰堂稿》卷二有《次许符卿六十初度韵》。表6-1简列了《留省录》中诗歌所涉及的宴集游览地点。

---

❶ （明）瞿景淳：《瞿文懿公集》卷一，万历间常熟瞿氏家刊本。

❷ （明）林庭机：《世翰堂稿》，《原国立北平图书馆甲库善本丛书》本，第529页。

❸ 张渝：《金陵三俊与明中期金陵文化的兴盛》，南京大学硕士论文，2012年。

❹ （明）林庭机：《世翰堂稿》，《原国立北平图书馆甲库善本丛书》本，第526页。

表 6-1 《留省录》踪迹简表

地名	诗歌名	备注
孝陵	《恭谒孝陵》	紫金山（钟山）
灵谷寺	《汪京兆邀饮灵谷寺同主试潘严二公》《马右渚司空邀饮灵谷寺》《次壁间韵一首》《钱廷尉邀游灵谷寺》《马司徒邀饮灵谷寺》《灵谷寺燕集》《琵琶阶》《八功德水》《志公塔》	紫金山（钟山）
鸡笼山	《功臣庙》	
幕府山	《燕子矶》《观音阁》（观音阁在永济寺）《梅花泉》（崇化寺）	清代"金陵四十八景"中，幕府山一带有六景：幕府登高、嘉善闻经、达摩古洞、永济江流、化龙丽地、燕矶夕照。其中燕子矶位于南京郊外的直渎山上。
牛首山	《游牛首寺》《游牛首次韵》《九日游牛首山》《祖堂寺》《幽栖寺》《献花岩》	"金陵四十八景"中有牛首烟岚、祖堂振锡、献花清兴。祖堂山（牛首山一部分）上的黄色建筑所在的那片区域叫献花岩。许谷《归田稿》卷八有《张司徒邀登牛首同林司空次司徒韵》，对应林庭机《九日游牛首山》。可知，此次聚会时间是重阳节，由户部尚书张舜臣发起，林庭机、许谷参与。
西园	《西园同年燕集次韵》《西园同年燕集》《西园再集》《西园春集》	明代南京魏国公徐氏家族园林之一，徐天赐所造。许谷《归田稿》卷七有《同年李康二尚书赵中丞尹林孙三侍郎胡光禄胡通政八公秋日会于西园予以制不预康公有诗见贻次韵》。与林庭机《西园同年燕集》是和韵之作。可知，此次参与同年会的人有康太和、李玑、赵大佑、尹台、林庭机、孙陞等八人。尹台《洞麓堂集》卷十《同年再会西园用林司空韵二首》对应林庭机《西园同年燕集》《西园再集》。可知，此次聚会尹台也在其中。尹台《洞麓堂集》卷十《春日同年西园集二首》，诗中夹注"同年时六人"，对应林庭机《西园春集》诗。
东园	《夏日邀诸公于东园用韵》	徐太傅园，明代南京魏国公徐氏家族园林之一。
长干里	《三月晦日报恩寺同年邀许符卿》	位于南京中华门外雨花路东侧秦淮河畔长干里。长干寺是报恩寺的前身。许谷《归田稿》卷七有《长干寺同年会时主人为康宗伯钱司寇林司空全太常四公》。可知，此次参与同年会的人有康太和、钱邦彦、林庭机、许谷、全元立。

续表

地名	诗歌名	备注
雨花台	《尹宗伯邀饮高座寺予以疾不赴次韵》《木末亭》	高座寺位于中华门外的雨花台。木末亭，又名方亭，始建于明代。清金陵四十八景中有"木末风高"。许谷《归田稿》卷七有《初春游高座寺陪诸年丈》。
下关龙江	《龙江关迎候景王次韵》	龙江夜雨。尹台《洞麓堂集》卷十和韵之诗《留都迎景王驾并候谒陵次康太司空韵二首》。可知康太和、林庭机、尹台皆在列。
凤凰台	《凤凰台和李韵》	凤凰三山，城西南花露岗凤凰台遗址，李白有诗《登金陵凤凰台》。尹台《洞麓堂集》卷十有《凤台怀古用李太白韵二首》。
许符卿宅	《饮许石城符卿宅》《仲冬望偕王太宰李司马尹宗伯赵司寇张都院集许符卿宅》《同年燕许符卿宅》《许符卿宅燕集》《又次韵贻赠二首》《许符卿宅赏牡丹绝句八首简诸同年》《宴许符卿宅》《又次韵一首》	许谷《归田稿》卷七有《肖泉公见过赠诗次韵》。卷八《中秋小堂看月次林尚书韵》对应林庭机《燕许符卿宅》。
陈金宪宅	《夏日陈金宪宅同年燕集》	
南京贡院	《奉邀同年诸公于贡院》《登明远楼》	贡院在南京夫子庙学宫东侧，明远楼是贡院主体建筑。
玄武湖	《玄武湖十首》	
清风亭	《清风亭赏牡丹奉简张司马康宗伯》《清风亭赏牡丹呈诸公》《清风亭燕集》	
观稼亭	《马司空邀饮观稼亭》《晚春观稼亭小集》	
东麓亭	《东麓亭》	冶山，亭在朝天宫。朝天宫，有习仪亭，百官庶府习大朝贺仪于此。又有东麓亭、西山道院、万岁亭等。
留鹤亭	《留鹤亭燕集》	
毗卢阁	《登毗卢阁》	
凭虚阁	《夏日奉邀同年诸公此于凭虚阁》	凭虚阁在鸡鸣寺内。
长吟阁	《长吟阁为吴山人题》	尹台《洞麓堂集》卷十和韵之诗《吴山人长吟阁用韵四首》。
太常署	《太常署中牡丹》	

从《留省录》踪迹图来看，林庭机在南京的游览登临的足迹不可谓不广，几乎遍及南京城，也留下了不少吟咏的诗作，这些诗歌是他闲适诗的代表作。从山来说，有紫金山（钟山）、幕府山、牛首山、三山等，其中牛首山登临的次数最多。从寺庙来说，有灵谷寺、永济寺、崇化寺等，灵谷寺聚会最为密集。从亭来说，有清风亭、观稼亭、东麓亭、留鹤亭。从楼阁来说，有明远楼、毗卢阁、凭虚阁、长吟阁。除了山寺亭阁之外，园林和宅邸也是聚会游宴的场所。从上表来看，许谷的府邸可以算是嘉靖十四年乙未科的聚会大本营。在明代中叶，南京魏国公徐氏家族园林是南京文人士绅集会较为频繁的场所之一。林庭机多次流连西园，《西园春集》其一云：

> 信陵池馆此招寻，无那春光动客吟。画舫故移清沼曲，玉尊聊傍绿杨阴。双飞羽燕依闲砌，百啭流莺出上林。向晚凭高迷处所，恍疑身在白云岑。❶

我们依稀可以想象王公府第的富丽堂皇，想象当年西园内笙歌燕舞的场景，想象一场金陵士绅齐聚一堂的风雅盛会。

林庭机五十岁到南京任职，直到六十二岁致仕。在北京时，其正值壮年，还是比较在意自己仕途的进退升迁。改官南京，恰好给了他一个沉淀和回归自我的机会。此时的林庭机已经过了急躁不安的年龄，对人生的看法更加成熟，诗作也显得更加从容不迫。《游牛首次韵》比较好的诠释了林庭机在南京的吏隐心态，诗云：

> 生平不厌寻幽兴，忽忆珠林历涧蹊。春到花时宜载酒，山当胜处合留题。攀跻顿觉青霄近，览眺翻愁白日低。最是禅栖萝薜里，客来浑失路东西。❷

---

❶　（明）林庭机：《世翰堂稿》，《原国立北平图书馆甲库善本丛书》本，第548页。
❷　（明）林庭机：《世翰堂稿》，《原国立北平图书馆甲库善本丛书》本，第533页。

这首诗有及时行乐的意味。诗人说春天百花盛开的时候，应该携个酒壶去赏花，登山看到风景优美的地方，不妨留一些题刻。《留鹤亭宴集》说得更加明白，诗云："人生遇景当行乐，须信浮名一羽轻。"❶《留省录》不仅有很多的游宴登览诗，还出现了至少十余首的赏花诗。

林庭机《留省录》中创作的诗歌，不论是题材内容与艺术风格，都与《词林录》有很大的区别。从北京到南京，林庭机的诗风由清幽秀雅转向清新高远，甚至有些豪放雄奇的诗歌出现。如上文所说，林庭机对仕途的心态有所变化，吏隐的心态影响了他的诗歌创作。另外，也得益于金陵山水之助与人文风气的熏陶。南京时期，林庭机性格中潇洒旷逸的一面得到释放，诗歌更多地呈现出旷达洒脱的面貌。南京山寺园林众多，有闲暇之余，经济上也相对富足，可以纵情享受游览登临的快乐。林庭机经常与友人登高望远，视野开阔，发而为诗，寓情于景，诗境也越发地辽远开阔。如：

> 青山开梵宇，直上白云梯。一望长江小，平临万壑低。地幽尘不到，径转路仍迷。历尽群峰胜，松林日影西。❷（《游牛首寺》其二）

> 高台一望海天宽，此日登临集所欢。地僻僧疑忘岁月，山深鸟亦怪衣冠。烟迷白雁来应晚，露浥黄花发故寒。对酒不须愁暝色，好招明月傍城看。❸（《九日游牛首山》其一）

诗人在牛首寺俯瞰山下，浩荡宽阔的长江就如同一条细丝带，远处的群山仿佛在自己的脚下，不禁发出"一望长江小，平临万壑低"的感慨。这两句诗境阔大，不仅语句豪放，也映照出诗人开阔洒脱的胸襟。又如《九日游牛首山》，写重阳节与友人登高，站在高台之上，海天茫茫，天与地都是开阔的，夜幕降临

---

❶（明）林庭机:《世翰堂稿》,《原国立北平图书馆甲库善本丛书》本，第548页。

❷（明）林庭机:《世翰堂稿》,《原国立北平图书馆甲库善本丛书》本，第526页。

❸（明）林庭机:《世翰堂稿》,《原国立北平图书馆甲库善本丛书》本，第547页。

时，欢宴就要结束了，诗人却说，不用担心天色渐晚，天上还有一轮明月在，宴会没那么快结束。

《留省录》中还出现了一些笔力雄健、豪放雄奇的诗歌，比如《玄武湖》十首，以下摘录数首。

其五云：

玄湖灵气郁葱葱，下有百尺蛟龙宫。等闲白日走雷电，飞雨倏然来满空。

其七云：

万年形胜此江山，白日雄开虎豹关。银海直通霄汉上，乘槎欲泛斗牛间。

其八云：

飞流万仞绕山梁，黑帝分明镇此乡。共说皇家根本固，九重城阙自金汤。

其十云：

川流一望宛游龙，倒映中天最上峰。须识兴王元此地，千流万派尽朝宗。❶

此湖原是皇家的湖泊园林，是皇帝嫔妃的游乐场所。元嘉年间，湖中出现"黑龙"，改名为"玄武湖"。从诗歌内容看，林庭机创作此诗时，应该也是从高处（从鸡笼山或者神策门楼等地）俯瞰湖中景色。其五写玄武湖的黑龙传说，仿佛真有一只黑龙从湖中腾跃空中，霎时飞雨雷电并作。其七"银海直通霄汉上，乘槎欲泛斗牛间"，豪情直上云霄。其七"万年形胜"、其八"飞流万仞""九重宫阙"、其十"千流万派"，在用语上有相似之处，皆是运用比较大的数字，营造出一种浩大豪壮的声势。

---

❶ （明）林庭机：《世翰堂稿》，《原国立北平图书馆甲库善本丛书》本，第 545 页。

三、《纪行录》中的羁旅行役诗

林庭机诗稿是由许谷编选的,《词林录》《留省录》《归田录》按照时间顺序编排,《纪行录》却是一个万花筒,里面有林庭机各个时期在旅途创作的诗作,其中《发白沙驿》作于嘉靖二十二年（1543）,《同年诸公饯于何氏园亭》作于嘉靖四十五年（1566）。两者之间相差二十余年,由此可知,《纪行录》并不是林庭机在一时一地所作,而是其大半生宦海行役诗作的结集。

《纪行录》具有其他三卷所不具备的特色和优势。《词林录》《留省录》《归田录》的地域性比较明显,视野比较局限,《纪行录》庭机的视野是最开阔的,踪迹遍布大江南北,卷中诗歌打破了空间和地域的局限。以下将《纪行录》中林庭机的踪迹列一个简表（如表 6-2 所示）。

表 6-2 《纪行录》踪迹简表

地点	诗歌名	备注
福建福州	《发白沙驿》《芋原饯别示诸侄》	芋原驿
武夷山市	《兴田道中》	兴田镇
江西上饶	《玉山雨夜》	玉山县
浙江杭州	《钓台》《游灵隐寺》《石屋寺》《龙井》《黄金宪邀饮大佛寺雨斋泛舟湖上》《放鹤亭》《万松书院》《谒岳武穆祠》《小山兄邀游西湖》《过郑颠仙》《飞来峰》《游天竺同祝九山民部》《余杭道中值雨》	石屋寺,在西湖南高峰下,因洞穿如石屋而得名。吴越时期,钱弘俶在洞外建大仁禅寺,俗称"石屋寺"。大佛寺,在杭州宝石山东南麓。放鹤亭,在杭州西湖孤山,为纪念林和靖而建。万松书院,在凤凰山上,王阳明曾在此讲学。岳王庙,位于西湖西北角。杭州天竺山有"天竺三寺"。
江苏苏州	《姑苏过陈双山民部赋赠》《周岐麓侍御饯于寒山寺》《游虎丘用韵》	
江苏镇江	《林明府邀游甘露寺》《游金山寺》《望茅山》《金山》	甘露寺,在北固山后峰,刘备与孙权联姻的地方。

地点	诗歌名	备注
江苏徐州（沛县）	《胡陵城水涨未发》《留城》《歌风台》	留城，张良封地。
江苏高邮	《陈鳌峰邀饮文游台》	元丰七年（1084），苏轼、秦观等人在文游台相会。
江苏常州	《发金坛值雨遣怀》	
江苏南京	《高淳道中》《宿江东驿寄谢诸同年》《渡江》	江东驿在南京上元县
安徽徽州	《婺源公署迟友不至》《五岭》	新安五岭
安徽滁州	《龙潭》《丰乐亭》《醉翁亭》《琅琊山》《发滁阳同卿黄少村少卿赵柱野秦虹州饯于郊外》《九日琅琊山宴集》《恭谒皇陵》《皇城》《兴龙寺》《陈少淇侍御邀饮鼓楼同康宗伯李夅史》	前四首被收入赵钺等编著的《南滁会景编》。明初在凤阳建中都。凤阳鼓楼闻名天下。
安徽宿州	《抵宿州》《宿州早发即事》《恭谒泗州祖陵》	
山东德州	《过德州有怀卢涞西光禄》《武城县》	
山东曲阜	《望孔林》	
山东邹邑	《谒亚圣孟子祠》《重谒孟子祠》	
山东兖州府	《抵滋阳任峄峰都宪见访》《黄石公祠》《项王墓》	据《兖州府志》，黄石公祠，在兖州府东阿县东北谷城山下。张良为纪念下邳桥老父所立。项王墓亦在兖州府东平县。
山东东昌府	《荏平除夕》	荏平县
北京	《同年邀饮陈戚畹宅因疾简谢》	
河北保定	《陉阳驿遇张都宪赴紫荆关赋此》	
河北邯郸	《邯郸吕翁祠有感》	
河南新乡	《宿封丘县戒严》	
河南商丘	《发宁陵》	

通过表 6-2 可以发现，相对来说，林庭机在南方的诗作多于北方，其中以滁州和杭州两地的诗作居多。一方面，滁州与南京距离比较近，杭州是林庭机往返福州—南京—北京三地时，经常会经过的地方。另一方面，滁州和杭州的古迹众

多，景点比较密集，是游览的好去处。相比之下，林庭机在北方大多是在驿站投宿，可以观赏的地方不多，所以只有一些邮驿诗或者怀古诗。

《纪行录》写羁旅行役之苦，如《发白沙驿》《玉山雨夜》《苦雨行》等。林庭机《纪行录》中表现这类的作品相对比较多，究其原因，其性格喜静，不喜欢四处奔走。《苦雨行》云："我生素性厌奔走，残年跋涉心事违。"❶除此之外，林庭机自伤年纪老大，飘零四方，对官场心生厌倦。《纪行录》中的诗歌关注自我，主体意识明显增强，不同于三杨时代的台阁体诗歌中自我的声音完全泯灭。如《荏平除夕》云：

> 兹夕腊云徂，空庭鸟乱呼。市声催爆竹，春色入屠苏。岁月怜衰病，风霜逐道途。明朝览青镜，白发更添无。❷

林庭机《纪行录》中或写沿途游览的感受，如《龙潭》《丰乐亭》《醉翁亭》等；也有一些游宴诗，如《九日琅琊山宴集》《陈鳌峰邀饮文游台》等；还有一些登临怀古诗，如《钓台》《歌风台》《项王墓》等。或写与亲友相聚离别，如《抵滋阳任峄峰都宪见访》《发滁阳同卿黄少村少卿赵柱野秦虹州饯于郊外》等。可以说，《纪行录》的内容是很丰富的。

在外奔走的经历，虽然比较辛苦，也开阔了林庭机的眼界。如其在西湖所写诗，"乾坤双眼阔，风景一时开。"❸（《万松书院》）林庭机在南京游览的兴趣很浓厚，《留省录》中的作品大多得益于山水之助。但是，《留省录》中的诗作基本是在南京创作，南京各个地方之间的风貌差别不大。《纪行录》中的作品跨越南北，南方的诗作大多写游览之乐，景色比较秀气；写北方的怀古诗作，笔调有些苍凉。如《游灵隐寺》云："出郭还何事，言寻支遁林。云连湖上影，莺送竹边音。独树梅花发，千山雪片深。凭阑时极目，应得浣尘襟。"《项王墓》云："三月咸阳火不

---

❶ （明）林庭机：《世翰堂稿》，《原国立北平图书馆甲库善本丛书》本，第550页。

❷ （明）林庭机：《世翰堂稿》，《原国立北平图书馆甲库善本丛书》本，第557页。

❸ （明）林庭机：《世翰堂稿》，《原国立北平图书馆甲库善本丛书》本，第551页。

休，杀身垓下竟谁尤。江东纵是多豪俊，未必重来不附刘。"❶《游灵隐寺》是写杭
州灵隐寺，"湖光""白云""黄莺""绿竹"，色调明丽，语言清新，写登高游览
尽洗胸中俗世尘纷的愉悦感受。《项王墓》是途经山东所写，与杜牧的《题乌江
亭》论调不同。杜牧觉得江东多豪俊，项羽还有从头再来的机会，而林庭机觉得
项羽败局已定，相比之下，林庭机的诗歌情绪比较低落。

　　从诗歌的内容上看，林庭机的《词林录》和《留省录》较少关注时事或者社
会现实。《词林录》主要是写林庭机在北京翰林院的馆阁生活，仅有一首《闻警》
与时事有些联系。《留省录》写的是文人士大夫的风流雅会，无论是从数量上看，
还是从诗作的质量看，重点肯定是游宴登览诗。《留省录》中与时事相关的，有
一首《哀莆阳》，还有一首《至日大雪》诗歌自注"时松江寇盛故云"❷。在南北二
京时，林庭机的生活环境比较安定富足，并没有亲眼目睹战事乱离，他的生活距
离战争和动乱还是比较遥远的。《闻警》写诗人听闻浙江、江苏一带有战乱，希
望朝廷派遣强兵勇将剿灭顽寇。《哀莆阳》写的是倭乱，林庭机人在南京城内，
他将动乱的理由归结为"风俗奢靡""因财招祸"，篇末的议论分析过于冷静客
观。在很大程度上，林庭机的冷静是因为他没有亲身实地的感受倭乱。《纪行录》
中有些诗作写到了战火给百姓带来的苦难，诗歌情感鲜明。《发金坛值雨遣怀》
略云："辗转行役艰，忽然生我愁。缅思十载前，吴门数淹留。自从夷焰张，白骨
无人收。迩复寇嘉禾，羽檄如星流。"❸又比如，战乱造成村落破败，田园荒芜的
景象，诗云：

　　　　望望关山杳，行行岁月徂。断云遥自合，归鸟乍相呼。避路缘兵
　　火，登程念仆夫。那堪经历地，田野半荒芜。(《高淳道中》)

---

❶ （明）林庭机：《世翰堂稿》，《原国立北平图书馆甲库善本丛书》本，第 551、557 页。

❷ （明）林庭机：《世翰堂稿》，《原国立北平图书馆甲库善本丛书》本，第 526 页。

❸ （明）林庭机：《世翰堂稿》，《原国立北平图书馆甲库善本丛书》本，第 554 页。

田野何荒落，民居半不存。狐狸依败壁，冰雪积颓垣。祇为谋生苦，宁辞尽室奔。经行曾几日，凄恻近兹村。(《宿州早发即事》)❶

从艺术特色上看，林庭机的《纪行录》也呈现出与《词林录》《留省录》不同的艺术风貌。《词林录》和《留省录》中有一些豪健风格的诗作。许孚远《资德大夫正治上卿南京礼部尚书肖泉林公庭机神道碑》云："诗遍盛唐，不为钩棘凌驾，而典则雄浑，趣自深长。"❷许孚远的评价只适用于林庭机的一部分作品。在不同时期，林庭机的诗作大体上面貌不同，而同一时期由于林庭机心境的变化，诗歌也有可能呈现不一样的情感色彩。如《九日琅琊山宴集》云：

此日琅琊亦胜游，眼中风物足清幽。青山似识重来客，白发能禁几度秋。

万事无如行处乐，一尊知为故情留。登临况复逢佳节，会取黄花插满头。❸

此诗是嘉靖三十八年（1559），林庭机从南京去往凤阳，重阳节途经琅琊山所作。林庭机这一时期在南京的游宴诗大多清新高远、潇洒飘逸，此诗是写及时行乐，但有点感伤和颓废。"登临况复逢佳节，会取黄花插满头。"是化用杜牧的《九日齐山登高》："尘世难逢开口笑，菊花须插满头归。"俊爽豪宕的杜牧诗，已是晚唐风味，与盛唐诗不同。《九日琅琊山宴集》显露的情怀难比《九日齐山登高》的豪迈诗情，又如何与盛唐诗相提并论。

❶（明）林庭机：《世翰堂稿》，《原国立北平图书馆甲库善本丛书》本，第554、557页。

❷（明）焦竑；周骏富辑：《国朝献征录》，《明代传记丛刊》第110册，台北：明文书局，1991年，第664页。

❸（明）林庭机：《世翰堂稿》，《原国立北平图书馆甲库善本丛书》本，第558页。

四、《归田录》中的闲适生活

隆庆元年（1567），林庭机以南京礼部尚书致仕归田。回到福州之后，林庭机脱离了政务的束缚和牵绊，成了闲居在家的士大夫。然而，林庭机并不像脱离尘笼的羁鸟，他与官场有着千丝万缕的联系，也少不了官场上的迎来送往，如《贺郭少府进阶》《别伍慎斋太守赴夔郡》《赠丁少府》等。隆庆、万历年间，福州仍有倭乱，林庭机有一些表现时事的作品，如《送戚总戎应召北上》《送俞总戎赴广平寇》《平寇歌》等。总体来说，林庭机的生活仍然是悠闲士大夫生活的写照，很少嗟叹贫穷，休闲娱乐是其生活的主要内容。

许谷《世翰堂稿序》云："其诗寄兴清远，……即置在开元、天宝之间，人固不能辨也。"❶ 在许谷看来，林庭机的诗歌以盛唐为宗，重视比兴寄托，效法声律工稳、情景交融的盛唐诗。纵观《世翰堂稿》，林庭机并没有多少诗作运用了比兴寄托的手法。林庭机的诗重视比兴寄托，表现在一些题画诗或者咏物诗。如《词林录》中的《画鹤图》《即事作灵鸟篇》《题佩兰卷》《淇园晓雾图》；《留省录》中的《对菊》；《归田录》中的《林双台方伯邀饮赏菊》，将菊花与陶渊明联系在一起，写菊花的高风亮节；《纪行录》中的《闻蝉》，写寒蝉餐风饮露，品质高洁。无论是"白鹤""菊花"，还是"寒蝉"，都是气节和风骨的象征。这种题画诗或者咏物诗中的"比兴寄托"是比较浅显的，不够含蓄，蕴味不深。《归田录》中有一首《秋夜书怀》云：

> 露下金风已飒然，独余黄菊色娟娟。一湾月影通窗隙，万户秋声落枕边。看竹有时如对客，闭门终日类逃禅。年来自觉无羁绊，惟与青山结静缘。❷

---

❶ （明）林庭机：《世翰堂稿》，《原国立北平图书馆甲库善本丛书》本，第 504 页。

❷ （明）林庭机：《世翰堂稿》，《原国立北平图书馆甲库善本丛书》本，第 572 页。

《秋夜书怀》就是一首闲适诗，写诗人闲居生活中清幽静谧的一面。秋风萧瑟，万物凋零，庭中惟有菊花芳香四溢，颜色娟娟可爱。月光透过窗户，洒了满地月光。无事静卧在床上，枕边传来阵阵秋声。闲居少有客人，诗人就与绿竹青山相伴，将它们视作友朋。若要强说比兴寄托，就是从菊花傲霜抗寒的品性，延伸出菊花幽雅高洁的气节，再由竹子的刚毅挺拔，延伸出诗人钦慕刚正不阿的君子风范。此诗何等静谧逍遥，何必牵强附会。

从《秋夜书怀》看来，好像林庭机的归田生活很落寞孤寂。这与事实相去甚远，林庭机的归田生活丰富而热闹。《归田录》中闲适诗与游宴诗不少，如《仲冬立春后二日饮六华胡柱史年兄宅在席为张鼎石大尹何东浦州守倪东皋工曹祝与峰大尹林钟西太守云溪佥宪东泉太守暨予九人年俱六旬以上》，此诗写林庭机与八位年满六十岁的友人欢聚，诗中自比此次聚会好似白居易等人的香山九老会。林庭机晚年生活与白居易一样条件优渥，诗歌内容也像白居易的闲适诗一样，喜欢书写日常生活中的饮食起居、交友出游，如《夏昼》云："门外客来稀，日长睡当午。枕上梦初醒，数点芭蕉雨。"❶《归田录》中与林庭机一起游赏的人员，包括户部侍郎、巡抚都御史、布政使等高官政要，如《夏日同林少峰司徒邀游可斋司寇于灵山堂》（林应亮、游居敬）;《刘凝斋中丞邀饮北楼》《邀中丞刘公》（刘尧诲）;《林双台方伯邀饮赏菊》（林懋和）。这些诗歌描绘庭机潇洒适意的闲居生活，体现了士大夫的休闲雅趣，诗歌大多直抒胸臆，喜用白描手法，诗风清新自然，如《刘凝斋中丞邀饮北楼》云：

> 乌府邀宾礼数殷，高楼同此挹南薰。虚檐乱洒❷ 疏松雨，隔岸横拖半岭云。古堞遥连晴蜿蜒，长江东注晚氤氲。凭栏已见鲸波息，麟阁还看策❸ 峻勋。❹

---

❶ （明）林庭机:《世翰堂稿》,《原国立北平图书馆甲库善本丛书》本，第575页。

❷ "洒"字据杭本补。

❸ "策"字据杭本补。

❹ （明）林庭机:《世翰堂稿》,《原国立北平图书馆甲库善本丛书》本，第574页。

林庭机的《留省录》有大量游宴诗。在南京所作的游宴诗，仍然有一种异地为客的感觉，如《夏日邀诸公于东园用韵》云："祇拟习池留客醉，彩笺犹自枉新诗。"《西园同年燕集》云："白首交欢能复几，好花疑待客筵开。"《西园再集》云："曲水飞流习氏池，风雨连朝疑妒客。"❶ 在福州所作的游宴诗，大多是与亲友一起欢聚，如在亲家马森家游宴赏花，有《夏日饮马氏北园池亭》《北园池亭燕集》等。

同样是赏花，林庭机在南京赏牡丹花的诗作较多，在福州主要是赏梅诗。《留省录》有不少赏花，或者点明赏牡丹的诗，比如《陵园同诸公赏花》《清风亭赏牡丹奉简张司马康宗伯》等。其《赏牡丹醉歌》云：

　　春深满地落残红，一片西飞一片东。谁识韶华自无限，又添春色入芳丛。纷纷锦萼当庭吐，舞蝶游蜂任朝暮。艳色偏凌海上霞，浓香尚宿枝头露。高名元拟百花王，倾国真堪压众芳。栏畔依稀围翠幄，灯前窈窕出红妆。坐来不觉流连久，满堂况是知心友。酒酣折取共传看，看罢余香犹在手。金尊玉盏照华筵，笑对兹花年复年。独怜人老花如旧，有花且醉春风前。❷

从气候和水土来说，南京比福州更适合种植牡丹花。福州也有牡丹花，但是要从北方移种，相对来说不是很容易。《归田录》中有赏梅诗，如《从孙员外垠奉嘉亭赏红白梅》《饮钟阳公宅观红梅》等。其《从孙垠宅观梅》云："海国春常早，庭梅已自花。"❸ 福州的春天比南京暖和，早春梅花盛放，清香怡人。林庭机在马森家赏梅，其《饮钟阳公宅观红梅》云：

---

❶ （明）林庭机：《世翰堂稿》，《原国立北平图书馆甲库善本丛书》本，第 536、541、541 页。

❷ （明）林庭机：《世翰堂稿》，《原国立北平图书馆甲库善本丛书》本，第 543 页。

❸ （明）林庭机：《世翰堂稿》，《原国立北平图书馆甲库善本丛书》本，第 567 页。

独占先春色，能开万朵花。庭疑飘绛雪，树欲落残霞。疏影横窗瘦，浮香向夕馀。咏惭逋老句，饮就晏公家。秉烛酬春事，衔杯恋物华。所欣同洛社，清赏兴无涯。❶

将《赏牡丹醉歌》与《饮钟阳公宅观红梅》相比，就会发现这两首赏花诗是两种不同的艺术风格。首先，这两首诗的体裁不同，《赏牡丹醉歌》是一首七言歌行，《饮钟阳公宅观红梅》是一首五言排律。《赏牡丹醉歌》豪放飘逸，写牡丹的富丽与浓香。《饮钟阳公宅观红梅》风格偏秀雅，写的是梅花的清香，"绛雪"对"残霞"，"疏影"对"浮香"，格律对仗工整圆稳。

林庭机在这一时期的诗作以闲适诗和游宴诗为主，也不乏一些风格典雅刚健的诗作。《徐龙湾按察邀饮达观亭》云："新词皆入雅，健笔忽如飞。"❷这些诗作既有篇幅较长的排律和歌行，如《赠挥使吴君还歙》《贺郭少府进阶》等，也有律诗与绝句，如《送俞总戎赴广平寇》《平寇歌》等。尽管如此，这些诗歌并不是《归田录》的创作主流。林庭机脱下了官袍，回归到日常生活之后，《归田录》大体上呈现了归田后富贵闲雅的生活内容、享乐消闲的生活方式和自由洒脱的心境。也正是受到生活环境的局限，《归田录》诗歌表现的内容较为狭窄，感情抒发过于直白，缺乏含蓄隽永的诗味。

无论是许谷还是许孚远，他们都认为林庭机的诗歌效法盛唐诗，这与林庭机的创作实践有一定的差距。在诗歌观念上，许谷主张诗歌要抒发情志。许谷本人的诗歌创作也接近中唐落寞清幽的大历诗风。林庭机的《世翰堂稿》是由许谷编选，所选诗作大多流露出感伤失落的情绪，也许更偏向中唐诗。林庭机少年丧父，由兄长抚育成人，内心本就纤细敏感。在翰林院时期，仕途偃蹇的苦恼、思乡情绪、与亲友分别的感伤情绪，这些都放大了林庭机异乡为客的孤独感，也减弱了诗歌的台阁气息，造就了《词林录》清幽秀雅的艺术风格。从北京到南京，林庭机的吏隐心态日益加深，诗风由清幽秀雅的风格转向清新高远。另外，林庭

---

❶（明）林庭机：《世翰堂稿》，《原国立北平图书馆甲库善本丛书》本，第 571 页。

❷（明）林庭机：《世翰堂稿》，《原国立北平图书馆甲库善本丛书》本，第 575 页。

机的诗歌有鲜明的地域特色，集中在《留省录》和《归田录》二卷——《留省录》中有大量描绘南京风土的诗作，《归田录》则展现了福州的风土民俗。从内容上看，《归田录》的重点是游宴诗和闲适诗，表现了林庭机潇洒适意的闲居生活，体现了闲居士大夫的休闲雅趣，而《纪行录》则更关心战乱和百姓的苦难，诗歌流露的情感也比较浓烈。

第二节　古文中的倭乱与僮乱

从《世翰堂稿》来看，林庭机的诗歌较少涉及时事和社会现实。而古文与此相去甚远，文章偏于经世致用，基本上立足于社会现实，关注政治民生。从文体上看，诗歌更适宜抒情，文章更适宜记叙议论。《世翰堂稿》卷五至卷十收录林庭机文稿，有序、记、表、疏、跋、碑、墓志铭、祭文。其中，序文两卷，墓志铭一卷，祭文一卷，其余文体合为一卷。

在北京时期，林庭机仕途偃蹇失意，在翰林院检讨的位置上蹉跎了将近十七年。陈文烛《四尚书传》云："公编摩史局，垂十七年迁司业。"❶然而，也得益于翰林院时期的沉潜涵养，林庭机的古文带有历史的深度和厚度，看待问题大多是从历史的眼光去阐发议论。龙宗武《世翰堂稿后序》云："说者谓公世秉史籍，犹然马班。类夫马班文人之雄，即挟以訾千古斥霄壤者，徒以擅良史之材，工雕龙之技耳。乃公世说先王，抱姚姒之传，恢伊召之烈则，既不徒以铅椠卮言曼衍穷年。为故诸所擔构，扬今确古，即如河上丈人悬水三十仞，圜流九十里，历躬波流，济没惟意。"❷龙宗武，字君扬，号澄源，隆庆五年（1571）进士，江西泰和人。初授吴郡司理，改官姑孰丞（太平府），迁湖广参议，以忤中贵，逮戍合浦。据《抚州府志·汤显祖传》，汤显祖中举后，曾与沈懋学客于龙宗武家。汤显祖

---

❶（明）陈文烛：《二酉园文集》，《四库全书存目丛书》本，第 559 页。

❷（明）林庭机：《世翰堂稿》，《原国立北平图书馆甲库善本丛书》本，第 671 页。

《玉茗堂全集》卷十三有《前朝列大夫全饬兵督学湖广少参兼佥宪澄源龙公墓志铭》❶。在龙宗武看来，林庭机不是徒事辞章的文人，而是一名馆阁儒臣，文章更偏向阐发儒家之道，更适宜经世致用。"扬今确古"，即"扬榷古今"，指的是论述古今事件时简明扼要。许孚远《资德大夫正治上卿南京礼部尚书肖泉林公庭机神道碑》云："大抵其文简质而该，涵春容大雅，与近世蹊径绝异。"❷也是说，林庭机古文行文简洁，叙事完备，语言质朴。

一、记载倭乱下的人生百态

林庭机记载倭患的文章比较多，比如《送宪副月渠李君之任江西序》《赠福建佥事平冈金君之任序》《资政大夫都察院右都御史棠溪王公墓表》等。战争带来了苦难和离乱，也不乏心术不正的人依靠战争大发横财。有些商人通过走私谋取牟利，甚至成为海盗为祸一方。百姓的生活受到倭寇侵扰，影响最为直接，为了避祸甚至流离失所。

王直，号五峰，直隶徽州府歙县人。早年徽商王直违背明朝的海禁政策，私自将丝绵、硝磺等违禁品销往日本、暹罗等地。通过从事海外非法走私贸易，王直迅速牟取了暴利。后期，王直斥巨资勾结真倭四助四郎、门多郎等，又招揽收留了日本和中国的亡命之徒，走上了勾引倭寇洗劫中国东南沿海的侵略道路，成为称霸海上的五峰船主 ❸。在日本萨摩国的松津浦，王直有一个基地，在这片领域王直僭越称王。嘉靖三十八年（1559），浙江总督胡宗宪派人诱降倭寇头领王直。王直归降后，是否杀王直，引起了朝臣的热议。胡宗宪有意赦免王直的死罪，御

---

❶（明）汤显祖：《玉茗堂全集》，《续修四库全书》本，集部1362册，第492-500页。

❷（明）焦竑；周骏富辑：《国朝献征录》，《明代传记丛刊》第110册，台北：明文书局，1991年，第664页。

❸ 参考《王直其人其事》，卞利：《胡宗宪传》，合肥：安徽大学出版社，2013年，第140-144页。

史王本固力主死罪，并在杭州诱捕王直。

《明史》列传第九十三《胡宗宪传》记载了胡宗宪诱降王直的经过：

> 三十六年正月，阮鹗改抚福建，即命宗宪兼浙江巡抚事。……至
> 十月，复遣夷目善妙等随汪直来市，至岑港泊焉。浙人闻直以倭船至，
> 大惊。巡按御史王本固亦言不便，朝臣谓宗宪且酿东南大祸。直遣激
> 诣宗宪曰："我等奉诏来，将息兵安境。谓宜使者远迎，宴犒交至。今
> 盛陈军容，禁舟楫往来，公绐我耶？"宗宪解谕至再，直不信。乃令
> 其子以书招之，直曰："儿何愚也。汝父在，厚汝。父来，阖门死矣。"
> 因要一贵官为质。宗宪立遣夏正偕激往。宗宪尝预为赦直疏，引激入
> 卧内，阴窥之。激语直，疑稍解，乃偕碧川、清溪入谒。宗宪慰藉之
> 甚至，令至杭见本固。本固下直等于狱。宗宪疏请曲贷直死，俾戍海
> 上，系番夷心。本固争之强，而外议疑宗宪纳贼赂。宗宪惧，易词以
> 闻。直论死，碧川、清溪戍边。❶

从后果来看，王直被处以极刑之后，王直的部下群龙无首，倭患日益严重。
谷应泰《明史纪事本末》卷之五十五《沿海倭乱》云："然直虽就诛，而三千人皆
直死士无所归，益恚恨，复大乱。"❷那么，到底诛杀王直是否是正确的决定呢？
林庭机的《赠金院金泉王公荣行序》是为王本固所作。王本固，字子民，北直隶
顺德府邢台人，嘉靖二十三年（1544）进士。王本固一生中最引人注目的事情就
是杀了倭寇头领王直。《赠金院金泉王公荣行序》云：

> 顷岁浙直倭夷孔棘。上特设抚臣节钺其地。时公以御史按浙。徽
> 人王直者，尝惧罪遁倭，为浙直患。乃督府以计诱致，至则欲释其罪，
> 议请官之。公不可曰："直为吾民，窜入夷虏，屡肆凶虐，鱼肉生灵，

---

❶ （清）张廷玉：《明史》，第5412页。

❷ （清）谷应泰：《明史纪事本末》第三册，北京：中华书局，第862页。

即死有余，罪顾可执。小信废大法耶。"竟沮其议，置之大辟，闻者称快！……士当风靡波荡之秋，熏焰灼天之日，承望风旨，以苟目前富贵者何可胜计。公独不为利回，不为势屈，非素秉廉介刚正，置祸福于度外者，能不为所夺耶。❶

所谓"小信废大法"，是说胡宗宪本来许诺要放王直一条生路，王本固认为不能因个人的信誉而枉顾国家的礼法。林庭机认同王本固的做法，认为王直之死大快人心，这也是当时士大夫的普遍看法。王本固不以个人的荣辱为念，不向权贵势力低头，不趋炎附势，是非分明，品行高尚。从形势上看，林庭机和王本固等人都明白，王直不得不死。王直走私牟利触犯了国法，这是第一条大罪。王直走私，朝廷尚且可以容忍。但是王直勾结海外势力，拥有私人武装力量，并且在海外建有据点。王直的武装力量威胁了统治阶层的利益，损毁了朝廷的颜面，这是王直非死不可的原因。文章褒扬了王本固廉介刚正的品行，也隐射了利用倭乱升官谋利的大臣。嘉靖三十五年（1556），倭寇侵扰海上，赵文华贻误战机，导致倭寇日益强盛。吊诡的是，赵文华虚报战绩，升任工部尚书。原来赵文华攀附权相严嵩，是严嵩的义子。严嵩事败，朝廷才发现赵文华贪污了十万多两军饷。又如胡宗宪在官场的上位史并不光彩，赵文华和严嵩是他在朝廷里的靠山。明明是胡宗宪诱降王直，文章却不说胡宗宪的名字，这里的明知而不说其实是一种沉默的批评。

林庭机的《赠福建佥事平冈金君之任序》对比今昔，对闽地从乐土沦为荒芜废墟之地，有很强烈的感慨："顷吾省倭夷为患，数陷郡县，生灵涂炭，莫可状。闽故称乐土，今骚然戎马之区矣！"❷倭乱时期，士大夫大多四处避难。嘉靖三十八年（1559）四月，倭寇作乱围福州。五月，福州围解。龚用卿为了避乱，从福州跑到了建安。《朝列大夫南京国子监祭酒龚公墓志铭》云："己未，倭夷寇

---

❶ （明）林庭机：《世翰堂稿》，《原国立北平图书馆甲库善本丛书》本，第597页

❷ （明）林庭机：《世翰堂稿》，《原国立北平图书馆甲库善本丛书》本，第600页。

吾福，避居建安者久之。未几，以微疾终，年六十四。"❶另一个例子是莆田陷落之后，康大和在嘉禾避难四年，隆庆元年（1567）才回到莆田府。康大和，字原中，莆田人，嘉靖十四年（1535）进士，官至南京工部尚书。《南京工部尚书进阶资德大夫正治上卿砺峰康公墓志铭》云："初郡城陷，士夫多避乱徙居会省。公因侨寓嘉禾，越四年，还莆。乃丁卯岁也。公归睹邑里萧条，怆然流涕，因捐俸赒给族党。暇与司空林端肃公及同辈年七十以上结社为乐，或拟之香山九老。"❷

士大夫的生活尚且如此，普通老百姓的生活更是苦不堪言。倭患波及的范围很大，安徽、江苏、福建等地均有影响。《资政大夫都察院右都御史棠溪王公墓表》云："顷之，迁右都总督漕运，镇抚淮南，时倭夷猖獗，自通泰直犯淮泗诸路，所过途毒，哭声震野。"❸又比如松江府的一个例子，《敕封文林郎广西道监察御史宋公墓表》记载："甲寅，倭夷寇浙，距松尚远。公叹曰：'夷性无厌，祸将及矣。'遂徙居郡城，于舍傍营数十区，人莫测其故。已而寇至，族党托处并免于患。"❹福建是倭患的重灾区，《送宪副月渠李君之任江西序》云："遂擢吾省参藩，分守福宁。先是倭夷数寇是地，疮痍在眼，众庶罔不瞥然，丧其乐生之心。"❺"福宁"指的是今福建省宁德市，由于倭寇的频繁骚扰，百姓生活困苦不堪。

二、记载抗倭战争及善后事宜

嘉靖末年至隆庆年间，倭乱猖獗，主要祸及福建、浙江、广东三省。倭寇曾一本自恃战船数百只，拥众万余，在闽广两省横行无忌。曾一本嚣张猖狂，挟

---

❶（明）林庭机：《世翰堂稿》，《原国立北平图书馆甲库善本丛书》本，第 646 页。

❷（明）林庭机：《世翰堂稿》，《原国立北平图书馆甲库善本丛书》本，第 653 页。

❸（明）林庭机：《世翰堂稿》，《原国立北平图书馆甲库善本丛书》本，第 655 页。

❹（明）林庭机：《世翰堂稿》，《原国立北平图书馆甲库善本丛书》本，第 656 页。

❺（明）林庭机：《世翰堂稿》，《原国立北平图书馆甲库善本丛书》本，第 605 页。

持澄海知县，掠杀潮郡百姓，攻打广州。《明史》列传第一百《俞大猷传》云："海贼曾一本者，吴平党也。既降复叛，执澄海知县，败官军，守备李茂才中炮死。"❶隆庆三年（1569），朝廷命两广福建军务右都御史刘焘与巡抚福建右佥都御史涂泽民和巡抚广东右佥都御史熊桴，合三省之力剿灭曾一本。刘焘，字仁甫，号带川，直隶沧州人，嘉靖十七年（1538）进士。涂泽民，字志伊，号任斋，成都府汉州人，嘉靖二十三年（1544）进士。熊桴，字元乘，号镜湖，湖北武昌人，嘉靖二十九年（1550）进士。刘焘指挥广西总兵俞大猷、福建总兵李锡、广东总兵郭成等战于柘林澳、马耳澳、菜芜澳等地，最终生擒并斩首曾一本。《明史》认为三省总兵之中，李锡的军功最为显赫。《明史》列传第一百《李锡传》云：

> 海寇曾一本横行闽、广间，俞大猷将赴广西，总督刘焘令会闽师夹击。一本至闽，锡出海御之，与大猷遇贼柘林澳，三战皆捷。贼遁马耳澳复战。会广东总兵官郭成率参将王诏等以师会，次菜芜澳，分三哨进。一本驾大舟力战，诸将连破之，毁其舟。诏生擒一本及其妻，斩首七百余，死水火者万计。时广寇惟一本最强，锡、大猷、成共平之，而锡功最钜。❷

隆庆三年（1569），李锡平倭有功，将入京，林庭机作《贺总戎西垣李公平寇序》，其子林烃作《李总戎凯歌三首》（《覆瓿草》卷六）。李锡，号西垣，安徽歙县人。世嗣新安卫千户。隆庆元年（1567），李锡以署都督佥事出任福建总兵官。隆庆三年（1569），与俞大猷等合力剿灭曾一本。时涂泽民任巡抚福建右佥都御史，系林庭机嘉靖二十三年（1544）所取进士。林烃有诗《贺涂中丞平寇二十韵》（《覆瓿草》卷五），又作《贺中丞任斋涂老先生平寇序》。林庭机《贺总戎西垣李公平寇序》云：

---

❶ （清）张廷玉：《明史》，第 5607 页。

❷ （清）张廷玉：《明史》，第 5622 页。

皇上临御之二年，广贼曾一本倡乱为惠潮患，寻攻围会省，夺巨舰数十而去，已复寇玄钟，祸延闽省。中丞任斋涂公曰："此门庭之寇，利用御之者也。"随与直指王公议合兵剿之，会台谏亦以为请。上可其奏。勅右都御史带川刘公督两省兵进攻。……涂公因修战舰及攻战之具。既毕，申戒将士曰："今日之事，务以灭贼为期，不得旋踵。李公以某日鼓众而行，将士并思一战久之。涂公亦亲至海湾督师。六月丙子，飓风大作。李公曰："兵法曰：'先人有夺人之心'，吾当掩其不备。"遂驾数舰，直迫贼舟。与战于铜山，自巳至申，矢石交下，继以火攻，士卒殊死战，遂焚贼舟数十，斩首七百余级，贼气夺崩溃。甲申，复战于柘林。庚寅，战于莲湾，二战杀其骁首，数十人焚溺，俘馘者不可胜计。贼穷蹙，操数舟遁去，属广兵邀击，生擒贼首。是役也，公出入风涛之险，奋不顾身，旬月之间，三战三捷，用能削平剧寇，肃清海徼。盖海上百年以来，所未有之奇功也。❶

林烃《贺中丞任斋涂老先生平寇序》云：

自岛夷为中国患，两浙闽广濒海之郡废农桑者且十年，其后亡赖奸民，往往相煽为变，蜂屯蚁聚，所在有之，而广寇繁有徒。世宗肃皇帝赫然命将徂征以次削平。倭奴远遁，广贼张琏吴平皆相继擒灭，曾一本其残孽也，假息海岛，犹肆跳梁。……于是总戎李公仗钺登舟，战士踊跃，勇气百倍，遂乘风以巨舰冲贼，贼势披靡，败之于铜山。又败之于柘林、莲湾，三战三捷，焚其舟数十，俘馘者千，溺死无算，贼首扶伤奔命。广人得之以献，余党悉平。是役也。人咸谓闽广夹攻，而闽人之力寔十居其七云。❷

---

❶ （明）林庭机：《世翰堂稿》，《原国立北平图书馆甲库善本丛书》本，第602页。

❷ （明）林烃：《林烃文稿》卷一，手抄本，上海图书馆藏。

林庭机《贺总戎西垣李公平寇序》的赠贺对象是李锡，其子林烃《贺中丞任斋涂老先生平寇序》的赠贺对象是涂泽民。由于对象不同，两篇文章的立足点和着眼点也不同。在内容上，两篇文章相互辉映，林庭机重点描述李锡的作战策略以及过程，详细记载了战争的时间和地点；林烃重点凸显巡抚涂泽民在战斗过程中起到的决策指挥作用，略写总兵李锡的战斗过程。从《明史》来看，李锡是实际参与作战的将领，论军功绝对是第一，涂泽民虽有指挥之功，功劳也在刘焘之下。林庭机的文章详细记述了战争发生的起因、战争的过程、运用的战术和战略（突袭、火攻）。文章有条不紊，层次清晰。

福州是八闽都会，庭机致仕回到福州之后，亲身实地的看到倭患给父母之邦带来的破坏，感受尤为深刻。由于倭寇的骚扰，福州府城有兵士两三万，军费消耗巨大，导致府库空虚，经济疲弱，百姓生活困苦。其《送邑侯华峰许君应召北上序》云："盖自顷岁，倭夷数寇吾省，生灵涂炭极矣！……时兵聚会省者，可二三万，岁费不訾。兹夷患稍宁，而供亿赋役犹昔，疮痍未起，良以此也。"❶ 隆庆三年（1569）十月，何宽由湖广按察使擢升都察院右佥都御史巡抚福建。何宽任巡抚，训练民兵取代客兵，俭省军费，颇有政绩。隆庆五年（1571）七月，何宽擢升大理寺卿。何宽，字汝肃，号宜山，嘉靖二十九年（1550）进士。林庭机有赠行序，提及何宽在倭乱后削减兵饷。其《送中丞宜山何公荣擢大理序》云：

> 先是八闽府库充实，闾阎差足。自罹倭患，军饷供亿，费出不訾，公私坐困。自公下车，撙节爱养，与民休息。选将领，守要害，皆销患未形，先事为备用，是岛夷喙息，边海肃清。顷者巨贼鸟集澎湖，窥我虚实，公力议剿之，贼闻风而遁。兵法伐谋为上，又曰："先人有夺人之心"，此之谓也。他如黜赃吏，省徭役，罢无名之征，蠲不急之务，疏减兵饷，岁六万有奇，要皆利民实政。❷

---

❶ （明）林庭机：《世翰堂稿》，《原国立北平图书馆甲库善本丛书》本，第 609 页。
❷ （明）林庭机：《世翰堂稿》，《原国立北平图书馆甲库善本丛书》本，第 602 页。

万历六年（1578），巡抚福建右佥都御史庞尚鹏擢升都察院左副都御史。庞尚鹏，字少南，号惺庵，广东南海人，嘉靖三十二年（1553）进士。庞尚鹏是林庭机之子林烴的门生。林庭机作《送中丞庞公应召北上》(《世翰堂稿》卷四）、《送御史中丞庞公荣擢内台序》(《世翰堂稿》卷六）；林烴作《简庞中丞》《赠别庞中丞》(《林学士诗集》卷四）、《赠中丞惺庵庞公趋召序》(《林学士文集》卷三）、《寄庞惺庵中丞》(《林学士文集》卷十三）。

林庭机《送御史中丞庞公荣擢内台序》云：

> 闽省自嘉靖间倭夷岁入寇，攻陷郡邑，守臣不能制。天子下公卿议，设抚臣镇之，立军府，治战守具，艨艟斥□水陆鳞次，荷戈食者常数万人，费不可胜纪。后寇屡至，将帅盛兵掩击，民破家供亿，迄兹未能复，大抵十室九空矣！……公至发教曰："吾居广闻闽事甚悉。今幸少无事，而民力凋敝如此！即缓急何以待之。乃庀群司，按旧制，讲求利害之实，为可久规。不踰时，疏奏，报可。凡蠲免、调停、除豁，诸所措置，悉如公议，罢去一切烦苛，上下相安，民感德若更生，遂著为令，颁行郡邑。其治兵，汰老弱，简精锐，罢无名冗役，岁省浮费万计。❶

林烴《赠中丞惺庵庞公趋召序》云：

> 中丞南海庞公之抚吾闽也。……始损益旧政，罢务之不急者，省费之无经者，约其身以风，群吏罔敢不承。军储节，民赋均。乃请于朝，蠲八郡吾十邑逋征，凡二十余万计。舟航之税，商贾之征，铸冶之利，寺观之租，旧供军旅，悉衰与民。岁亦不下数万计。❷

---

❶（明）林庭机：《世翰堂稿》，《原国立北平图书馆甲库善本丛书》本，第617页。

❷（明）林烴：《林学士文集》卷三，傅斯年图书馆藏影印本。

将两父子同一时间，同为庞尚鹏所作的赠行序进行比较，可以发现：林庭机的文章更加简洁，叙述更为全面。在提及福州当地的备战状态时，林庭机写到"艨艟斥□水陆麟次""荷戈食者数万人"，特别有画面感。同样是写节省费用，林庭机基本上是一笔带过，"凡蠲免、调停、除豁……岁省浮费万计。"林燫则不然，首先是有具体的名目"逋征""舟航之税""商贾之征"等，其次是有具体的数据，"二十余万计""数万计"等。"舟航之税，商贾之征，铸冶之利，寺观之租"，四个短句排比串联而下，行文洋洋洒洒。

三、记载广西古田僮乱

林庭机《平古田碑》一文被收入黄宗羲《明文海》卷七十二 ❶，以及明代的军事志《苍梧总督军门志》卷二十八 ❷。《明文海》是黄宗羲所编，意义自不必言。《苍梧总督军门志》是一本流传甚少、较为稀见的明代军事志 ❸。"苍梧"是百粤之地，此书是一本重要的边疆军事志书，记载了明代两广地区的军政要务。该书具有较高的史料价值，书中撷取的材料大多源自案牍公文、官府档册以及石刻碑文等，材料真实可靠。林庭机的《平古田碑》被《苍梧总督军门志》一书收录，也足以证明此文有独特的历史文献价值。

有明一代，两广地区各种矛盾纠缠错杂，战事不断。首先是外患，两广地区东临南海，有倭寇侵扰之患；西接安南，有安南入犯之忧。其次是内忧，两广是僮、瑶等少数民族聚居之地，不仅有土司反叛内讧，而且有少数民族起义。林庭机《平古田碑》记载的便是隆庆五年（1571）广西巡抚殷正茂剿灭广西僮族韦银

---

❶ （清）黄宗羲：《明文海》第 1 册，北京：中华书局，1987 年，第 670-672 页。

❷ （明）应槚初修，刘尧诲重修；全国图书馆文献缩微复制中心编：《苍梧总督军门志》，北京：全国图书馆文献缩微复制中心，1991 年，第 365 页。

❸ 参考何林夏：《一部稀见的明代军事志〈苍梧总督军门志〉》，《军事历史》，1994 年，第 1 期，第 53-55 页。

豹、黄朝猛的叛乱（古田之乱）。殷正茂，字养实，号石汀，南直隶徽州府歙县人，嘉靖二十六年（1547）进士。《明史》列传第一百十《殷正茂传》云：

> 隆庆初，古田僮韦银豹、黄朝猛反。银豹父朝威自弘治中败官兵
> 于三厄，杀副总兵马俊、参议马铉，正德中尝陷洛容。嘉靖时，银豹
> 及朝猛劫杀参政黎民衷，提督侍郎吴桂芳遣典史廖元招降之。迁元主
> 簿以守，而银豹数反覆。隆庆三年冬，廷议大征。擢正茂右佥都御史
> 巡抚广西。正茂与提督李迁调土、汉兵十四万，令总兵俞大猷将之。
> 先夺牛河、三厄险，诸军连克东山凤凰寨，蹙之潮水。廖元诱僮人斩
> 朝猛，银豹穷，令其党阴斩貌类己者以献。捷闻，进兵部右侍郎，巡
> 抚如故。改古田为永宁州，设副使参将镇守。未几，佥事金柱捕得银
> 豹，正茂因自劾。诏磔银豹京师，置正茂不问。❶

按《明史》的说法，古田僮乱至少始于弘治年间，从韦银豹之父韦朝威开始已经祸乱一方，公然与明王朝对抗，杀害朝廷命官马俊等，攻陷城池洛容。嘉靖末年，黄朝猛、韦银豹变本加厉，劫掠城库，残杀参政黎民衷（"衷"或作"表"）。朝廷下旨招抚，韦银豹降而复叛。隆庆三年（1569），朝廷命巡抚殷正茂征讨广西僮乱。林庭机《平古田碑》云：

> 古田为桂林属邑，獞据其中百余穟，令是者率不敢入，獞有善村
> 恶村。善獞仅供赋役，余则羁縻而已。国初迄今，种类出没匪常，未
> 敢大逞，由狼兵能制之。嗣是，更用募兵，獞无复悍。嘉靖四十三年，
> 獞酋韦银豹、黄朝猛乘间率众突入藩司，戕杀黎参政，劫库而去，人
> 心匈匈。变闻，久之未讨。今皇帝即位之三年，广土都御史张公翀、
> 御史刘公思贤、太仆少卿今军门殷公从俭各疏陈剿抚之策。上嘉纳，
> 特设抚臣广右，寻发帑金四万两为兵费。时石汀殷公膺简命以往，全

---

❶ （清）张廷玉：《明史》，第 5859 页。

省赖焉。古田距桂林百里许，獞盘踞山寨。或白昼杀人，过者为之褫魄。顷有征剿之命。或曰："贼凭高据险，蚁聚蜂屯，道梗不通，长技有劲弩毒矢，足以自固。非百万之师，迟以岁月，未易卒拔也。"……遂分属司道，各据要害，以防贼冲。诸将统汉达土兵数万为七哨，约四年十二月朔进兵。会俞总兵挺戈先入，副总诸将继之，奋勇擒斩。首克东山、石玉、龙口等数十巢，次破三千、藤浪、渌里等巢，又次克龙旋等村，各斩首千余级。贼势急，悉众据潮水巢拒战。相持旬日，我兵并力夹攻，所向披靡。复夜乘绝顶，设伏其下。贼望见惊溃，遂大破之。潮水、马浪、苦利诸寨悉拔，贼骈首就戮，山寨荡平。❶

林庭机认为僮族畏惧狼兵，不怕募兵，是因为募兵的战斗力不如狼兵。当时朝廷又削减狼兵，这是导致广西发生僮乱的根本原因。狼兵主要指广西壮族地区的上司兵。张经曾征调骁勇善战的岑氏兵（广西田州）抵御倭寇。明中叶之后，由于卫所废弛，募兵制度盛行于东南沿海地区。募兵指募民为兵，士兵只有饷银。募兵与卫所军不同，不是世袭制，无特殊的户籍、无固定的驻地，如戚继光招募的"戚家军"、俞大猷招募的"俞家军"、张鏊招募的振武营。嘉靖以后，募兵成为朝廷主力，卫所军徒有虚名，置而不用。《明史》列传第一百三十九《蒋德璟传》云："且自来征讨皆用卫所官军，嘉靖末，始募兵，遂置军不用。"❷募兵不仅流动性强，发生叛乱的可能性也大。南京振武营就曾发生士卒叛乱，南京户部侍郎黄懋官被杀。此次征讨古田，主力是土司兵（狼兵），汉兵为辅。

兵部右侍郎张翀有《平古田记》云：

　　七月征各司兵凡十万人，总兵官俞君大猷总其事。以参政柴君涞、参议龚君大器、副使郑君一龙、应君存卓、邵君惟中、佥事金君柱等各为监军督饷。以副总兵门崇文、参将王世科、黄应甲、游击丁山、

---

❶ （明）林庭机：《世翰堂稿》，《原国立北平图书馆甲库善本丛书》本，第623页。

❷ （清）张廷玉：《明史》，第6501页。

都司钱凤翔、董龙、鲁国贤等各为督哨，分七道进，凡三阅月，破巢
寨六十有二，斩首级七千四百有奇，俘获贼属牛马器械以数万计。我
兵无一摧折者，生擒首恶韦银豹等械送阙下。❶

张翀，字子仪，号鹤楼，嘉靖三十二年（1553）进士，官至兵部侍郎。张翀
《平古田记》也说征用十万狼兵征讨古田。林庭机的"遂分属司道，各据要害"，
这是写堵截之法（防御）；"土兵数万为七哨，约四年十二月朔进兵"，说的是进
兵策略（进攻）。此说与俞大猷的兵力部署是吻合的。俞大猷的兵力部署与安排
是分七路进兵与拦截。《正气堂全集》卷十七《报捷题本》❷对此有详细记载，本
文不再赘言。林庭机认为要用狼兵，才有可能制服僮族，正所谓一物降一物。如
果换成汉兵，没有与僮族长期作战的经验，战斗力又不强，即使汉兵数量再多，
恐怕也是难以克服。俞大猷《正气堂全集》卷十七有《讨古田贼呈》❸，认为发兵
十万就可以平定古田之乱。这篇文章写于隆庆元年（1567）三月。是年六月，俞
大猷作《讨贼议下》，说法已经不同："愚前议用兵十万，识者以狼兵十万，实
数只可五六万。必欲一劳永逸，须调十五万，方可得八九万实数，斯贼可尽歼，
而地方可望永宁。续考军门吴去年上庙堂揭，亦云此贼联络五六百里，必用兵
十五万，始可保其必客。"❹俞大猷的看法与林庭机是一致的，征讨古田一定要用
狼兵。俞大猷提议用兵十五万，也是为了提升军队当中狼兵的数量。可见，林庭
机的说法是有见识的。

无论是《明史·殷正茂传》，还是《明史·俞大猷传》，都说发兵的数量是
十四万。《明史》列传第一百《俞大猷传》云："征兵十四万，属大猷讨之。分七
道进，连破数十巢。贼保潮水，巢极巅，攻十余日未下。大猷佯分兵击马浪贼，

---

❶ （明）应槚初修；刘尧海重修；全国图书馆文献缩微复制中心编：《苍梧总督军门志》，北京：全国图书
馆文献缩微复制中心，1991年，第366页。

❷ （明）俞大猷：《正气堂全集》，第464-469页。

❸ （明）俞大猷：《正气堂全集》，第416页。

❹ （明）俞大猷：《正气堂全集》，第426页。

而密令参将王世科乘雨夜登山设伏。黎明砲发，贼大惊。诸军攀援上，贼尽死。马浪诸巢相继下。斩获八千四百有奇，擒朝猛、银豹，百年积寇尽除。"❶ 将《平古田碑》与《报捷题本》相对照，林庭机碑文中记载的斩首人数、俘获人数、夺取的器械车马、安抚的僮村数量，与俞大猷的《报捷题本》近乎一致。林庭机《平古田碑》记载俞大猷统兵十六万，征讨花费七万多两白银。虽然不能判定《明史》兵力十四万一定是错误的，但是《平古田碑》记载有十六万兵力，也是值得关注的一条材料。俞大猷《讨贼议下》说需要十五万兵力，最终发兵十六万也是有可能的。《苍梧总督军门志》同时收录了林庭机的《平古田碑》，以及张翀的《平古田记》。张翀的《平古田记》史料价值相对更低，更多的是颂扬明军的英勇无敌。

《平古田碑》是一块功德碑，是为了歌颂殷正茂、俞大猷等人卓越宏伟的平乱功绩。《文心雕龙》卷三《诔碑》说："夫属碑之体，资乎史才。其序则传，其文则铭。标序盛德，必见清风之华；昭纪鸿懿，必见峻伟之烈，此碑之制也。"❷ 在刘勰看来，纂写碑文并不是每个人都可以胜任的，写作者需要具备一定的"史才"。这里的"史才"既指叙事技巧，也指"不伪饰"的史家之笔。平定古田之乱，是当时朝廷的重大事件。碑文由谁来写，还是比较讲究的，就好比唐代裴度平定淮西藩镇吴元济叛乱，《平淮西碑》要由大文豪韩愈来写。林庭机能写《平古田碑》，也是对其史才和文学才能的肯定。将《明史·俞大猷传》与《平古田碑》相对照，林庭机在写战斗过程与场面时，并没有过多文人式的夸饰，这也是《平古田碑》史学价值的体现。从艺术上看，林庭机的《平古田碑》也有值得称道的地方。《平古田碑》体现了林庭机杰出的叙事能力。古田战事局势紧张、瞬息万变，战斗场面激烈紧张。但是，从上面的引文看，林庭机的行文有条不紊、次序井然。许谷《世翰堂稿序》云："今观卷中之文，幅尺弘阔，气度春容。理既该含，词尤俊爽。譬之垂绅朝著而进退有仪，揽辔康庄而和鸾中节。盖出入汉之

---

❶ （清）张廷玉：《明史》，第 5607 页。

❷ （南朝）刘勰著；范文澜注：《文心雕龙注（上）》，北京：人民文学出版社，2006 年，第 214 页。

二京，允称杰制。"❶这句话用来评价《平古田碑》颇为合适。

明中叶之后，明王朝已经不复太平盛世。在林庭机的日常生活中，每天发生的朝廷政事纷繁复杂，其古文恰好撷取记录了当时国家发生的重大政事，如倭乱、僮乱等。如今几百年过去了，林庭机古文记载的这些事件极富史料价值。不得不说，林庭机是在有意识的记录，对当时的社会动乱和民生疾苦都有比较客观真实的反映。其记载的层面是非常广的，上至高官，下至普通平民，《世翰堂稿》文稿部分始终对国家政局与社会民生保持了高度的关注，也体现了林庭机作为儒家士大夫对天下社稷的责任感。林庭机的古文以史家的眼光取舍资料，论述谨严不苟，文章逻辑与结构严密，详略得当。当然，在描写社会动乱时，林庭机有时也会夹杂自身强烈的抒情。

---

❶（明）林庭机：《世翰堂稿》，《原国立北平图书馆甲库善本丛书》本，第 504 页。

第七章　林燫诗文研究

　　隆庆二年（1568）正月，林燫充经筵日讲官，进言激切，触怒穆宗，改调南京吏部侍郎。林燫离开北京，徐阶颇为难过。王世贞《林学士传》云："文贞公每叹曰：'谁谓天下事由我？尚不能为国家留一林贞恒。'自是亦不获竞相席矣。"❶林燫的调任引发了徐阶的感伤与遗憾。为什么徐阶器重和赏识林燫呢？查继佐《罪惟录》曰："燫留意当世，朝贡、政体、吏治、人才无不熟计，立朝风采，倾动一时。"❷董份《答大宗伯对山林公》云："公曩在秘馆，虽长文字之学，而尤博经济之书。凡古哲之远猷，当代之钜典，皆得其肯綮，极其指归。"❸这说明林燫并不是一个章句腐儒，也绝非舞文弄墨的文士，他有经国治世的政治才干，留心民生经济、军事边防、人才选拔。林燫不仅有政治才干，也是良史之材。林燫曾与张居正等人一起修撰《永乐大典》《承天大志》。林燫还修过《福州府志》，郡人徐𤊹称赞林燫直笔记事，不伪饰的史家精神。徐𤊹《郡志先朝丘墓议复林都谏》云："旧志所载先朝丘墓文恪公之所增削，寔有确。……至于方少保寔者，文恪以无所考而戮其笔，至今传为口实。王懋宣先生《闽都记》又指光禄坊额之谬，盖考《三山志》及《正德志》方寔之名，茫然无纪核，张敏通名亦不见史册。张蹯《宋史》为之立传，首尾但叙其官阶，无片言及其行谊，旧志称其

---

❶　（明）林燫：《林学士文集》附录，傅斯年图书馆藏影印本。

❷　（明）查继佐；周骏富辑：《罪惟录》，《明代传记丛刊》第 86 册，台北：明文书局，1991 年，第 166 页。

❸　（明）董份：《泌园集》，《丛书集成续编》145 册，台北：新文丰出版社，1989 年，第 520 页。

□□□□，亦无所据，故文恪公削其传并削其墓，真董狐笔也。"❶林燫既有史才，也有文才。叶向高《林文恪公集序》云："世之称公者，以为名臣子孙，克自树立，恬于声利，不阿权贵，有帝臣王佐之略，而用弗究，以此为惜耳。不知公之绪余，发于文章卓然，足为一代之名家而无疑，使操觚之士，平心易气而观之，宁有不为公左袒者哉。"❷

第一节　诗史意识与诗学取向

　　嘉靖之后，明王朝处在内忧外患之中，北寇南倭，政治局势混乱。思想上，伴随着阳明心学的兴起，程朱理学也不复之前的绝对主导地位。整个社会处在急剧的变化当中。林燫与父祖一样供职翰林清贵之地，由于社会局势的变化，以及林燫个人的政治抱负，林燫的诗歌与其父林庭机的诗歌相比，呈现出不一样的面貌。陆树声《学士对山林公全集序》云："今寓内推名阀者为闽林氏。自文安公而下，三世世列史职，典文衡，师成均，掌邦礼。父祖子孙，蝉联奕世。以方之关西杨、汝南袁云。"❸在林氏贞字辈家族成员中，林燫最熟悉政务，是最富有政治才干与抱负的人。林燫没有疏离时事政治，诗文往往直面社会现实，勇敢地揭露和批判朝政的弊端与社会乱象，表现出对社会现实极大的热情，诗文作品流淌着强烈的愤世嫉俗之情，充斥着一股豪迈慷慨之气。在政治上，林燫想力挽狂澜，想有所作为，却没有施展抱负的机会，这种遗憾为林燫的诗歌注入了理想失落的悲凉感。

❶（明）徐𤊹：《红雨楼集·鳌峰文集》，《上海图书馆未刊古籍稿本》第42册，上海：复旦大学出版社，2009年，第191页。

❷（明）叶向高：《苍霞草》，《四库禁毁书丛刊》本，集部第124册，第223页。

❸（明）林燫：《林学士诗集》卷首，傅斯年图书馆藏影印本。

一、扬榷政事，足当诗史

林庭机是用古文议论时政，林燫更喜欢用诗歌鞭挞时政。林燫这一类诗歌涉及战争与兵务，数量多、体裁丰富。比如与北寇有关的，五古《赠密云徐令》、七古《送晋州李太守之任》、七律《送魏中丞之辽东》《赠大司马郭公赴召北上》、五律《赠俞总戎之云中》、七绝《送吴太史使大同册封》《赠唐荆川先生视师蓟镇五首》《塞下曲》；与倭乱、与平倭有关的五古《司马张公经》《送吴子彬驾部》《闻闽中寇乱》《闽中乱后寄故园兄弟》、七律《得闽中捷音喜而有作》、五绝《赠黎参将立功还闽》。还有一些泛军事题材的诗歌，比如七古《出塞曲》《客兵行》《老将行》、五律《送张生之广东幕府》《都督俞公挽章》（俞大猷）、七言律诗《送王给舍之广东兵宪》《怀大庾三兄时庾岭寇乱》《送林中丞开府吴中》、七绝《夜坐忆防边将士》、五绝《题胡人射猎图》。

《明诗纪事》已箴卷九云："何镜山《闽书》录文恪闽中三公诗，一为开府张公岳、一为太宰李公默、一为司马张公经。三诗质实典重，足当诗史。"❶《司马张公经》通过写张经的事迹，揭露朝政昏暗，朝廷奸臣当道。张经，字廷彝，号半洲，福州府侯官人，正德十二年（1517）进士，官至兵部尚书。张经在沿海抗倭，取得了王江泾大捷。赵文华伙同胡宗宪诬劾张经"养寇失机"，还将张经的战功据为己有。嘉靖皇帝听信了赵文华的谗言，下令处死张经。诗云："司马文武才，磊落万夫望。平生览穰苴，笑谈在帏帐。云扰乱江东，据鞍一何壮。未寒息壤盟，已速中山谤。哀哉谁为明，功高不相让。鹤唳宁复闻，弓藏空惆怅。三军气暗燋，杂虏戈相向。千秋麟阁勋，终记青冥上。"❷嘉靖三十四年（1555），张经打了胜仗，仍然被皇帝处死，可谓千古奇冤。

---

❶ （明）陈田；周骏富辑：《明诗纪事》，《明代传记丛刊》第 14 册，台北：明文书局，1991 年，第 587 页。
❷ （明）林燫：《林学士诗集》卷一，傅斯年图书馆藏影印本。

如果说《司马张公经》《太宰李公默》，只是林燫写个别臣子遭受的不公待遇，那么《赠密云徐令》《出塞曲》描写了整个皇城脚下的动乱和百姓的苦难。《赠密云徐令》云：

> 忆昨秋风高，胡马纷云屯。中夜渡潮河，万姓忧崩奔。杀戮到提抱，流血被川原。所过十余城，城城皆闭门。故人有徐宰，奋身当屏藩。厉剑脱儒衣，象弧插腰鞬。感激壮士气，恐辜明主恩。张目视寇盗，誓不共乾坤。平生怀利器，愿一试盘根。惜哉力难施，孤城若短垣。百堵勤既作，千室幸已存。一失贵人意，有功反不论。会面长安城，睫间犹泪痕。问子别几日，白发抑何繁。上云忧社稷，下陈悯黎元。更枉从军诗，忠愤不可吞。孟舒诚长者，田叔诉其冤。魏尚遭弃置，冯唐感至尊。斯人微二子，鸿翼能飞翻。咫尺远万里，谁敢叫帝阍。丈人且安坐，吞声勿复言。❶

林燫此诗是写给自己的同乡徐麟，更为重要的是，这首诗的创作背景是庚戌之变。据《（万历）福州府志》选举志五：徐麟，字士祥，徐福玄孙，嘉靖十三年（1534）举人，闽县人，任密云知县。据《密云县志》之《明代知县名录》，徐麟在嘉靖二十九年（1550）任密云知县❷。嘉靖二十九年（1550），蒙古土默特部落首领俺答汗因"贡市"不遂向明朝发动侵略战争。俺答大军先攻打大同，大同总兵仇鸾毫无将才，心慌之下贿赂俺答，求其转战别处。俺答大军遂改攻古北口，一路南下，兵临北京城下，胁迫明朝互市，史称"庚戌之变"。面对俺答大军的包围，战备废弛的京军毫无招架之力，四方藩镇派来的援军也怯懦不敢应战。再加上主政的严嵩担心兵败无法推诿罪责，便下令众将领坚壁勿战，任凭俺答大军在北京城外掳掠百姓、烧毁民屋。庚戌之变，明军漠视百姓的生死，政府毫无作为，暴露了明朝在政治上、军事上的腐败无能。《明史纪事本末》卷之

---

❶ （明）林燫：《林学士诗集》卷一，傅斯年图书馆藏影印本。
❷ 密云县志编纂委员会编：《密云县志》，北京：北京出版社，1998年，第412页。

五十九"庚戌之变"云："俺答兵自白河东渡潞水西北行，大掠村落居民，焚烧庐舍，火日夜不绝。郊民扶伤集门下，门闭不得入，号痛之声彻于西内，帝命启而纳之。是日，俺答掠妇女，大饮演武堂上，游骑往返六门外。"❶ 将林燫的诗歌与这段文字记载相对照，林燫的诗歌可谓实录。

林燫七绝组诗《夜坐忆防边将士》，也是写庚戌之变的情境。诗云：

> 其一
> 天寿山连隆庆洲，千村泪眼几时收。莫思塞外年来事，一夜灯前堪白头。
> 其二
> 十月燕山雪未飞，汉宫已见寄边衣。可怜诸将频承宠，却放沙场万马归。
> 其七
> 中原父老牵衣哭，马上胡儿吹笛回。古木断烟荒塞道，单于容易去还来。
> 其八
> 村村烟火渐应稀，十万胡兵他自归。破虏将军休谩喜，莫教再湿万家衣❷。

天寿山位于北京昌平县北部。由于朝廷放任俺答大军在城外肆虐，好比驱逐羊群入虎口，给老百姓带来了深重的灾难。诸将食君之俸禄，却不能分君之忧。战乱之时，场面凄惨无比，"中原父老牵衣哭"。堂堂大明的国土，蒙古的铁骑却来去自如。更令人汗颜不齿的是，俺答大军不是被明军击退，而是自己选择了撤军。《赠密云徐令》《夜坐忆防边将士》书写庚戌之变时百姓的苦难，《出塞曲》写的是庚戌之变时京军战备的废弛。《出塞曲》云：

---

❶ （清）谷应泰：《明史纪事本末》第三册，北京：中华书局，第902页。
❷ （明）林燫：《林学士诗集》卷六，傅斯年图书馆藏影印本。

凉秋八月边塞寒，天骄走马窥玉关。胡兵已渡黄河碛，汉将虚防青海湾。白昼羽书飞上谷，中宵烽火照燕山。燕山喧呼闻点兵，城中壮健尽从征。迩来京军不土著，尺籍虽有空其名。野旷天清鸣战鼓，征人相看泪如雨。手中剑戟尚不完，眼底旌旗谁惯睹。自从官马与军骑，岂无骅骝饥渴之。十四九匹空皮骨，临阵何以堪驱驰。所以豺虎日构患，哀哉鸡狗仍无遗。君不见，永乐全盛时，登临瀚海耀王师。岂闻居庸去京但咫尺，城头朝暮胡笳吹。吁嗟乎！风尘澒洞谁料得，腐儒忧国歌正悲。❶

林爛的诗歌说明两个问题：其一，京军的队伍组成不合理，是由百姓临时组成的，没有经过专门的军事训练，初到战场畏惧怯懦，不适应战场环境。其二，京军战备废弛。战士上场厮杀，却没有一把锋利的刀剑，也没有一匹健壮的战马，这揭露了明朝马政的破败。朝廷将官马输入军中，却没有得到很好的照料，结果好好的官马饿成了皮包骨。试问这样的军队，面对强悍的蒙古俺答大军，如何有勇气不怯战，如何有能力保家卫国。《明史纪事本末》卷之五十九"庚戌之变"云："谷应泰曰：明制内立京营，外列边戍。……嘉靖时，坐营大帅，半出勋臣。……戎伍貔貅，入侯门之厮养；羽林组练，参中贵之苍头。游手市闲，不操寸刃；厕身兵籍，滥食数丁。于是京营一制，几同赘疣矣。……庚戌之事，主边兵者仇鸾，主京兵者丁汝夔也。……汝夔选懦，素不知兵，骤闻边警，悉遣禁卒，仓皇就道，莫知适从。而敌骑已蹂躏内地，王师外溃于潼关，烽火内达于甘泉矣。然后索虎旅于空营，求兵仗于武库。楚军不战，皆化虫沙；晋国先声，愈摇风鹤。传檄召募，命曰'义军'。编列市人，驱之城堡。京营至此，尚可问乎？"❷丁汝夔，字大章，号沧源，山东沾化人，正德十六年（1521）进士，官至兵部尚书。俺答大军进犯，京军没有充足的士兵，只能急忙忙地募兵，急忙忙地从武库中取出兵器。在这样的国家，在居庸关的城头，如何能够不听到胡笳的声

---

❶ （明）林爛：《林学士诗集》卷二，傅斯年图书馆藏影印本。

❷ （清）谷应泰：《明史纪事本末》第三册，北京：中华书局，第909页。

音。在这样的国家，丁汝夔注定会成为一个很倒霉的兵部尚书。庚戌之变后，严嵩就将丁汝夔推出当了替罪羔羊。林燫另有七言古诗《送晋州李太守之任》略云："戎马昨乱华，列郡多疮痍。疮痍犹未起，征求纷怨咨。供输室家罄，奔走老稚疲。"❶战乱之后，官府依旧向百姓征收赋税，老百姓几乎面临倾家荡产的境况。

　　明王朝不仅有北寇之扰，还有南倭之患。林庭机写倭寇的诗歌比较少，这一类诗歌的艺术成就也不是很高，如《送戚总戎应召北上》《送俞总戎赴广平寇》《平寇歌》等。相对来说，林燫写倭寇的诗歌比较多，有些诗歌真正触及了倭患所带来的弊病。故乡福州遭受倭患后，林燫的心情有些沉痛，《送吴子彬驾部》云：

　　　飞雪夜来霁，晨起春犹寒。敝裘已多年，客子衣裳单。离忧不自
　　裁，况乃别所欢。若人扬奇音，凤昔期弹冠。悠悠适万里，念子行路
　　难。临觞不能饮，握手空长叹。行行经故乡，为我少盘桓。干戈浩未
　　息，井邑能几完。荒田鸟雀噪，墟里荆棘攒。凄凉宛在目，能不怀辛
　　酸。越吟恋旧土，楚奏羁微官。归飞安得翼，从子翔云端。❷

　　吴文华，字子彬，福州府连江人，嘉靖三十五年（1556）进士，官南京兵部尚书，见《福州府志·名臣传》。林燫不能回到故乡，因此他希望吴文华回去的时候能替自己多看几眼故乡。诗歌的字里行间流露出林燫对福州的乡邦之爱。

　　林燫的诗有感性的成分，可贵的是，林燫的诗歌也有理性和客观的审视。七古《客兵行》诗云：

　　　留客兵，守闽城。闽城内外多兵营，浙东健儿轻乡土，南来尽夸
　　力如虎。朝持弓矢猎民田，暮拥戈矛守官府。海上战功犹未论，尘中
　　杀人谁敢忤。县官火急征军需，十家九家吏夜呼。公门鞭朴少宽恕，

---

❶（明）林燫：《林学士诗集》卷一，傅斯年图书馆藏影印本。

❷（明）林燫：《林学士诗集》卷一，傅斯年图书馆藏影印本。

汝辈何不完肌肤。岂无土着不堪战，养兵为汝防倭奴。君不见，闽浙

邻封往来路，裹粮休番日无数。客兵须留士饱歌，间井萧索将如何。❶

林庭机的古文《送中丞宜山何公荣擢大理序》《送御史中丞庞公荣擢内台序》写福州遭受倭患之后，养兵高达二三万，但为了改善民生，都御史便采取减少兵饷的做法。士兵中很大一部分是雇佣浙江的士兵，也就是客兵。林㷆《福州府志诸论·兵》云："郡兵旧有定额。自寇乱以来，盖日增不知其几矣，十邑之民困于供亿。故吾乡士大夫咸言：'不得已，则愿罢浙兵。'……浙兵之客吾土也，居则有饷，行则有齎，践更则有路资，召募则有雇直。而土兵数斗之粮，犹不时给，厚薄如此。"❷ 也就是说，土兵的战斗力高于客兵，在福州的待遇却低于客兵。当然，客兵在抗倭过程中也发挥了一定的作用。林㷆建议慢慢减少客兵，逐渐增加土兵的数量。从诗歌来看，林㷆对客兵还是很厌恶的。客兵喜欢吹牛皮（力大如虎），饱食终日，无所事事（裹粮休番日无数），四处游荡，寻衅生事（尘中杀人），骚扰百姓（猎民田、吏夜呼）。此诗对客兵的鞭挞可谓入木三分。

林㷆是一个文人，也是一个儒者。在他的内心当中，却有一种上沙场建功立业的将军情结，这是促使他写下多篇军事题材诗歌的内在原因。《送王给舍之广东兵宪》云："戎马频年未解兵，许身真欲请长缨。"❸ 林㷆想要上战场，和当时边镇紧张的局势有关。其《陈言边计疏》云："臣本书生，不闲军旅。然当主忧之时，臣受国厚恩，愧不能效古人之义，捐躯矢石间，以敌忾御侮，乃使边患孔棘如此。此臣所以日夜痛心者也。"❹ 兵部主事唐顺之奉敕前往蓟镇，林㷆是很羡慕的。《赠唐荆川先生视师蓟镇五首》其四云："儒绅莫道不胜衣，绝艺军中贾勇稀。试挽强弓亲教射，秋原几度落雕归。"❺ 这些军事题材的诗歌流露出林㷆的爱国情

---

❶ （明）林㷆:《林学士诗集》卷二，傅斯年图书馆藏影印本。

❷ （明）林㷆:《林学士文集》卷八，傅斯年图书馆藏影印本。

❸ （明）林㷆:《林学士诗集》卷四，傅斯年图书馆藏影印本。

❹ （明）林㷆:《林学士文集》卷十，傅斯年图书馆藏影印本。

❺ （明）林㷆:《林学士诗集》卷六，傅斯年图书馆藏影印本。

怀。就好像唐代一些诗人，从未到过边塞，却写了很多边塞诗。就像陆游一心想要收复山河，现实没有给他驰骋沙场的机会，他便在梦中驰骋沙场。林熑也是如此，他是在诗中挥洒自己的满腔豪情，而这种热血豪情终究是没有办法实现的，也就衍生出一种理想失落后的悲痛与苍凉。《老将行》云：

> 关西老将龚浩然，自言好勇矜少年。斩蛟水底川为沸，射虎山中石可穿。胡沙猎猎北到天，曾领偏师逐左贤。樊哙汉兵须十万，李陵楚客惟三千。不辞战骨龙堆没，但使勋名麟阁传。岂期一朝人事变，汉虏议和方罢战。玺书驰赐单于庭，葡萄贡入明光殿。失势归来那可论，秋风萧索掩重门。暮行有时遭醉尉，寄食谁肯哀王孙。近闻亭障益休兵，圣主垂衣歌太平。胡马尽驱汉地牧，边人多习羌歌声。以兹慷慨双泪流，安边自合有良谋。亦知苦战功难就，不分深恩身未酬。夜来试拂雌雄剑，犹自精光射斗牛。❶

唐代王维《老将行》将李广与卫青两位名将做对比，讽刺统治者用人唯亲，赏罚无当，表达了诗人对老将不平遭遇的同情。林熑《老将行》更多表达以身许国、报国无门、壮志未酬的感情。

既然无法亲自上战场杀敌，林熑就将自己的满腔热情转化为对朝政（特别是兵务）的关心。嘉靖以来，连年战争，用兵不断，朝廷军饷短缺。为了筹措军饷，户部的官员也是四处奔波。林熑特别关注军饷问题，五言排律《赠别户曹陈年兄奉使川南清理盐政》略云："未息边尘警，频烦国计忧。……丑虏宁强敌，岩廊合壮猷。间阎储已罄，山海利全收。赋敛眉堪察，疮痍病岂瘳。"❷此诗是林熑写给同年陈惟举的赠行诗。亢思谦《慎修堂集》有《送陈六溪户部清理滇蜀盐政》。陈惟举，字直夫，号六溪，嘉靖二十六年（1547）进士，福州府长乐人。陈惟举善理钱谷，供应军需以时，积功累官至广东参政。倭患正盛时，陈惟举任

---

❶ （明）林熑:《林学士诗集》卷二，傅斯年图书馆藏影印本。

❷ （明）林熑:《林学士诗集》卷五，傅斯年图书馆藏影印本。

户部江西司主事，奉敕督理浙江军饷。此次陈惟举去清理川南盐政，大半也是为了供应军需。林燫的五言排律《送孙户曹之德州督饷三十韵》也提及军饷问题，诗略云："细柳须屯日，楼兰要讨年。军储忧不浅，国计策应全。……南国旌旗满，东夷寇盗连。金城防百二，宝剑失三千。社稷仍周历，干戈独杞天。"❶倭乱肆虐，朝廷的府库却是空虚的，军饷问题着实令人担忧。

嘉靖四十四年（1565），黄河在沛县赵家口决堤，洪水泛滥向北，洪水带来的泥沙导致河道淤塞百余里，北方的漕运受到严重影响，南方的粮饷无法通过漕运送达京师及西北边防。为了疏通漕运，朝廷下诏筑沙河、薛河堤，开通夏镇新河。次年，由工部尚书朱衡主持开南阳新河，发民工数万人，遵循嘉靖初年开凿的新河遗迹，开挖从南阳闸下经夏镇抵达留城的新运河百余里。次年五月，新河成。朱衡，字士南，号镇山，江西万安人，嘉靖十一年（1532）进士，官至工部尚书兼右副都御史，总理河漕事务。林燫有诗《泛舟新河喜呈朱司空》赠朱衡，此诗亦收入《兖州府志》，其诗云：

> 治水功成后，分明德可歌。数州人宅土，四海贡通河。（其一）
> 兖土河新凿，春流远涨天。只疑银汉落，来绕岱宗前。（其二）
> 种柳渐成阴，他年总作林。谁知筑堤者，辛苦土如金。（其三）
> 且喜黄河治，宁论白发繁。麒麟宫锦在，先帝解衣恩。（其四）
> 百万军储足，南风送去帆。问谁能若济，帝赉足商岩。（其五）❷

从诗歌看，林燫高度歌颂了朱衡的治水功绩。朱衡疏通新河，为国家解了燃眉之急。正如林燫所写，"百万军储足"，漕运畅通与否，直接关系到军队的粮饷问题。

---

❶ （明）林燫：《林学士诗集》卷五，傅斯年图书馆藏影印本。
❷ （明）林燫：《林学士诗集》卷六，傅斯年图书馆藏影印本。

二、山水田园，闲适淡远

叶向高《林文恪公集序》云："而吾乡林氏，自文安公而下，三世四卿联蝉词苑。至文恪公，益绍明而光大之。居史局二十年，闭户诵读，贯穿坟典。其为文春容尔雅，绝类庐陵南丰。诗歌雄迈俊爽，而范以绳墨，出以天则，无近代粗豪叫跳之习。盖真得王孟之衣钵者。"❶叶向高认为，林燫的诗歌得"王孟之衣钵"，也就是说，林燫的诗歌效法盛唐诗人王维、孟浩然。王维与孟浩然是盛唐山水田园诗人的代表，他们继承和发扬了晋、宋以来陶渊明、谢灵运等人山水田园诗的创作传统，诗歌主要描绘自然山水以及田园风光，诗风清新自然，意境闲适淡远。

在诗学宗尚上，洪武到弘治年间的馆阁文人，对于中古诗歌采取比较包容的态度，他们将汉魏六朝并称，不仅没有贬低六朝诗歌，甚至还会模仿六朝诗歌。翰林文人历来有宗陶的传统，普遍接受和学习陶诗，在他们的笔下陶渊明不是隐逸诗人的代表，而是一个忠君爱国、壮志未酬的人物形象。❷嘉靖二十六年（1547），林燫中进士，并入选翰林院庶吉士。之后，林燫历任翰林院检讨、修撰和国子监祭酒等官职。隆庆元年（1567）五月，林燫升礼部右侍郎兼翰林院学士，仍充经筵讲官。在北京翰林院，林燫任职长达二十余年。前七子登上文坛之后，文坛对六朝诗的看法有所转变。在诗学宗尚上，前七子由盛唐诗上溯汉魏诗再到《诗经》，他们贬低六朝诗歌。李梦阳《章园饯会诗引》云："大抵六朝之调

---

❶ （明）叶向高：《苍霞草》，《四库禁毁书丛刊》本，集部第 124 册，第 223 页。

❷ 参考汤志波：《明前期台阁诗人陶诗接受初探》，《九江学院学报》，2013 年，第 3 期，第 1-5 页。文章主要论述台阁诗人的陶诗阐释；李贤的"和陶诗"中的陶渊明形象；明前期台阁诗人接受陶诗的感情色彩。又王征：《茶陵派陶诗接受与批评初探》，《河北师范大学学报》，2017 年，第 5 期，第 80-87 页。文章讨论李东阳及其门人的宗陶现象。

凄宛，故其弊靡；其字俊逸，故其弊媚。"❶ 李梦阳批评否定了六朝诗，自然也否定了陶诗。何景明则直接点破陶诗笔力弱，《与李空同论诗书》云："诗弱于陶，谢力振之，然古诗之法亦亡于谢。"❷ 后七子王世贞批评吴中诗风柔靡绮丽，鄙薄吴人学习齐梁之诗，诗歌风格顿衰。王世贞《玄峰先生诗集序》云："吴中诸能诗者雅好靡丽，争傅色而君独尚气，肤立而君独尚骨，务谐好君独尚裁。吴中诗即高者剽齐梁，而下者不免长庆以后，而君独称开元、大历。"❸ 由此看来，王世贞也不看好六朝诗。

虽然社会的风气和文风都发生了变化，在翰林院时期，林燫的诗歌创作仍有效仿六朝的诗作，或者直接拟陶的诗作，比如《阁试夏日苑中即事用六朝体》《乡间获稻效陶》。还有一些风格接近陶诗的作品，比如《秋日同谢汝学过张伯安给舍小集》《对菊独饮》《种蔬》《工曹后园观稼》《秋日田庐即事》。《对菊独饮》比较好的诠释了林燫在北京的生活状态，诗云：

> 伊予栖京华，无异遁空谷。多病谢交游，蓬门寡轮毂。闲居幸无扰，荒阶薪丛菊。灌溉肆微勤，馨香待时馥。商风入重衾，已觉秋风肃。晨起践凝霜，繁花烂盈目。爱此岁寒姿，居然媚幽独。积痾欣少瘳，浊酒复新漉。持觞就东篱，采采纷盈掬。即事成劝酬，陶然自为足。❹

就如前文所说，翰林文人更多的是将陶渊明塑造成一个忠君爱国的形象，而不是隐逸诗人的代表。这首《对菊独饮》林燫颇有自我标榜的意味。在北京时，林燫的住所与严嵩的府邸相邻，严家门前车马不绝，林燫却不愿与其结交，闭门不相往来。如其《初日照九衢》所云：

---

❶ （明）李梦阳：《空同集》，《景印文渊阁四库全书》本，第516页。

❷ （明）何景明：《大复集》，《景印文渊阁四库全书》本，第291页。

❸ （明）王世贞：《弇州山人四部稿》，《景印文渊阁四库全书》第1280册，台北：台湾商务印书馆，1986年，第154页。

❹ （明）林燫：《林学士诗集》卷一，傅斯年图书馆藏影印本。

初日照九衢，车马何填喧。鲁客事楚王，片言蒙主恩。黄金磊落佩六印，华毂飘摇萃一门。自矜谈笑赤灌水，宁论宾客倾平原。鱼水之欢绝代无，朝回指顾群僚趋。论功但许萧丞相，荐士多因冯子都。长安甲第斗豪侈，画栋彤轩逼云起。石家金谷不足言，天上玉堂差可拟。日夕歌钟动地闻，随风散入千门里。赐来珍馔出玳筵，坐上贵游尽珠履。主人为寿宾避席，千秋万岁长如此。汉廷小臣勿复言，区区愚忠徒为耳。**❶**

《初日照九衢》似乎是讽刺严嵩的诗作。严嵩善于揣摩嘉靖的脾性，深得皇帝的信任，在朝中一手遮天。诗歌用霍光的家奴代指严嵩的家奴严年，他也是严世蕃的得力心腹，卖官鬻爵之事多由严年经手。林㷆自比"汉庭小臣"，不与权贵相交，不过是心中有一份愚忠在。这与陶渊明忠君爱国的形象是契合的。其《别长安旧宅有感》其三说得更加明白，诗云："东邻西舍势熏天，当日吾庐自悄然。赋鹏主人今去矣，有无车马到门前。"**❷**林㷆在北京翰林院期间，学习陶渊明的诗歌既是延续翰林宗陶的传统，也有其不愿阿附严嵩的个人原因。试看林㷆的两首田园诗。

《种蔬》云：

官冗地自僻，环堵闲有余。长夏无所为，课力艺嘉蔬。播种几何时，已看蜜叶舒。空墙引柔蔓，青青映前除。虽未落秋实，即目多所娱。自予婴轩冕，久与田园疏。流人遁空谷，爱似尚欣如。寄言于陵者，心与栖遁俱。**❸**

---

❶ （明）林㷆：《林学士诗集》卷二，傅斯年图书馆藏影印本。

❷ （明）林㷆：《林学士诗集》卷六，傅斯年图书馆藏影印本。

❸ （明）林㷆：《林学士诗集》卷一，傅斯年图书馆藏影印本。

《秋日田庐即事》云：

> 农务须及时，四序半在野。城居苦湫隘，秋气犹似夏。田庐幸稍宽，
> 旷远令忧写。清风山谷来，幽泉石渠泻。薄田既少登，浊酒复在把。只鸡
> 招近邻，共醉茅檐下。所谈惟稼穑，披襟一潇洒。素丝美自公，考槃乐时
> 舍。语默各有宜，得性非外假。所以耦耕人，不答问津者。❶

《种蔬》写的是诗人在翰林院居官清闲，便在居所附近种菜，抒发了士大夫
的闲适情怀。柔蔓枝叶舒展，自由地顺着空墙往上爬，颜色青翠可爱。这是诗人
歆羡的生命状态，诗人当官之后，被官职所束缚，已经很久没有感受到自由的感
觉。"自予婴轩冕，久与田园疏"与"误入尘网中，一去三十年"(《归园田居》
(其一))在语意上是非常相像的。《秋日田庐即事》也是如此，"只鸡招近邻，共
醉茅檐下"与"漉我新熟酒，只鸡招近局"(陶渊明《归园田居》其五)、"所谈
惟稼穑，披襟一潇洒"与"相见无杂言，但道桑麻长"(陶渊明《归园田居》其
二)。可以说，林燫的五古模拟陶诗的痕迹是很明显的。对于田园的向往，林燫
是一以贯之的。在北京是如此，改官南京也是如此。《工曹后园观稼》略云："伊
昔仕京华，不忘畎亩志。幸此南土迁，公署有余地。"❷《途中玩竹记》中有一段林
燫畅想致仕辞官后的生活，"盖尝有志，一旦得乞骸骨而归，当买山园数亩，环
植此君，构亭焉。终日相对与为宾主，时集亲朋，啸咏其间，亦足以自娱矣。"❸

林庭机《留省录》中有许多与寺庙有关的诗作，以游览为主要目的，而不是
与寺中僧众谈论佛家经典。他与友人在寺中饮酒赋诗，如《汪京兆邀饮灵谷寺同
主试潘严二公》《马右渚司空邀饮灵谷寺》等。林燫游览寺庙的诗歌与其父林庭
机的诗歌不同，夹杂着佛教的用语，带有禅意。

林庭机《三月晦日报恩寺同年邀许符卿》其二云：

❶（明）林燫：《林学士诗集》卷一，傅斯年图书馆藏影印本。
❷（明）林燫：《林学士诗集》卷一，傅斯年图书馆藏影印本。
❸（明）林燫：《林学士文集》卷十四，傅斯年图书馆藏影印本。

禅寺邀宾清昼迟，暖风晴日散游丝。钟声隔院凌晨发，塔影当庭
向晚移。早岁共沾闻喜宴，白头还慰赏心期。尊前谩复愁春尽，犹有
飞香扑酒卮。❶

林熿《陈大参先辈招游乌石僧舍》云：

兰若山城迥，登临谒梵筵。群峰浮户外，万室俯阶前。胜地仍扶
病，迷津欲问禅。幸陪谈妙义，愿谢域中缘。❷

林庭机所游的报恩寺位于南京中华门外，诗写林庭机与同榜进士许谷等人在
寺庙饮酒赏花，缅怀当年的曲江盛游，抒发了诗人伤春的思绪。在报恩寺，林庭
机与同年不过是聚会游乐，与佛家经义没有半分关系。《乌石山志》亦收录林熿
此诗，题为《游新庵》。新庵建于嘉靖年间，在福州府乌石山南面。寺庙地理位
置绝佳，南俯白龙江，西踞横山之胜，游人络绎不绝。林熿《陈大参先辈招游乌
石僧舍》首联就说"登临谒梵筵"，与陈大参一起参与佛事仪式。

李白有诗"朱绂遗尘境，青山谒梵筵"（《春日归山寄孟浩然》）。"朱绂"，后
世多借指官服。李白说，要脱下官服离开世俗红尘，来到青山环抱的地方拜谒佛
寺。尾联说"幸陪谈妙义，愿谢域中缘"，"妙义"是"佛家妙义"，"域中缘"是
"域中尘缘"。岑参有诗"愿谢区中缘，永依金人宫"（《冬夜宿仙游寺南凉堂呈谦
道人》），这首律诗借鉴唐人之处颇多，韵味悠远，超尘脱俗。"群峰浮户外，万
室俯阶前。"写登高俯瞰之景，语句自然，仿佛如在目前。

《陈大参先辈招游乌石僧舍》有些出尘淡远。《舍弟自西山寺至因忆旧游》
《游清凉寺和韵》《天宁寺小集二首》《春日乌石山庵追忆昔时陈刘二先辈招游》
等诗作，夹杂着佛教用语，禅意更加浓厚。《舍弟自西山寺至因忆旧游》云：

---

❶　（明）林庭机：《世翰堂稿》，《原国立北平图书馆甲库善本丛书》本，第 533 页。

❷　（明）林熿：《林学士诗集》卷三，傅斯年图书馆藏影印本。

半岭禅房构，云梯忆旧攀。阶前泻鸣涧，窗里列群山。听法随缘住，观心宴坐闲。簪绅是何物，咫尺隔尘寰。❶

"随缘"是佛教用语，指的是佛应众生之缘而施教化。"宴坐"也是佛教用语，指六根收摄，妄念止息，达到灭定涅槃的境界。将此诗与《陈大参先辈招游乌石僧舍》相比，"阶前泻鸣涧，窗里列群山"与"群峰浮户外，万室俯阶前"、"簪绅是何物，咫尺隔尘寰"与"幸陪谈妙义，愿谢域中缘"，感受都是一致的，都比较旷达超脱。又如《游清凉寺和韵》云：

古寺焚香礼世尊，登攀千仞俯江村。初从鹫岭开精舍，直取龙宫对法门。种种浮生随电露，悠悠尘劫变乾坤。病身欲证真如理，谁是文殊可细论。❷

首联写诗人进了清凉寺之后，开始焚香礼佛，俨然一个虔诚的佛教徒。"种种浮生随电露，悠悠尘劫变乾坤。"《金刚般若波罗蜜经》第三十二品《应化非真分》云："一切有为法，如梦幻泡影，如露亦如电，应作如是观。"梦、幻、泡、影、露、电是佛教六譬或六喻。"一世"是"一劫"，"尘劫"指的是无量无边劫，语出《楞严经》卷一："纵经尘劫，终不能得。""真如"也是佛教用语，指的是事物的本质或者现象背后真实的情况。尾联云："病身欲证真如理，谁是文殊可细论。"与之前的"听法随缘住"相比，似乎更有佛学意味。

王维的诗歌是在山水当中品味禅意，或者说是将禅意化入山水当中，呈现出一种空、静之境，趣高旨远，禅味十足，如《山居秋暝》《过香积寺》之类。林燫的诗作也比较擅长表达空、静之境。《春日乌石山庵追忆昔时陈刘二先辈招游》云：

---

❶ （明）林燫:《林学士诗集》卷三，傅斯年图书馆藏影印本。
❷ （明）林燫:《林学士诗集》卷四，傅斯年图书馆藏影印本。

禅室倚岩巅，逶迤石径悬。居然在城市，迥自隔人烟。百雉窗中尽，群山户外连。微茫辨海岛，缥缈接云天。谷静应清磬，林香袭梵筵。布金知往日，卓锡问何年。暂息尘寰扰，聊依净土偏。无生心已悟，不住法谁传。嘉遁遗朱绂，冥搜结白莲。追陪曾谬忝，高论一怀贤。❶

《乌石山志》亦收录此诗，题为《横山阁》，文字略有出入。横山阁，在乌石山仁王寺。通文二年（937），闽国连重遇建仁王寺。"禅室倚岩巅，逶迤石径悬"写横山阁地理位置之高；"居然在城市，迥自隔人烟"，写横山阁处在闹市之中，却能够闹中取静，没有受到红尘俗世的干扰；"谷静应清磬，林香袭梵筵"，周围的环境是很极其静谧的，诗人的注意力得以高度集中，听觉和嗅觉也变得异常敏锐。诗人听不到外界的喧闹声，却可以听见钟磬的清音，闻见树木散发的清香。"无生心已悟，不住法谁传。""无生"是佛教用语，指的是无生无灭，不生不灭。也就是说，现象的本质是无生，既然无生也就无灭，所谓生灭变化不过是众生将现象虚妄分别的结果。"不住"，即"无住"，也是佛教用语。"无住"指的是一切现象不会固定不变，一切现象的本质是空，处在不断变化之中。只有真正体会到"无住"的真谛，思想才能不受束缚，内心真正获得解脱。

叶向高说林燫的诗作"得王孟之衣钵"，评价有一定道理。与其说林燫的田园诗是学习孟浩然，倒不如说是学习陶渊明的田园诗。林燫写山寺的诗有一些禅意，或许与调任南京的政治挫折有些关系。在北京时期，林燫创作的《天宁寺塔》就没什么禅意。改官南京之后，南京山多寺盛，或许受到一些佛教的影响。《游清凉寺和韵》等佛教意味比较深的作品，基本上是林燫离开北京之后所作，或作于南京或作于福州。正如林燫《奉陪诸公游牛首山寺次韵》其四所云："吾生何所适，遥礼梵天西。"❷在山寺环境的影响与佛典的熏陶下，诗人产生了皈依佛门的冲动。

---

❶　（明）林燫：《林学士诗集》卷五，傅斯年图书馆藏影印本。
❷　（明）林燫：《林学士诗集》卷三，傅斯年图书馆藏影印本。

三、朴拙飞动，雄迈俊爽

王兆云《皇明词林人物考》卷九《林贞恒》云："公敏而好学，于书无所不窥，发之诗篇，一遵唐轨。所传有《学士集》，至于文章雄深杰厚，绝类司马子长。"❶ 王兆云评价林燫的诗歌，说林燫的诗歌效法盛唐，其实并不适用林燫的所有诗歌，尤其不适用于其创作的五古。林燫的五古既学汉魏诗的古拙，也学六朝诗的骈俪对偶，七古甚至将骚体融入诗中❷。简单说林燫只学唐诗，这不符合他的创作实际。

古体诗结构要达到精切浑成的艺术效果，不仅要保证抒情意脉的连贯性，也需要外在句式结构的辅助支撑。试看林燫五古中"朝和夕""昔和今""俯与仰""上与下"的对举。

> 例 1：朝采江干芷，暮寄云中禽。(《西方有佳人》)
>
> 例 2：昔来春未暮，庭草正芳菲。今来秋已深，瓜蔓翠成帏。
>
> 　　(《秋日同谢汝学过张伯安给舍小集》)
>
> 例 3：上云忧社稷，下陈悯黎元。(《赠密云徐令》)
>
> 例 4：上弦写别恨，下弦诉苦词。(《送晋州李太守之任》)
>
> 例 5：俯视流川逝，仰看白日光。(《感兴》其一)
>
> 例 6：朝鸣伊洛笙，暮息扶桑树。(《赠瞿公子游仙诗》)

---

❶ （明）王兆云辑：《皇明词林人物考》，《四库全书存目丛书》史部第 112 册，济南：齐鲁书社，1997 年，第 139 页。

❷ 林燫将楚歌体融入古体诗。其《赠梦鹤道人》连用四个"兮"，诗云："买药藏名，采芝疗饥。有时梦化鹤，振羽摩空飞。下视五岳一撮土，瀛海域中如带围。驭长风兮肃肃，排层云兮霏霏。翱翔便欲逐鸾凤，周览八极长相依。闻天鸡兮唱晚，忽扶桑兮扬辉。怅神游之遽返，忆天路而依稀。君貌癯有神骨，前身得非丁令威。丹成人世那可住，蓬山玄圃何当归。"（明）林燫：《林学士诗集》卷二，傅斯年图书馆藏影印本。

例 7：朝辞都门行，暮指山寺宿。

（《再使祀陵怀少司徒徐公西山同游》其二）❶

　　林㸌的五古通过对仗实现了不同场景的对举和切换，是用一支笔写两家事。尤其是两个极端（上下、今昔）之间的对举，能够形成一种巨大的张力，而这种张力增强了诗歌的气势。其中，上述例 7 实现了空间与时间的对举，总体上达到了言简意繁的效果。

　　陶诗中也有"朝和夕""昔和今"的对举，即在一句中呈现早晨和晚上、过去与现在的对比。如"朝为灌园，夕偃蓬庐"（《答庞参军并序》）、"暮作归云宅，朝为飞鸟堂"（《拟古》其四）、"昔为三春蕖，今作秋莲房"（《杂诗十二首》其三）、"昔在高堂寝，今宿荒草乡"（《挽歌诗三首》其二）❷。这种对举句式并非陶渊明原创，在《古诗十九首》中就有迹可寻，如"上言长相思，下言久离别"（《孟冬寒气至》）、"昔为倡家女，今为荡子妇"（《青青河畔草》）。苏轼评价陶渊明诗"质而实绮"，是说陶诗的语言质朴无华，毕竟不等同于汉魏诗，也有绮丽的一面。陶诗的质朴省净得益于吸收借鉴了汉魏诗的长处。在句式结构上，汉魏诗大多是由主—谓—宾构成的简单句式。句子结构与古文句式大体相似，比较简单自然，句子表达的内容也比较少，通常用一句表达一个意思，或者是用两句来表达一个完整的意思。并且汉魏诗歌受到乐府诗的影响比较深，语言大多是叙述性的，直接表达心中的所思所感，偏向口语化，与六朝诗歌刻意雕琢的书面语言相去甚远。相比之下，汉魏诗的句子成分普遍存在动词和谓语，六朝诗句意相对朦胧一些，句子中有时会省缺谓语与动词。汉魏诗质朴自然的句式，造就了汉魏诗浑厚古拙的特点。试看上文所举诗句，句与句之间的内容是相互呼应的，两句构成一个完整的意思。例 1"朝采江干芷，暮寄云中禽"中，"朝"是状语，"采"是谓语，"江干芷"是宾语，在句式结构上是比较简单的。"朝"对应"暮"，

----

❶ （明）林㸌：《林学士诗集》卷一，傅斯年图书馆藏影印本。

❷ （晋）陶潜；龚斌校笺：《陶渊明集校笺》，上海：上海古籍出版社，2011 年，第 30、296、311、379 页。

"采"对应"寄","江干芷"对应"云中禽"。两句之间又是完全对仗的，与汉魏诗如同散文式的语言又有些不大相同。因此，林燫五古诗有模拟陶诗的痕迹，也可以认为，林燫通过学习陶诗进而学习汉魏诗。

林燫的古体诗既有形式上的对仗，也有句意层面上的对举。比如：

> 例1：兄弟送我行，执手泪数行。亲戚送我行，各携壶与觞。(《舟发芋江别诸兄弟亲友》)
>
> 例2：我当遵陆行，艰险远乘传。子当顺流归，去帆疾于箭。(《三弟送别至延平贻诗三首兼寄员外二弟》)❶
>
> 例3：明公昔日归倚庐，木生连理枝扶疏。明公今居青云上，遥望故山空惆怅。(《风木图为康宗伯题》)
>
> 例4：昨宵风急雨翻盆，敝庐多年漏颓垣。今旦幸晴仍苦热，使我行坐忧思繁。(《与林明府宴别》)❷

例1《舟发芋江别诸兄弟亲友》是写诗人离开福州，亲友在芋原驿为其饯行。前两句写兄弟，后两句写亲戚。主语后连用两个"送我行"，写尽依依惜别之情，也将兄弟与亲戚的送行情景勾连在一起。例2是"我"与"三弟"分别后的场景。例3和例4的整体对仗痕迹不明显，仍然是过去和现在的比较。

从林燫五古的句式、用语、意象、风格来看，无不透露出林燫对汉魏六朝诗歌（尤其是陶诗）及其文化传统的借鉴与吸收。在用语上，林燫的五古有刻意效仿的痕迹，其诗带有汉魏六朝诗歌的语言特征，诗中有些汉魏六朝诗常见的用语（驾言、眷言、凤昔、畴昔）、叠字（行行、悠悠）、发语词（一何），还有意象（飞蓬）之类。总体来说，林燫的五古风格更接近汉魏六朝之诗而不是盛唐诗。林燫的五言古诗多使用叠字。叠字组织单纯清楚，表意清晰，声音的繁复加深了语感的繁复。《古诗十九首》之《迢迢牵牛星》多用叠字，诗中叠用"迢迢""皎

---

❶ （明）林燫：《林学士诗集》卷一，傅斯年图书馆藏影印本。
❷ （明）林燫：《林学士诗集》卷二，傅斯年图书馆藏影印本。

皎""纤纤""札札""盈盈""脉脉"。如《馆中简胡张二翰长》云：

> 同居词苑内，隔此百尺垣。相去岂云远，念子忧思繁。徙倚空怅
> 望，中情无由宣。胡生富才术，高论江河奔。张子生知姿，粹然颜色
> 温。矫矫翔鸿鹄，灿灿连玙璠。平生慕若人，会心可晤言。春风亦已
> 暮，杨花何飞翻。飞鸟鸣求侣，嗷嗷绕树喧。杳杳碧云合，悠悠白日
> 昏。空斋坐超忽，何以慰思存。❶

此诗连用五个叠词，以诗歌"起承转合"的章法来说，"转"处可以发挥层次转折，另辟一境的作用。叠字的运用使整首诗歌的节奏趋向和缓，使诗篇在"转"处避免出现大开大阖的情况。叠字在音韵和字形上符合对称思想，在审美上给人感官的愉悦。此诗运用叠字手法产生了"穆穆清风"的和谐舒适感。读来质实有力，气韵流动，达到了古拙飞动的艺术效果。邓链《学士林对山先生集序》云："先生研精著作，扬榷政事，纪述功德，润色皇猷，间与荐绅赠遗赓咏，人推大雅。……其诗清新俊逸，铿金戛玉，如赓白雪之调，彼阳阿下里，自难为音。"❷从句式上看，林鸿的七古句法上学习李白更明显些。胡应麟《诗薮·内编》卷三云："唐七言歌行，垂拱四子，词极藻艳，然末脱梁、陈也。……太白、少陵，大而化矣，能事毕矣。"❸李白的七言歌行才大力雄，与之堪能比肩者甚少。杜甫《春日忆李白》云"清新庾开府，俊逸鲍参军"，后人常用"清新俊逸"概括李白诗风。李白景仰鲍照，倾心学习鲍诗。鲍照《拟行路难》其五，诗云："君不见，河边草。冬时枯死春满道。"李白对"君不见"句式尤为钟爱，在他的诗作中反复运用，使其变成了带有李白个人气质和风格的典型句式。以下略举数例林鸿的七古诗展开说明。

---

❶ （明）林鸿:《林学士诗集》卷一，傅斯年图书馆藏影印本。

❷ （明）林鸿:《林学士诗集》卷首，傅斯年图书馆藏影印本。

❸ （明）胡应麟:《诗薮》，第 47 页。

例1：君不见，永乐全盛时，登临瀚海耀王师。(《出塞曲》)

例2：君不见，晋阳天子本右文，时危挥剑决浮云。(《观十八学士登瀛洲图歌阁试》)

例3：君不见，越中山水佳可怜，湖山千里遥相连。(《马侍御封君双寿歌》)

例4：君不见，昔有宝剑双雌雄，流落久埋丰城中。(《宝剑歌赠李邑博之丰城》)

例5：君不见，马相如涤器世看丑，一朝归来乘驷马车。又不见，扬子云贫贱谁比数，忽然奏赋声名闻。(《赠杨孝廉下第还闽》)

例6：君不见，杜陵破屋宁冻死，犹思广厦为寒士。又不见，原生蓬蒿翳门径，守道虽贫不为病。(《积雨屋坏戏示儿曹》)

例7：君不见，闽浙邻封往来路，裹粮休番日无数。(《客兵行》)

例8：君不见，嶰谷管，峄阳琴，至音那得留至今。又不见，徂徕松，新甫柏，当时断度已陈迹。牺尊青黄不足珍，惟有此木全其真。(《孔庙古桧歌》)

例9：君不见，当时痛饮同襟期。(《饮义溪陈参伯池亭》)❶

在七古当中，林燫重复使用"君不见"句式，足见诗人对这种句式的喜爱。例2、例3、例4皆位于篇首，具有先声夺人的效果，以及造势的作用。例5、例6、例8将"君不见"与"又不见"叠加使用，节奏缓急相间，语句抑扬顿挫，气势豪迈，感情充沛，诗歌充满着张力。

林燫的七古运用顶针的修辞手法，产生连珠蹴鞠、续续相生之感，如同链式结构，气势连贯直下。诗歌不仅看上去端丽工整，读来也是朗朗上口、语势畅快、自然流转，给人缠绵缱绻、反复不尽之感。以下兹列数条。

---

❶ （明）林燫:《林学士诗集》卷二，傅斯年图书馆藏影印本。

例1：白昼羽书飞上谷，中宵烽火照燕山。燕山喧呼闻点兵，城中壮健尽从征。(《出塞曲》)

例2：忽然变化飞相随，相随变化双龙去。(《宝剑歌赠李邑博之丰城》)

例3：明公今居青云上，遥望故山空惆怅。惆怅以何为，心中恒苦悲。(《风木图为康宗伯题》)❶

林爈的七古学习太白诗风，风格豪迈俊爽。林爈《宝剑歌赠李邑博之丰城》云：

君不见，昔有宝剑双雌雄，流落久埋丰城中。精光直射几万丈，斗间紫气明如虹。张公雷令忽得之，持将分佩叹绝奇。耿如芙蓉出清水，乃古干将莫邪之所为。陆断刲犀象，水击惊蛟螭。青天昼起风云色，白日光回霜雪姿。风云色，霜雪姿。匣里悲鸣念别离，由来神物会当合。忽然变化飞相随，相随变化双龙去。世上犹传剑沉处，千载好事更何人。忆昨得之延平津，钩镡跃水嗟已久。锋锷入手惊犹新，锦带十年长结佩。青蛇万里独相亲，心手惜之不敢留。重君高谊古人流，愿将解赠远别离。送君仍向丰城游，文光剑气两照耀，遥夜相思看斗牛。❷

李白歌行喜欢运用神话传说，比如《梦游天姥吟留别》。林爈此诗在内容上也是如此，此诗用《晋书·张华传》中"双剑化龙"的传说。晋时，雷焕在江西丰城当县令，得到干将莫邪所造的两把宝剑，一曰龙泉，一曰太阿。雷焕将其中一把剑送给了尚书张华，另外一把自佩。张华死后，宝剑失落。后来，雷焕也去世，宝剑传给儿子雷华。雷华乘船行经延平津（福建南平）时，宝剑忽然从鞘中

❶ （明）林爈:《林学士诗集》卷一，傅斯年图书馆藏影印本。
❷ （明）林爈:《林学士诗集》卷二，傅斯年图书馆藏影印本。

跳出，跃入水中。雷华派人去水底寻找，发现双剑幻化成雌雄双龙。此诗先是用"君不见"句式造势，仿佛凌空飞起，又直劈而下。句式上，有三字句、五字句、七字句、九字句，语句错综变化，惝恍莫测。作者运用顶针、反复等手法，整首诗气脉贯注。诗歌意境雄伟，构思精密，豪迈奔放。

林爟的诗歌崇尚复古，在取材范围上溯汉魏六朝，下至盛唐；在内容上，题材广泛，时事诗与山水田园诗的艺术成就较高。林爟的时事诗扬榷政事，揭露时弊，有诗史之称。这些诗歌体现了林爟对时政和民生社稷的关注，满腔的爱国情怀。其田园诗主要效法陶诗，语言不事雕琢，清新自然。林爟在寺庙的游览聚会诗，既有山水的描写，也夹杂佛教用语，有些禅意。总体来说，林爟的山水田园诗呈现清新淡远的艺术面貌。在句式上，林爟的五古对汉魏六朝诗的朴拙句法多有借鉴。七古主要是学习李白歌行的句法和气势，笔力纵横，风格豪迈。

第二节　春容典雅的馆阁文风

《林学士诗集》六卷是按照诗体进行编排，《林学士文集》十二卷则是按照文体进行编排。《林学士文集》卷一到卷三序；卷四颂；卷五乐章；卷六表；卷七至卷八论；卷九策；卷十疏；卷十一启；卷十二至卷十三书；卷十四记；卷十五志铭；卷十六祭文。从文体构成来看，《林学士文集》偏向于日常应用的实用类文体。陆树声《学士对山林公全集序》云："夫以公蕴藻缋帝谟之学，抱经世宰物之具，居文学议论之司。一时朝野金属，隐然系具瞻之望。然竟以中当揆者之忌，不获入赞襄密勿大政，而世独表见其文，此余所为三复公文而致慨也。公为文大都沉邃典蔚，语理道则思入玄深，指事类则体恢鸿钜，而扬抎古初，归之大雅，成一家言。"❶正如陆树声所言，林爟是一个有政治才能的人。林爟的古文大多与政教有关，政治思想性、学术性强。陈子龙《皇明经世文编》卷三百一十三

---

❶ （明）林爟：《林学士诗集》卷首，傅斯年图书馆藏影印本。

收录林燫《陈言边计疏》《答汪中丞论倭寇》《清军察院记》《陵寝纪前序》《后序》《万寿宫庆成颂并序》《赠节斋刘公之江西左辖序》。❶ 林燫的古文注重经世致用，也并非内容完全压倒形式。在艺术特色上，林燫古文擅长说理，大量运用譬喻、对比等修辞手法，塑造了鲜明的人物形象，富有形象性和艺术感染力，具有强烈的文学色彩。

一、纡徐委备，词婉而庄

叶向高《林文恪公集序》云："其为文春容尔雅，绝类庐陵南丰。"❷ 叶向高认为林燫的古文师法欧阳修、曾巩，文章文气舒缓，辞藻优美。欧阳修的古文之所以文气舒缓，在于文章善于以曲为势，行文含蓄渐进，不露藏锋。后世将委婉纡徐归纳为欧文的主要特点。不论是"春容尔雅"还是"纡徐委备"，两者在本质上是一样的。文章内容要写得从容不迫，就不能突兀急促，需要更多的铺陈和过渡。文章增添了铺陈和过渡，不再是直线式或者单刀直入的论说叙述，内容也就有了曲线之美。

清代林云铭所编《古文析义》卷十六收录林燫《送史大夫之南大理丞序》。《古文析义》编选了上至先秦，下至清康熙年间的五百余篇文章。选文几乎遍及各个朝代，不同朝代的选文比例相差悬殊。据田雨露《古文析义》选目研究统计，《古文析义》当中先秦两汉文几乎占到半壁江山，元文仅有 2 篇；明文 39 篇；清文 7 篇。❸ 林燫的古文能有一篇入选，殊为不易。在这篇文章的句末和篇末，林云铭均有详细的评点，其评点简明扼要，直切要害，颇为精彩。更为重要

---

❶ （明）陈子龙等辑：《皇明经世文编》，《四库禁毁书丛刊》集部第 26 册：北京：北京出版社，2000 年，第 636-646 页。

❷ （明）叶向高：《苍霞草》，《四库禁毁书丛刊》本，集部第 124 册，第 223 页。

❸ 参考田雨露：《林云铭〈古文析义〉研究》，华东师范大学硕士论文，2017 年，第 37 页。

的是，这篇文章比较好的体现了林燫的古文纡徐委备、词婉而庄的艺术特点。

《送史大夫之南大理丞序》全文如下：

> 初，史大夫之为刑部尚书郎也。直叙起。会兵部员外郎容❶城杨君敢言事继盛。仇鸾反未有端，杨君疏列其状，鸾衔之，未有以中也。言马市事，贬狄道典史。鸾诛，杨君斥复起。由是愈感激，思以死尽言。疏权贵人罪，迁兵部武选，疏论少师严嵩十罪五奸，权贵人怒，欲甘心焉。有诏下刑部狱，尚书惧不知所为。遇这等尚书碍难守法。侍郎雅与权贵人婚，阿其意，必欲文致杨君罪。遇这等侍郎更难守法。独史郎中持不可，与尚书争者累日真守法硬汉。尚书知不可夺，即好谓史郎中曰："君第如侍郎议，幸上怜而赦之句。不句，君与我且得罪。"为下文重失富贵句伏案。大夫曰："法不可私轻重，奈何其敢逃罪乎！"法字是通篇眼目。尚书遂与侍郎谋，不用其议，而史大夫亦用是贬矣。以守法贬。贬且十余年，会权贵人以罪去，大夫乃稍稍进用。是岁也，执政有义其前所为者，由河南按察司佥事，荐为尚宝卿，且曰："是能执法者。"未数日，又荐以为南京大理寺丞。以守法用。自篇首至此，用叙事笔法，倒入大理丞本题。盖大理丞乃执法之官，由小臣以作大臣之路，故下文把守法二字，将小臣大臣比方议论，励其□节。
>
> 嗟夫，方史大夫与争杨君狱时，岂顾知有今日豫徼其福哉。诚中心恻怛，欲为国守法也。用赞叹语轻轻结束前案。《记》曰："大臣法。"言法者，大臣守也。至传记所载，如乘驿见宣子，廷议是魏其，往往出于小臣。何哉？议者谓大臣更事久，故重失富贵。小臣以犊触虎耳，金注瓦注，固自不同也。岂其然乎！相赌之物曰注。《庄子》曰："以瓦注者巧，以金注者昏。"谓外重者则内拙也。夫人顾素所树立何如耳。就上文尚书不用其议处，比论发出，树立正意。且夫人臣非不习故也。所以轻于弄法者，彼于

---

❶ 林云铭《古文析义》误将"容"刻为"客"，据林燫《林学士文集》卷二《送史大夫之南大理丞序》改。

权贵人，非其所树也。交私，则其畏也。惧祸。不然，持长短与之市也。互相容隐，彼此奸利。不然心知不可，自顾已不足取信天下，业能为此而不能为彼也。因无品望，力不从心，此素不能树立者。若夫古大臣则不然。古大臣虽雷霆之下，犹以死争，何权贵人之屈！假使祁大夫、汲长孺持三尺，肯为有力者挠也邪！此素能树立者，能树立则不论为小臣大臣，皆能守法而不改。故设言祁、汲二公作大臣，不但应前，且为下文期勉之地。夫奋鬐驰骤，中道而疲，非国马也。国马者，虽日暮途远，志未尝不千里也。

　　予观史大夫，凤宿自许，实不让古人。应前守法事。今明天子、贤执政俱知君能行且重用。应前荐用，君其无忘前日之议矣。勿使论常信于小臣，则复有如大夫者，能争之于大夫也。劝其为大臣，勿改前守，词婉而庄。❶

　　此文是林燫为同年史朝宾所作。史朝宾，字应之，泉州府晋江人，嘉靖二十六年（1547）进士，历官刑部主事、刑部员外郎、南京大理丞。这篇文章牵涉一个影响史朝宾仕途生涯的重要事件。兵部武选司员外郎杨继盛弹劾严嵩纳贿蠹国十罪五奸，严嵩恼羞成怒，要将杨继盛置于死地。刑部尚书何鳌不敢违抗严嵩的指令，刑部侍郎王学益与严嵩是姻亲关系，也有意附和严嵩的做法，唯独刑部郎中史朝宾不肯与严嵩合作。结果史朝宾被连降三级，外调泰州通判，量移扬州。被贬十余年后，史朝宾擢升南京大理丞。开篇采用直叙手法，不从眼前说起，而是将目光投向十余年前史朝宾遭遇的一场政治风波。就好像一出好戏拉开帷幕，关键人物杨继盛率先登场，接着其他人物鱼贯登场，先是仇鸾、严嵩，再接着何鳌、王学益，最后主人公史朝宾压轴登场。可以说，文章节奏缓慢，第一段落到最后一句才切题。通过描写不同人物对杨继盛事件的不同态度，史朝宾守

---

❶ （明）林燫：《送史大夫之南大理丞序》，见（清）林云铭编：《古文析义》卷十六，康熙五十五年（1716）刻本，哈佛大学图书馆藏。

法硬汉的形象跃然纸上。

第二个段落开始，文章并没有立足当下，顺笔从史朝宾擢升大理丞说起。一个感叹词之后，又将思绪拐回到史朝宾十余年前所面临的具体情境，展开了一长段议论。整篇文章的纲目是"法"字。林熑说史朝宾因守法被贬时，没有预料到日后自己会因为守法得到提拔。史朝宾凭借的是心中对法度的绝对敬畏。仇鸾、严嵩、何鳌、王学益，都是不守法的人。仇鸾和严嵩视法度为一纸空文，何鳌因为避祸不能守法，王学益因为私交也不能守法。只有史朝宾是铁骨铮铮的硬汉，是一个守法的臣子。臣子能不能守法，不取决于官职的大小，在于臣子心中是否有树立法度的标尺，并且坚定无畏地去实践它。林云铭篇末有评点云："史人夫争杨君一节，守法不阿。既斥而起，公论自在。此等文若出他手，止是赞不置口，决其大用之后必能正色无挠而已。先文恪独将其事叙过，而以守法勉之于末路，蒯切之谊如此，在今日为广陵散矣。从孙云铭谨识。"❶这段文字见识独到，林云铭真正读懂了林熑文章委婉的用意，以及林熑对友人殷切地盼望和切责之义。读到此处，也就明白为何林熑要花费大量的笔墨去叙述和议论一件陈年旧事，目的不在于争论大臣和小臣谁更能守法，在于提醒史朝宾，希望他不要因为升迁忘记曾经的操守，还在于勉励史朝宾坚定操守，希望他不要因为过去的挫折，熄灭内心的正义和光芒。文章纡徐委备、详而不厌，且无一字赘语，是林熑古文中的上乘之作。

林熑的古文温柔敦厚，用词婉转。从一篇涉及遗产纷争的书信文《答黄豫斋先生》可以瞧出一些端倪。黄仲阳，字宗乾，号豫斋，闽县人，官长史。黄季瑞，字宗和，仲阳之弟，嘉靖二十六年（1547）进士，官大理寺卿。林熑年少时跟随黄仲阳学习《春秋》经义，又与仲阳之弟黄季瑞是同榜进士，林熑与黄家的关系是很亲密的。其云：

> 郑舍亲至远承教翰，所谕令弟大理家事。仰惟吾师手足之爱，虑之甚周，忧之甚至矣。……愚意吾师于大理家事，所当虑当忧者，其

---

❶ （清）林云铭编：《古文析义》卷十六，康熙五十五年（1716）刻本，哈佛大学图书馆藏。

大者耳。如大理之子吾师育之犹子也，此其大者也。其他妾媵则听大
理夫人所以处之，勿问可也。大理之产凡为田若干，为屋若干，吾师
为守之，待其子之长，此其大者也。其囊箧米盐琐细，听大理夫人出
入，勿问可也。如来谕是必一一虑之忧之，则大理夫人不听也。夫死
从子者也。孺子未有知矣。听信其父母之言，亦人情也。苟无大害可
尽禁乎！今将曰："孺子，吾弟之子也，外氏何为者而相其室。"彼亦
曰："孺子，吾女之子也。伯氏独不使吾与之。"则其势固必争，争则其
势固必讼。……是乃虑之太周，忧之太至之过也。❶

《答黄豫斋先生》先夸赞黄仲阳笃于手足之爱，然后回到眼前的遗产纠纷。
林燫认为，黄仲阳应该抓大放小，给予弟媳一定的经济自主权；侄子的教育、田
产屋舍是大事情，家中的柴米油盐是小事情。俗话说，清官难断家务事，林燫居
中调解这场遗产纠纷，断理得明明白白。文章从三个角度展开，从孺子的角度
看，父亲黄季瑞过世，他听信母亲的话是自然而然的事情；从黄仲阳的角度看，
弟弟黄季瑞死后，弟媳并非真正意义上的黄家人；从大理夫人的角度看，黄仲阳
作为伯父，未免过于独断专行。各有各的道理。从开头"虑之甚周，忧之甚至"
至结尾"虑之太周，忧之太至"，中间从"甚"字变成"太"字。这一字当中寓
褒贬，文辞委婉，也足见林燫论事公正，体贴人情，帮理不帮亲。

二、善用对比，论说透彻

林燫的古文学习欧文纡徐委婉的特点，文中有较多的过渡和铺陈。另外，林
燫的古文善用对比手法，采用正反对比、古今对比等形式反复论说，在反复论

---

❶ （明）林燫：《林学士文集》卷十二，傅斯年图书馆藏影印本。

说过程中，文章蕴含的道理也随之彰显。正如邓链《学士林对山先生集序》所说："其文雍容博大，冠裳鸣佩，如入大官之庖，彼野人菁精自难为味。"❶ 既然要雍容博大，行文就要尽量挥洒自如，面面俱到。对比手法恰好可以顾及事物的正反面，因此，林爃的古文大多熟练地运用对比手法，深入浅出地将道理传达给读者。其古文言辞丰腴，富有力量，论说透彻，往往一针见血。

如赠序文《送陈希舜分教永福序》云：

> 希舜亦常观于市乎。负贩之夫朝而往，日中得所欲焉；日中而往，夕得所欲焉，所居者易售也。若夫富商大贾，终日坐市肆中，挟奇货，怀重宝，非识之者，固不敢视。其取视，非有力者，固不敢问。其直故或穷年累月而一售。虽然，若校其获市利视负贩之夫，奚啻倍蓰什百也。今爃年少冒进，特易售者耳。希舜怀挟其赀，有四方之志，兹分教广右，例得复试有司，安知不有识者取视，而问其直者哉。希舜徐之无躁，他日当复见爃京师，岂不相顾大笑，谓江公之果知人，而爃之言为有征也耶。❷

文章写林爃在北京送友人希舜赴任广东永福县教谕。两人童生时已相知相识，二十余年之后，林爃中了进士，在翰林院当官，希舜在科场蹉跎二十余年，仕途偃蹇蹭蹬。两人境遇悬殊，可谓浮沉异势，但故友相见，林爃没有志得意满，摆出一副高高在上的姿态。他劝慰友人不要急躁，是金子终究有发光的一天。他说小商小贩在市场上卖东西，很容易就能够将货物售出，因为货物的价值不高，顾客也比较容易接受。如果是巨商大贾，做的是大生意，他们手中的奇货重宝长年累月压在手中，很少能卖得出去，就像价值连城的和氏璧，刚开始人们意识不到它的价值，即使意识到了它的价值，也少有人买得起。但是，一旦巨商大贾做成一笔生意，他所获得的利润是小商小贩的数百倍数千倍。通过对比手

---

❶ （明）林爃：《林学士诗集》卷首，傅斯年图书馆藏影印本。
❷ （明）林爃：《林学士文集》卷二，傅斯年图书馆藏影印本。

法，文章阐述了小商小贩与巨商大贾做生意的不同方式，也传递了作者的看法和主张。林燫很谦逊，他说自己就像小商小贩手中的商品，希舜就像巨商大贾手中的奇货重宝。文末是一段对友人的寄语，感情殷切，情感真挚。

相对来说，《送陈希舜分教永福序》中的对比是在同一时空当中的两个不同对象之间，这种对比手法也是比较常见的。林燫有一些古文，不仅有过去与现在的对比，也有同一时空当中两个不同对象的对比。在多层次的对比当中，突显文章的立意与主旨。如《送贞逊弟游太学还闽序》云：

> 予观《春秋》，栾、郤、胥、原降在皂隶。及韩宣子聘列国过诸侯大夫。或见其子宣子曰："非保家之主，其后卒验。"何哉？生长富贵而溺焉者鲜克由礼也。夫以周之世禄其子弟，狃于有其家，犹陵夷衰微。矧今士大夫仕者，固非得以世而食于上也。幸而离蔬释蹻，有列于朝，其富贵岂可常守也哉！而其子弟乃溺焉。袭古人所以失，其又能保乎！予每见海内纨绔贵游，往往以高门甲族隳其家声，反不若甍牖绳枢之子为无负俗之累，而不辱其先者亦众矣。❶

林燫的堂弟在国子监游学结束，即将返回福州老家，林燫为了劝勉他写了一篇赠序文《送贞逊弟游太学还闽序》。引文第一句出自《左传》中的《晏婴叔向论晋季世》。"栾"指的是栾枝；"郤"指的是郤缺；"胥"指的是胥臣；"原"指的是原轸，即先轸。这几个人都是晋国的公卿。在晋文公时代，这些公卿的家族成员担任国君身边的近臣。到了晋平公时代，这些家族都衰弱了，家族成员沦为衙门里的普通差役。周代实行世卿世禄制度，官位通过血缘关系世代承袭。春秋时代，周天子已经不复西周时的辉煌与权威，国家权利下移集中在诸侯和公卿的手里。即使在实行世卿世禄制度的春秋时代，晋国的公卿家族也发生了沧海桑田般的巨变。隋唐之后，选官制度从魏晋时期的九品中正制变为科举制度，官位不再通过世袭继承。将春秋时代与后世相比，是古今之间的对比。"离蔬释蹻"，语出

---

❶（明）林燫：《林学士文集》卷二，傅斯年图书馆藏影印本。

王褒《圣主得贤臣颂》。"离蔬"指的是离开蔬食，"释蹻"指的是脱去草鞋，比喻士人步入仕途，脱离了清贫的生活。林爔认为，在实行世卿世禄制度的春秋时代，公卿世族尚且不能常保富贵，更何况后世那些靠科举发家的家族。只有每一代都努力的读书，奋力在科举道途上拼搏，科举家族才能保持昌盛不衰。林爔又将"纨绔贵游"与"甕牖绳枢之子"放在一起，将这两种不同贫富阶层的行为进行比较，一个是正面形象，一个是负面形象。在双重对比中，林爔勉励堂弟要努力学习，谨言慎行，保住林家的家族声望，不做危害家族名声的事情。整篇文章深刻有力，情意深长。

林爔古文擅长用对比手法，阐述事物的正反面。对比手法也有助于烘托和刻画人物形象。《赠永福林侯擢贵阳别驾序》云：

> 何以知之。曰："廉吏也。"贤止于廉乎？吾少也，从家君游京师。闻有户曹梁尚书者，金陵人也。豫章夏少师有宠贵倨，厅事不设宾榻。诸公贵人率跛侯之，独梁尚书不屈。边臣请内帑重，人得赂为之地，梁尚书每节不与。御史瞿然称是，语何故曰固也。爔请言之，梁尚书惟持身廉，故能自立。国家赖之。夫士必有守而后有为，若梁尚书者不易得也。……夫爔之所重廉吏者，谓有利于人国也。廉吏之所自重者，亦人国是利也。假使有择于官者，必有欲于官，有欲于官者，必有志不在公者矣，国家奚利焉。❶

梁材，字大用，号俭庵，谥端肃，南京金吾右卫人，弘治十二年（1499）进士，官至户部尚书。《明史》列传第八十二有《梁材传》。梁材任广东布政使廉洁自守。《明史》记载吏部考察全国布政使，唯有梁材与姚镆二人以廉名著称。这段文字有两处对比：一个是首辅夏言在内阁处理公务的场景。夏言地位尊贵，性格倨傲，在内阁厅堂不设置宾客下榻休息的地方。夏言与公卿权贵议事时，一些公卿权贵为了摆出一副低眉顺首的样子，便故意屈膝跛脚等候夏言。只有户部尚

---

❶ （明）林爔：《林学士文集》卷三，傅斯年图书馆藏影印本。

书梁材一人站得笔直，丝毫没有媚态。另一个对比是，大同巡抚樊继祖想让朝廷增加大同军饷，便贿赂一些朝中的大臣，这些大臣便附和樊继祖的提议。梁材身为户部尚书持反对意见，他直言大同的军饷每年要花费国库七十几万两白银，与之前相比已经增加了数倍，如果持续增加，国家就无法负担了。因此，樊继祖多次奏请增加兵饷，都没有成功。文章通过这两处对比烘托和刻画了梁尚书廉洁、刚正不阿的人物形象，也进一步阐释了文章所阐发的主旨，官吏廉洁自守固然是一种可贵的品质，更为重要的是廉洁的官吏会维护国家的利益。

三、引物托喻，说理明畅

林俊《林文安公传家集序》云："文根诸理，发诸气而昌之以词。"❶ 林俊评价林瀚古文以"理"为本，"理"既可以指儒家孔孟之道，也指对社会人生的看法乃至治国的道理。林燫的古文也擅长说理，王世贞《林学士传》云："为文能复古，然根柢道理。"❷ 林瀚、林燫二人都很重视文学对社会的干预作用，这与明初馆阁作家刘基在《苏平仲文集序》中所表达的文学观念是一脉相承的，"文以理为主，而气以摅之。理不明，为虚文；气不足，则理无所驾。文之盛衰，实关时之泰否"❸。正如刘基所说，要写切实有物、条理清晰的文章，如果文章道理没有阐明，就是一篇空洞浮华的表面文章。林燫的文章关注国家与社会现实，阐发对政事的看法与观点，林燫古文所彰显的"理"体现了林燫作为馆阁翰林作家的社会责任感与家国意识。

《林学士文集》卷十疏，收录了林燫的《陈言边计疏》。这篇奏疏无疑是林燫古文当中的精品，不仅被陈子龙《皇明经世文编》收录，陈田的《明诗纪事》也

❶ （明）林瀚：《林文安公文集》卷首，嘉靖三年（1524）刻本，广东省立中山图书馆藏。
❷ （明）林燫：《林学士文集》附录，傅斯年图书馆藏影印本。
❸ （明）刘基：《刘基集》第二卷，杭州：浙江古籍出版社，1999年，第88页。

对这篇文章赞赏有加。《明诗纪事》己箴卷九云："田按：文恪家世以科名鼎贵，留心著述，尝辑《福州府志》三十六卷。官礼部侍郎时，上备边七事，慨然有封狼居胥意。其历举一时边将，如梁震贪而智于劫营，杨照傲而勇于赴敌，周尚文谩骂而仁于抚士，评骘各当。史第云寇犯边，条上七事，而不详其语。予特著之。"❶《陈言边计疏》从七个方面论述如何加强北方的边防，一曰"议强本"，二曰"议储才"，三曰"议重将"，四曰"议调兵"，五曰"议赏功"，六曰"议习射"，七曰"议省费"。其中最为重要和基础的一项便是"议强本"。倘若京军不强，也就无力压制四方的军队，后面的诸多建议也如同沙上筑塔。因此，林燫将其放在首要位置。

> 一曰："议强本。"臣窃闻王者必居重以驭轻。故京师者，四方之本也。天子六军，乃祈父之诗，所谓爪牙以威天下者也。本不强而能制四方者鲜矣。……盖虏之敢于深入者，由宣府大同之兵不为用也。大同之兵不为用者，由京师之本不强也。夫宣、大二镇者，我之门户也。国家竭府库之藏，日馈岁输，岂特为二镇守哉。无亦为京师之辅，使虏欲深入，则以二镇为虞也。故我之有宣、大也。譬人之有两手以卫头目也。自嘉靖年间大同军变之后，二镇之兵，渐不可令，非一日矣。譬如两手痿痹不仁，不为吾用。虽其将帅非唐藩镇之将帅，而士卒实唐藩镇之士卒也。然议者皆知其然，卒不敢发其端。何哉？彼诚恐一旦有变，而京师之兵不足以制之也。寇日深矣！可不为之图乎！臣以为欲制虏深入，则莫若使宣、大之兵为用，欲用宣、大，则莫若强京师之兵。今三大营之兵，虽号为八九万人，其实为私门占役买闲者十二三矣！老弱不堪用者又十二三矣！市井之窜名尺籍者又十二三矣！其堪战者尚不满二三万人矣！……六师既精。然后以御虏专责之

---

❶ （明）陈田；周骏富辑：《明诗纪事》，《明代传记丛刊》第 14 册，台北：明文书局，1991 年，第 587 页。

宣、大，汰老弱、简行伍、时操练、诛强梗。每虏入寇，使之或御其前，或尾其后，与蓟镇相为犄角，未有不得志于虏者也。❶

由上文"庚戌之变"可知，嘉靖二十九年（1550），京军的战斗力已经很弱，俺答大军兵临北京城下，明王朝没有半分招架之力。到了隆庆初年，这种状况持续发酵恶化，军中多老弱病残，号称八九万人的军队，实际只有两三万人的战斗力。从明朝整体的战备着眼，林燫提出要抵御外寇入侵，不能完全仰赖宣府、大同两个藩镇的军队，最根本的解决措施是增强京军的实力。京师是国家政治文化重心，也是整个国家的根本。京军是朝廷向邻国宣扬武力的"爪牙"，宣府、大同的军队尚且处在次要地位。只有京师的军队足够强大，才能够管制宣府、大同的军队。京军好比人的脑袋，宣府、大同的军队好比人的双手，如果一个人遇到袭击，双手会出于本能护住脑袋，避免脑袋遭受致命伤害。假如一个人的双手痿弱无力，那么遇到袭击时，抵御能力将大幅下降。宣府、大同是京师的屏障，就好比春秋时代虢国的前线屏障虞国。因此，不仅要加强京军，也要同时加强宣府、大同军队的战斗实力，最终达到运用宣府、大同军队抵御外寇的目的。文章思虑深远周详，比喻层见叠出，说理透彻。

又如论说文《六经》云：

圣人之道不明，诸儒晦之也。……玉之在山，良工挥锤琢之以为珪璋，非不美也，而太朴不完。太享之礼，上玄酒而俎腥鱼，易牙调之，五味烹之，以薪济其不及而洩其过。故天下之口，期于易牙而至味不存。夫苟完太朴，岂用良工之巧，匪离至味，不必易牙之调。独会全经，奚取诸儒之凿，非恶其明经也。恶其适足以病圣人之经也。是故百人舆瓢而趋，不若一人负之而走。故传注愈繁，则圣人之经愈晦。❷

---

❶ （明）林燫：《林学士文集》卷十，傅斯年图书馆藏影印本。
❷ （明）林燫：《林学士文集》卷七，傅斯年图书馆藏影印本。

从《陈言边计疏》《六经》等政论文可以发现，林燫的论说文与序文的行文节奏完全不同。政论文大多开门见山，直接抛出论点，而赠序文节奏缓慢，纡徐委婉。《六经》的论点是圣人之道不明晰，是由于诸儒过分解经。他采用两个例子作为论据。一个是工匠琢玉，另一个是易牙调味。六经就好比璞玉与玄酒，经过儒者阐释之后，就失去了原本的朴质与味道。好比一百个人每人取一瓢水，零零散散，不如一个人用两个木桶挑一担水。如果把六经比作一辆马车，儒者的解释就好比一道道车辙，南辕北辙的车辙与马车本身相去甚远。《六经》阐释的道理很深刻，又是通过生动形象的比喻进行说理。

林燫担任过北京国子监祭酒、吏部侍郎，他与祖父林瀚同样关注人才的任用。《赠少司空双江方公奏绩序》云：

> 自正德以来，士大夫论者患在好虚名之士，而不知贵实用之士。夫务虚名者，大抵饰诈养交，使为之游说以眩其上，诬其所未至，誉其所不能说，行则借虚名而居实利。虽贵之于公无益也。实用之士则不然，守法度，奉公忘私，无利交，无伪行。上知之不敢以隐，上不知之不敢以翼。惟靖共而已。……珉之与玉有辨矣。徒饰藏□华荐籍，则珉或可以乱玉。察其色必温润，而粟叩其声必清越，而长以为珪璋特达，然后贵贱别矣。❶

文章通过列举"虚名之士"与"实用之士"一些具体的行为，对比论述两者的区别。文章并没有止步于枯燥单调的说理，而是进一步用一个生动的比喻进行论证。"珉"与"玉"之间是有差别的，如果只是粗略地看，看不出两者的差别。一旦仔细地考究察色、叩声，两者立马有高下之别。文章明面上是说"珉"与"玉"有贵贱之别，又何尝不是说"虚名之士""实用之士"之间有云泥之别。

《赠少司空双江方公奏绩序》讲的是人才的任用问题，《寿太史陈封君七十三序》讲的是人才的培养问题。《寿太史陈封君七十三序》云：

---

❶ （明）林燫：《林学士文集》卷三，傅斯年图书馆藏影印本。

故常譬于木，拱把之材，诚非栋梁之具也。若夫千寻合抱之松柏，干云霄蔽日月者，使执斧斤以游于部娄，固不能得也。须之徂来、新甫森然成林矣。何者？所以培植之殊也。故世非无特达之士也，而有不足以致远者。或曰："其家之所积则然也。"彼虽贤父兄弗长者耳。人知材之为用也，而孰知培植土壤之功哉。❶

一个人能否成材，不仅取决于个人的资质，也受到家庭环境和后天教育的影响。文章用树木来比喻人才，毫无新意。此文中设置了一个假设情境，顿时令这个比喻式的说理增添了生色趣味。"部娄"是小山丘，"徂来"和"新甫"是古山名。匠人拿着斧头去小山丘寻找高大的松柏，只会徒劳无功。如果去高大的徂来山和新甫山，在群林中找到苍天巨柏很容易。新甫山的土壤肥沃，山上的树木比小山丘更高大。同样的树种种植在不同的地方，结果完全不一样。《封君蔡白崖寿序》进一步概括人才的培养不仅受到家庭环境的影响，也受到地域的局限。"士谓部娄无松栢，宁无有，才而不尽用之叹，以地限之耳。"❷

《陈言边计疏》等古文气魄大、格局大，探讨国家财政、边防，体现了林纕心怀天下的广阔胸襟，对时政的关注。唯有大胸襟者，才会有大识见；唯有大识见，才会有大议论。总体说来，林纕的古文论说道理延续了翰林作家学习欧文的传统，善用对比、譬喻等手法，文章雍容不迫、含蓄敦厚、温婉典雅，具有一定的形象性和艺术感染力。

❶（明）林纕:《林学士文集》卷二，傅斯年图书馆藏影印本。
❷（明）林纕:《林学士文集》卷二，傅斯年图书馆藏影印本。

第八章　林烃诗文研究

　　林烃（1540—1616），字贞耀，号仲山，林庭机次子，林燫之弟，嘉靖四十一年（1562）进士，著有《覆瓿草》《林烃文稿》《林氏杂记》。林烃历官户部山西司主事、南京兵部驾司员外郎、建昌知府、太平府知府、广西按察司副使等，官至南京工部尚书。林烃不汲汲于仕进，宠辱不惊，平易淡泊。林烃不喜欢当官，每一次任职期限都不长，短则数月，最长的一次也没有超过五年。万历五年（1577），林烃服阕，进京拜谒首辅徐阶。《林氏杂记·宦游记》云："余释褐进谒徐相国，既退，公谓伯兄曰：'君家弟一田间书生耳，殊异乎公路也。'"❶ 徐阶说林烃身为朝廷命官，身上没有当官的做派，反而很像一个田间的书生。林烃刚正不阿，与权相张居正关系紧张，仕途受到很大影响。林烃任满前往北京考绩，没有私下拜谒张居正，被外放偏远之地广西。林烃《林氏杂记》云："余两人觐，皆江陵柄国，伯兄既与有隙，朝房旅见外，未尝敢私谒。时郡守迁转善地，皆相国私人，故余得广西副使。"❷ 万历五年（1577），张居正夺情起复。万历命人将张母从湖北接到北京，方便张居正克尽孝道。张母车驾所经之处，沿途官员谄媚巴结，林烃以之为耻。林材《太子少保工部尚书仲山林公传》云："上遣中使迎其母入京，其弟都阃、子锦衣护行。道出姑孰，吏白：'相国贵震天下，今两台而下使者结辙于道，府君宜加礼，不且得罪。'公张目叱之曰：'女欲吾括帑金媚权贵耶。'"❸

---

❶ （明）林烃：《林氏杂记》不分卷，明钞本，浙江省图书馆藏。

❷ （明）林烃：《林氏杂记》。

❸ 《濂江林氏家谱》第一册，27 页。

第一节　林烃与闽中诗派

林烃《覆瓿草》是由胡应麟校订，卷首有胡应麟诗序。嘉靖三十八年（1559），胡应麟之父胡僖登进士第，林燫任会试考官。也就是说，胡僖是林燫的门生。胡应麟与林家往来密切。胡应麟《读林氏文僖文恪二公集有序》序云："家君登己未第，文恪公知贡举。而不佞受知贞耀仲季，盖两世通家云。"❶胡应麟不仅与林烃有交集，与林烃之弟林光、林烃之侄林世吉也有往来。《少室山房集》卷六十六有七言律诗《晋安林计部以翰觊见存赋谢并寄怀仲兄贞耀先生》。林光，字贞实，号季山，林庭机三子，官至户部员外郎。《少室山房集》卷五十九有七言律诗《林计部天迪招饮达曙作时舟次清源关下》《天迪以新诗属序未及脱稿赋此报之》。林世吉，林燫长子，字天迪，号泰华生，官户部员外郎，在临清关榷税。从林瀚到林燫，林家祖孙三代有四个人得到朝廷的谥号，胡应麟为此写过《题天恩四谥册有序》，见《少室山房集》卷六十六。胡应麟与林家的往来并不止于粗浅的人情往来，更多的是文学层面的互动。《少室山房集》卷十五有《读林氏三世集寄贞耀参知天迪员外》。由上可知，胡应麟读过林氏好几位家族成员的诗文集，如林庭机、林燫、林烃、林光、林世吉。其中，胡应麟与林烃的交往是最密切的。胡应麟为林世吉诗集写过序，可惜已不存。❷只有林烃的《覆瓿草》是由胡应麟亲自校订，并附有诗序。

万历二十五年（1597），林烃擢升广东左参政。胡应麟为其送行，作《送林贞耀藩参之岭南》（《少室山房集》卷十五），又作《送林贞耀擢岭南大参》（《少室山房集》卷六十一）。《送林贞耀藩参之岭南》其一云：

---

❶（明）胡应麟：《少室山房集》，《景印文渊阁四库全书》本，第488页。

❷ 胡应麟《诗序》云："先生从子计部郎天迪方以文辞雄艺苑，不佞尝序其诗，谓闽有两林员外，行且嗣先生之业而益传之无穷。"（明）林烃著；胡应麟校：《覆瓿草》，《域外汉籍珍本文库》第五辑，集部22册，重庆：西南师范大学出版社；北京：人民出版社，2015年，第470页。

晨餐怅不御，飞龙在河梁。驾言奉王命，千骑巡东方。材官负旌
节，组练纷路傍。还州震华鼓，里閈烂生光。伟哉图南鹏，八翼顺风
翔。把袂即修途，行行涉炎荒。岂无临歧戚，执手互彷徨。与子异形
骸，去住安得双。丈夫志万里，六合如帷房。勉哉策高足，铜柱流芬
芳。❶

林烃这次是到广东做官，此去路途遥远，也不知何时能够相见。"岂无临歧
戚，执手互彷徨。"胡应麟虽然心里很悲伤，想到大丈夫志在四方，又将这种不
舍变成了勉励和鼓励。胡应麟的《报林贞耀》提及两人在舟中絮语。江上送行，
两人依依惜别的场景，叙及林烃请求《覆瓿草》作序之事。《报林贞耀》云：

楼船晤语，欢极生平。惜公冗方殷，而不肖复为六桥花事所驱，
放舟东下。顾远勤使者赍赐八行，奖谕绸缪，馈赠丰渥。而鸿篇名集
鬐发巨公累世之藏，不啻宝玉大弓下贲蓬牖。鄙人寡见谀闻，即结发
词场，所得仅如鸡肋。迺执事撝谦己，甚至欲举千秋之业，授以雌黄。
即有胸无心，逾切蚊负之愧。项复瑶缄严督，虑以方命而蹈。不恭谨
馨其愚衷，卒业贡上，间以管中之测。惄请高明执事，亮之教之。❷

是年仲夏，胡应麟为林烃作诗序，林烃有书复之。其《孝廉胡元瑞书》云：
"邂逅高贤，倾盖如故。拙稿不足以辱大序。正明光锦裁为负版裤也。知己之感
则终身不敢忘耳。送别二作，古风近体并极精工，藏之箧笥，重于夜光之璧。秋
初抵舍，百冗交集，分量已过，宦情甚阑。行将为乞身计矣。北上何时，各天一
方，无由晤对，临楮依依。"❸书信主要是表达对胡应麟的感谢之情，感谢他为自
己写的序与赠行诗。

---

❶（明）胡应麟：《少室山房集》，《景印文渊阁四库全书》本，第90页。
❷（明）胡应麟：《少室山房集》，《景印文渊阁四库全书》本，第856页。
❸（明）林烃：《林烃文稿》卷二，手抄本，上海图书馆藏。

《四库全书总目提要》卷一七八"别集类"云："《覆瓿草》六卷，浙江汪汝璪家藏本。明林烃撰。烃字贞耀，闽县人。嘉靖壬戌进士，官至南京工部尚书。事迹附见《明史·林瀚传》。集首有王稚登《序》，言烃官未踰藩镇，既告归，几二十年，乃以荐为太仆，俄复请归。与史不合，盖史举其所终之官，稚登所称则其刻集时官也。稚登《序》极论七子末流之弊，而独称烃诗为有道之言。然是集为胡应麟所编，应麟故依附七子者。集中所录，大抵旧调居多，新意殊少，仍七子之支派而已。"❶按照四库馆臣的说法，林烃的《覆瓿草》是由胡应麟所编，其诗作也是因循后七子的套路。我们今天看到的《覆瓿草》卷首并没有王稚登的序文。另外，四库馆臣说《覆瓿草》由胡应麟所编，这个说法也是值得怀疑的。现存《覆瓿草》卷目后两行下署"闽中林烃贞耀甫著，东越胡应麟元瑞甫校"。"校订"不等同于"编选"，这是两个不同的概念。再者，四库馆臣的逻辑是有问题的。他们认为胡应麟与后七子关系密切。《覆瓿草》是由胡应麟编选，那么《覆瓿草》也与后七子的末流一样，流于模拟剽窃。且不说，《覆瓿草》是否由胡应麟编选，即使《覆瓿草》是由胡应麟编选，那诗风就一定偏向后七子吗？是不是林烃本人的影响更大？四库馆臣评价《覆瓿草》"旧调居多，新意殊少"，这是否是对林烃诗歌创作公正公允的评价？

事实上，即使林烃受到后七子的影响，他的诗歌还是有很浓厚的闽派气息，他的为人与诗作普遍为闽地或者闽派诗人所接受。林烃与叶向高交情莫逆，叶向高生于嘉靖三十八年（1559），林烃年长其十九岁。林烃家世贵盛，没有骄奢傲慢的贵游习气，相反，待人平易谦逊，有长者之风。叶向高对林烃的评价很高，认为他是古今完人。《明资善大夫南京工部尚书仲山林公偕配陈淑人合葬墓志铭》云：

> 余于公为晚进，公引之于交游之末以为臭味。谢政归来，犹得一
> 从公于三山乐饮旬日，乃亡何，遽失公矣。……公尤以长者著称，口

❶（清）纪昀总纂：《四库全书总目提要》，石家庄：河北人民出版社，2000年，第4792页。

未尝言人过失，胸怀旷远，于物无所不容。然绳趋尺步，不少蹦越，居恒呐呐，若不能道辞。至发为文章清新俊逸，藻泽动人，历官中外，皆有治办声而进趋甚恬，孝友之行，通于鬼神，公殆今世之完人也。❶

万历三十二年（1604），林烃擢升南京太仆寺卿。是年冬，林烃邀叶向高游览滁州名胜。叶向高《苍霞草诗》卷一有《余三过滁阳拟游不果兹以考绩道此遇太卿林仲山先生招饮再日尽览丰乐醉翁琅琊诸胜喜而赋此》，诗略云："况乃逢名公，生平欣托乘。芳宴敞孤亭，目穷意未罄。"❷《苍霞草诗》卷七另有《过滁州赠太仆林仲山先生时自北移南》其二云：

　　名流当代有谁如，官舍萧然水竹居。南北清曹推太仆，江山佳景属环滁。红泉过雨声偏急，绿树凌冬叶未疏。此地相逢离别去，每因临发驻征车。❸

万历三十三年（1605），林烃修丰乐亭、五贤祠。林烃想到醉翁亭有欧阳修的游记，丰乐亭目前还没有人写文章，便写信请叶向高写文章。《叶台山书》略云：

　　屡奉台函，不胜浣慰。敝署僻处荒郊，时事百无一闻。每得南山尺牍，真无异空谷足音也。大疏计已抵京旦夕当上矣。圣主高居九重，宵然忘其天下。……兹不佞亦僭有请于门下者，醉翁亭文忠已有专祠而丰山之后又有二贤祠，以五元之配欧，其来已久。不佞病其不广，爰搜滁志名宦甚多，而韦刺史、张文定、曾文昭，皆赫然在人耳目者。爰制主合祀为五贤，以寓仰止之意，窃谓礼可以义起也。敢求大作以

❶　（明）叶向高：《苍霞续草》，《四库禁毁书丛刊》本，集部第 125 册，第 158 页。

❷　（明）叶向高撰；福建省文史研究馆编：《苍霞草全集》十五，扬州：江苏广陵古籍刻印社，1994 年，第 24 页。

❸　（明）叶向高撰：《苍霞草全集》十五，第 315 页。

记岁月，倘蒙一诺，即拜千金之赐矣。二山之间，并得雄文勒之玄石，以托不朽，不独生辈之幸，寔五贤之光也。会景编残缺已甚，方修锜绘图毕日呈览，临楮不胜，祈恩之至。❶

次年，叶向高应林烃之邀作《重修醉翁丰乐亭记》《丰乐亭五贤祠记》。叶向高《重修醉翁丰乐亭记》云："甲辰之冬，以报满道滁，则仲山林先生长仆寺，闻余来，甚喜，治具饮余于丰乐。诘朝游醉翁，放于琅琊觞焉。于是，生平之所心艳神往，以为不了之愿者，至是而始偿。"❷叶向高《苍霞草诗》卷二另有《送林太仆仲山南归》。

万历三十五年（1607）冬，叶向高入阁，林烃屡疏请辞，叶向高寄书给林烃，谈及两人的交情。叶向高《答林仲山》略云："不肖以乡里后生，辱名公接引，奉殷勤之欢者二十余年。于兹白门聚首，经历三时，棋局酒杯，留连日夕，亦闲曹之极欢，而人生之稀觏也。叨滥非据，更辱垂念，喜倍寻常，非道义骨肉何以有此。"❸万历四十四年（1616），林烃卒。叶向高为林烃及其夫人作《明资善大夫南京工部尚书仲山林公偕配陈淑人合葬墓志铭》（《苍霞续草》卷十三），又作《祭林仲山文》（《苍霞续草》卷八）。

叶向高与林烃的感情是很深厚的，恐怕要深于胡应麟与林烃的交情。首先，两者有同乡之谊，有地缘的优势，交往的机会比较多。其次，两人相识相交二十余载，情同骨肉。这是叶向高本人在《答林仲山》中的说法，林烃绝无丝毫攀附之嫌。再次，两者在名位上是相当的。虽然林烃没有入阁，但也是官至南京工部尚书的高官，两者更有共同话题。叶向高为林烃的诗集写过序言，不仅如此，叶向高也为林烃之兄林燫写过诗文集序。在叶向高心目中，林烃的诗歌流于模拟剽窃吗？叶向高《林仲山先生诗序》云："世之谈诗者以为必模拟雕琢而后工。……

❶ （明）林烃：《林烃文稿》卷二，手抄本，上海图书馆藏。

❷ （明）叶向高：《苍霞草》，《四库禁毁书丛刊》本，集部第 124 册，第 276 页。

❸ （明）叶向高：《苍霞续草》，《四库禁毁书丛刊》本，集部第 125 册，第 244 页。

先生之诗清冷超洒，冰肌雪骨，不与里俗同调也。"❶在叶向高看来，林烴的诗歌不仅没有后七子因袭模拟的弊病，恰恰与之相反，林烴的诗歌以清新自然见长，语言不事雕琢。

试看林烴《沙溪杂咏六首》❷云：

其一
十里澄湖澹不流，绿阴浓处系扁舟。林深地僻行人少，尽日沙边对白鸥。

其二
四月清和日正长，杖藜闲步竹溪傍。倦来一枕羲皇梦，睡觉前山已夕阳。

又如《山庄杂咏四首》❸云：

其三
日落天风水自波，溪边缓步听渔歌。高车驷马红尘里，何似矶头一钓簑。

其四
树外重重环翠巘，门前曲曲带清江。山斋醉卧谁相唤，野寺钟声到客窗。

叶向高所谓"清冷超洒，冰肌雪骨"，多少有点类似柳宗元《江雪》的味道。《沙溪杂咏六首》其一所描述的环境也有点孤寂，一叶扁舟系在湖岸边，只有树枝飘拂在上方，树林幽深，行人稀少，沙滩边数只白鸥。整首诗没有出现主人公，等到第二首，主人公才正式进入画面，他在溪边散步，一觉睡到黄昏，生活

---

❶（明）叶向高：《苍霞草》，《四库禁毁书丛刊》本，集部第124册，第120页。
❷（明）林烴著；胡应麟校：《覆瓿草》，《域外汉籍珍本文库》本，第518页。
❸（明）林烴著；胡应麟校：《覆瓿草》，《域外汉籍珍本文库》本，第518页。

是非常闲适的。《山庄杂咏四首》也是如此。山庄环境清幽，门前清江环绕，远处是苍翠的青山，如果走在溪边会听到渔夫的歌声，在山庄醉卧会听到远处寺庙传来的钟声。这两组七绝虽然没有孤绝的意境，语句清新脱俗，后七子主张格调，主张诗法汉魏盛唐，但是，他们的诗作模拟蹈袭的弊病很重。正所谓"取法乎上，仅得其中；取法乎中，仅得其下"，如果林烃的诗作师法后七子，必然陷入因袭的怪圈。诗风又如何能够自然？曹学佺是晚明闽中诗坛领袖人物，诗歌创作以自然为宗。曹学佺《折醒草序》云："夫诗以自然为宗。自然者，气之所为也。气在人未有始以前，至足矣。行之于八级之表，而人不知者，风也。"❶

如果说叶向高的《林仲山先生诗序》旨在说明林烃的诗歌创作崇尚自然，不事雕琢，反对模拟。那么，曹学佺为林浦林氏所作的诗序，或许表明林烃的诗作与后七子绝不相类。曹学佺《林氏诗选序》云："仲山翁之诗真为温厚和平，有得于风人之指。"❷曹学佺论诗主张温柔敦厚的诗教，曹学佺《六李集序》"论温厚和平之指"：

> 夫圣人非教人怨也，亦非教人之屑屑于物逐物也。盖悲乎人生之不齐，而遇之不可以必聊，使其情之有所寄焉尔。寄怨于诗，则怨而不怒也；寄情于物，则天者、乔者、嘤者、鸣者而皆吾性，天之所发也。诗人之论曰："诗穷而工。"又曰："三百篇，皆发愤所为作也。"而世之轻诗人者，不过曰花鸟之伶官也，烟云之过客也，而不切于事理。噫！是之为论，见标而忘本，偏而不得其正者也。唯夫修己而不怨天，自厚而薄责人，君子之事也；齐乎不齐，物物而不物于物，达者之事也。而后其温厚和平之指，冲夷闲旷之怀，乃于诗有合焉。❸

曹学佺的《林氏诗选序》评价林烃不以仕途穷达为意，正是这种君子品性，使他的诗歌呈现出"温厚和平"的面貌。就好像《六李集序》说世间万物在孕育

---

❶ （明）曹学佺：《石仓文稿》卷一，《石仓全集》，日本内阁文库藏本。

❷ （明）曹学佺：《西峰六三文集》卷下，《石仓全集》，日本内阁文库藏本。

❸ （明）曹学佺：《石仓文稿》卷一，《石仓全集》，日本内阁文库藏本。

之初就是各有差别的。君子不怨天尤人，发而为诗，怨而不怒，感情是含蓄内敛的，又怎么会因为仕宦的通达偃塞而悲伤或者欢乐。曹学佺说，"诗穷而工"是诗人论诗，而不是君子论诗。诗歌的内容也不应该纯粹流连风月，应该切于人情物理。无论是温柔敦厚，还是温厚和平，两者都很注重诗人内在的道德与品质，与纯粹关注诗歌文学性与艺术性的文人之诗是不一样的。

《林烃文稿》当中有几篇文章谈及林烃对诗歌的看法，他本人崇奉温柔敦厚的诗教观。林烃《敬和堂诗序》云：

今海内之谈诗者至多矣。明兴学士大夫先后以诗名家者亦甚众矣。莫不扬镳词□角胜□林，……驰骋汉魏，骎骎乎轶开元而上之，大历而下卑卑无论矣。岂不彬彬❶称盛哉。然而徐按其词，绅绎其旨，率皆□章绘句，刓目鉥心，模拟为工，追琢致巧，侈连篇累牍之富，竞片言只字之奇。求之三百篇遗意，盖百不得一焉。"何也？以远于性情，无裨于教也。夫诗道性情者也。古之为诗或出于岩廊，或采之闾巷，本温柔敦厚之意，为咏歌嗟叹之词，美刺形焉，劝惩寓焉。然皆发乎情，止乎礼义，故可兴可观可群可怨而不失其正，是则诗之为教也。诗不系于教，诗也云乎哉。以余观于先生之作殆深于诗者与。先生天才朗异，博及群书，独悟道真，倡明绝学，著述甚富，不专于诗。今所刻仅仅百余篇耳。言岂一端，意各有当。……而抒写性灵，不事浮靡，浑融典雅，出于自然，修辞则步趋于太白、少陵之法，命意则矩蠖于濂洛关闽之旨。要皆契至理于目前，阐微言于象外，使诵之者穆然思恍然悟。禁其邪侠之萌而得性情之正，朱弦疏越有遗音焉，大羹玄酒有遗味焉。其视世之所驰骛角逐者可同日语哉。夫玉卮无当，虽宝非用。先生诗以著教，沨沨乎大雅之什。当与唐宋诸贤并传无疑也。先儒谓不明乎风雅之道不能为诗，讵不信夫。❷

---

❶　抄本此处原作"斌斌"。

❷　（明）林烃:《林烃文稿》卷一，手抄本，上海图书馆藏。

许孚远，字孟中，号敬庵，浙江德清人，嘉靖四十一年（1562）进士，官至福建巡抚都御史。万历二十一年（1593），许孚远任福建巡抚都御史。次年，叶向高为其作《许敬庵先生敬和堂集序》❶。《四库全书存目丛书》所收《敬和堂集》是影印北京图书馆藏万历刻本，仅存四卷，卷首有叶向高序，无林烃序。日本浅草文库藏《敬和堂集》八卷本，卷首也无林烃序。因此，《林烃文稿》所收《敬和堂诗序》有一定的文献价值。林烃《敬和堂诗序》开篇先批评了后七子的复古诗风，说他们作诗虽然呕心沥血，刻意雕琢，仍然不离模拟蹈袭的窠臼，诗作连篇累牍，也偶有惊人之句，但是根本无益于政教。与此相对，许孚远的诗歌没有这些毛病，寄寓阐发的是儒家之道，其诗歌抒写性灵，出于自然，浑融典雅。最后，林烃用了一个成语"玉卮无当"来形容诗教的重要性。诗歌如果不能有益于政教，就好比一个没有底盘的玉杯，外表华丽而不切实用。"诗不系于教，诗也云乎哉。"也就是说，诗歌之所以是诗歌，就在于它有关政教。

李时成《白湖集》有《后十子诗选序》云："爰自成弘以迄隆万又百有余年，则又有后十子集。后者如郑吏部继之、傅山人木虚、林方伯道近、林明府姬臣、袁太守公景从、林文学天瑞、林孝廉叔寅、徐孝廉惟和、陈太守元凯、林文学子真，其为诗也，则予之所选而集者也。……袁公讳表，字景从，予外王父也。……其诗律严而有法，必以开元天宝为宗。时历下琅琊七子兴，创新声而薄大雅，其于温柔敦厚之风渐如，公心弗善也。"❷按照李时成的说法，前后七子兴起之后，温柔敦厚的诗风随之衰弱。由此可见，林烃的诗作温厚和平，倒是与闽地的诗风更为接近。

林烃诗论最富有闽地特色的是《操缦集序》。《操缦集序》云：

甚矣诗之难言也。三百篇之后，诗莫盛于唐。……甚矣，诗之难言也。吾闽国初林子羽辈各以诗名号为十才子，近代郑少谷氏继起，

---

❶（明）许孚远：《敬和堂集》，《四库全书存目丛书》集部第136册，济南：齐鲁书社，1997年，第497页。

❷（明）李时成：《白湖集》卷十二，崇祯刻本，据尊经阁文库影印，台湾汉学中心藏。

知名海内，评者以为得杜骨。然吾乡操觚染翰先后辈出，其泯泯无闻，又岂可胜道哉。盖诗非作之难，而知之难。非知之难而传之难也。昔人谓诗类于禅，惟在妙悟，故乘有大小，宗有南北，道有邪正，有味乎其言也。余友张北台氏间过余，手一帙曰《操缦集》，集凡五卷，大参王先生叙之详矣。余披阅累日，意玄而语新，调高而格正，古风近体各臻其妙，盖得三百篇之遗意，而继唐人之绝响也，其悟入禅家第一义而修最上乘者邪。其必传无疑矣。❶

《操缦集序》回顾了明初至万历初年的闽中诗坛。将近二百余年的时间，闽中诗坛作者如林，但是真正诗作能够闻名于世的屈指可数——明初以林鸿为代表的闽中十才子，以及明中叶中兴闽诗的郑善夫。林烃说"昔人谓诗类于禅，惟在妙悟"，指的是严羽《沧浪诗话》中很著名的妙悟说。严羽是福建人，他的《沧浪诗话》是构建闽诗传统的宗本❷。明代高棅的《唐诗品汇》影响了整个福建文坛，高棅将唐诗分为初盛中晚，就是受到严羽诗论的影响。林烃说"故乘有大小，宗有南北，道有邪正"，这句话与严羽《沧浪诗话》的《诗辨》开篇几乎是一模一样。《诗辨》云："禅家者流，乘有大小，宗有南北，道有邪正。"❸严羽是用禅道来解释诗道，林烃的《操缦集序》不过是照搬严羽的诗论。可见，林烃信服严羽的诗论。并且，在日常创作中，林烃也运用严羽的诗论来评判诗作的高下优劣。又比如，林烃写给秦钟震的书信。秦钟震，字伯起，号耻罍，泉州府晋江人，万历三十二年（1604）进士，历官知府，著有《樗吟集》。《秦耻罍书》云："仰慕盛名，无缘请教。适阅魁卷二帙，盥诵卒业，真穿杨乎，战胜万人宜哉。至于扇头诗，讽咏数四，清隽逸真，得唐人兴致，非超凡入圣，修最上乘禅者

---

❶（明）林烃：《林烃文稿》卷一，手抄本，上海图书馆藏。

❷ 参考陈广宏：《闽诗传统的生成——明代福建地域文学的一种历史省察》，上海：上海古籍出版社，2018年，第27页。

❸（宋）严羽著；张健校笺：《沧浪诗话校笺》，上海：上海古籍出版社，2012年，第7页。

耶。" ❶

由上可知，四库馆臣认为林烃的诗作步趋后七子显然是不成立的。林烃的诗歌几乎很少因袭模拟前人的诗句。林烃的诗歌与堂兄林炫、胞兄林㦂都不同，林炫的诗作模拟杜诗痕迹明显，林㦂的五言古诗也存在过分模拟的弊病，而林烃的诗歌最起码从字面上很难看出模拟的痕迹。林烃的诗歌是明代林氏家族当中的翘楚，拥有最多名家题序、品评，比如胡应麟、叶向高、曹学佺。林烃的诗作受到温柔敦厚的诗教观影响，呈现温厚和平的面貌。这一点与后七子并不同，反而与闽派诗坛领袖曹学佺的诗论是一致的。林烃主张温柔敦厚的诗教观，他的诗论也受到严羽《沧浪诗话》的影响，带有鲜明的闽地特色。

第二节 《覆瓿草》的基本风貌

林烃的《覆瓿草》共六卷，按照诗体进行编排。卷一是五言古诗，卷二是七言古诗，卷三是五言律诗，卷四是七言律诗，卷五是五言排律，卷六是五言绝句和七言绝句。《覆瓿草》卷首的胡应麟《诗序》按照诗体论述林烃诗歌的艺术面貌。《诗序》云：

> 而先生特以蚤岁成进士，扬历中外，已而养高岩穴十余年。所而
> 以其生平全力萃于诗歌，故尤为精诣其体。自河梁以迄辋川无所不悬
> 解，其世自黄初以迄大历无所不驰骤，其人自苏李以迄钱刘无所不取
> 裁。兹所传覆瓿一编，不佞麟受而伏读，未尝不三击节也。五言选体
> 温裕和平，薄太康而上之，而五言律为尤胜，如茂林丰草，幽谷长松，
> 味之亡穷，索之逾远；七言近体清融婉亮，兼天宝而有之。而七言古
> 为尤超，如流水行云，回风急雪，排荡莫测，操纵自如。他若大篇长

---

❶ （明）林烃：《林烃文稿》卷二，手抄本，上海图书馆藏。

句，郁丽而春容，庄严而富缛。短章孤绝，优柔而闲旷，逸发而穠纤，即鼎中一胾，全牛固可想见。大都先生之治诗，才高而洁之以法，气厚而标之以韵，骨澹而永之以思，情与景适，象与境镕，比兴弥深而勅节靡减，盖卓然自名一家而侈大三世之传。❶

　　按照胡应麟的描述，林烃诗歌的取材与师法范围是很广的，上取汉魏诗，下取中唐诗。"河梁"代指李陵与苏武的赠答诗（《文选》之《李少卿与苏武诗》其三："携手上河梁，游子暮何之。"）；"黄初"是魏文帝曹丕的年号，代指曹魏诗；"大历"是唐代宗李豫的年号，代指中唐诗。"苏李"指的是李陵与苏武；钱起与刘长卿并称"钱刘"，是大历诗风的代表作家。胡应麟评价林烃的五古温厚和平，五律含蓄隽永，七古豪宕纵横，七律清融婉亮，五言排律富丽春容，绝句清新俊逸。这是胡应麟的一家之言，是否符合林烃诗歌真正的创作面貌呢？

　　在明代林浦林氏家族中，林元美当过山东宁海知州，没有什么诗作传世。林瀚、林庭机、林燫祖孙三人，由于长期任职翰林，生活环境相对比较狭窄，主要是在福州—南京—北京三地。林庭棉当过云南参政，可惜几乎没有与云南相关的诗作传世。林炫任职两京郎署，一生宦游踪迹也比较局限。与他们相比，林烃的宦游范围是比较广阔的——最北在北京任职，最南到过广东。而且，林烃任职的地点与其他林氏家族成员相比是最多的，比如北京、南京、安徽太平、广西、浙江衢州、广东、安徽滁州（太仆寺）等地。万历五年（1577），林烃任太平府知府。太平府的府治在当涂县，是诗仙李白终老的地方。林烃当过广西副使，虽然时间不超过一年，但是这部分诗歌算得上林烃山水游览诗中的佳作，描写的主要对象是桂林山水。这也是林氏家族其他成员几乎未曾涉及的题材领域，比如《白龙洞》《王总戎饯别水月洞》《府江渡》等。林烃当过浙江金衢副使，有《邀严比部游柯山》（烂柯山）、《望江郎山》。虽然林烃七十多岁才辞官，但是由于体弱多病，林烃多次告病在家闲居。林烃在福州家居的时间将近三十载，与其父祖兄弟

---

❶ （明）林烃著；胡应麟校：《覆瓿草》，《域外汉籍珍本文库》本，第 469 页。

相比，也是最久的。这大概是为何《覆瓿草》当中，有关福州诗作比较多的原因
之一，这些仕宦经历对林烃的诗歌创作产生了非常直接的影响。以下简列《覆瓿
草》踪迹简表（如表 8-1 所示），以期对其一生的宦海行踪有一个比较整体和客观
的认识。在此基础上，再进一步论述《覆瓿草》的艺术面貌。

表 8-1 《覆瓿草》踪迹简表

地名	诗歌名	备注
广西河池	《白龙洞》	洞在广西河池市宜州区庆远镇北山半山腰。《徐霞客游记》（粤西游日记十二）对白龙洞有详细记载。
广西桂林	《三司诸公湘南楼饯别》《王总戎饯别水月洞》《府江渡》《湘南楼有颜鲁公石刻》《湘山寺》《风洞山》《南薰亭》	象鼻山在广西壮族自治区桂林市，山在漓江和阳江交汇处，因山形好像一头巨象临江伸鼻吸水得名。水月洞在象鼻山北麓。 府江是广西桂林至梧州之间的驿道，南北长达 500 里，两旁多崇山峻岭、峡谷深沟，地势险要。 湘南楼在广西桂林，又名"逍遥楼"，有颜真卿"逍遥楼"碑刻。 湘山寺，在广西桂林市全州县。寺脚下有妙明塔，塔内安葬全真大师肉身，建于宋淳佑年间。 风洞山，在广西桂林市，又名"叠彩山"。 南薰亭在广西桂林市的虞山。
福建福州	《邻霄台小集》《连江道中即事》《龙江竞渡歌》《白沙别舍弟》《灵鹫庵次伯兄韵》《饮北园池亭》《饮马氏北园》《长公同二弟饯别芋江》《芋江发舟寄舍弟时赴粤西》《涵碧亭宴集》《饮北园》《西湖泛舟》《饮陈太常水亭雨后泛舟》《饮天迪园亭二首》《集陈氏山馆》《平远台宴集》《北园泛舟》《芋江秋祀有感》《李宪使雨中邀饮平远台》《北园宴集和陈司马韵》《和许中丞登鼓山之作》	龙江，指的是台江。 灵鹫庵在乌石山。 北园系户部尚书马森家园林。 林瀚《重刊林文安公诗集》卷八有《题义江陈文用金宪涵碧亭八景》。
福建武夷山	《武夷泛舟》	
江西抚州	《游从姑山》《王司成邀游麻姑山》	南城县有麻姑山、从姑山、毕姑山。

续表

地名	诗歌名	备注
江西上饶	《玉山阻雨》	玉山县
江西南昌	《滕王阁对月》《南昌登滕王阁》	
浙江衢州	《邀严比部游柯山》（烂柯山）、《望江郎山》、《望金华山》	
浙江杭州	《过钓台谒严先生祠》《游净慈寺》《梅薛二台长邀游西湖》	净慈寺，在西湖南岸，雷峰塔对面。
江苏镇江	《京口阻雪》	
江苏南京	《凤凰台同年燕集邀刘侍御》《天界寺半峰亭宴集》《雨中西园宴集》《东麓亭》《登摄山绝顶》《九日登江东楼》《宿栖霞寺》《白鹿泉》《天开岩访云谷上人》《金山僧馈泉水戏为二绝》	"天界寺""灵谷寺""大报恩寺"合称"金陵三大佛寺"。金陵四十八景有"天界招提"。摄山，即栖霞山。白鹿泉、天开岩在栖霞山。"江东楼"为明代南京十六楼之一。
江苏徐州	《彭城九日有怀故园兄弟》	
江苏无锡	《秦秘书邀游惠山寺观泉留饮其先太保公山庄》《无锡吴窗丈邀游锡山惠泉诸胜》	惠山寺，在无锡。
安徽池州	《青阳道中登玩华楼》《青阳道中》	青阳县有九华山。
安徽当涂（姑孰）	《采石登谪仙楼》《同郡僚游雷峰寺》《游凌歊台》《春日游雷峰寺望青山有感》《重谒谪仙祠》《同万释徵登凌歊台》	采石矶，又名"牛渚矶"。南宋《姑孰志》中姑孰八景："牛渚春涛""龙山秋色""白纻松风""尼坡梅月""丹灶寒烟""凌歊夕照""玄晖古井""太白遗祠"。雷峰寺在青山对面。谢朓曾在青山居住，因而又名"谢公山"，有谢公宅、谢公池等遗迹。
湖南衡阳	《衡山歌》《管宪使邀饮石鼓书院时兼督学》	
湖南醴陵	《醴陵即事》	
山东兖州	《兖州道中遇雪》	

　　林烃一生四处游宦，有不少羁旅行役诗和离别赠行诗。有时是写他送别亲友同僚，有时是写亲友同僚为其饯别送行。就《覆瓿草》卷一五言古诗来说，羁旅行役诗如《京口阻雪》《府江渡》《醴陵即事》《连江道中即事（四首）》；离别赠行诗有《伯兄以诗见怀答寄（三首）》（此诗系赠行胞兄林㷫之作）、《赠贞实弟北上五首》、《北征述怀（三首）》（辞别亲友）、《三司诸公湘南楼饯别》、《王总戎饯别水月洞》（别同僚）、《连江吴氏女于归怜其远也作诗四章以慰勉之》、《再赠舍弟北上三首》。这些诗歌占据《覆瓿草》卷一绝大部分篇幅，卷一还有四首游宴登览诗，如《白龙洞》《邻霄台小集》等。因此，羁旅行役诗和离别赠行诗更能说明林烃五古的创作面貌。

　　胡应麟评价林烃的五古温厚和平，其实这只是林烃一部分五古诗作的面貌。林烃的羁旅行役诗和离别赠行诗有些情感是比较外露的，有些表达了与亲友离别的感伤，有些表达了羁旅行役的愁苦。《伯兄以诗见怀答寄》其一云：“尚忆临江别，握手泪如线。”《北征述怀》其一云：“驾言适京国，掩泪辞高堂。”《赠贞实弟北上五首》其二云：“彷徨亦何为，缠绵百忧萃。”❶

　　林烃次女适南京兵部尚书吴文华之子吴承烈。吴家在连江，闽县与连江县虽然同属一郡，但相隔较远，需要翻山越岭，交通不甚便利。林烃作为一位老父亲，送女儿远嫁，心里非常愁苦。《连江吴氏女于归怜其远也作诗四章以慰勉之》云：

　　　　其一
　　　　仓庚鸣高树，春日忽载阳。东园桃李华，灼灼争妍芳。之子当于归，相送集中堂。驱车行复止，踟蹰以彷徨。依依骨肉情，能不割中肠。

---

❶（明）林烃著；胡应麟校：《覆瓿草》，《域外汉籍珍本文库》本，第 471、471、473 页。

其二

中肠何所悲，念女当远离。行行越乡县，迢迢隔山陂。女泣前致辞，少长在深闺。未尝足履阈，奈何天一涯。诸姑及伯姊，泪下如缏縻。日暮不遑发，哽咽前相持。

其三

相持亦何为，咸恒垂大义。女子云有行，远父母兄弟。松柏附茑萝，绸缪庶勿替。努力事尊章，敬恭在中馈。谁谓道路遥，崇朝可以至。归宁岁有期，收汝纵横涕。

其四

收涕即长路，我心惨以伤。骨肉欢相聚，伊人独一方。练裳与布被，愧无百两将。尝闻古贤女，贫不厌糟糠。锸耕应慕冀，举案庶希光。提瓮闻少君，断织有乐羊。四妇岂不伟，千载名以彰。女诫垂七篇，念之慎勿忘。❶

　　诗歌其一写的是女儿出嫁的喜庆场面。其二写女儿出嫁时家人的愁苦状态，"女泣前致辞""诸姑及伯姊，泪下如缏縻"，哭嫁本是一种地方民俗。嫁女时家人哭送，表达不忍女儿离去的心情。但是，林烃的女儿是远嫁，也就可以理解为何林家人会出现这种难过的心情。出嫁本来是一件喜事，由于远嫁的缘故，连诗人内心都有一些难以释怀的悲伤。其三"努力事尊章，敬恭在中馈"，勉励女儿要孝敬公婆。其四"收涕即长路，我心惨以伤。骨肉欢相聚，伊人独一方"，虽然诗人心里有不舍，又不得不将这种不舍化成对女儿的勉励和安慰；"提瓮闻少君，断织有乐羊"，勉励女儿要向渤海鲍宣妻（桓氏女，字少君。提瓮出汲）以及乐羊妻（断织劝学）学习，做一个贤良淑德的妻子。其一尾句"能不割中肠"

---

❶ （明）林烃著；胡应麟校：《覆瓿草》，《域外汉籍珍本文库》本，第 474 页。

与其二首句"中肠何所悲"首尾是紧密相连的。诗人用顶针的修辞手法将这四首诗串联在一起,诗歌气脉贯注,情感缠绵反复,表达了诗人对女儿的深切不舍与殷切希冀。林烃写完《连江吴氏女于归怜其远也作诗四章以慰勉之》,心里还是不痛快的。于是,在送嫁途中又写了《连江道中即事(四首)》,其二云:"北山何巍巍,东行道弥恶。"❶因为心情不佳,林烃连路上的风景也是讨厌的。其三云:"虽念相攸乐,其如离思萦。乃知古来人,远嫁难为情。"❷诗人庆幸女儿觅得佳婿,但离别的感伤始终萦绕在心间。

林烃的五古中也有温厚和平之作,比如《王总戎饯别水月洞》云:

> 微雨霁秋晨,凉飔肃天宇。孤舟未能发,元戎劳出祖。奏凯平百蛮,军中日歌舞。爱客列绮筵,临流振箫鼓。岩峦恣游历,奇胜惊未睹。岂是五丁开,曾经巨灵斧。大者如城阙,结构自太古。巇嵲驾虹桥,倒影清江浒。小者类巢居,中可容数武。凿窍混沌初,东西炯窗户。下有百尺潭,游鱼纷可数。水月湛空明,恍入清虚府。怪此造化工,得无仙灵聚。冥搜限晷刻,独往牵簪组。何当此幽栖,万物俱尘土。❸

象鼻山在今广西壮族自治区桂林市,山在漓江和阳江交汇处,因山形好像一头巨象临江伸鼻吸水得名。象鼻山北麓有一座水月洞,东临漓江深潭,是一个由象鼻与象身组成的圆洞,形状就像一轮满月倒映在江水中。月明之夜,泛舟其上,水底有一轮明月的倒影,水上有一轮山形的月亮(水月洞)浮在半空。水月洞景观奇特,洞内外的崖壁上有不少名人题刻,如张孝祥、范成大以及陆游等人留下的摩崖石刻。这首五言古诗少有离别的感伤情绪,更多是描写水月洞的景观,抒发游览水月洞的感受,感叹造物者的鬼斧神工。"何当此幽栖,万物俱尘土",还有些超脱与豁达。

---

❶ (明)林烃著;胡应麟校:《覆瓿草》,《域外汉籍珍本文库》本,第 475 页。

❷ (明)林烃著;胡应麟校:《覆瓿草》,《域外汉籍珍本文库》本,第 475 页。

❸ (明)林烃著;胡应麟校:《覆瓿草》,《域外汉籍珍本文库》本,第 472 页。

　　林烃的七古与其兄林熑一样，也喜欢运用今昔对比，经常用"君不见"的句式。相比之下，林烃的运用更为自然纯熟。以"君不见"句式为例，林烃的七古就用了两次，比如《骢马行送邓侍御还朝》云："君不见，昔时桓典乘骢马，一日威名遍都下。"❶ 林熑的七古中用了高达九次，几乎随处可见，时常是"君不见"与"又不见"的双重组合。林熑的五古用"今……，昔……""朝……，暮……"等句式，多少有些呆板笨拙。林烃的七古更灵活一些，直接用"忆昨"两字轻轻带过，比如《报功祠歌为马司徒赋》略云："忆昨城头啼夜乌，脱巾白昼三军呼。凭陵攘臂气已茇，达官走匿如避胡。万姓仓皇忧剥肤，司徒高卧钟山隅。安车捧拥向路衢，公若不出变须臾。营门森森列剑戟，角巾张目叱群奴。汝曹作计何太愚，胡为窃弄干天诛。不念父母与妻孥，司徒忠信众所孚。纷纷感泣公生吾，一时解甲安无虞。"❷ 报功祠在福州于山，于万历九年（1581）建，纪念户部尚书马森劝谕平息福州三卫军士郭天养等兵变。林烃描写了当时福州军变士民逃难的混乱场面，在一片骚乱中，突出马森的镇定自若，以及不凡气度。

　　正如表 8-1《覆瓿草》踪迹简表所显示，林烃一生宦海浮沉，辗转走过很多地方，其律诗中有不少登临怀古以及游乐宴饮的诗作。林烃比较特别的一段任职经历是担任安徽太平知府。林烃与祖父林瀚一样很仰慕李白，与其父林庭机一样喜欢山水，公务闲暇，便与僚友四处游玩。《同郡僚游雷峰寺》云："秋日雷峰寺，登临兴不孤。"❸（寺在太平府）太平府的历史底蕴很浓厚。南齐谢朓曾在太平府当涂县东三十五里的青山筑屋造池。天宝年间，青山改名"谢公山"。林烃《春日游雷峰寺望青山有感》云：

　　宿雨喜初晴，芳郊载酒行。林花新冒蝶，岸柳乍啼莺。石洞春云细，江帆落日明。青山怀谢朓，异代一含情。❹

---

❶ （明）林烃著；胡应麟校：《覆瓿草》，《域外汉籍珍本文库》本，第 479 页。

❷ （明）林烃著；胡应麟校：《覆瓿草》，《域外汉籍珍本文库》本，第 479 页。

❸ （明）林烃著；胡应麟校：《覆瓿草》，《域外汉籍珍本文库》本，第 486 页。

❹ （明）林烃著；胡应麟校：《覆瓿草》，《域外汉籍珍本文库》本，第 486 页。

众所周知，李白与当涂县的因缘很深，在当涂也有很多遗迹。宝应元年（762），李白投靠当涂县令李阳冰，在当涂病故，初葬龙山，后改葬青山。李白多次游览采石矶（牛渚矶），有《夜泊牛渚怀古》《牛渚矶》等诗作。传说李白在采石矶醉酒，身穿宫锦袍跳江捉月，结果溺死江中。因此，采石矶边有李白的衣冠冢。当涂县的太白楼（又名"谪仙楼"）与太白祠（又名"谪仙祠"）是纪念李白的纪念性建筑。林烃仰慕李白，在当涂凭吊李白是不得不做的事情。其《赠张幼于》云："画鹢来何处，秋江吊谪仙。"❶林烃曾登太白楼，多次拜谒太白祠，发思古之幽情。林烃有两首关于太白楼与太白祠的五言律诗。

《采石登谪仙楼》云：

采石暂维舟，言登太白楼。江流无日夜，草色自春秋。百代诗名在，千年间气收。空余醉时月，犹照旧矶头。

《重谒谪仙祠》云：

不尽怜才意，重来吊谪仙。徒闻剑化日，无复鹤归年。古墓迷秋草，荒祠起暮烟。长庚天汉上，夜夜向人悬。❷

《采石登谪仙楼》与《重谒谪仙祠》表达了对李白的敬仰与惋惜之情。采石矶边有一座巍峨的太白楼。诗人登上高楼，楼前长江水日夜奔腾不息。江水还是原来的江水，月亮还是原来的月亮，然而，物是人非事事休，李白的诗名万古长存，李白却再也回不来了。林烃对李白的惋惜是深沉的，因此，一而再地前往太白祠瞻仰凭吊。"剑化"典出《晋书·张华传》（双龙化剑），这里比喻李白过世。"鹤归"典出《搜神后记》，辽东人丁令威在灵虚山学道，离家千年后，变幻成白鹤停留在城门的华表上（鹤归华表）。这里感叹丁令威千载之后还能回到尘世，李白这么伟大的诗人却再也回不来了。虽然李白回不来了，但是人世间还有李白墓与太白祠。"古墓迷秋草，荒祠起暮烟"，有一种人世变幻的苍凉之感。然而，

---

❶ （明）林烃著；胡应麟校：《覆瓿草》，《域外汉籍珍本文库》本，第486页。

❷ （明）林烃著；胡应麟校：《覆瓿草》，《域外汉籍珍本文库》本，第485、486页。

诗人很快又想到天上还有一颗闪耀的太白星。"长庚"是天上的星宿，又称"太白星"。《新唐书》记载李白诞生之前，他的母亲梦见太白星落入怀中。因此，太白是李白的字。李白有一首《登太白峰》云："太白与我语，为我开天关。"诗人多么希望李白也像天空中的太白星一样，日日光芒闪耀，但这终究是不可能的事情。通过这种不可能实现的希冀，含蓄深沉地表达了对李白的思念。李白有诗作《姑孰十咏》，其中就包括《凌歊台》。林烃《游凌歊台》云：

> 野寺傍山开，联镳此日来。雄图空往代，秋色满荒台。露重寒蝉
> 急，风高塞雁哀。孤亭余晚照，怀古独迟回。❶

凌歊台，又名"陵歊台"，在太平府黄山塔之南。宋孝武帝刘骏南游，登此台并建避暑离宫。古凌歊台富丽堂皇，高大宏伟。时世变迁，林烃登上凌歊台，纵目远望，刘骏的宏图功业早已化作尘土，凌歊台也变成了一个破蔽的荒台。寒蝉凄切，秋意渐浓，风里夹杂着大雁的哀鸣声，落日的余晖洒在孤亭上，气氛萧瑟落寞，有些大历诗人的情调。整首诗歌写登临怀古的感受，含蓄隽永，兴味无穷。

胡应麟说林烃的五古温厚和平，实际上，林烃的七律或许更符合温厚和平的艺术面貌。叶向高曾评价林烃的诗文淡泊平易，《明资善大夫南京工部尚书仲山林公偕配陈淑人合葬墓志铭》云："公家世词臣，文望渊源，冠冕海内。而性尤嗜学，自六经子史以至稗官无不综览，老而不倦。其所著述，多冲夷典则，无浮靡轧苗之习。"❷"冲夷"指的是冲和，即淡泊平和。"轧苗"，比喻诗歌晦涩难懂，诘屈聱牙。林烃诗歌语言平易浅近，风格悠远淡泊，尤其是他的七律经常表现不乐仕进、安于恬退、乐天知命的内容。试看林烃的几首七律。

---

❶（明）林烃著；胡应麟校：《覆瓿草》，《域外汉籍珍本文库》本，第 486 页。
❷（明）叶向高：《苍霞续草》，《四库禁毁书丛刊》本，集部第 125 册，第 160 页。

《郡斋述怀》云：

亲庭回首白云遥，何事风尘日折腰。把袂不堪南浦别，移文真愧北山招。他乡节序频流转，故国音书谩寂寥。坐啸郡斋徒自遣，终期谢病返渔樵。

《长安即事》云：

廿年通籍恋微官，叹息人间行路难。白璧无因终按剑，青云有托竟弹冠。马侵朔雪征裘敝，镜入秋霜旅鬓残。借问鸣珂双阙下，何如江上一渔竿。

《送吴宪副西还》云：

春来卧病掩柴荆，无那骊歌欲送行。世路风波难自料，郊原柳色若为情。飘飘汉节踰闽岭，渺渺江帆向楚城。京国旧游如有问，渔樵今已遂平生。❶

《郡斋述怀》宛如一封林烃为官心态的自白书。他说，在外当官，受到公务的束缚很不自由；他也不喜欢逢迎拍马，一直压抑自己的本性；远离亲友，让他感觉分外的孤单寂寞，他一定要想办法辞官归隐。《长安即事》写当官的显荣比不上归隐的快乐。《送吴宪副西还》更是直言归隐渔樵是平生志愿所在。这种羁旅漂泊的情绪在阖家团圆的除夕进一步加强，林烃归隐辞官的愿望也愈发强烈。《京邸除夕郑龙安见过》云："日月惊心双鬓短，欲将荷芰易朝衣。"❷《除夕》云："帝京除夜雪初消，歌吹喧喧动市朝。旅馆寒灯双泪下，故园飞梦一身遥。倦游司马缘多病，归去陶潜为折腰。年纪蹉跎空老大，何如沧海伴渔樵。"❸除夕夜，北京城大雪刚刚融化，烟花炮竹齐放。诗人独自旅居京城的旅馆，对着昏黄的灯光，感叹自己年纪老大，与家人暌别，不禁流下感伤的泪水。相对来说，这首诗更感伤一些，内心已不复和平坦易。

---

❶ （明）林烃著；胡应麟校：《覆瓿草》，《域外汉籍珍本文库》本，第 499、500、501 页。

❷ （明）林烃著；胡应麟校：《覆瓿草》，《域外汉籍珍本文库》本，第 501 页。

❸ （明）林烃著；胡应麟校：《覆瓿草》，《域外汉籍珍本文库》本，第 500 页。

林烃有一些描写时政的七律，比如《宁夏贼平志喜》（万历二十年，宁夏哱拜乱）、《闻临洮边报》《闻朝鲜捷报志喜》（壬辰倭乱）。《闻朝鲜捷报志喜》云：

> 中丞仗钺下青霄，十万楼船早渡辽。才喜天兵临绝域，即看露布彻皇朝。春回碣石鲸波静，日出扶桑蜃雾消。方召勋名堪并美，只今谁数霍骠姚。
>
> 贺兰山下方平寇，鸭绿江头又奏功。总是万全归庙算，谩夸三捷属元戎。尽销锋镝秦关外。会写丹青汉阁中。殷武周宣千载遇，中兴骏烈颂无穷。❶

万历二十年（1592），丰臣秀吉出兵侵略朝鲜。朝鲜请求明军救援，明廷认为日本攻打朝鲜，是想将朝鲜当作跳板，实则觊觎的是明朝的国土。如果保住朝鲜，就相当于保住了明朝的辽东与蓟州，北京城就可以稳如泰山。因此，明军援朝是一场正义的保卫战。林烃听闻明军在朝鲜取得大捷，心中也是万分雀跃。林烃的五言排律大多是庆吊和官场迎送，相对来说，艺术成就会弱一些。庆吊之作如《哭尚书长公》《挽大司徒马公》《寿大司马吴公五十韵》，官场迎送如《送江府公备兵吴松》《送赵中丞二十二韵》《送许中丞二十韵》。当然，林烃的五言排律之中也不乏优秀的诗作。隆庆三年（1569），朝廷命巡抚福建右佥都御史涂泽民配合两广共同剿灭海贼曾一本。《贺涂中丞平寇二十韵》云：

> 文武瞻雄略，衣冠仰大名。七闽开重镇，独坐拜恩荣。幕府招延盛，辕门训练精。军声山谷震，庙算鬼神精。岭表频飞檄，潢池未息兵。一封忠愤激，百胜好谋成。节钺从天下，楼船截海行。三军争戮力，六月事专征。叠鼓冯夷避，扬旗海若迎。云帆空外转，霜剑匣中鸣。巢燕宁知覆，游鱼欲就烹。九天飞霹雳，一夜扫攙枪。积甲山为堺，焚舟火彻明。鲸鲵

---

❶ （明）林烃著；胡应麟校：《覆瓿草》，《域外汉籍珍本文库》本，第508页。

高筑观，貔虎早休营。破竹功何速，摧枯势尽平。驱驰报明主，谈笑慰苍生。露布闻天阙，铙歌震海城。偃戈归野戍，买犊劝春耕。竹帛英雄志，壶浆父老情。会看麟阁上，勋业独峥嵘。❶

诗歌按照时间顺序平铺直叙，气度雍容。首写涂泽民出行的威严与气派，次写海战的激烈场面，再写战胜后将帅鼓励百姓恢复生产，最后表达老百姓对涂泽民的感戴之情。整首诗歌庄重典雅，表达了对抗倭功臣涂泽民的热情颂扬。

林烃的五绝以清新自然见长。比如，题画诗《题张比部小画六首》，分别题写《潇湘水云》《风雨归舟》《庭草交翠》《池塘春草》《阶除斗雀》《胡孙献捷》。《风雨归舟》云："扁舟泛五湖，沙鸥日为伍。东望海云生，回桡避风雨。"❷又比如，旅途中创作的即兴诗作《滁阳道中》其一云："滁阳风日好，杨柳绿盈堤。流莺如解意，故作傍人啼。"❸轻风吹拂着杨柳，枝上流莺细语。诗人的心情轻松愉快，诗歌的风格也随之明快。与五绝相比，林烃的七绝创作数量更多、质量更优，其中有不少是为亲友所作的赠别诗，比如《送四兄南还》《延平别舍弟》（三首）、《送天祚侄之崇安》（二首）、《赠天迪北上》（四首）、《送八弟之南雍》（三首）、《送道全之金陵》（林庭榆之曾孙，林烃之侄孙）等。在这些赠别诗中，我们可以感受到一种深厚的亲情，感受到林烃对弟侄的关爱。《送八弟之南雍》其二云："鸡鸣山下讲堂开，六馆英贤四海来。槐市青灯听夜雨，龙门白浪起春雷。"❹"槐市"是汉代太学附近的图书市场，因周围多槐树而得名。林烃希望弟弟在南京国子监用功读书，结交良朋好友，最终金榜题名。诗歌情意绵绵，满纸是对弟弟的劝勉和鼓励。林烃七绝风格清新俊逸，如《金山僧馈泉水戏作》其一云："南京东下百川奔，对峙金蕉控海门。天为圣朝存砥柱，万年形盛壮乾坤。"❺

---

❶ （明）林烃著；胡应麟校：《覆瓿草》，《域外汉籍珍本文库》本，第 511 页。

❷ （明）林烃著；胡应麟校：《覆瓿草》，《域外汉籍珍本文库》本，第 515 页。

❸ （明）林烃著；胡应麟校：《覆瓿草》，《域外汉籍珍本文库》本，第 515 页。

❹ （明）林烃著；胡应麟校：《覆瓿草》，《域外汉籍珍本文库》本，第 518 页。

❺ （明）林烃著；胡应麟校：《覆瓿草》，《域外汉籍珍本文库》本，第 517 页。

林烃也不乏壮健豪迈的作品，如《李总戎凯歌三首》诗云：

其一

将军勇略世无双，身作长城镇海邦。

指点风云开八阵，百蛮稽颡尽来降。

其二

兕甲三千胆气雄，鲸鲵戮尽海波红。

龙韬一试妖氛净，万里飞书奏汉宫。

其三

振旅阗阗唱凯歌，八闽从此罢干戈。

会看勋业标铜柱，汉将无劳数伏波。❶

三首诗歌热情赞颂了抗倭将士的英勇气概。其一写总兵李锡杰出的军事才能——指挥若定，胆略过人；其二写将士们士气高涨，战斗过程紧张激烈，鲜血染红了海水；其三写李锡等剿灭海寇曾一本，战绩非凡卓越，将镌刻在铜柱上永垂不朽。诗歌基调昂扬，风格壮健豪迈。

综上所述，林烃的诗歌显然有一定的艺术成就，四库馆臣评价其诗歌"旧调居多，新意殊少"，这不符合林烃诗歌的创作实际。林烃并非步趋后七子，其诗歌大体呈现出温厚和平的艺术面貌，与闽派领袖曹学佺的诗论更为贴近，也受到林瀚、林熑诗歌创作理念的影响。客观来说，诗歌的内容与艺术特色会受到诗歌体裁很大的影响。胡应麟按照诗体分别论述林烃各个诗体的艺术风貌，有一定的道理。胡应麟认为林烃的七古豪宕纵横，五言排律富丽舂容，五律含蓄隽永，七律清融婉亮，绝句清新俊逸。结合林烃具体的诗歌创作，这些判断大抵是正确的，也有一定的偏差，比如胡应麟认为林烃五古的艺术特色是温裕和平。林烃的

---

❶　（明）林烃著；胡应麟校：《覆瓿草》，《域外汉籍珍本文库》本，第 516 页。

五古主要是羁旅行役诗与离别赠行诗，这些诗歌情感比较张扬外露，大多书写与亲友离别的感伤以及羁旅行役的愁苦，与温厚和平的艺术面貌相去甚远。林烃的七律或许更符合温厚和平的艺术面貌。林烃不乐仕进、安于恬退，七律语言平易浅近、风格悠远淡泊。

第三节　两封罢矿税的奏疏

《林烃文稿》分为两卷，卷一是赠行序与诗序等，卷二是奏疏、谢表、书信文等。《林烃文稿》当中的奏疏文是了解林烃生平的重要文献，比如《改南疏》《致仕第一疏》至《第五疏》《自陈疏》等。从题材的重大性与文学性来看，《陈矿税奏稿》与《条陈灾异疏》尤为出彩。

自明初以来，矿税就一直存在，发展到万历年间，矿税衍变成一大苛政暴政。万历初年，张居正秉持朝政。给事中顾九思、王道成奏请裁撤浙江、直隶两地的织造内臣。明神宗听取了张居正的意见，决定裁撤织造内臣。张居正一系列大刀阔斧的改革改善了明王朝的财政状况。万历二十年（1592）之后，明王朝在西北（宁夏之役）、西南（播州之役）、朝鲜（朝鲜之役）三地用兵，消耗了明王朝大量的钱财，国库日益空虚。再加上明神宗沉湎逸乐，在宫中大兴土木，修建宫殿也亟须钱财。赋税是国家的财政之源，仅仅依靠农业税已经不能满足明王朝日益庞大的开销。于是，明神宗便盯上了商业税，尤其是矿税。万历二十四年（1596），明神宗下旨在各地开矿，并委派宦官出任矿使、矿监四处征税。直到万历四十八年（1620）神宗驾崩，才诏罢一切矿税。明中叶之后，商品经济日趋繁荣。明神宗加征商业税本是无可厚非的事情，然而，万历一朝"矿税之弊"荼毒百姓，明神宗本人难辞其咎。明神宗加征矿税的动机并不单纯，仅仅是为了满足一己私欲，故意纵容宦官在各地横征暴敛。倘若明神宗委派户部的官员去征税，所得税收归入国家财政，而派遣宦官去征税，宦官所得税收则直接归入内帑（皇帝私人财产）。这些宦官就是明神宗在各地的爪牙，打着皇帝的名义在地方敛财。神宗也不介意他们是否懂得开矿，只要能达到敛财的目的就行。因此，矿税就演变成一场全国范围内政治与经济层面旷日持久的闹剧。

万历一朝，上书直陈矿税之弊的官员不胜枚举，如名臣沈鲤、沈一贯、叶向高等。林烃一直很关注矿税问题。万历二十七年（1599），林烃上《陈矿税奏稿》略云：

> 然今日在廷之臣蒿目而忧，攈拏而谈者，则莫过于矿店二事矣。初缘一二宵人荧惑圣德，窃意陛下偶试为之，不久报罢。今则日月益棋布星罗，浸淫遍于天下矣。夫二者之扰害荼毒，大小诸臣更疏迭谏连篇累牍，言之不啻详已。臣不敢赘，试言其大者。夫人君，父天母地，子养万民。乃使名山大川遍遭挖掘，深逾十仞，下及三泉。泄阴阳之精，犯鬼神之怒，恐非圣心之所安也。自畿内至于各省，貂珰之使相望于途，爪牙之徒肆夺于野。矿则坟墓室庐之不保，税则蔬果百物之有征，百姓号天，无所归命，亦非圣心之所忍也。夫诏旨每下必曰："不许扰害。"地方又曰："不忍加派小民。"与其禁扰民，孰若己之，与其不忍加派，孰若安之。此在圣心一转移之间耳。上之所得不过锱铢，间阎之费且将无算。其愁苦之状，怨咨之声。君门万里，何能自达。使陛下见之闻之，将恻然兴悲而食不下咽也。今白日之下魍魉肆行，大道之中豺狼狂噬，实累朝以来未有之景象也。竭生民之膏脂，充群小之囊橐。谤归于上，利归于下。陛下亦何乐而为之耶。……夫民者邦之本也，财者民之心也。鸟穷则啄，兽穷则攫，民穷则诈。万一不胜其忿揭竿而呼，则云合响应者且遍海内矣。近上新河之群噪非其端倪乎，一旦横溃决裂不可收拾。斯时也，言利之徒，即虀粉之车裂之，亦何益于事哉。陛下贵为天子富有四海，皆赖亿兆臣民欣欢爱戴以奉一人。此其所以长守富贵也。故曰："得乎丘民而为天子。"如民心一离则将掉臂而去。土崩瓦解，所在为敌。陛下虽积财如山，将谁与守。故曰："抚我则后，虐我则仇。"自古季世之君以聚财敛怨，而基祸乱者多矣。可不深长思哉。夫守令牧民者也。中官掊克于民者也。

　　守令一言不相得，中官从而媒糵之。官校逮系，天下震骇。自此中官

　　之势如虎而翼，百姓任其鱼肉莫敢谁何，是驱之为盗耳。❶

　　林烃的《陈矿税奏稿》首先从风水的角度去论述，采矿会破坏皇家风水，触怒山灵鬼神。南京守备太监想在六安州采矿，庐州知府想了一个妙计拒绝。他献上地图，说六安州确实有矿产，但是明太祖担心采矿会伤及皇陵命脉，因此专门派兵驻守此地。神宗听到这一说法，便不在六安采矿。万历二十九年（1601），沈鲤向神宗极陈矿税之害，其中有一条理由打动了神宗——矿使四处开矿破坏了天下名山大川的灵气，这有碍神宗的龙体安康，也不利于神宗的子子孙孙。如果停止采矿，就能恢复名山大川的灵气，更有利于神宗皇帝的身体健康。针对矿税之弊，林烃有一句很好的总结，"矿则坟墓室庐之不保，税则蔬果百物之有征"。宦官并不懂堪舆之学，也不懂如何采矿。既然不懂如何挖到地底下的财宝，宦官们就得想方设法从其他地方挖出财宝。为了达到敛财的目的，宦官敲诈百姓，特别是勒索当地的富商巨贾。宦官声称富商的屋舍与祖坟下有矿脉，如果这些富商巨贾不给一笔钱财，家里的房子和祖坟就保不住。当时朝廷的苛捐杂税名目繁多，除了矿务方面的税收，全国各地的税收五花八门，比如，天津有店租、广州有采珠税、两淮有盐税、成都有盐茶之税、湖口长江有船税。林烃将矿使比作"魑魅""豺狼"，将神宗比作"季世之君"，这种比喻是很大胆的。宦官搜刮民脂民膏，不过是为了中饱私囊，而老百姓怨恨的最终是皇帝无道、贪财，好处都让宦官占去了。但是宦官有神宗撑腰，凡有官员阻扰征税，马上就会受到他们的打击报复。矿税弄得民不聊生，最终激起民变，威胁的是明王朝的统治。整篇奏疏文气贯通，说理透彻。

　　矿税利润丰厚，明神宗一点也不想放弃。直到万历三十年（1602），神宗身体不适，诏请内阁首辅沈一贯入见。神宗以为自己大限已到，才下旨停罢矿税。第二天，神宗的身体转危为安，又立马派人追回撤销矿税的旨意。面对如此固执

---

❶ （明）林烃：《林烃文稿》卷二，手抄本，上海图书馆藏。

的神宗，林烃也曾寄书首辅沈一贯，希望他能够点拨神宗，救万民于水火之中。沈一贯，字肩吾，号龙江，宁波府鄞县人，隆庆二年（1568）进士，官至吏部尚书。

林烃《上沈相公书》云：

> 今在廷之臣蒿目而忧，搤掔而谈者，莫过于矿店二事矣。群小之蛊惑甚巧，上心之锢蔽益深，大臣言之不听也，庶僚百执事言之不听，矿店浸淫遍于海内。荆棘塞途，网罗布野，魑魅肆行于白日，豺狼搏噬于通衢。祖宗二百年来有此政令乎？有此景象乎？百姓嗷嗷无所归命，水火倒悬，变且不测，一哗于湖口，再哗于南京，其乱形已见矣。可坐视而不为之所哉。侧闻荐绅之论，咸谓回天之力，惟相公是赖。盖元首股肱，义关一体，于室则栋也，于车则辅也，于鼎则足也，于舟则楫也。顷一疏而停京口之税，再疏而发王官之奸，中外莫不称诵，弼违之盛美。今人心惶惶，日甚一日，苛政止暴，及今犹可为也。书曰："制治于未乱，保邦于未危。"言辨之早也，已乱已危而图之，则无及已。伏惟念眷倚之深，思负荷之重，虑天命之靡常，顾民言之可畏。或密揭以挽回，或昌言以极谏，不厌再三得请后已。庶几主心一悟，易危为安。如其不然，亦当引为己咎，以去就争之，岂非大臣以道事君，不可则止之义哉。诗曰："天之方蹶，无然泄泄。"今枉民如积薪之厝火，而在位方燕雀之处堂。若犹养威廊庙，容容默默，拱手以听其所为，则燎原之势，其可扑灭？而天下之事必至大坏极敝，不可救止者，乖之矣。❶

林烃将矿税的起因归结为奸臣蛊惑神宗。作为封建时代的臣子，林烃只能选择这么说。文章连用两个"言之不听"，足见神宗刚愎自用。对于矿税弊政，林烃万分痛心，有明两百余年，从来没有出现过这种政治乱象。作为内阁首辅，沈

---

❶ （明）林烃：《林烃文稿》卷二，手抄本，上海图书馆藏。

一贯是朝廷的股肱之臣，对神宗还是有所影响的。书信运用排比句，铺陈比喻沈一贯对朝廷的重要性。"于室则栋也，于车则辅也，于鼎则足也，于舟则楫也。"接着林烃笔锋一转，转入正题，提出对沈一贯的期待——"或密揭以挽回，或昌言以极谏，不厌再三得请后已"。如果神宗不停止矿税暴政，百姓整日置身于水深火热之中，终有一天神宗将引火自焚。"厝火积薪"比喻百姓的艰难境地，"燕雀处堂"比喻神宗的漠然无知，语言形象生动，说理透彻。

《明史纪事本末》卷六十五"矿税之弊"记载沈一贯不敢与神宗据理力争。神宗想撤回取消矿税的谕旨，沈一贯惊恐不已，仓皇将谕旨归还神宗。❶ 既然沈一贯不能发挥作用，林烃只能等待下次机会向神宗进谏。万历三十二年（1604）五月，长陵明楼被雷火击毁。六月，神宗谕内阁发御前积省银二万两修理。七月，京师发生水灾。借着上天示警的名义，林烃上《条陈灾异疏》，再次疏陈矿税之弊。

林烃《条陈灾异疏》略云：

> 民苦矿税十余年矣。推肤剥髓以供无艺之征，毙囹圄死非命，不知几千万人矣。荼毒遍于闾阎，荆棘生于道路，谁非皇上之赤子乎，其视辇毂之民困苦尤甚也。独不可推恩而遂其生乎。逮系诸臣皆为国家惠养元元计安地方，忠义所激奋不顾身，非有犯上之辜，不赦之罪也。徒失中官之意，淹禁墨狱，因而瘐死且过半矣。孤儿号泣之声，室家仳离之状，谁非皇上之赤子乎。其视辇毂之民悲惨尤甚也。独不可推恩而贷其死乎。夫匹妇含冤三年不雨，一夫抱恨六月飞霜，天人感应之理，捷若鼓桴，甚可畏也。……至于成祖明楼之震天之怒极矣。敬天之怒，无敢戏豫。所望皇上警惧修省以答仁爱。不可须臾缓者。奈之何漠然不以动念也。……惟好货之私不能自充，是以隐忍为之。罢矿税则忧内帑之不充，释无辜则恐矿税之有扰，唯此一念，往来于

---

❶ （清）谷应泰：《明史纪事本末》第三册，北京：中华书局，第1018页。

怀，胶固而不可移，迷惑而不自觉。……夫贵为天子，富有四海，所乏非财也。投珠抵璧，散财发粟。古帝王之盛节而西邸大盈，青史有遗秽焉。圣狂之分，惟克念与否。书曰："抚我则后，虐我则仇。"使天下之民仇视其君，岂国家之利哉。伏望皇上思天威之孔赫，顾民言之可畏。慎己之所独好，察众之所共非。发德音，下明诏，罢采榷，释无辜。……自古有国者强莫如秦，富莫如隋。然大泽一呼而秦关不守，江都一失而隋祚以倾。何也？暴侈无度，积失人心，而富强不足恃也。今远近人心汹汹思乱久矣。犹以皇上有"朕心仁爱，停止有日"之言，奉为蓍龟，不能蠢动。若见诏旨不信。愚民无知，万一有揭竿而呼，则云合响应者遍寰内矣。彼时虽捐金如山，亦何济于事哉。土崩瓦解，忧在旦夕。皇上奈何忽宗社之大计，恋筐篋之私藏，轻万世之鸿名，营目前之小利，以祖宗二百年无缺之金瓯而快心于一掷乎。真可为痛哭而流涕也。直突之火将炎，曲防之堤已溃，不亟为之所，燎原滔天，悔其有及耶。❶

　　这篇奏稿先将三类人进行比较。第一类是全国各地饱受矿税之苦的百姓。第二类是"辇毂之民"，这里指京师遭受水灾的百姓。"辇毂"指的是皇帝的车驾。万历三十二年（1604）七月，京师发生水灾，淹死了很多百姓，冲毁屋舍无数。第三类是全国各地饱受矿监、矿使摧残的地方官员。这些官员稍微不迎合宦官的意思，就会被抓进监狱，而且大多数死在狱中，与父母妻子阴阳永隔，落得家毁人亡的下场。北京的水灾只是一时的天灾，宦官在全国各地征收矿税是一场旷日经久的人祸。一时的水灾有死伤，毕竟伤亡有限，矿税弊政造成的伤亡却是难以预计的。这三类人当中，受到矿税之祸波及的地方官员与百姓比受到水灾的京师百姓更加艰难困苦。接着，文章借天灾大发言论，长陵明楼被雷火劈毁，以及京师水灾，按照天人感应学说，都是上天警示帝王。《条陈灾异疏》措辞严厉直接，

---

❶ （明）林烴:《林烴文稿》卷二，手抄本，上海图书馆藏。

直言神宗贪财好货，不是有道明君，如果一意孤行坚持矿税，最终肯定会在历史上留下污名。"古帝王之盛节而西邸大盈，青史有遗秽焉。"神宗不仅会留下污名，而且江山也即将不保。奏疏以秦朝与隋朝作为反面教材，举证统治者暴侈无度，失去民心，最终自取灭亡。文章痛骂神宗"忽宗社之大计，恋筐箧之私藏，轻万世之鸿名，营目前之小利"，行文酣畅淋漓，对比强烈，描绘了一个昏庸无道、鼠目寸光的君主形象。

两封奏疏体现了林烃作为儒家士大夫的政治操守与责任担当。《条陈灾异疏》更是林烃冒着触怒皇帝的风险，轻则罢官免职，重则惹来杀身之祸的一封奏疏。对于林烃而言，这篇奏疏有其重要性，也是林烃古文研究不得不提及的一篇文章。

诚然，万历一朝上书神宗诏罢矿税的奏疏多如牛毛，《陈矿税奏稿》《条陈灾异疏》不过是其中的两封。正是这两封奏疏，体现了林烃对国家政治的忧心与关注，体现了林烃的忧患危亡意识，体现了林烃作为士大夫的铮铮铁骨。

第九章　明代林氏家族文学观及其文学面貌

　　林浦林氏家族文风昌盛，父子弟兄更唱迭和，能诗文者甚众。林瀚、林庭机、林炫、林㷍、林烃皆有诗文集传世。林世璧《彤云集》不存，《盛明百家诗》也有《林公子集》一卷。相比之下，林氏的诗歌创作比文章创作更优。后世的诗选和方志大多收录了林氏家族成员的诗作。以诗选为例，《闽中正声》《晋安风雅》《石仓十二代诗选》《明诗综》《全闽明诗传》皆有收录林氏家族成员的诗作。曹学佺编选《石仓十二代诗选》收录林氏家族成员的诗作最多。不仅数量多，人数上也是最多的。《石仓十二代诗选》入选林瀚、林庭桂、林庭棉、林庭模、林庭机、林炫、林㷍、林烃、林世璧的诗歌。除此之外，林氏家族的林垠、林世吉、林天会也颇有诗名。

　　林浦林氏是一个文学创作群体。毫无疑问，林瀚是整个林氏家族文学的奠基人，林瀚的为人与文学创作观念对其子孙产生了深远的影响。然而，尽管他们出自同一家族，但每个家族成员仍然是独立的个体。不同家族成员的遭际与禀性并不相同，文学创作水平也有优劣之分。林氏的文学创作既具有共同性，也具有差异性。以下就林氏家族成员文学观，以及文学创作的共性展开论述。

第一节　温柔敦厚的文学观

　　"温柔敦厚"是儒家的诗教观，是指通过诗歌的陶冶，提升个人的品德修养，健全个人的道德品质，最终培养出举止笃实厚重、性情温厚和平，符合儒家审美的谦谦君子。林瀚与章懋、林俊、张敷华并称"南都四君子"，《明史》称林瀚"为人谦厚，自守介然"❶。翰林馆阁作家的身份与温润的君子品格造就了林瀚诗文温柔敦厚的风格。王鏊《闻尚书泉山林公讣》云："操履冰玉清，文章台阁样。"❷早期台阁体代表作家李贤（宣德八年（1433）进士）认为，台阁诗文注重"理"，宣扬儒家之"道"，艺术风格温柔敦厚。《杨溥文集序》云："观其所为文章，辞惟达意而不以富丽为工，意惟主理而不以新奇为尚，言必有补于世，而不为无用之赘言，论必有合于道，而不为无定之荒论，有温柔敦厚之旨趣，有严重老成之规模，真所谓台阁之气象也。"❸

　　由上文可知，林瀚在古文上主张"文以理为主，理明而气昌"，这是典型的台阁体文学观。林瀚本人的创作面貌也是如此。林俊《林文安公传家集序》云："文根诸理，发诸气而昌之以词。"❹这种文学观以及文学创作面貌也被其子林庭机与其孙林燫所继承。许谷为林庭机的诗文集作序，《世翰堂稿序》云："今观卷中之文，幅尺弘阔，气度春容。理既该含，词尤俊爽。"❺王世贞评价林燫，"为文能复古，然根柢道理。"❻仅仅关注到林氏家族文学"尚理崇雅"是不够的。林瀚本人也意识到只有内心温厚和平，才能真正达到"理明气昌"的境界。《侗庵小稿

---

❶　（清）张廷玉：《明史》，第 4429 页。

❷　（明）王鏊：《震泽集》，《景印文渊阁四库全书》第 1256 册，台北：台湾商务印书馆，1986 年，第 229 页。

❸　（明）徐纮编：《明名臣琬琰录后集》，台北：文海出版社，1960 年，第 860 页。

❹　（明）林瀚：《林文安公文集》卷首，嘉靖三年（1524）刻本，广东省立中山图书馆藏。

❺　（明）林庭机：《世翰堂稿》，《原国立北平图书馆甲库善本丛书》本，第 504 页。

❻　（明）林燫：《林学士文集》附录，傅斯年图书馆藏影印本。

序》云："侗庵同朝交往日夕，丽泽无涯，是以为文上闯韩柳欧苏诸大家堂室，似无慊心歌行古选。虽罹忧患沉郁中，其气略不随时以衰，轰然而雷霆怒，熙然而草木春，岿然而山岳重，滚然而浪涛激。其笔端变化叵测也如此。"❶李廷美，以字行，号侗庵，天顺四年（1460）进士，任刑部郎中，官终苏州太守。李廷美不以物喜不以己悲，将个人的穷愁荣宠抛出云霄，即使在困顿忧患之时，李廷美仍然坚持自我本色，所写文章像韩愈、柳宗元的古文一样充满气势和力量。可见，林瀚不仅对文章的"气势"有要求，也追求温柔敦厚的诗文风格。

林瀚之后，林浦林氏家族成员基本上崇尚温柔敦厚的文学观。问题是，首先，台阁体有明确的流行时间，三杨时代是台阁体的鼎盛时期，其后日渐式微。其次，台阁体作家有身份上的界定，基本上要有在内阁或者翰林院的经历。林家只有林瀚、林庭机、林燫三个人符合这个条件，剩下的通通不符合。温厚敦厚的文学观之所以被林氏家族成员接受，不在于它是台阁诗文追求的风格面貌，而在于林氏对温润如玉、谦厚自守的君子品格的不懈追求。

林氏子孙受到林瀚的言传身教，大多是儒雅温厚的君子。许孚远评价林庭机："公平生浑朴简重，淡然寡嗜欲，其于世之机变智巧，非但不为，而若不知。雍雍肃肃，无繁缛之礼，无枝叶之言，确乎古之君子也。"❷林瀚《寄庭杓樟榆炫书》云："炫孙初仕，甚有能名。来自京师者，无分贵贱，俱称尔谦厚。……我每闻此，忻慰不胜。但欲慎终如始，是为至嘱。"❸晚明时期，董应举对林浦林氏的家风钦佩不已。董应举《奉林仲山先生》云："吾闽衣冠不乏，而老先生之门独盛，非天也人也。贵不作势，贫不谋产，清不列物，和不随众，恬不媒进，厚不邀名，家无放仆，里无惧人。天不欲兴先生家得乎。"❹所谓"清不列物"，即"廉而不刿"。整体说来，林氏家族成员虽然有棱角个性，但是待人温厚有礼，为人

---

❶（明）林瀚：《重刊林文安公文集》卷六，傅斯年图书馆藏影印本。

❷（明）焦竑，周骏富辑：《国朝献征录》，《明代传记丛刊》第110册，台北：明文书局，1991年，第663页。

❸（明）林瀚：《林文安公文集》卷十九。

❹（明）董应举：《崇相集》卷七。

谦和廉正。

　　林瀚"温柔敦厚"的文学观直接影响了他的孙子林燫与林烃。林燫与父祖皆供职翰林。无论是对父辈文学理念的继承，还是自身翰林院的经历，都使林燫的创作更亲近台阁体温柔敦厚的艺术风格。林燫不认同"诗穷而后工"的文学理念，崇尚哀而不伤、怨而不怒、温柔敦厚的诗学宗旨。《杏林诗集序》云："以予观之，东野之于诗，其刻意极力，勤一生以名后世，诚可谓工矣。然往往睹纷华而歆慕，感流俗以增悲。予窃鄙其抑郁无聊，殊戾温柔敦厚之旨。"❶林燫批评郑善夫的诗歌"无病呻吟"，受到后世的指责和诟病。《福州府志·文苑传》云："尤长于诗，七言近体兴致清远。议者或谓得杜之骨。又谓正德间关中李梦阳模拟少陵，然犹丐膏馥，自出已意为之。至善夫并袭其意，时非天宝，地靡拾遗，殆无病呻吟云。"❷林燫认为，诗歌的情感是含蓄的、节制的。林燫不仅反对模拟，更反感刻意为文。在私人化的评判标准作用下，林燫对郑善夫的评价并不客观。然而，林燫的批评不是个例。谢肇淛晚年批评郑善夫一意学杜甫，模拟过甚，诗歌创作背离唐人比兴之旨。《小草斋诗话》云："自北地、信阳兴，而吾闽有郑继之应之，一洗铅华，力追大雅，盛矣！然掊击百家，独宗少陵，呻吟枯寂之语多，而风人比兴之谊绝。"❸林燫与郑善夫之间的是非源自两人诗学观念上的根本分歧，或者可以认为是庙堂文学与山林文学的碰撞与冲突。我们也知道，林炫与林燫是堂兄弟。林炫自小受林瀚教导，性格温厚。林炫不仅推崇杜诗，而且注重诗歌的格调，与前七子相类。这一点与林瀚温柔敦厚的文学观很不一样。林燫鄙薄郑善夫的诗歌，林炫反而很崇拜郑善夫的诗歌。两人同处一个家族，无论是生长的环境、所受的经学教育，以及家风家训大体是一致的，但是两人的诗学观念却存在较大差异。由此可见，同一个家族的成员诗歌观念未必完全相同。

　　如果仅仅是林燫一人受到林瀚的影响，不能说明温柔敦厚的文学观被林氏族

---

❶　（明）林燫：《林学士文集》卷二，傅斯年图书馆藏影印本。

❷　（明）林燫：《（万历）福州府志》卷二十九，《日本藏中国罕见方志丛刊》，北京：书目文献出版社，1990，第287页。

❸　谢肇淛，张健辑校：《小草斋诗话》，《珍本明诗话五种》，北京：北京大学出版社，2008年，第390页。

人普遍接受。由上文可知，林烃本人的创作呈现温厚和平的面貌。曹学佺《林氏诗选序》云：

> 吾闽治《春秋》家，以五尚书之林为盛，而京卿、部属、藩臬、佐守，以至任子、青衿，凡十数人，而未有不称诗者。诗至大司空仲山翁又最盛，仲山翁之诗真为温厚和平，有得于风人之指。而其居官，一意恬退，任过于让，至其生平持论，是是非非，《春秋》其本色也。❶

　　《林氏诗选序》是曹学佺在编选《石仓十二代诗选》时特意为林氏所作。曹学佺的诗序是在广泛阅读，以及筛选林氏诗作的基础上完成的。曹学佺是晚明时期闽地文坛领袖，他的眼光锐利独到。在他看来，林氏在科举道路上有一个共同的特点，也就是治《春秋》经；在诗歌创作上，也有一个共同特点——普遍追求温厚和平的艺术面貌。整个林氏家族人文鼎盛，涌现了十几个诗人。在这些人当中，林烃的诗作是最优秀的，其诗作"温厚和平，有得于风人之指"（"风人"即"诗人"）。宋代之后，"温柔敦厚"也表述为"温厚和平"。朱熹《论语集注》卷七云："《诗》本人情，该物理，可以验风俗之盛衰，见政治之得失。其言温厚和平，长于风谕。故诵之者，必达于政而能言也。"❷ "温厚"是温柔敦厚的缩写，"和平"是中和平易的缩写。从"温柔敦厚"到"温厚和平"，这两者之间有一定的差别。"温柔敦厚"的诗教观政治色彩更浓厚些，强调诗歌的教化作用（诗歌的实用性），注重诗歌对外部世界的影响。与其相比，"温厚和平"的政治色彩有所削弱，也观照诗人的内心世界。一个中和平易的人，他的内心是平静无波的，处事心平气和，从容大度。曹学佺《林氏诗选序》评价林烃不汲汲于仕途，不以仕途穷达为意。正是这种君子品性，使他的诗歌呈现出"温厚和平"的面貌。这种君子品格的承传可以直接追溯到他的祖父林瀚。

　　在林氏家族当中，林烃最高频率地诠释了林氏家族"温柔敦厚"的文学观。

---

❶ （明）曹学佺：《西峰六三文集》卷下，《石仓全集》，日本内阁文库藏本。

❷ （宋）朱熹：《四书章句集注》，北京：中华书局，1983年，第143页。

除了《敬和堂诗序》之外，林烃在《得闲堂诗序》也阐述了温柔敦厚的文学观。《得闲堂诗序》云：

> 既而叹曰："诗三百篇尚矣，汉魏而后，盖莫盛于唐。然自武德迄于开元，卓然名家不过数十人耳。大历波流瑕瑜不掩，元和下卑无论已。"嗟夫，夫诗岂易言哉。盖诗心声也，发乎情止乎礼义，虽欣戚殊悰，美刺异致，要不戾于温柔敦厚之旨，斯为可尚已。今观先生之作，其殆庶乎。先生博览群籍，颖悟绝人，意匠经营，顷刻而就。凡柴桑隐逸之怀，洛社燕游之适，河梁握别之情，山阳感旧之赋，无不发之于诗。古风远宗汉魏歌行，近体矩矱盛唐，构思雄浑，撷辞尔雅，质而不悝，华而不靡。世之钩章棘句，刿目鉥心，逞奇衔怪，夸时骇俗者，皆非先生所过而问也。殆得风人温厚之意，不蕲工而自工者与。❶

也就是说，诗歌抒发的是诗人内心的情思，不能违背"温柔敦厚"的主旨。从《得闲堂诗序》也可以看出，林烃并不是一味地反对复古诗风（古诗以汉魏为宗，近体诗以盛唐为宗）。"世之钩章棘句，……夸时骇俗者"批评了后七子的拟古诗风。林烃主张学古而不拘泥于古，要入得其内，出乎其外。诗作要温厚和平，自然而然，不求工而自工。

温柔敦厚的文学观不仅对林瀚的直系子孙产生了影响，对林氏的其他旁支也有辐射影响。林烃《家藏诗集序》云：

> 《闇轩集》曾梓以传，有隽永之趣，《村乐稿》多散佚。独《咏怀》一首脍炙人口，高风可想。养素而下三君，莫不溯源导流从事韵律。然皆直写胸臆，陶冶性灵，匪雕琢以为工，不组织以为奇。要不背乎温柔敦厚之旨。虽其格调音响，未无尽追古人。然皆优游而自得，

---

❶ （明）林烃：《林烃文稿》卷一，手抄本，上海图书馆藏。

愿静而无求，不荣通，不丑穷，视世俗所艳慕而驰者毫不以入其灵府，后先殆一辙也。非有得于《考盘》《衡门》之遗风能之乎。❶

林庭奎，林澄之孙，字利光，号闇轩，贡生，有《闇轩集》。林庭奎之弟林垣，字利安，号材乐，有《村乐稿》。林瀚一系出自书房，林庭奎与林垣一系出自御房，两房在文学观念上还是相通的。"愿静而无求，不荣通，不丑穷"，这是林氏的家风。林庭奎等人践行安贫乐道的君子品格，在诗歌创作上也呈现出温柔敦厚的风貌。

第二节　清新自然的诗风

李白的诗歌是林瀚心目中诗歌的审美典范。严羽《沧浪诗话·诗评》云："太白天才豪逸，语多率然而成者。"❷ 林瀚诗才不敌李白，写诗也属于文思敏捷一类。《三江舟中与陈德衡酌别方起首两句未之成章而潮生解缆归矣后足一首寄之》云："烹鸡载酒情何限，倚马成诗思欲飘。"❸ 林瀚诗歌清空如话，崇尚自然，不事雕琢。《东南峤外诗话》卷二"林瀚"条，评林瀚"两诗直摅胸臆，想见其人。朱竹姹谓其诗不耐深思，而不知其擅长处正清空如话也"。❹ 林瀚很推崇作诗才思敏捷的人。《闽书》记载："龚道，字士行。未冠领乡荐，卒。为诗矢口成章，趣致完足，书法遒劲圆融。林文安公悼之诗，比之贾生、李贺。"❺ 这种诗歌创作理念对林氏家族成员的诗歌创作与批评产生了深远的影响。

林瀚之子林庭棉替姻亲郑汝美诗文集作序，推举清新飘逸的诗风。《白湖存

---

❶ （明）林烃：《林烃文稿》卷一。

❷ （宋）严羽著；郭绍虞校释：《沧浪诗话校释》，北京：人民文学出版社，1983 年，第 173 页。

❸ （明）林瀚：《重刊林文安公诗集》卷五，傅斯年图书馆藏影印本。

❹ （清）梁章矩：《东南峤外诗话》卷二。

❺ （明）何乔远：《闽书》第五册，福州：福建人民出版社，1995 年，第 3896 页。

稿序》云:"集凡八卷,公为诗文率不经意,兴到伸纸,立可千百言,一时酬应之作,多不存稿。今稿所存,殆千百之什一云尔,清才逸气,迥出风尘之表,读者可以想见其人矣。"❶郑汝美,字希大,闽县人,弘治六年(1493)进士,官户部员外郎,著有《白湖存稿》。郑汝美下笔滔滔不绝,林庭㭬对此欣赏不已。

林庭机的诗歌以"清远"见长。许谷《世翰堂稿序》云:"其诗寄兴清远,立格浑融,锻炼❷精工。虽存乎意匠而神妙变化。寔发❸于天机,犹之珠玑杂陈,而圆转不滞,宫商迭奏,而曘绎相承,即置在开元、天宝之间,人固不能辨也。"❹

在诗歌上,林炫推崇杜诗,这与林瀚、林燫推崇李诗很不相同。林炫诗歌模拟的痕迹比较重,但是林炫也学习杜诗"萧散自然"的风格。林炫的闲适诗大多表现闲适意趣以及恬淡心境,笔触清新自然。《鼓山次龚云冈太史同方笔山侍御作》其一云:"登高助诗兴,得句益清新。"❺

林燫的诗歌以"清新"见长,邓链《学士林对山先生集序》云:"其诗清新俊逸,铿金戛玉,如赓白雪之调,彼阳阿下里自难为音。"❻林燫欣赏清婉淡雅的诗歌。《杏林诗集序》云:"今读其诗,率直写胸臆,略无抑郁无聊之态,清而婉,淡而腴。"❼

林烃的诗歌也有"清冷超绝"的一面。叶向高《林仲山先生诗序》云:"世之谈诗者以为必模拟雕琢而后工。余谓不然,物之有声皆系于其质,金为金声,石为石声,肉为肉声,皆自然而然不可得紊。故凤则凤鸣,鹤则鹤鸣,蟋蟀则蟋蟀鸣,鸥鹍则鸥鹍鸣,非此类也,而欲为此声,虽勉强求似必不肖矣。⋯⋯先生之诗清冷超洒,冰肌雪骨,不与里俗同调也。"❽

---

❶ (明)林庭㭬:《白湖存稿序》;郑汝美:《白湖存稿》卷首,嘉靖七年(1528)三山郑氏刻本。
❷ "炼"字据杭本补。
❸ "发"字据杭本补。
❹ (明)林庭机:《世翰堂稿》,《原国立北平图书馆甲库善本丛书》本,第504页。
❺ (明)林炫:《林榕江先生集》,《原国立北平图书馆甲库善本丛书》本,第98页。
❻ (明)林燫:《林学士诗集》卷首,傅斯年图书馆藏影印本。
❼ (明)林燫:《林学士文集》卷二,傅斯年图书馆藏影印本。
❽ (明)叶向高:《苍霞草》,《四库禁毁书丛刊》本,集部第124册,第120页。

林瀚的曾侄孙林垠诗风清逸出尘。魏文焵《世牧堂稿序》云："先生天植朗秀，标格清逸，播之声诗，藻词隽永，刊落陈言，如清水芙蓉去其雕饰。"❶

林瀚曾孙林世璧的诗歌有太白之风，诗歌豪宕俊爽，偏向清新俊逸一格。林世璧作诗非苦吟，而是挥笔立就。《福州府志·文苑传》云："少有俊才，为歌诗古文词，豪宕樗散。性嗜饮，每酣起舞，呜呜微吟，则家童储笔砚以俟，少选奋起，数十纸漓澌立就，倦则复饮。生平所为诗文，十九酒后得之。然世璧天才蹀躞，时有不经人道语，苦思者不能及也。"❷林世璧才思敏捷，性情豪爽，颇有魏晋风度。袁表《林天瑞挽词二十韵》略云："长留骚客愿，自比谪仙人。彩笔题鹦鹉，玄言识大椿。鸿飞不可篡，龙性若为驯。白眼看人惯，青山载酒频。挥觞慕刘咏，投辖学陈遵。稍结烟霞恋，而于丘壑亲。壮游闽峤外，旅宿越江边。"❸晚明周之夔对林世璧推崇备至，认为其文似太白飘逸，字如怀素狂放。《祭故银台林榕江先生暨彤云林先生墓》云："独钟于彤云公为旷代才人，文追青莲，字迫怀素，豪宕不羁，变化不测。"❹

林瀚曾孙林世吉（林熑长子）的诗风富丽，与清新不甚相类。陈文烛《林天迪诗序》云："所传四诗若古若近体勿论，视黄初、建安、大历、贞元诸名家为何如。要之升堂睹奥，富艳难踪，如珊瑚木难火齐，弗资雕琢而自足伟观，其天才之高迈者乎。"❺无论是海底的珊瑚，还是木难（宝珠名），这些都是自然而然长成的。林世吉诗歌富丽的风格并非刻意雕琢而成，仍属于自然一路。

林氏谦让温厚的君子品格与其温柔敦厚的文学观有所关联。在经济与政治层面，林氏累世显宦，家族门第显赫，经济富裕，林氏子孙发为诗文也多雍容之气，少穷愁之态。这是造成他们诗文风格温柔敦厚的原因之一。入清之后，林氏

❶（明）魏文焵：《石室私抄》，《四库全书存目丛书》集部第110册，济南：齐鲁书社，1997年，第374页。

❷（明）喻政：《福州府志》，福州市地方志编纂委员会整理，福州：海风出版社，2001年，第587页。

❸（明）袁表：《遹客集》，《原国立北平图书馆甲库善本丛书》第797册，北京：国家图书馆出版社，2013年，第39页。

❹（明）周之夔：《弃草文集》，《四库禁毁书丛刊》第112册，北京：北京出版社，1997年，第723页。

❺（明）陈文烛：《二酉园续集》，《四库全书存目丛书》集部139册，济南：齐鲁书社，第461页。

家族在政治上已经不复明代的显赫地位。林氏族人仍然不认同"诗穷而后工"的观点。清代林氏族人林云铭为从兄林公端作诗序。《素香堂诗序》云:"欧阳文忠序梅圣俞云:'诗殆穷而后工。'予谓穷而工者以骨力胜耳。若脂韦随俗,丧其所守,虽穷弗得工也。余从兄道敬以诗文脍炙吾闽,记先君子尝为余言,道敬为诗文属思甚捷,多不起草。余为心异者久之。近得邮寄所为诗数帙如吴越游草及咏物诸作,比类写照,俊逸道丽,为近代绝唱。……余闻道敬拓落无营,煮字为业,台江一□,仅蔽风雨,足不履城市,有规以利,辄敬然弗屑,其骨力如此,宜其诗工如此。" ❶ 林公端,字道敬,林瀚玄孙,林燫之孙。林公端一辈子没有功名,也没有诗作传世。如果不是林云铭的这篇诗序,如果不是《濂江林氏家谱》的存在,我们很难想象出林瀚玄孙的风骨气节是如此风貌。林公端介然自守,与林瀚一样是谦谦君子。林公端文思敏捷,下笔若不经意,这也是林氏家族一直推崇的创作方式。林公端诗歌风格"俊逸道丽",与林燫等人"清新俊逸"的诗风仍然相去不远。

由上可知,林氏家族成员的诗歌风格大体上呈现出清新自然的面貌。如林瀚之"清空",林庭机之"清远",林燫之"清新",林烃之"清冷"。由于家族成员之间个人的禀性与遭际不同,其文学创作相似之中又有不同的地方。即使是同一个家族成员在不同时期的诗作,也有可能呈现不同的艺术面貌,比如林庭机在北京与南京翰林院时期,其诗歌创作风格有明显的差异。同一家族成员在同一时期创作的诗歌,由于体裁与题材的差异,也有可能呈现不同的艺术面貌。

---

❶ (清)林云铭:《挹奎楼选稿》,《清代诗文集汇编》第 106 册,上海:上海古籍出版社,2009 年,第 465 页。

第三节　闽中地域的书写

福建山水秀丽，省会福州更是历史悠久，人文荟萃。林浦林氏自林瀚之后，家族成员大多能诗。生于斯，长于斯。林氏不仅熟悉闽地的山水，对闽地的山水更有依恋之情，有乡邦之爱。林氏吟咏闽地的山水记游诗主要集中在福州。林氏在福州留下了多方摩崖石刻，大多为诗歌联句、诗刻、游宴题名。

现存碑刻至少有：

1. 正德十三年（三月），林瀚、林庭棉、林庭楷、林炫拜扫樟山，留有石刻。

2. 正德十四年（四月），尚春邀林庭棉、林庭杓登平远台，有联句二首。

3. 正德十四年夏，尚春邀林瀚、林庭棉、林庭杓、林炫等人落成平远台吸翠亭，有石刻题名。

4. 正德十四年（八月），林庭棉同林庭杓、姚昊、尚春、高文达在鳌峰亭饮酒联句。

5. 正德十四年（秋），林庭棉登于山鳌顶峰，有诗刻。

6. 正德十四年（中秋），林瀚、林廷选、林廷玉、林璿等人游于山，观胜观亭，有石刻题名。

7. 嘉靖八年（二月），林炫、徐问、留志淑、方豪游鼓山，有石刻。

8. 嘉靖十一年，林炫、虞守愚、刘世扬、高世魁、郭波等人同游于山金粟台，有石刻题名。

9. 嘉靖十三年，林炫、崔涯、龚用卿陪同册封琉球使陈侃、副使高澄游览鼓山，有石刻题名。

10. 嘉靖十七年（三月），林炫、李元阳登鼓山。鼓山龙头泉右，有石刻题名。

如正德十四年（1519），尚春邀林瀚、林庭棉、林庭杓、林炫祖孙三代在平远台吸翠亭聚会赋诗，透过林瀚的《燕集吸翠亭》，仍能隐约感受现场宾主尽欢的情形。《燕集吸翠亭》诗云：

新亭结构翠岩巅，石洞云收雨霁天。宾客坐来无暑气，满斟玉斝奏冰弦❶。

林庭棉登于山鳌顶峰，留有诗刻：

龙头人去几经秋，炯炯文光射斗牛。千古鳌峰频仰止，书声一派水东流❷。

福州林浦村是林浦林氏祖籍地，也是南宋海上行朝停留的一个重要地点。南宋末年，宋端宗一行在闽江北港入口处的林浦村登岸。时至今日，村落内依然存留与宋末君臣相关的纪念性建筑，如宋帝行宫（平山堂）、更楼、御道街、张世杰祠、陈将军庙、陈宜中祠等。黄仲昭《八闽通志》记载："平山，在林浦，宋幼主驻兵于此山，因其崎岖而平之，陈宜中题曰'平山福地'，山前旧有平山阁。"❸林瀚与其孙林炫皆有怀古诗作。林瀚《次潜中赵乡老平山怀古韵》其二云：

翠辇金舆载恨游，岂缘南粤觅丹丘。钟声落日孤村寺，海色西风万里舟。

不道蛟龙忘旧主，独怜狐兔媚新仇。今人只见濂江水，还绕行宫山下流。❹

林炫《平山怀古次韵》诗云：

聚景湖山作意游，谁知闽海有平丘。百年社稷三春梦，万里风涛一叶舟。

落日鼓鼙寒不起，中原草木惨多仇。至今遗恨江心水，石激潮声夜夜流。❺

❶（明）王应山著；林家钟，刘大治校注：《闽都记》，北京：方志出版社，2002年，第32页。

❷ 谢其铨主编：《于山志》，北京：大众文艺出版社，2009年，第82页。

❸（明）黄仲昭；福建省地方志编纂委员会整理：《八闽通志》，福州：福建人民出版社，1989年，第66页。

❹（明）林瀚：《重刊林文安公文集》卷四，傅斯年图书馆藏影印本。

❺（明）林炫：《林榕江先生集》，《原国立北平图书馆甲库善本丛书》本，第106页。

林浦村附近有一座瑞迹寺。唐大中六年（852），邵环游山闻到异香，看见银光化佛。瑞迹白佛被视为祥瑞之兆。作为林家先祖的坟茔地，对于林氏子孙来说，瑞迹岭的意义更是与众不同。林炫《秋祀登瑞迹绝顶》诗云：

　　突兀层峰古树齐，穿云遥见海门西。丹枫露下青丘近，白鹤风高

红日低。

　　牧子前村漫吹笛，山人何处来杖藜。松楸扫罢偏增感，烟火空林

一鸟啼。❶

山峰层层重叠，古树苍郁。隔着云层，诗人甚至可以看见鼓山的西边。经霜泛红的枫叶透出秋意，远处牧童的笛声清越悠长。诗人拄着手杖行走在先人的墓地上，墓地上种植的松树与楸树树叶已经脱尽，唯有林鸟的啼声婉转清远。整首诗写瑞迹山顶眺望之景，重在抒发祭扫先人坟茔的感伤思绪。

福州有观赏竞渡的风俗。竞渡也是林氏家族成员经常书写的题材之一，林庭棉有《闰五月五日过湘江观竞渡有作》略云："吊古怀乡倍惆怅，一年孤负两端阳。"❷林庭棉在他乡观赏竞渡时，每每想起的是家乡福州的竞渡场面。林炫有诗《和包蒙泉观竞渡》、林世璧有诗《台江观竞渡》。林庭机《郑龙津州守邀饮龙江观竞渡同郑于南柱史魏南台宪伯烃子亦预焉赋此以纪胜游》云：

　　竞渡观遗俗，临流值霁朝。鼓声风外急，旗影雾中遥。万楫翻银

浪，群龙逐锦标。晚来歌管沸，自觉酒杯饶。❸

这首诗歌描写龙舟争渡，鼓声喧天，旗帜飘摇。"万楫翻银浪，群龙逐锦标"，场面热闹非凡。另外，竞渡对于林庭机来说，具有特别的意义。林庭机生于正德元年（1506），生辰是五月四日，是端午节前一天。因此，如果林庭机生

---

❶ （明）林炫：《林榕江先生集》，《原国立北平图书馆甲库善本丛书》本，第106页。

❷ （明）曹学佺：《石仓十二代诗选》，《域外汉籍珍本文库》本，第349页。

❸ （明）林庭机：《世翰堂稿》，《原国立北平图书馆甲库善本丛书》本，第567页。

辰时恰好在福州，那么观赏竞渡就成为林家的家族聚会活动。《归田录》中有一首《予生辰诸侄携酒舟中观竞渡次燆侄韵》诗云：

> 小阮年来爱独偏，问予何事卧平泉。持觞旋市村中酒，献寿还开水上筵。信有蛟龙随竞渡，不妨风雨沮回船。汝才合奋三秋翼，吾老终寻九曲仙。❶

为了庆贺林庭机生辰，林家诸子侄携酒于舟中，在水上举行家宴。宴席上林庭机与子侄饮酒赋诗，子侄献寿祝词，共同观赏竞渡。宴席期间，天公不甚作美，飘起风雨，林庭机便借竞渡发挥议论，鼓励子侄珍惜韶光奋力拼搏。

林烃的《龙江竞渡歌》是林氏家族现存篇幅最长，也是写得最好的竞渡诗。《龙江竞渡歌》诗云：

> 五月雨过天气清，越王台前江水平。主人置酒且张乐，邀我来作泛舟行。江头彩鹢列无数，闪闪旌旗耀江路。舟子操舟疾若神，冲突洪涛喧竞渡。初看出浦势逶迤，大船小艇相追随。须臾鼓枻各驰骤，小者争先大者后。纵横转斗势莫当，俨如群帝骖龙翔。中流倏忽振金鼓，又似湘妃出游冯夷舞。战胜纷纷夺锦回，呼声动地山为摧。天吴仿佛亦乍见，波涛汹涌如奔雷。鲸吞鼍作天地晦，崩腾百万昆阳队。四山草木影动摇，千顷琉璃光破碎。回看龙江两岸傍，士女观者如堵墙。两两红妆临曲浦，双双玉勒系垂杨。返棹江干日将夕，岚翠空濛扑瑶席。溇陂赤壁皆陈迹，胜游试问何如昔。羡君此会亦已奇，更将弦管送金卮。异代风流可同调，今日不饮复奚为。❷

《龙江竞渡歌》写的是雨后初晴，诗人在越王台与友人一起观赏竞渡的场景。

---

❶ （明）林庭机：《世翰堂稿》，《原国立北平图书馆甲库善本丛书》本，第 569 页。

❷ （明）林烃著；胡应麟校：《覆瓿草》，《域外汉籍珍本文库》本，第 477 页。

江面彩色的龙舟一字排开，龙舟上插满了鲜艳的锦旗，就好像一条条高昂着龙头、满身鳞甲、威风无比的蛟龙。只听"砰"的一声，龙舟好似离弦之箭，又好似脱缰之马，江上瞬间激起一层又一层雪白的浪花。江上锣鼓喧天，龙舟争先恐后，你追我赶，场面异常热闹。两岸游人如织，欢呼声、喝彩声不绝于耳，有盛妆出席的仕女，也有骑着白马的翩翩少年郎。这首竞渡诗层次分明，详细描绘了比赛前、比赛中、比赛后的场景。龙舟比赛竞争激烈，速度快，气氛紧张。胡应麟评价林烃"七言古为尤，超如流水行云，回风急雪，排荡莫测，操纵自由。"❶这首诗纵横豪宕，颇为符合。

福州鼓山是境内一大名胜。林氏关于鼓山的题咏颇多。林瀚有《游鼓山》、林庭模有《游鼓山》、林庭机《游鼓山次庄石山吏部韵》《下院听泉次前人》、林炫有《鼓山次龚云冈太史同方笔山侍御作》《登鼓山次张东沙韵》《游鼓山次云冈韵》、林炫之子林世璧的鼓山的诗作最为诗评家所称道，有《奉陪大司成外舅龚公登鼓山》、《鼓山禅寺晚眺》、《游鼓山》（嘉靖辛亥岁）、《游鼓山》（嘉靖癸丑季夏八日）、《癸酉秋八月登鼓山》等，林㸁之子林世吉有诗《游鼓山寺二首》《登为剿峰》。

林瀚是高官显宦，他的鼓山诗有指点江山的气势。《鼓山》诗云："登临逸兴追安石，题品雄才偶大年。"❷林世璧耽酒好诗，有狂名，他的鼓山诗几乎篇篇不离佛寺、神仙之流。《游鼓山》其一略云："诸僧笑相迎，延款饭石髓。冥然对佛灯，静悟了玄旨。"又《游鼓山》（缥缈翠峰巅）诗云："芳灵邀翰墨，遗迹仰神仙。"❸林炫的鼓山诗是以一种山人的身份，遗落世事，有种放达超脱的情怀。《登鼓山次张东沙韵》其二诗云："石鼓名山好，峰高日吐云。日穷三岛远，歌落九天闻。黄菊杯初把，红尘俗自纷。岩栖同草木，何羡鹭鸥群。"《游鼓山次云冈韵》

❶ （明）林烃著；胡应麟校：《覆瓿草》，《域外汉籍珍本文库》本，第 469 页。

❷ 福州市地方志编纂委员会整理：《鼓山艺文志》，福州：海风出版社，2001 年，第 73 页。

❸ （明）林世璧：《林公子集》，（明）俞宪编：《盛明百家诗》，《四库全书存目丛书》集部第 308 册，济南：齐鲁书社，1997 年，第 614、625 页。

诗云："兰舫苔矶鸥共我，天风海水古犹今。"❶ 其次，林炫的鼓山诗大多是与友人的倡和之作，内容写的是游宴，与友人饮酒赋诗。《鼓山次龚云冈太史同方笔山侍御作》其一诗云：

> 携壶凌绝巘，观海共佳辰。涧花折行酒，山鸟鸣向人。禅榻松云畔，渔舟野水滨。登高助诗兴，得句益清新。❷

方涯，即崔涯，字若济，号笔山，甘棠人，嘉靖八年（1529）进士，有《崔笔山文集》。林炫与龚用卿、崔涯登山观海，视野开阔。良朋好友在花间行酒赋诗，何等适意逍遥。

于山也是林氏重要的游宴场所之一。林庭模有诗《寄平远台僧百炼》、林炫《秋集平远台次江午坡韵》、林㷆《邹宪长诸公夏日邀游平远台》《夏日邀商侍御游平远台》、林烃《平远台宴集》、林垠《登平远台》、林世璧《九月八日陪晴山叔登平远台》。嘉靖十年（1531），林炫与友人在于山鳌峰雅集。林炫《鳌峰雅集诗序》❸记载了林炫同张大轮、姜仪、胡松等七人先会于芝山，再会西园，后登于山鳌峰。同年之友或投壶，或弈棋，或泛舟，或观荷。林炫《鳌峰雅集同曾白潭王两洲张夏山姜侑溪张圭山谢果庵胡承庵诸年兄作》诗云：

> 皆翠亭深山作围，万松云日净晖晖。新荷出水叶犹短，啼鸟隔林声渐稀。
>
> 野堂雨逐烟霏至，花坞春随诗句归。泛舟促席真嘉会，烂醉尊前何是非。❹

林炫创作此诗时已经返乡六年，昔年同榜的友人入仕后，浮沉异势，散落天

---

❶ （明）林炫：《林榕江先生集》，《原国立北平图书馆甲库善本丛书》本，第98、106页。

❷ （明）林炫：《林榕江先生集》，《原国立北平图书馆甲库善本丛书》本，第98页。

❸ （明）林炫：《林榕江先生集》，《原国立北平图书馆甲库善本丛书》本，第197页。

❹ （明）林炫：《林榕江先生集》，《原国立北平图书馆甲库善本丛书》本，第112页。

南地北。此次短暂聚会后，八人又要再次分手。嘉会何等美好，又如何能够不痛饮大醉而归呢？

武夷山风景奇绝，神话气息更让人心想往之。林炫有《和王石沙武夷韵二首》《武夷宿洞天别馆》《武夷泛舟九曲》《武夷杂咏三首》《武夷櫂歌和文公先生十首》，林㷿有《游武夷》《再游武夷有怀建阳徐令》《忆武夷用赠邢太常韵》《敬和文公櫂歌十首》，林烃有《游武夷》，林世吉有《宿冲佑观》等诗。林炫《武夷宿洞天别馆》诗云：

> 千峰削出玉芙蓉，铁柱生云沧海东。渔艇花边穿洞石，霞裾松下引天风。
> 丹崖翠壁虚无里，白鸟青烟掩映中。凉月满山人不寐，却疑身在蕊珠宫。❶

武夷山天地造化，兼具刚柔之美。玉女峰如芙蓉出水，大王峰气势巍峨。白天诗人摇着渔艇在九曲溪穿洞赏石，夜晚在碧水丹山中欣赏凉凉的月色，仿佛置身在仙境之中。

朱熹的《淳熙甲辰春精舍闲居戏作武夷櫂歌十首呈同游相与一笑》是描绘九曲的典范之作，历代和者甚多。林炫有《武夷櫂歌和文公先生十首》，堂弟林㷿有诗《敬和文公櫂歌十首》。董亮工的《武夷山志》收录多首历代文人和朱熹的《淳熙甲辰春精舍闲居戏作武夷櫂歌十首呈同游相与一笑》，没有收录林炫与林㷿创作的和诗，这两组诗歌可以为《武夷山志》补缺。林炫《武夷櫂歌和文公先生十首》其六诗云：

> 五曲峰奇石洞深，紫阳精舍万松林。伏羲台古连天柱，谁识先生最苦心。❷

---

❶ （明）林炫：《林榕江先生集》，《原国立北平图书馆甲库善本丛书》本，第113页。

❷ （明）林炫：《林榕江先生集》，《原国立北平图书馆甲库善本丛书》本，第122页。

林熑《敬和文公棹歌十首》其六诗云：

> 大隐屏前烟雾深，半空楼阁俯平林。映阶书带年年绿，谁识先生万古心。❶

林浦林氏作为一个生活在福建当地的名门大族，闽地山水是林氏诗歌题材内容的重要部分。罗时进《明清近代诗文研究：明清家族文学研究》称："地域环境对作家而言，不仅是童年与青春的记忆，而且对族群和个体的人格、心理及文化修养的形成有着深刻影响。在心灵深处，它是与异质文化进行比较、判断、选择的原始依据，也是群体间交往的天然动力，一旦进入创作活动，地域环境因素便成为一种原生性的符号。"❷ 出于乡邦之爱，林氏书写闽中山水是一种自然而然的行为。在家族创作的背景下，考察林氏对闽地山水的书写可以发现，林浦林氏不仅是一个由血脉凝聚的家族共同体，也是一个唱和频繁的文学共同体。父子、兄弟、叔侄之间互相唱和，既凝聚了血脉亲情，也互相交流切磋，提高了林氏诗文创作的语言技巧。正是得益于林氏家族内部良好的文学唱和氛围，以及家族成员数代人在文学创作上的孜孜以求，林浦林氏才得以跻身福建文学家族之林。

---

❶ （明）林熑：《林学士诗集》卷六，傅斯年图书馆藏影印本。

❷ 罗时进：《明清近代诗文研究：明清家族文学研究》，《苏州大学学报》，2012 年，第 114 页。

结 论

通过上述研究，本书作者对明代福州林浦官宦世家与文学研究有如下几点思考：

第一，研究一个家族，要重视所研究家族的特性。关注该家族生长的地域与历史环境。在历史上，林浦村的泰山宫是南宋流亡朝廷建立的宋帝行宫。南宋末年的历史对林浦村的林氏族人产生了深远的影响。在宗教信仰方面，林瀚很信奉泰山（东岳大帝），甚至民间传说林瀚是泰山神转世，详见徐𤊹《榕荫新检》之《泰山托生》。另外，林浦林氏家族自身特点突出。在文化传统上，明代林氏家族历代都有修方志的传统。有明一代，福州共有五部《福州府志》问世，林氏家族成员对其中三部《福州府志》的修撰工作起到重要作用。林庭㭿曾主修《江西通志》，这是明代江西第一部省志。林氏在举业上有治《春秋》的特点，《春秋》被林氏视作家学，父子兄弟世代相承，一直延续到清代，林氏始终有人依靠《春秋》博取科第。

研究林氏家族与文学，又不能只关注林氏家族内部的成员。研究林氏家族的姻亲，有助于加深对林氏举业与文学创作更深入的理解。研究林浦林氏家族与文学，无论是编写年谱或者划分林氏族人文学创作的先后，不能只参照家族辈分。不仅要看其生年，也要看其卒年。原因在于，林氏第一代尚书林瀚高寿多子。正德元年（1506），林瀚七十三岁，其九子林庭机方呱呱坠地。这种父子年龄差在古代社会是比较罕见的。林瀚与林庭机父子年龄相差悬殊，在林氏内部也就产生了一系列辈分与年龄的错位。比如林炫是"贞"字辈，他比九叔林庭机还大十一岁。林炫卒于嘉靖二十四年（1545），林庭机则一直活到万历九年（1581）。在探讨林氏家族与文学时，按照世系将林庭机排在林炫前面，而实际研究时应将林炫的文学创作放置在林庭机文学创作之前。林炫之子林世璧是"天"字辈，即使林世璧早夭，《濂江林氏家谱》不载其生卒年。但其大致生活的时代还是可以推算的。林世璧享年三十六岁，有三条文献明确记载。❶嘉靖二十年（1541），林炫北上，有《北征和杜》诗，林世璧随行，一路父子两人唱和不断。嘉靖二十七年（1548），林世璧编选其父林炫的诗文集，并作《先大夫榕江先生集序》。与之相对，林氏家族最后一位尚书林烃生于嘉靖十九年（1540），卒于万历四十四年（1616），享年七十七岁。是年六月，林烃的侄子林世吉亦卒，享年七十岁。林世璧比堂叔林烃年龄大，这是没有疑问的。林烃与林世吉名为叔侄，两者年龄亦是相近的。因此，按照辈分先后划分归纳林氏家族的文学创作是不科学的。再加上林世璧的《彤云集》与林世吉的《群玉山房》不存，研究明代林氏家族与文学顺延到林烃的诗文创作才算完整。

第二，关于林氏家族地位与社会声望的思考。林瀚自其父林元美成进士，到林瀚已经有两世科名，到林庭㮐兄弟已经三世功名，传至林炫、林爆、林烃，已经四世功名，再传至林瀚曾孙林世都等人已经五世功名。林浦林氏不仅科甲鼎盛，族人在仕途与文学上也颇有作为。林瀚祖孙三代出了五位尚书，其中有三位担任国子监祭酒。有明一代，林氏出了8个进士、11个举人，也就是外界褒扬的"三世五尚书""七科八进士"与"国师三祭酒"。加上任子荫官，林家在朝为官者人数众多。从永乐十九年（1421）到嘉靖四十一年（1562），将近一百四十多年，整个林氏家族处在稳步上升期。从全国范围看，一个家族内部父子兄弟皆中进士、官至尚书并不稀奇——余姚孙燧家族父子三尚书，与林浦林氏并称"南林北许"的灵宝许进家族父子四尚书，江西安福大智彭氏"父子四进士，兄弟双

---

❶ 如俞宪《盛明百家诗》云："姓林氏，名世璧，字天瑞。生而多病，年三十六而卒。"（林世璧：《林公子集》，《盛明百家诗》，《四库全书存目丛书》本，第611页。）钱谦益《列朝诗集小传》林世璧条；郭柏苍《全闽明诗传》引《柳湄诗传》。

入阁"。"父子四进士"指的是正统元年（1436）进士彭贯父子（彭贯、彭彦充、彭华、彭礼）；"兄弟双入阁"指的是礼部尚书彭华与其族兄吏部尚书彭时。徽州府婺源县桃溪潘氏号称"一门九进士，六部四尚书"。成化二十年（1484），潘珏中进士，至万历十一年（1583），潘潢中进士，桃溪潘氏总共出了九位进士。潘潢一人曾历官户部、工部、吏部、兵部四尚书。在明代，这些都是比较优秀的家族。上述家族中，只有桃源潘氏比林氏多一位进士，但是只出了两位尚书。明代大多数家族进士与尚书数量皆不及林氏。王世贞《皇明盛事述》将林浦林氏列入"门宗仕宦"，与河南灵宝许氏、浙江鄞县镜川杨氏、浙江余姚孙家镜孙氏家族等相并列。沈德符《万历野获编》有"闽县林氏之盛"条。可以说，林浦林氏在明代全国范围内都有一定的名气。晚明邵捷春辑《闽省贤书》，将林浦林氏列为闽省第一世家，这种评价是比较合适的。

　　通过上述论说，似乎可以认为林氏家族的显赫声望是由于科举的兴盛以及家族多高官显宦的缘故。具体落实到家族个体的仕宦情况，深思后又觉得未必尽然。林瀚家族号称"三世五尚书"，除了林庭棉是北京工部尚书，其他四位林瀚、林庭机、林燫、林烃皆任职留都南京。正德年间，林瀚受制于权阉刘瑾，改官南京。嘉靖初年，林庭棉因为"大礼议"与张璁不合，出为苏州知府。嘉靖中期至万历初年，林庭机父子长期淹留南京，在政治上处于被权相严嵩、张居正打压的位置。除了林庭棉之外，林瀚、林庭机、林燫三位尚书在政治上皆受过大挫折，没有充分发挥自己的政治才干，实现政治抱负。王世懋《世忠祠记》云："然林氏四公，独康懿公未列中秘，而最贵显，尝位宫保，与上赓和，三公皆为侍从臣，而皆官留都，不大究其用。"❶林氏最后一位尚书林烃时隐时仕。林烃以体弱多病为由，多次向朝廷请求辞官还乡。林烃不喜为官，每一次任职期限都不长，短则数月，最长的一次也没有超过五年。林烃七十多岁彻底辞官，在家闲居的时间将近三十载，与其父祖兄弟相比，闲居时间最久。既然林氏未必全是依靠仕宦，那么林氏又凭借什么获得高度的社会声望呢？万历十二年（1584），王世懋任福建

---

❶《濂江林氏家谱》第一册，第66页。

提学副使倡议在福州府闽县建世忠祠，祀林瀚、林庭㭴、林庭机、林㷿四位尚书。后来又加入林烃，详见《濂江林氏家谱》之陈奎《世忠祠后记》。正如《明史》所云："林氏三世五尚书，皆内行修洁，为时所称。"❶ 叶向高为林氏所写《四卿赞》，"夫宁世贵，实惟世忠"❷。也就是说，真正让林浦林氏成名的是家族成员刚正不阿、耿介自持的品行气节，这种品质又得益于林氏良好的家风。

第三，林氏家族文学共同体及其文学创作。林浦林氏是通过举业事功而强盛的科举家族，但也不能忽略林氏文学家族的身份。林氏不仅是一个依靠血缘紧密联系的家族共同体，也是一个在文学创作观念与创作实践上有紧密联系的文学共同体。林氏能诗文者甚众，祖孙父子、兄弟叔侄之间诗歌倡和广泛而频繁，文章也有不少同题之作，也有少数代作现象。比如林㷿的《寿陈太史封君七十三序》、林烃的《赠方伯应谷刘公入觐序》《贺方伯见吾陈公考绩序》均是代父林庭机所作。林氏的诗文创作应看作一个有机的整体，而不能孤立或者割裂看待。上文以为不能以辈分划分定义林氏的诗文创作，应参考生卒年，按照林瀚、林庭㭴、林炫、林庭机、林世璧、林㷿、林烃、林世吉的顺序阅读林氏的诗文，不得不说，林氏的诗文创作有些质素是一脉相承的。然而，正如各人有各人的性情秉性，他们的诗文创作相同之中又有明显的不同之处。

林瀚奉行崇理尚道的台阁体诗文观，这种文学观也被其子林庭机与其孙林㷿所继承。林瀚推崇温柔敦厚的诗教观，其诗歌绝少苦吟哀戚之作，林烃不仅继承了这种文学观，还将其进一步发挥、诠释。从林瀚到林㷿再到林烃，温柔敦厚的文学观是一以贯之的。然而，这种文学观念的继承也不是绝对的。例如，林炫从小受林瀚教导，性格谦厚宽和。林炫成年后又受到郑善夫学杜的影响，其诗歌主要学习杜诗"善陈时事"的特点，情思激烈，与温柔敦厚相去甚远。另外，我们看一个作家的诗文创作，不能只看他本人的文学观或者他人对这个作家的诗文评价，也要看作家本人具体的文学创作。林㷿认同温柔敦厚的文学观，但由于个人

❶ （清）张廷玉：《明史》，第 4431 页。

❷ （明）叶向高：《苍霞草》，《四库禁毁书丛刊》本，集部第 124 册，第 506 页。

性格耿介尖锐，他经常用诗笔抨击时政，与温柔敦厚的诗歌风格有一定的差距。林瀚、林庭机、林燫祖孙三人在经历上有些相似，皆任职翰林院，皆任职国子监祭酒，皆官至尚书。林烃虽然不在翰林院，最后也官至尚书，在事功上与父祖兄弟比肩。在政治上，林瀚声名最盛，建言奏疏大多被皇帝采纳，是林氏仕途上最有作为的一个。比如，林瀚任职南京吏部尚书时促进了京察六年一考制度的确立，见《国朝典汇》卷三十八。相比之下，林炫的名位最低，且家居十四年，年寿仅逾半百。在诗歌创作方面，林氏成员各有各的特色。与林庭机、林燫相比，林瀚诗歌的台阁体特征最为明显。林瀚诗歌的内容主要围绕斋居祭祀、宴饮聚会、赏景郊游、官场迎送等。林氏如林庭机、林烃有不少士大夫的闲适诗，而林炫放废家居，营建水云居，也有一部分闲适诗，折射的却是其山人心态。南京对于林氏来说，是一个比较特别的地方。林氏家族成员几乎都在南京当过官。南京对于林庭机的意义尤其不同，林庭机书写南京的诗作是最多的，其《留省录》描绘南京古迹名胜，游踪几乎遍及全城。林燫的不同之处在于写了许多军事题材的诗歌，他期望能在边境为国效力，有一种沙场情结。与父祖兄弟相比，林烃的宦游范围是最广阔的——最北在北京任职，最南到过广东。林烃还当过广西副使，其中描写桂林山水的诗作是其游览诗中的佳作，也是其他林氏成员未曾涉及的题材领域。

　　林瀚的台阁体诗歌平正纡徐，典雅雍容，不完全等同"三杨"的台阁体之作。即使是林瀚的馆阁应制之作，也不乏优秀作品，不仅摆脱了台阁末流的束缚和影响，甚至看不出馆阁应制的痕迹。林庭机与林燫的应制馆阁诗作数量很少，也不是其创作的主流，这与时代变异和诗坛风气的转变有关。"三杨"之后，台阁体日渐式微。林庭机的《世翰堂稿》是由许谷编选，许谷认为诗歌应该抒发个人情志，馆阁之作大多粉饰太平，千人一面，难辨作者面目。因此，《世翰堂稿》也就没有收录多少林庭机的应制馆阁之作。嘉靖中后期，后七子风靡一时，追随者众多。后七子鄙薄六朝诗风萎弱，时人也讥讽翰林无文。尽管社会风气与诗坛风向发生了变化，但在翰林院期间，林燫仍有仿效六朝的诗作，或者直接拟陶的诗作。拨开林瀚、林庭机、林燫馆阁词臣的身份，祖孙三人的性情秉性是完全不同的。林瀚性格豪放洒脱，林庭机为人庄严持重，林燫性格耿介较真。林瀚诗歌"豪壮"与"清新"并存。翰林院时期，林瀚的诗歌偏向清新豪健之风，林庭机的诗歌更倾向于清幽秀雅的风格，林燫的诗歌既有闲适淡远的一面，也有雄迈俊爽的一面，而林炫主要学习杜诗沉郁顿挫的风格，诗歌有些落寞感伤，基调悲慨，而林烃的五古情思细腻，七古豪宕纵横，五言排律富丽春容，五律含蓄隽永，七律温厚和平，绝句清新俊逸。当然，林氏诗歌创作也有趋同的一面，林瀚崇尚李白清新飘逸的诗风。林瀚之后，其子孙也大多继承了林瀚下笔若不经意的诗歌创作方式，诗歌风貌清新自然，如林瀚之"清空"、林庭机之"清远"、林燫之"清新"、林烃之"清冷"。

自林瀚之后，林氏子孙多治《春秋》。林瀚祖孙三代皆任史官，在翰林院修国史。无论是经学还是史学的承传，都属于学术范畴。但是，讲究天分的诗文创作的承传要比看重学力的学术著述更难。毕竟，天分是可遇不可求的。文章与学术更加接近，而诗歌大致上是一种比古文更注重情感表达，也更为高级凝练的语言形式，因此诗歌比文章更难承传，这也是林氏家族成员诗歌风貌各异的原因之一。与诗歌相比，林氏的古文创作相似性更高。无论是林瀚、林庭机、林燫、林烃，他们都是典型的儒臣。林氏的古文创作偏向经世致用，文章要么有关社会教化，要么有关吏治与人才选拔，要么有关民生经济，要么有关军政大事。只有林炫的文集中有几篇游戏文字，比如《榕江八友记》《石处士传》。

林瀚、林庭机、林燫、林烃的古文创作大多尊经重道、崇理尚雅，包含一种以天下为己任的儒士精神。这只是从大致方面来说，细究之下则各有差别。林瀚的古文台阁体气息浓厚，其古文充斥着大量的儒家义理，注重文章的教化功用。文章庄重典雅，理明辞达。林瀚的独特性在于他是林氏制义文成就最高者，他的古文也受到制义文创作的影响。林瀚将时文引入古文，是以时文写古文。在艺术特色上，林瀚的古文长于说理，语言平易自然。其不足在于铺陈过多，文章有些萎弱拖沓的弊病。林瀚之后，随着时局的动荡与朝政的日益衰败，林氏古文创作中时事的内容日益增多，而侧重点又各有不同。林炫的古文大多记述正德年间武宗嬉游，宁王之乱，宦官专横。在艺术特色上，林炫的文章也与祖父林瀚一样擅长说理。不同之处在于，林炫的古文更多运用比喻的手法。嘉靖之后，福州的倭患日益严重，林庭机的古文中有比较多关于倭难的书写，这也是林庭机古文比较重要的一面。林燫的《陈言边计疏》主要是针对明代的北寇之扰；林烃的《陈矿税奏稿》《条陈灾异疏》主要针对万历一朝的矿税弊政。林庭机的古文行文简洁，叙事完备，见解深刻；林燫古文书写的题材与范围最为广阔。在林氏贞字辈家族成员当中，林燫最熟悉政务，也最富有政治才干。他的古文涉及民生经济、军事边防、人才选拔等，几乎包罗社会生活的各个方面。从艺术层面看，林燫的古文创作与祖父林瀚一脉相承。两者的古文都擅长说理，都学习欧文纡徐委备的特点。相对来说，同样是说理，林瀚的古文内容重于形式，与林燫古文相比形象性和艺术感染力会差一些。林燫古文擅长说理，文章并不是从一个概念跳转到另一个概念，而是运用对比或者生动的比喻进行说理。在林氏家族中，林燫的古文是唯一一个被陈子龙《皇明经世文编》收录了7篇文章，而且还有1篇被收录林云铭所编的《古文析义》。从这个层面看，林燫的古文创作应该是明代林氏家族的翘楚。

第四，林氏家族与诗坛主流的交流互动及其创作在文学史上的地位。弘治年间，李东阳执掌文柄。李东阳与林瀚交游密切，交情甚笃。两人的诗文互动是比较频繁的，尤其是两人经常在一起联句。林瀚诗宗盛唐，也认可李东阳《麓堂诗话》的格调论与音律说，认为《麓堂诗话》对于诗歌创作具有指导性意义。由于相似的馆阁经历，林瀚的诗文风貌与创作主张与李东阳颇为相近，李东阳对林瀚也有一定的文学影响。然而，并没有文献资料足以支撑林瀚是茶陵派作家。除了李东阳之外，林瀚与程敏政、王鏊、吴宽也有交游。与其贸然将林瀚归入茶陵派，还不如认为林瀚是一位翰林作家。在那个时代，与文坛巨手李东阳有直接近距离的交流切磋，也不是任何作家都拥有的机会。诚然，林瀚的诗文创作与李东阳难以比肩。当然，林瀚的诗文创作也是比较优秀的，否则也没有与李东阳等人交游的文化资本，也得不到他们的认同。成化二十一年（1485），林瀚五十二岁，在北京与李东阳、程敏政、吴宽等人频繁联句倡和。彼时，郑善夫刚刚出生。正德之后，林瀚归田，郑善夫已经成为闽地文坛的领袖。林瀚不仅德高望重，是乡邦典型，而且也热衷诗文，郑善夫常与其交游倡和。林瀚卒后，郑善夫《少谷集》卷十三有《祭林泉山翁》。林瀚是郑善夫敬仰的诗坛前辈，是成、弘之际福州府比较重要的作家。

弘治、正德年间，前七子登上文坛。前七子之一的何景明是林瀚在国子监的学生，林瀚对何景明有知遇之恩，何景明也一直很感念林瀚。林瀚有诗《何景明举人辞归赋此壮之》，对何景明的诗文创作颇为肯定。何景明亦有诗赠林瀚，如《大复集》卷二十六《奉寄泉山先生》；也有诗赠林庭模，《大复集》卷十三有《送林利正同知之潮阳》。林庭棉与前七子的王廷相有过交游倡和。王廷相《王氏家藏集》有《新正和小泉寅长》《省中梅花招林小泉饮酒》《和林小泉留别韵》《正月十二日林小泉宅观灯即席》二首。林庭棉调工部右侍郎，王廷相有《送少司空林公序》（《王氏家藏集》卷二十三）。王廷相有诗赠林庭棉致仕，见《内台集》之《送林司空还山次韵》。林炫的《与方平洲简》批评顾璘的《题批点唐音前》遗落了前七子之一边贡。可见，林氏对前七子的创作成绩是肯定的。

嘉靖中叶，以王世贞、李攀龙为代表的后七子登上文坛。后七子中的王世贞与林燫是同年进士，王世贞之弟王世懋任职南京郎署与林燫共事。林燫之子林世吉曾拜访王世贞，请其为自己的诗集作序。《弇州山人续稿》卷十三有《林天迪参军奉使吴越过该弁中有赠三首》；卷十五有《林天迪者故同年尚书对山子也闰秋之月忽访我海上以其所著丛桂堂草来读之大较鸿邑典丽不操闽音而七言古近体尤自烺烺余甫有笔砚戒不能为之叙而以一诗致赏》。胡应麟与后七子关系密切，《明史·文苑传》将其纳入后七子之流"末五子"。胡应麟与林家交往甚密，林烃的《覆瓿草》便是由胡应麟校正，并撰写诗序。由此可见，林氏并非与前后七子完全无涉的文人群体。林氏与前后七子中的代表人物有过较多接触，然而，林氏当中的林庭机、林燫并没有过多受到他们的文学影响。以王世贞为领袖的后七子事实上是郎署文学的代表，林庭机、林燫任职翰林更偏向翰林文学的阵营。

林氏毕竟是一个在闽地成长起来的大家族，与闽地作家的交往与交流更为密切。比如，林瀚与林俊的交游；正德年间，林炫与郑善夫的交游；万历年间，林烃与叶向高的交游；林世吉与徐𤊺、赵世显、曹学佺、谢肇淛的交往。关于林炫的文学创作地位，徐𤊸《晋安风雅序》认为林炫是正德、嘉靖之际福州重要的作家，是郑善夫的羽翼。《晋安风雅序》云："正嘉之季，作者云集，郑吏部善夫寔执牛耳，虑际中原而高傅二山人左提右挈，闽中雅道遂曰中兴，时有郭户部波，林太守春泽，林通政炫，张尚书经，龚祭酒用卿，刘给舍世扬为辅，斯盖不世之才粲然可观者也。" ❶ 徐𤊸的序言基本囊括了正德至嘉靖前期福州诗坛较为出名的诗人，勾勒出当时诗坛的基本脉络。徐𤊸对林炫的文学创作给予了充分的肯定。林庭机是林氏当中比较特别的一个存在，他受到南京文人许谷的影响，林氏其他成员大多诗宗盛唐，他的诗作却有些中唐的情调。林庭机的文学创作成就不及其父林瀚，也不及其子林燫、林烃。在林氏家族文学史上，林庭机属于承上启下的过渡人物。李时成《白湖集》卷十二有《后十子诗选序》，自成、弘之际到隆、万之交，闽中有后十子，其中就包括郑善夫、傅汝舟、徐𤊸、林子真、袁表等比较出名的诗人，而林世璧也在"后十子"之列。徐𤊸认为，在隆、万之际，林燫在福州的文坛上具有一定的地位。徐𤊸《复彭次嘉》云："福州自隆、万间，作者如林，先辈则有林文恪公燫、袁舍人表、赵司理世显、郭布衣建初、马参军荧，皆有刻，集最富。" ❷ 曹学佺在编选《石仓十二代诗选》时，曾为林氏作《林氏诗选序》。《石仓十二代诗选》几乎囊括了林氏家族的所有诗人，比如林瀚、林庭棉、林庭机、林炫、林燫、林烃、林世璧等。在曹学佺看来，整个林氏家族中林烃的诗作是最优秀的。既然如此，林烃的诗歌创作地位在福州府来说，应该在林炫、林燫等人之上。虽然林世吉的诗作现存不多，难以分析具体的诗歌特色与风貌，但是从晚明闽地文人社集的角度看，林世吉又是一个不得不提的人。林世吉曾参与闽地的玉鸾社、芝社、瑶华大社，其玉蟠山庄与万玉池馆更是晚明福州文人聚会和宴集的场所，是重要的文学创作现场。

---

❶ （明）徐𤊸:《晋安风雅》卷首。
❷ （明）徐𤊸:《徐兴公尺牍》，抄本。

参考文献

A.1 林氏家族诗文著作

［1］（明）林瀚:《林文安公文集（1-4）》,嘉靖三年（1524）刻本,广东省立中山图书馆藏。

［2］（明）林瀚:《林文安公文集（15-19）》,手抄本,福建师范大学图书馆藏。

［3］（明）林瀚:《重刊林文安公诗集八卷附一卷文集九卷》,影印日本内阁文库藏嘉靖十六年（1537）刻本,傅斯年图书馆藏。

［4］（明）林瀚著;沈乃文主编:《林亨大稿不分卷》,明别集丛刊:第1辑第54册,合肥:黄山书社,2013.

［5］（明）林庭机:《世翰堂稿》,原国立北平图书馆甲库善本丛书:第812-813册,北京:国家图书馆出版社,2013.

［6］（明）林庭机:《世翰堂稿》,万历七年（1579）刻本。

［7］（明）林庭机:《世翰堂诗集》,万历八年（1580）刻本,杭州市图书馆藏。

［8］（明）林炫:《林榕江先生集》,原国立北平图书馆甲库善本丛书:第750册,北京:国家图书馆出版社,2013.

［9］（明）林炫:《林榕江先生集》,北京图书馆古籍珍本丛刊:第109册,北京:北京图书馆出版社,2000.

［10］（明）林㷿:《林学士诗集六卷文集十六卷》,影印日本内阁文库藏万历十七

年（1589）刻本，傅斯年图书馆藏。

［11］（明）林爔:《林学士诗集六卷文集十六卷》，四库全书存目丛书：集部 115 册，济南：齐鲁书社，1997.

［12］（明）林烃著；胡应麟校定:《覆瓿草六卷》，域外汉籍珍本文库第五辑：集部 22 册，重庆：西南师范大学出版社；北京：人民出版社，2015.

［13］（明）林烃:《林烃文稿》，手抄本，上海图书馆藏。

［14］（明）林世璧:《林公子集一卷》，俞宪编:《盛明百家诗》，四库全书存目丛书：集部 308 册，济南：齐鲁书社，1997.

［15］（清）林云铭:《损斋焚余》，康熙十年（1671）刻本，中国国家图书馆藏。

［16］（清）林云铭:《挹奎楼选稿》，康熙三十三年（1694）刻本，中国国家图书馆藏。

［17］（清）林云铭:《挹奎楼选稿》，清代诗文集汇编：第 106 册，上海：上海古籍出版社，2009.

［18］（清）林云铭:《吴山鷇音》，四库全书存目丛书补编：第 3 册，济南：齐鲁书社，1997.

［19］（清）林枝春:《青圃文钞四卷青圃诗钞四卷赋一卷》，清刻本，中国国家图书馆藏。

A.2 其他相关古籍资料

［1］（明）林炫:《卮言余录》，手抄本，上海图书馆藏。

［2］（明）林烃:《林氏杂记不分卷》，明钞本，浙江省图书馆藏。

［3］（清）林枝春等修；林柏棠、林钦台校:《濂江林氏家谱》，民国三年（1914）重印本。

［4］（清）林云铭:《增订古文析义合编》，康熙五十五年（1716）刻本，哈佛大学

图书馆藏。

[5]（清）林挺秀；林挺俊编；林方华、林方葳增删；林云铭鉴定；李赓明、高兆等参订：《春秋单合析义》，康熙三十四年（1695）刻本，哈佛大学图书馆藏。

[6]（明）程敏政：《篁墩程先生文集》，正德二年（1507）刻本，日本京都大学图书馆藏。

[7]（明）舒芬：《梓溪内外集》，万历四十八年（1620）刻本，福建师范大学图书馆藏。

[8]（明）龚用卿：《云冈文集》，清刻本，福建师范大学图书馆藏。

[9]（明）周怡：《周讷溪公全集》，道光二十年（1840）刻本，傅斯年图书馆藏。

[10]（明）郭子章：《青螺公遗书》，光绪八年（1882）刻本，傅斯年图书馆藏。

[11]（明）徐𤊹：《晋安风雅》，明刻本，福建师范大学图书馆藏。

[12]（清）梁章矩：《东南峤外诗话》，清刻本，福建省图书馆藏。

[13]（清）郑一经，郑浚西：《南湖郑氏家谱》，清抄本，福建省图书馆藏。

[14]（明）黄承玄：《鸥盟堂集》，影印日本内阁文库藏崇祯刻本，傅斯年图书馆藏。

[15]（明）费懋贤：《费礼部少湖先生摘集》，影印日本内阁文库藏嘉靖三十八年（1559）刻本，傅斯年图书馆藏。

[16]（明）杨一清：《石淙文稿》，影印日本内阁文库藏嘉靖五年（1526）刻本，傅斯年图书馆藏。

[17]（明）刘尧海：《大司马刘凝斋先生虚籁集》，影印日本内阁文库藏明刻本，傅斯年图书馆藏。

[18]（明）罗汝芳：《罗明德公文集》，影印日本内阁文库藏崇祯五年（1632）刊本，傅斯年图书馆藏。

[19]（明）萧显；詹荣编：《海钓遗风集》，影印日本内阁文库藏嘉靖二十六年（1547）刻本，台北：台湾汉学研究中心藏。

[20]（明）蔡潮：《霞山文集》，影印日本内阁文库藏明万历刻本，台北：台湾汉学研究中心藏。

[21]（明）陆光祖：《陆庄简公遗稿》，影印明崇祯刻本，台北：台湾汉学研究中心藏。

[22]（明）李时成：《白湖集》，影印尊经阁文库崇祯刻本，台北：台湾汉学中心藏。

[23]（明）刘龙：《紫岩文集》，嘉靖刻本。

[24]（明）郑汝美：《白湖存稿》，嘉靖七年（1528）刻本。

[25]（明）林春：《林东城集》，嘉靖二十五年（1546）刻本。

[26]（明）郑威：《刺明漫稿》，嘉靖四十五年（1566）刻本。

[27]（明）余孟麟：《余学士集》，万历二十八年（1600）重刻本。

[28]（明）何东序：《九愚山房稿》，万历三十一年（1603）刻本。

[29]（明）陆树声：《陆文定公集》，万历四十四年（1616）刻本。

[30]（明）郭子章：《蠙衣生蜀草十二卷闽草六卷养草二卷留草二卷》，蓝格旧钞本。

[31]（明）董应举：《崇相集（存十一卷）》，万历四十七年（1619）刻本。

[32]（明）申时行：《赐闲堂集》，万历末年刻本。

[33]（明）周用：《周恭肃公集》，万历刻本。

[34]（明）曹学佺：《石仓历代诗选》，景印文渊阁四库全书：第1392册，台北：台湾商务印书馆，1986.

[35]（明）杨荣：《文敏集》，景印文渊阁四库全书：第1240册，台北：台湾商务印书馆，1986.

[36]（明）王鏊：《震泽集》，景印文渊阁四库全书：第1256册，台北：台湾商务印书馆，1986.

[37]（明）林俊：《见素集》，景印文渊阁四库全书：第1257册，台北：台湾商务印书馆，1986.

[38]（明）顾清：《东江家藏集》，景印文渊阁四库全书：第1261册，台北：台湾商务印书馆，1986.

[39]（明）李梦阳：《空同集》，景印文渊阁四库全书：第1262册，台北：台湾商

务印书馆，1986.

［40］（明）何景明：《大复集》，景印文渊阁四库全书：第 1267 册，台北：台湾商
务印书馆，1986.

［41］（明）郑善夫：《少谷集》，景印文渊阁四库全书：第 1269 册，台北：台湾商
务印书馆，1986.

［42］（明）王慎中：《遵岩集》，景印文渊阁四库全书：第 1274 册，台北：台湾商
务印书馆，1986.

［43］（明）胡应麟：《少室山房集》，景印文渊阁四库丛书：第 1290 册，台北：台
湾商务印书馆，1986.

［44］（清）朱彝尊编：《明诗综》，景印文渊阁四库丛书：第 1459-1460 册，台北：
台湾商务印书馆，1986.

［45］（明）俞汝楫：《礼部志稿》，景印文渊阁四库丛书：史部 597 册，台北：台
湾商务印书馆，1986.

［46］（清）陈田：《明诗纪事》，续修四库全书：诗文评类第 1712 册，上海：上海
古籍出版社，1995.

［47］（明）章懋：《枫山章先生集》，（清）胡凤丹辑：《金华丛书》，清永康胡氏退
补斋刻本。

［48］（明）彭华：《彭元思集》，四库全书存目丛书：集部 36 册，济南：齐鲁书社，
1997.

［49］（明）张弼：《张东海先生诗集》，四库全书存目丛书：集部 39 册，济南：齐
鲁书社，1997.

［50］（明）朱豹：《朱福州集》，四库全书存目丛书：集部 75 册，济南：齐鲁书社，
1997.

［51］（明）林希元：《同安林次崖先生集》，四库全书存目丛书：集部 75 册，济南：
齐鲁书社，1997.

［52］（明）徐阶：《世经堂集》，四库全书存目丛书：集部 79-80 册，济南：齐鲁
书社，1997.

［53］（明）龚用卿:《云岗选稿》，四库全书存目丛书：集部87-88册，济南：齐鲁书社，1997.

［54］（明）李开先:《李中麓闲居集》，四库全书存目丛书：集部92-93册，济南：齐鲁书社，1997.

［55］（明）王瑛:《王侍御集》，四库全书存目丛书：集部99册，济南：齐鲁书社，1997.

［56］（明）魏文焲:《石室私抄》，四库全书存目丛书：集部110册，济南：齐鲁书社，1997.

［57］（明）陈文烛:《二酉园文集十四卷诗集十二卷续集二十三卷》，四库全书存目丛书：集部139册，济南：齐鲁书社，1997.

［58］（明）高濲:《石门集》，四库全书存目丛书：集部146册，济南：齐鲁书社，1997.

［59］（明）王兆云:《皇明词林人物考》，四库全书存目丛书：史部111-112册，济南：齐鲁书社，1997.

［60］（明）王慎中:《遵岩先生文集》，北京图书馆古籍珍本丛刊：105册，北京：北京图书馆出版社，2000.

［61］（明）亢思谦:《慎修堂集》，四库未收书辑刊：集部05辑，21册，北京：北京出版社，2000.

［62］（明）王世贞:《弇州山人四部稿选》，四库全书存目丛书：集部115册，济南：齐鲁书社，1997.

［63］（明）殷士儋:《金舆山房稿》，四库全书存目丛书：集部115册，济南：齐鲁书社，1997.

［64］（明）汪道昆:《太函集》，四库全书存目丛书：集部117-118册，济南：齐鲁书社，1997.

［65］（明）曹大章:《曹太史含斋先生文集》，四库全书存目丛书：集部127册，济南：齐鲁书社，1997.

［66］（明）姜宝:《姜凤阿文集》，四库全书存目丛书：集部127-128册，济南：齐鲁书社，1997.

［67］（明）刘尧诲：《刘尧诲先生全集》，四库全书存目丛书：集部 128 册，济南：齐鲁书社，1997.

［68］（明）吴文华：《济美堂集粤西疏稿留都疏稿》，四库全书存目丛书：集部 131 册，济南：齐鲁书社，1997.

［69］（明）李东阳等：《联句录》，四库全书存目丛书：集部 292 册，济南：齐鲁书社，1997.

［70］（明）王锡爵：《王文肃公全集》，四库禁毁书丛刊：集部 7-8 册，北京：北京出版社，2000.

［71］（明）周之夔：《弃草文集》，四库禁毁书丛刊：集部 112 册，北京：北京出版社，2000.

［72］（明）叶向高：《苍霞草苍霞续草苍霞余草》，四库禁毁书丛刊：集部 124-125 册，北京：北京出版社，2000.

［73］（明）王稚登：《王百谷集》，四库禁毁书丛刊：集部 75 册，北京：北京出版社，2000.

［74］（明）马自强：《马文庄公文集选》，四库禁毁书丛刊补编：第 66 册，北京：北京出版社，2005.

［75］（明）林春泽：《旗峰诗集》，原国立北平图书馆甲库善本丛书：第 751 册，北京：国家图书馆出版社，2013.

［76］（明）袁表：《遹客集》，原国立北平图书馆甲库善本丛书：第 797 册，北京：国家图书馆出版社，2013.

［77］（明）李坚，丁瑞春辑；陈周等撰：《义溪世稿》，原国立北平图书馆甲库善本丛书：第 921 册，北京：国家图书馆出版社，2013.

［78］（明）何良俊：《四友斋丛说》，北京：中华书局，1959.

［79］（明）胡应麟：《诗薮》，北京：中华书局，1962.

［80］（清）钱谦益：《列朝诗集小传》，上海：上海古籍出版社，1983.

［81］（明）罗钦顺著；阎韬点校：《困知记》，北京：中华书局，1990.

［82］（清）朱彝尊著；黄君坦点校：《静志居诗话》，北京：人民文学出版社，

1990.

［83］（明）黄虞稷著；瞿凤起、潘景郑整理:《千顷堂书目》，上海：上海古籍出
　　　版社，2001.

［84］（元）杨士弘编选:《唐音评注》，保定：河北大学出版社，2006.

［85］（唐）杜甫著;（清）杨伦笺注:《杜诗镜铨》，上海：上海古籍出版社，2007.

［86］（明）俞大猷撰；廖渊泉，张吉昌点校:《正气堂全集》，福州：福建人民出
　　　版社，2007.

［87］（明）李东阳撰；周寅宾；钱振民校点:《李东阳集》，长沙：岳麓书社，
　　　2008.

［88］（清）李清馥；徐公喜主编；管正平，周明华点校:《闽中理学渊源考》，南京：
　　　凤凰出版社，2011.

A.3 史籍方志资料

［1］（清）孙尔准等修；陈寿祺纂；程祖洛等续修；魏敬中续纂:《福建通志》，同
　　　治十年（1871）刻本。

［2］（清）李厚基等修；沈瑜庆，陈衍纂:《福建通志》，民国二十七年（1938）
　　　刻本。

［3］"中研院"历史语言研究所编:《明实录》，上海：上海书店，1983.

［4］（明）过庭训著；周骏富辑:《明分省人物考》，《明代传记丛刊》，台北：明文
　　　书局，1991.

［5］（明）何乔远编纂:《闽书》，福州：福建人民出版社，1995.

［6］（明）彭泽，汪舜民:《（弘治）徽州府志》，四库全书存目丛书：史部180册，
　　　济南：齐鲁书社，1997.

［7］（宋）梁克家:《三山志》，福州：海风出版社，2000.

［8］福州市地方志编纂委员会整理：《福州府志》，福州：海风出版社，2001.

［9］福州市地方志编纂委员会整理：《鼓山艺文志》，福州：海风出版社，2001.

［10］（明）王应山著；林家钟，刘大治校注：《闽都记》，北京：方志出版社，2002.

［11］（清）张廷玉等撰：《明史》，北京：中华书局，2003.

［12］谢其铨主编：《于山志》，北京：大众文艺出版社，2009.

A.4 现当代研究资料

［1］福建师范大学图书馆古籍组编：《福建地方文献及闽人著述综录》，1985.

［2］陈植锷：《诗歌意象论》，北京：中国社会科学出版社，1990.

［3］陈庆元：《福建文学发展史》，福州：福建教育出版社，1996.

［4］陈庆元：《文学：地域的观照》，上海：上海远东出版社，2003.

［5］黄卓越：《明中后期文学思想研究》，北京：北京大学出版社，2005.

［6］李剑波：《清代诗学话语》，长沙：岳麓书社，2007.

［7］廖可斌：《明代文学复古运动研究》，北京：商务印书馆，2008.

［8］余来明：《嘉靖前期诗坛研究（1522-1550）》，武汉：武汉大学出版社，2009.

［9］陈文新，何坤翁，赵伯陶主撰：《明代科举与文学编年》，武汉：武汉大学出版社，2009.

［10］骆寒超，陈玉兰：《中国诗学》，北京：中国社会科学出版社，2009.

［11］陈平原：《中国散文小说史》，北京：北京大学出版社，2010.

［12］罗时进：《地域·家族·文学：清代江南诗文研究》，上海：上海古籍出版社，2010.

［13］郑礼炬：《明代洪武至正德年间的翰林院与文学》，北京：中国社会科学出版社，2011.

［14］杨遇青：《明嘉靖时期诗文思想研究》，西安：三秦出版社，2011.

［15］黄荣春：《福州摩崖石刻（增订本）》，福州：福建美术出版社，2011.

［16］孙学堂：《明代诗学与唐诗》，济南：齐鲁书社出版社，2012.

［17］罗宗强：《明代文学思想史》，北京：中华书局，2013.

［18］李运启主编：《福州古村镇历史与文化》，福州：海峡文艺出版社，2014.

［19］何宗美，刘敬：《明代文学还原研究：以〈四库总目〉明人别集提要为中心》，
　　　北京：人民出版社，2014.

［20］郑礼炬：《明代福建文学结聚与文化研究》，北京：人民文学出版社，2015.

［21］包诗卿：《翰林与明代政治》，上海：上海古籍出版社，2015.

［22］陈文新：《明代文学与科举文化生态》，北京：高等教育出版社，2016.

［23］郑珊珊：《明清福建家族文学研究——以侯官许氏为中心》，北京：社会科学
　　　出版社，2016.

［24］陈广宏：《闽诗传统的生成——明代福建地域文学的一种历史省察》，上海：
　　　上海古籍出版社，2018.

［25］吴可文：《闽都望族与名联》，福州：海峡文艺出版社，2018.

A.5 学术期刊

［1］蒋寅：《科举阴影中的明清文学生态》，《文学遗产》，2004（1）：18-32.

［2］田吉方：《明代南京翰林院的没落状态及其原因考述》，《湖北行政学院学报》，
　　　2004（2）：64-68.

［3］罗时进：《关于文学家族学建构的思考》，《江海学刊》，2009（3）：185-189.

［4］钱茂伟：《国家、科举与家族——以明代宁波杨氏为中心的考察》，《宁波大学
　　　学报》，2010，23（6）：39-46.

［5］张剑：《宋代以降家族文学研究的理论、方法及文献问题》，《文学评论》，
　　　2010（4）：32-39.

[6] 蔡彦峰:《"自然"的两种涵义与〈文心雕龙〉的"自然"文学论》,《北京大学学报》, 2011, 48（3）: 80-86.

[7] 钱茂伟:《明代的家族文化积累与科举中式率》,《社会科学》, 2011（6）: 142-150.

[8] 罗时进:《家族文学研究的逻辑起点与问题视阈》,《中国社会科学》,2012(1): 163-182.

[9] 郑礼炬:《论明中期闽中诗文的转变——从茶陵派到前七子》,《中国韵文学刊》, 2012, 26（4）: 85-97.

[10] 徐斌, 张金红:《林氏故土濂浦（林浦）与中琉历史关系》,《海交史研究》, 2012（2）: 23-33.

[11] 魏宁楠:《林浦林氏世家治〈春秋〉与纂方志》,《闽学研究》, 2015（3）: 61-65.

[12] 魏宁楠:《简论明代福州林浦林氏的家学与家风》,《闽江学院学报》, 2015, 36（6）: 24-28.

[13] 闫勖, 孙敏强:《"文章之道"如何"复归词林"——论明代嘉隆之际的馆阁文学》,《浙江社会科学》, 2016（9）: 108-127.

[14] 魏宁楠:《明清林浦林氏家族科举考论》,《长江师范学院学报》,2017,33(5): 78-82.

[15] 魏宁楠:《福州林浦林云铭家世生平补证》,《牡丹江师范学院学报》, 2017（5）: 84-89.

[16] 赵靖君:《从〈旧京词林志〉看明代南京翰林院地位的下降》,《池州学院学报》, 2017, 31（5）: 70-73.

[17] 魏宁楠:《明代福州林浦林氏姻亲考论》,《厦门广播电视大学学报》, 2018（4）: 72-78.

[18] 魏宁楠:《明清福州林浦林氏家族诗文所见琉球文献史料述议》,《福州大学学报》, 2018, 32（6）: 11-15.

A.6 学位论文

［1］陈炜舜:《林云铭及其文学》，香港中文大学硕士学位论文，2000.

［2］沈云迪:《明代福建作家研究》，上海师范大学硕士学位论文，2008.

［3］叶晔:《明代中央文官制度与文学》，复旦大学博士学位论文，2009.

［4］段晓川:《福州林浦历史文化初探》，福建师范大学硕士学位论文，2011.

［5］沈月春:《"宗族乡村"的民间信仰—对福州林浦村的个案研究》，福建师范大学硕士学位论文，2011.

［6］高田:《锡山秦氏家族文学研究》，苏州大学博士学位论文，2013.

［7］吴可文:《明清福州文学地图——以三坊七巷为中心》，福建师范大学博士学位论文，2013.

［8］张龙:《明代茶陵派闽人作家研究》，闽南师范大学硕士学位论文，2014.

［9］魏宁楠:《福州林浦林炫诗文研究》，福建师范大学硕士学位论文，2016.

［10］林杰:《明代福州濂江林氏家庭文学研究》，南京师范大学硕士学位论文，2017.

［11］田雨露:《林云铭〈古文析义〉研究》，华东师范大学硕士学位论文，2017.

后 记

　　研究林浦林氏，我常恐力有不逮。阅读的文献越多，接触越久，了解越深入，对林氏的偏爱越深。我时常想，要想办法抓住林氏最闪亮的地方，向世人展现林氏曾经的光彩与繁盛。偶有所得，便欣喜不已；茫然无获，也会低沉失落。韶华已逝，唯有尽我所能，方能问心无愧。如今书已成稿，满纸夹杂着汗水与笨拙的努力。也许过往的努力，只是为了此刻少一丝遗憾，而遗憾终究是存在的。正如托马斯·曼在《沉重的时刻》所说："终于完成了，它可能不好，但是完成了，只要是能完成的，它就是好的。"

　　感谢恩师陈庆元先生。学生资质愚钝，绝非颖敏之徒。承蒙先生不弃，也仰赖先生六年费心教诲。先生超尘脱俗，躬自厚而薄责于人，有古君子谦厚之风。吾辈从游门下，先生从无半句苛责重语。学生仰慕先生学问为人，得先生片言，则拳拳服膺，牢持于心。先生不唯言语之教，亦行不言之教。

　　感谢李小荣、蔡彦峰、江柏炜、苗健青、郑珊珊等师长的关心和照顾。感谢林浦尚书后人林资治先生的热心与帮助。感念连其秀老师，您的亲和有种神奇的魔力，足以让以往惧怕老师的我鼓起勇气去接近您，您就像一束光亮直接照到了学生心底，年深日久，温暖常在。

　　最后，感谢我的父母和弟弟。离家求学十载，父母从未泼过一次冷水，也从未有过阻挠与怨言。弟弟虽然比我小四岁，却像哥哥一样。硕博六年，我每每搬宿舍的时候，都有些头疼。十几箱厚重的书籍令我束手无策，弟弟总是默不作声的帮助我，搬书搬到汗流浃背。若非他们的"宠爱"与"纵容"，我很难心无旁骛地追求学业。我的天空风和日丽，有多少风霜，都是家人悉数为我挡去。

索　引